La Dernière Étoile

Les auteurs

Anne Plichota et Cendrine Wolf, deux amies de longue date, ont inventé le personnage d'Oksa un soir de réveillon. À l'origine autoéditées, les aventures d'Oksa Pollock ont suscité l'enthousiame des jeunes lecteurs, faisant peu à peu de cette série exceptionnelle un succès jamais vu. La Pollockmania ne fait que commencer…

DES MÊMES AUTEURS

Oksa Pollock, tome 1, *L'Inespérée*
Oksa Pollock, tome 2, *La Forêt des égarés*
Oksa Pollock, tome 3, *Le Cœur des Deux Mondes*
Oksa Pollock, tome 4, *Les Liens maudits*
Oksa Pollock, tome 5, *Le Règne des Félons*

Anne Plichota Cendrine Wolf

OKSA POLLOCK

6. La Dernière Étoile

XO ÉDITIONS

Loi n° 49956 du 16 juillet 1949 sur les publications
destinées à la jeunesse : novembre 2015

ISBN : 978-2-266-26247-7

Pour Zoé. Définitivement.

L'ARBRE GÉNÉALOGIQUE DES POLLOCK

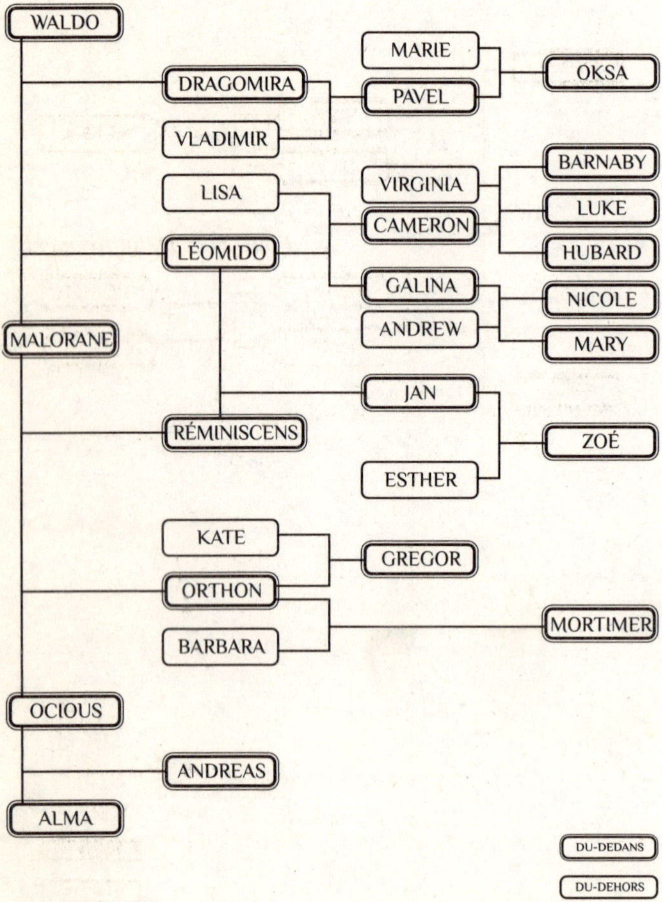

L'ARBRE GÉNÉALOGIQUE DES KNUT

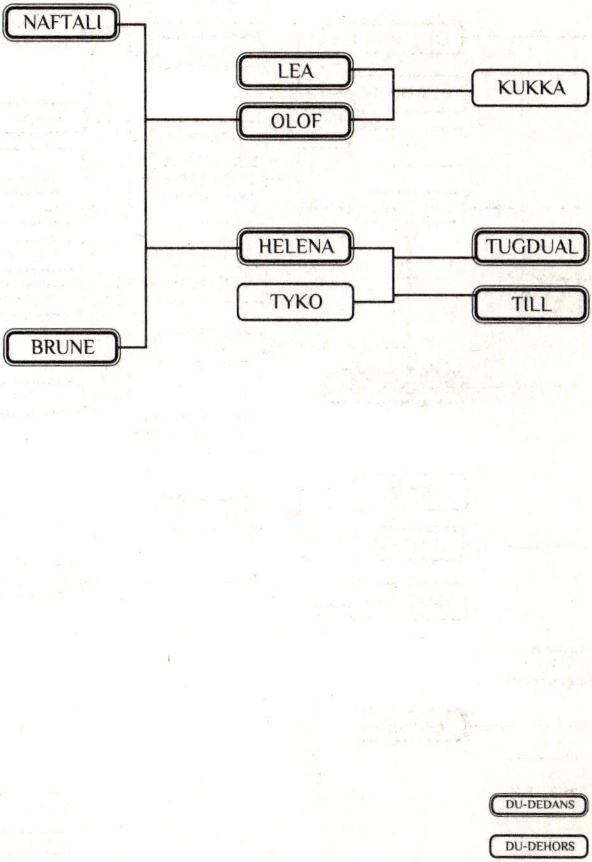

PRÉCÉDEMMENT
DANS OKSA POLLOCK…

L'Inespérée, tome 1
La Forêt des égarés, tome 2
Le Cœur des Deux Mondes, tome 3
Les Liens maudits, tome 4
Le Règne des Félons, tome 5

Dès son intronisation en tant que Gracieuse, Oksa doit sauver le Cœur des Deux Mondes afin que Du-Dehors et Édéfia ne sombrent pas sous les assauts des cataclysmes qui les ravagent. Avec l'aide des Sans-Âge et de Dragomira, devenue l'une d'entre elles, elle réussit sa mission et doit aussitôt échapper à Ocious et à Orthon, dont l'ambition est de la forcer à ouvrir le Portail pour pouvoir passer à Du-Dehors. Peu importe si elle doit en mourir, comme les deux Gracieuses avant elle…

Une part d'elle-même va cependant s'échapper quand elle sent le danger planer au-dessus de ceux qui n'ont pu passer à Édéfia, et son Autre-Moi ne tarde pas à rejoindre les Refoulés : pendant quelques instants, elle est aux côtés de sa mère et de Gus, dont l'absence est une souffrance permanente.

Alors qu'Ocious, hors de lui, met Édéfia à feu et à sang en suivant la piste d'Oksa, celle-ci trouve abri à Vert-Manteau où la population est entrée en rébellion contre la tyrannie d'Ocious. Elle y retrouve son père, Abakoum et Zoé, ainsi que Tugdual, avec lequel les liens se resserrent.

Les représailles des Félons sont terribles : allant à l'encontre des grands principes ancestraux, les Félons détruisent Vert-Manteau. Mais les derniers Sauve-Qui-Peut, retenus en otage jusqu'alors, sont enfin libérés, les Félons sont mis en déroute et la population d'Édéfia se révèle plus unie que jamais derrière sa Nouvelle Gracieuse.

Les partisans d'Oksa et les Sauve-Qui-Peut s'installent à Du-Mille-Yeux, protégée par l'Égide, un immense bouclier magique. Orthon essaie d'entrer, mais il est repoussé.

Oksa prend son rôle de Jeune Gracieuse très au sérieux et s'attelle rapidement à ses premières tâches : libération des opposants d'Ocious, constitution du Pompignac – le gouvernement Gracieux –, reconstruction et rétablissement des fondations… Parallèlement, elle utilise son Autre-Moi pour aller voir les Refoulés : comme à Édéfia, la reconstruction est en route à Du-Dehors, mais Gus et Marie vont mal. Pour ne rien arranger, Kukka se rapproche de Gus et Oksa est piquée au vif.

Tugdual devient plus mystérieux et plus sombre, il s'absente souvent, ce qui tourmente Oksa. Elle est témoin de la rencontre entre Tugdual et Mortimer, un des deux fils d'Orthon. Décontenancée, Oksa décide de garder le silence et d'observer son amoureux d'un œil plus attentif. Son pouvoir sur la jeune fille est toujours aussi puissant et, quand il cherche à savoir si Oksa peut ouvrir le Portail, elle lui confie qu'une ouverture est possible, soumise à trois contraintes : elle a lieu bientôt, sa durée est limitée et son accès uniquement réservé aux Cœurs Gracieux.

Dans les montagnes À-Pic, la discorde est à son comble entre Ocious et ses fils, Andreas et Orthon. Ce dernier sort alors une carte maîtresse de sa manche : Tugdual apparaît à ses côtés. Un lourd secret semble lier le Félon et le jeune homme. Tugdual paraît meurtri et ravagé par l'influence d'Orthon sur lui. Au cours d'un tête-à-tête électrique, Orthon dévoile à Ocious que celui-ci ne pourra pas sortir car il n'est pas un Cœur Gracieux. Orthon jubile. Ocious menace de le lâcher. Alors, Orthon le tue pour pouvoir garder à ses côtés l'armée du vieux maître.

Les Félons lancent une attaque sur Du-Mille-Yeux. Ils réussissent à entrer. S'ensuit un Nouveau Chaos. La bataille est violente et son issue voit la victoire des partisans Gracieux. Mais les pertes sont douloureuses et les Sauve-Qui-Peut sont confrontés au meurtre d'Helena, la mère de Tugdual, par Orthon. Alors, Cameron, un des grands-oncles d'Oksa, tue à son tour le Félon.

Le cœur lourd, Oksa ouvre le Portail et passe à Du-Dehors avec les herbes médicinales qui pourront soigner Marie et l'élixir Murmou qui libérera Gus de ses souffrances. Les Cœurs Gracieux atterrissent les uns après les autres à Londres. Cependant, une très mauvaise surprise les y attend : Orthon n'est pas mort ! Il a utilisé la métamorphose en se faisant passer pour Cameron, a tué son frère Andreas, puis il a suivi Oksa et les Sauve-Qui-Peut en compagnie de ses deux fils, Mortimer et Gregor.

Un nouveau choc survient quand Tugdual apparaît à son tour. On découvre non seulement qu'il est un

Cœur Gracieux, mais également qu'Orthon est son véritable père. Le Félon exerce manifestement une grande emprise sur le jeune homme. Alors que Mortimer choisit de rester avec les Sauve-Qui-Peut, Tugdual s'enfuit aux côtés de Gregor et d'Orthon.

Oksa et les Sauve-Qui-Peut parviennent à rejoindre les Du-Dehors à Londres. Malgré le choc des retrouvailles, ils n'ont pas le temps de se laisser gagner par leurs émotions. Le temps presse, ils doivent soigner au plus vite Gus et Marie, plus affaiblis que jamais…

Orthon, toujours à Du-Dehors, entreprend de libérer mercenaires et anciens militaires pour constituer une véritable armée, et complète son recrutement par ce que le monde compte de généticiens et neurophysiciens controversés, voire condamnés pour pratique répréhensible de leur discipline, ainsi que des pirates informatiques et des prodiges de la finance. Il réunit tous ses nouveaux « employés » sur une plateforme pétrolière dissimulée au large du Groenland, sur laquelle ils vont fomenter de bien sombres projets…

Pressentant le danger, les Sauve-Qui-Peut se lancent dans une mission de surveillance pour contrer les ambitions d'Orthon. C'est ainsi qu'ils découvrent que ses équipes ont créé des Diaphans à partir d'un ADN sauvé par Orthon. Ces créatures se répandent dans des villages et aspirent l'amour de leurs habitants… Pendant que les taux de divorce explosent, les Sauve-Qui-Peut assistent à une autre démonstration de la puissance des membres de la Salamandre, impliquant cette fois Tugdual. Devenu une véritable rock star, il se sert de son pouvoir d'influence sur ses fans lors d'un concert exceptionnel à Niagara pour entraîner les spectateurs dans un suicide collectif qu'Oksa et ses amis vont tenter vainement d'empêcher… Mais malgré tout, Oksa reste persuadée que Tugdual est sous l'emprise de son père, qui le manipule pour le garder à ses côtés.

Les Sauve-Qui-Peut comprennent qu'Orthon, dans sa mégalomanie, cherche à infiltrer les principaux gouvernements pour prendre le pouvoir par la manipulation, le chantage et la soumission psychologique.

Et il y parvient, en s'infiltrant au plus près de la présidence des États-Unis…

PROLOGUE

La ville apparut sur l'écran, belle, millénaire, hérissée de toits et de dômes d'églises. Dans la salle de projection, les chefs d'état-major de l'armée américaine se calèrent sur leur chaise et fixèrent avec gravité les images prises depuis un essaim de minuscules chauves-souris.

Ces dernières parcouraient le ciel de part et d'autre, alors que la lumière du soleil couchant laissait place à la nuit. La scène aurait presque pu sembler romantique si les ailes des créatures n'avaient pas émis ce chuintement mouillé un peu écœurant. L'écran se fractionna en plusieurs plans rapprochés au fur et à mesure que la nuée se dispersait en un plongeon. La cité apparaissait à une vitesse vertigineuse, de plus en plus nette, fourmillante et bruyante, avec ses rues encombrées et ses places animées.

À quelques mètres du sol, les chauves-souris se placèrent en vol stationnaire et tournèrent leurs yeux à trois cent soixante degrés, inspectant chaque être humain qui se trouvait dans leur champ de vision. Et soudain elles foncèrent se poser sur la tête des passants. Leur corps lustré brilla un instant dans la chevelure d'un homme installé à une terrasse de café, sur l'épaule d'un autre devant un distributeur de boissons, d'une femme disputant son enfant, d'un mendiant assis au bord d'une fontaine…

Les images s'accélérèrent, montrant des centaines de personnes, sereines, rieuses ou affairées. Puis leur visage se crispa dans une grimace d'effroi et de douleur quand, nichées au creux de leur cou, les chauves-souris plantèrent les dents dans leur peau. D'innombrables cris jaillirent alors des quatre coins de la ville pendant que la nuée se reconstituait et disparaissait dans la nuit orangée.

D'autres séquences succédèrent aussitôt à celles-ci, encore plus terribles. Les images d'hommes et de femmes se tirant une balle dans la tête, se jetant sous des trains, sautant des toits d'immeubles… Au fond des yeux de chacun d'eux, le même désespoir ardent, la même détermination d'en finir. Plus rien à quoi se raccrocher. Pas le moindre espoir. Pas la moindre lumière.

En guise de conclusion, un tableau présenta quelques chiffres :

Nombre d'habitants : 3 000 000
Dispositif ressource : 1 000 Chiroptères
Mode opératoire : sélection 100 % naturelle
Durée de l'opération : 72 heures
Résultat : 500 000 éliminations
Marge d'erreur : 0

Les hauts gradés s'entre-regardèrent. Comme tous, ils avaient appris un peu plus tôt la nouvelle : une capitale européenne avait perdu un habitant sur six en quelques heures. Si les autorités évoquaient un virus fulgurant, elles se montraient peu enclines à fournir des détails. La confusion semblait totale. À moins qu'elle ne soit entretenue pour masquer une réalité bien plus terrible encore, hypothèse que chacun des hauts gradés témoins de cette projection devait garder en tête.

Intrigués par les données chiffrées figurant toujours sur l'écran, il leur tardait d'en savoir plus. Fergus Ant, le nouveau Président par intérim, se leva pour se placer face à eux, portant leur attention à son comble. Il se racla la gorge et invita un homme assis au premier rang à venir le rejoindre.

— Mesdames, messieurs, ce que vous venez de voir est strictement authentique et confidentiel… commença-t-il.

Une femme à la veste bardée de médailles profita de la courte interruption pour poser la question qui leur brûlait les lèvres :

— Notre pays a-t-il une quelconque responsabilité dans ce qui vient de se passer ?

Le regard du Président glissa vers l'homme à ses côtés.

— Absolument ! répondit ce dernier d'un air triomphant.

Il avait détaché chaque syllabe avec ostentation, accentuant le profond sentiment de malaise planant dans la salle. Certains se mirent à transpirer anormalement, d'autres glissèrent un doigt dans leur encolure, le souffle soudain court.

— Fergus ? fit l'homme à l'adresse du Président.

Les militaires s'interrogèrent du regard. Qui était cet individu proche du Président au point de l'appeler par son prénom ? Aucun d'eux ne le connaissait.

— Tout le mérite de cette opération vous revient, répondit Fergus Ant en reculant d'un pas. C'est vous qui saurez mieux que quiconque nous apporter les détails de l'opération. Je vous en prie, Orthon…

Première partie

Marée noire

1

Installation transatlantique

Quelques jours plus tôt, en Angleterre…

Bien qu'Orthon ne soit encore jamais apparu dans le sillage de Fergus Ant, les Sauve-Qui-Peut ne doutaient pas un seul instant du rôle actif du Félon dans l'assassinat de l'ancien président des États-Unis. Lors de leur infiltration de l'ancienne plate-forme pétrolière en mer d'Irminger, le refuge d'Orthon et de son armée d'élite, Oksa et Gus l'avaient entendu se réjouir à propos de Ant. « Je savais que le Vice-Président était un homme sensé ! Le ralliement du numéro deux du gouvernement américain représente une pièce maîtresse dans ce qui va se passer à partir de maintenant. » Il était alors en train de préparer le terrain, « à la Orthon », façon rouleau compresseur. Et à l'évidence, il avait parfaitement réussi : le mal était dans la place.

Bien entendu, l'attention du monde entier fut monopolisée par l'assassinat du Président et ses conséquences. Après la stupéfaction et l'affliction, les conjectures allèrent bon train, plusieurs pistes étant envisageables quant aux responsables de l'odieux acte. Fanatiques religieux ? Extrémistes politiques ? Psychopathes surarmés ? On pouvait tout concevoir, sauf ce qui s'était réellement passé. D'ailleurs, à part les Sauve-Qui-Peut, qui aurait pu l'imaginer ?

Dans la maison d'Abakoum, en pleine campagne anglaise, les chaînes d'information traitaient inlassablement de l'assassinat et suscitaient chez ses occupants un immense sentiment de révolte et de dégoût.

— Plus la peine de chercher… Nous savons désormais où trouver Orthon.

L'Homme-Fé cachait mal son amertume.

— Tirons-en avantage ! s'exclama Pavel Pollock. Vaniteux comme il est, il doit se sentir hors d'atteinte et plus puissant que jamais !

— C'est sûr ! renchérit Oksa. À ses yeux, nous ne représentons qu'un gravillon dans sa chaussure, et tant mieux ! Il sera moins méfiant…

Abakoum baissa la tête d'un air sombre. Les épreuves des dernières semaines – la soumission de Tugdual à son père biologique, le drame de Niagara et le « suicide » de tous ces jeunes gens, la confrontation musclée avec Orthon… – l'avaient touché plus qu'il ne voulait le reconnaître. Physiquement, il avait vieilli de dix ans. Mais psychologiquement, il n'avait plus d'âge. Il était épuisé, à bout de forces.

Il regarda Oksa, la jeune et nouvelle Gracieuse, certainement la dernière qu'il aurait le bonheur de connaître.

— On doit aller à Washington ! lança-t-elle soudain. Orthon est certainement là-bas, à tirer les ficelles du pouvoir. Il faut qu'on débusque ce pourri et qu'on l'arrête avant qu'il ne soit trop tard !

Ses grands yeux gris ardoise brillants d'un éclat ardent, elle poursuivit sur un ton sentencieux :

— Rappelez-vous ce qu'il a dit : « Que les grands de ce monde le veuillent ou non, je suis l'avenir ! »

Pavel inspira profondément. Du regard, il interrogea sa femme, Marie, et tous ceux qui étaient là, dévoués. Gus, Zoé, Kukka, les descendants de Léomido, Niall, le dernier arrivé parmi eux… Sans oublier Barbara et Mortimer McGraw qui avaient eu le courage inouï de quitter Orthon, respectivement leur mari et leur père.

— Ça paraît inévitable… marmonna Pavel.

— C'est inévitable ! insista Oksa.

Marie observa son mari, dont le visage se fermait à vue d'œil à la pensée d'un énième départ. Quand les Pollock pourraient-ils enfin connaître un répit durable et vivre en paix ? Devraient-ils fuir ou traquer leurs ennemis jusqu'à la fin de leurs jours ? Résigné, Pavel finit par hausser les épaules. Les Pollock et les Sauve-Qui-Peut avaient un destin chaotique, mais exceptionnel. Comme d'habitude, ils l'assumeraient. Et en tant que fils, petit-fils et père de Gracieuses, Pavel avait une responsabilité supplémentaire. Il inspira à fond, regarda sa famille et ses amis, et inclina lentement la tête. Oksa avait raison : oui, ce nouveau départ s'avérait inévitable, c'était une question de devoir, de conscience. Et de destinée.

Il ne fallut que quelques jours pour s'organiser et la prévoyance d'Abakoum y contribua largement. Avant de quitter Édéfia, à l'instar d'Orthon, le vieil homme avait glissé dans son bagage quelques poignées de diamants, ressource quasi ordinaire et inépuisable sur la terre Du-Dedans, mais hautement appréciée à Du-Dehors. Cette petite fortune était une véritable aubaine pour rendre certaines choses possibles, par exemple trouver rapidement dans la capitale américaine un appartement pouvant accueillir dix personnes – le clan Fortensky, composé des descendants de Léomido, viendrait plus tard.

— L'argent a vraiment des vertus magiques… soupira Marie en refermant sur l'agent immobilier la porte du monte-charge qui permettait d'accéder au nouveau logis.

— Venez voir ! appela Oksa en grattant la crasse recouvrant une fenêtre. D'ici, on aperçoit le toit de la Maison Blanche !

— Super… marmonna Pavel.

À vrai dire, le père d'Oksa était trop préoccupé par l'état de l'appartement pour pouvoir en apprécier les avantages géographiques. Le loft que venait d'acheter Abakoum au troisième et dernier étage d'un atelier désaffecté était certes immense. Mais au moment où le contrat de vente fut signé, son confort restait potentiel : des années d'abandon, suivies du cataclysme mondial, avaient laissé des traces et il fallait beaucoup d'imagination pour se projeter dans un lieu qui semblait loin de pouvoir être habité par les Sauve-Qui-Peut déracinés.

Le scepticisme de son père n'échappa pas à Oksa.

— Si l'argent a des vertus magiques, eh bien, nous, nous avons des créatures aux pouvoirs prodigieux ! fit-elle en libérant des Boximinus, les compagnons indispensables à tout Sauve-Qui-Peut digne de ce nom.

Le Foldingot fut le premier à retrouver sa taille normale.

— Que ma Gracieuse accepte la réception de notre gratitude incommensurable d'offrir la délivrance à sa domesticité ! s'écria-t-il. La promiscuité faisait la cause d'un déplaisant engourdissement musculaire et de pénibles chamailleries.

Il jeta un coup d'œil à droite et à gauche avant d'ajouter à voix basse :

— Certaines et certains parmi nous ne sont pas dotés d'un volume de sociabilité suffisant pour procéder aux voyages de groupe, mais ma Gracieuse doit permettre à son intendant de conserver sa bouche muette sur leur identité…

Oksa acquiesça en lui caressant la tête, pendant que d'autres créatures émergeaient de la boîte et, selon leur tempérament, bondissaient dans tous les sens ou s'étiraient avec volupté. Comme d'habitude, et ce en dépit de leur petite taille, les Devinailles étaient les moins discrètes et se plaignaient amèrement de la température, encore fraîche en ce début de printemps. Seul l'Insuffisant d'Oksa restait immobile, les yeux écarquillés de béatitude.

— Ho, ho, le ramolli du cerveau, va falloir faire un petit toilettage ! le railla un Gétorix échevelé en avisant son échine couverte de débris visqueux.

L'information entra dans la sphère de compréhension de l'Insuffisant au bout de quelques laborieuses secondes.

— Vous avez raison, c'est plutôt négligé ici… fit-il en balayant l'appartement d'un regard indolent.

— Je parlais de toi, le mou du bulbe ! On t'a vomi dessus ou quoi ?

À ces mots, les Goranovs qu'Oksa venait d'extraire de leur Boximinus frémirent de toutes leurs feuilles.

— Pfff, nous n'avons jamais caché souffrir du mal des transports, rétorqua la plus grande d'un ton aigre. Notre chlorophylle caille dès que nous stressons, je vous signale !

— C'est-à-dire, à peu près vingt-trois heures cinquante-neuf sur vingt-quatre ! ironisa un Ptitchkine.

— Et puis, c'est pas une raison pour asperger tout le monde ! rigola le Gétorix en s'ébrouant.

L'Insuffisant se figea comme une statue. Une immobilité nécessaire pour laisser à son cerveau la possibilité de réfléchir…

— Vous êtes une asperge ? interrogea-t-il enfin avec un étonnement sincère.

Oksa sourit et plaça tous les végétaux sur le rebord d'une fenêtre où s'activait déjà un Gobecra. D'ailleurs, sous le commandement du Foldingot, toutes les créatures s'étaient mises au travail pour nettoyer, épousseter, lustrer du sol au plafond l'immense local.

— D'ici deux jours, vous verrez, ce sera méconnaissable, avertit Abakoum.

L'Homme-Fé avait raison. Le surlendemain, les Sauve-Qui-Peut quittèrent l'hôtel où ils étaient descendus sous de faux noms et prirent définitivement possession de leur nouveau logis. L'appartement était aussi impeccable que confortable. Humains comme créatures, tout le monde y avait mis du sien, et le monte-charge avait été largement mis à contribution pour convoyer tout le mobilier et le matériel nécessaires au quotidien de dix personnes, dont six adolescents surexcités par ces changements.

Debout en plein milieu de la grande pièce centrale, Oksa ne savait plus où poser le regard tant elle était enthousiasmée par ce décor, de style industriel mais chaleureux.

— C'est trop beau ! lança-t-elle à mi-voix. J'adore ce mur de briques ! Et ces canapés ! Oh, et ce tapis…

Soudain, elle s'interrompit et serra les lèvres pour se faire taire elle-même. Plus loin, dans la cuisine ouverte toute laquée de noir, ses parents s'enlaçaient avec tant de chaleur qu'ils n'avaient pas remarqué sa présence, ni même entendu ses exclamations. Ils s'embrassaient, seuls au monde, aussi amoureux que le premier jour où ils s'étaient rencontrés, plus de vingt ans auparavant. Oksa se sentit bouleversée par une immense tendresse.

Elle finit par détourner les yeux et s'apprêtait à quitter discrètement la pièce quand les Ptitchkines se mirent à faire des loopings au-dessus de ses parents en pépiant :

— Oh, les amoureux ! Oh, les amoureux !

Pavel et Marie se détachèrent aussitôt, à contrecœur.

— Tu étais là, ma fille ? fit Pavel en rencontrant le regard d'Oksa.

Marie se détourna, un peu gênée, et entreprit de lisser ses cheveux de ses doigts.

— Ooff, je venais juste d'arriver… mentit la jeune fille. Impossible de leur dire que ce qu'elle venait de voir lui faisait un bien fou, comme chaque fois qu'elle était témoin de leur amour. Les gestes, les baisers, les regards… tout cela la rassurait. Elle reporta son attention sur les Ptitchkines déchaînés.

— Vous n'êtes jamais fatigués, les p'tits monstres à plumes ? fit-elle.

D'un geste de la main, elle les attira jusqu'à elle – ils étaient si légers ! Les oiseaux dorés piaillèrent d'indignation, sans pouvoir résister à son Magnétus. Oksa les attrapa et les fourra dans sa sacoche.

— Et maintenant, on se tait et on arrête d'embêter tout le monde !

— Haaannn, la Gracieuse prise en flagrant délit de maltraitance sur d'innocentes créatures !

En reconnaissant la voix de Gus, Oksa se retourna aussitôt. Barbara et Mortimer à ses côtés, il portait des sacs débordant de paquets de pâtes, de légumes et de laitages. Il retira son bonnet de grosse laine noire et souffla dans ses mains. Ses cheveux noirs et lisses encadraient son visage, de plus en plus marqué par ses origines eurasiennes. Oksa savait que ses yeux s'étaient instantanément illuminés d'un éclat spécial, mais elle l'assumait. Personne au sein des Sauve-Qui-Peut n'ignorait plus la nature de leurs relations. Mieux encore : tous se réjouissaient qu'ils aient enfin réussi à reconnaître qu'ils s'aimaient.

— Ah, Gus, tu tombes bien ! fit Pavel. Venez par là tous les deux...

Oksa jeta un coup d'œil interrogateur à son père, puis à Gus. Le garçon haussa les épaules, il n'en savait pas plus qu'Oksa. Il posa les sacs de courses et entraîna la jeune fille à la suite de Pavel, qui s'engageait dans une coursive cloisonnée de plaques de métal rivetées et jalonnée d'une dizaine de portes.

— Voilà ! s'exclama Pavel en poussant l'une d'elles d'un air plus que ravi.

Il se poussa pour leur laisser le passage.

— Euh... oui... Super, Papa, c'est... une très jolie chambre... bredouilla Oksa.

La chambre était effectivement meublée avec goût, avec sa commode rouge, ses fauteuils beiges en forme d'œuf, sa lampe de sol ronde et blanche comme une pleine lune... et son lit à deux places.

— C'est votre chambre, dit Pavel.

Oksa le dévisagea, les sourcils froncés. Que devait-elle comprendre ?

— C'est votre chambre à tous les deux, précisa son père. À Gus et à toi...

— Ah ?

Ce fut le seul mot qu'elle se sentait capable de dire. Une bien piètre réaction par rapport à la surprise et à la gêne qu'elle éprouvait. Elle n'osait plus regarder personne, ni son père ni Gus.

— Comme ça, ça évitera à Gus de raser les murs sur la pointe des pieds pour venir te rejoindre chaque nuit… ajouta Pavel, des sourires plein les yeux.

Oksa devint cramoisie. Ils avaient pourtant été si discrets ! Son père devait avoir des antennes spéciales…

— Eh bien, merci, Pavel, lâcha Gus.

Son ton était assuré et sincèrement reconnaissant. S'il était embarrassé, il n'en montrait vraiment rien.

— Vous êtes si grands, maintenant… résonna la voix de Marie derrière eux.

Elle posa les mains sur les épaules d'Oksa et de Gus, et fit à chacun un baiser sur la joue.

— Nous vous aimons tous les deux, leur dit-elle. Et nous avons confiance en vous.

Oksa lui rendit son baiser et en offrit un à son père.

— Ah, quand même ! grommela ce dernier, toujours prompt à jouer la tragédie des grands oubliés.

— Allez, viens, mon pauvre vieux mari ! fit Marie en le tirant par la main. N'oublie pas que tu as promis de m'aider pour le dîner !

Ils s'éloignèrent tous deux dans le couloir, un bras autour de la taille l'un de l'autre. Oksa referma la porte et plaqua son dos contre le mur. Gus s'était déjà jeté sur le lit d'où il la regardait d'un drôle d'air, les bras derrière la tête.

— T'as vraiment des parents excellents… murmura-t-il.

Oksa ressentait toute l'émotion qu'il éprouvait en disant ces mots. Ses propres parents, Jeanne et Pierre, étaient restés à Édéfia. Ou plus exactement, ils n'avaient pas pu revenir à Du-Dehors en même temps que les Sauve-Qui-Peut. Seuls les Cœurs Gracieux avaient eu ce privilège. Oksa vint le rejoindre et se colla contre lui. Il lui ouvrit les bras, caressa ses cheveux, ses lèvres.

— Il est bien, cet appartement, hein ? dit-il à son oreille.

— Très très bien, répondit Oksa.

— Et cette chambre, elle est vraiment super, non ?

— Mmm mmm… acquiesça Oksa.

— Et le lit, quelle merveille, n'est-ce pas ?

Oksa rit doucement.

— Allons, mademoiselle Pollock, parlez-nous de ce lit, voulez-vous ? poursuivit Gus.

Il se pressa encore davantage contre elle et entreprit d'enrouler une mèche des cheveux châtains de la jeune fille autour de son doigt.

— Oh, mais vous rougissez ! Ne me dites pas que vous êtes gênée, vous, une Gracieuse de votre envergure qui a connu tant de prodigieuses aventures et accompli tant de…

— Tu vas te taire, maintenant ? l'interrompit Oksa.

Et, afin de mettre fin à cette conversation, elle se redressa, prit le visage de Gus entre ses mains et posa les lèvres sur les siennes.

— OK, je me tais… murmura le garçon.

Et alors même qu'une nuée de Chiroptères s'abattait sur des milliers d'innocents de l'autre côté de l'océan, Oksa et les Sauve-Qui-Peut entamaient un nouveau chapitre, plus indécis et inquiétant que jamais. Non loin, la Maison Blanche s'élevait dans leur champ de vision, abritant celui qui menaçait de devenir le plus grand meurtrier que l'humanité eût connu.

2

Une initiative surprenante

Marie Pollock replia brutalement les pages du journal et posa les mains à plat sur la table avec un peu plus de force qu'elle ne l'avait supposé. Ses narines se pincèrent quand les tasses cliquetèrent sur leur soucoupe en provoquant des remous à la surface des boissons chaudes. Intrigués, Abakoum, Pavel et Oksa la dévisagèrent.

— Je vais me faire engager comme pâtissière à la Maison Blanche ! s'exclama-t-elle.

— Qu'est-ce que tu racontes, chérie ? grommela Pavel.

— Là, regarde !

Elle pointa du doigt un encadré sur le journal, à la rubrique « Offres d'emploi ». Sourcils levés, Pavel le lut, Oksa et Abakoum penchés au-dessus de lui. Son visage afficha bientôt une contrariété incontestable.

— Hors de question ! assena-t-il.

Marie lui jeta un regard plutôt furieux.

— Et pourquoi donc ?

— C'est beaucoup trop dangereux.

— Ah ! Parce que tu crois que ce que nous vivons depuis quelque temps ne l'est pas ? On aurait pu être tués au moins mille fois depuis que cette histoire a commencé !

Elle reprit son souffle et enchaîna aussitôt, sans laisser le temps à quiconque de dire quoi que ce soit :

— J'ai… j'ai survécu pendant plusieurs mois dans un monde en plein chaos, sans ton aide, je te signale. J'ai connu des situations d'une violence inouïe, alors que j'étais handicapée et vulnérable. Mais tu sous-entends peut-être que je ne suis pas capable…

— Je n'ai pas dit cela ! la coupa Pavel.

— … de vous aider ? poursuivit Marie, hors d'elle. Je n'ai pas de pouvoirs, alors je devrais rester à la maison à attendre gentiment mon surhomme de mari et mon héroïne de fille, c'est ça ? Oh, tu veux peut-être que je me mette à la broderie ? Ou bien à l'ikebana, pendant qu'on y est !

Rien ni personne ne semblait pouvoir l'arrêter. Oksa la contemplait en se mordillant la lèvre.

— Tu es aussi forte que nous tous, Maman… murmura-t-elle.

Emportée par sa colère, Marie ne l'entendit pas. Elle darda son regard brun sur Pavel et explosa :

— À moins que tu ne veuilles dire que je suis nulle en pâtisserie, ce qui serait un comble car je suis très douée, sans doute même meilleure que toi, et tu le sais très bien !

Alertés par les cris, Gus et Zoé firent irruption et trouvèrent les parents d'Oksa figés dans une attitude de pur défi, face à face, les yeux dans les yeux, les mains crispées au bord de la table. On aurait pu croire qu'ils s'apprêtaient à livrer un combat. Gus s'assit à côté d'Oksa et entrecroisa ses doigts à ceux de la jeune fille. Le silence plomba un instant l'ambiance déjà très lourde avant que Marie, plus calme, ne lance :

— Ce qui vient de se passer en Europe est très grave, cet essaim de chauves-souris…

Elle frissonna et ne put s'empêcher de jeter un coup d'œil à Gus. Le garçon s'était crispé à l'évocation des terribles créatures qui avaient bien failli le faire mourir. Elles resteraient un traumatisme jusqu'à la fin de ses jours.

— Cinq cent mille morts en quelques heures... Vous vous rendez compte ? reprit Marie. Mais nous, nous savons très bien qui se trouve derrière cette abomination. Il faut juste que nous soyons au plus près du nouveau Président pour nous assurer de la présence d'Orthon dans les parages et je suis la seule à pouvoir m'introduire à la Maison Blanche. Depuis la dernière fois que cette ordure m'a vue, je suis si différente...

Les yeux d'Oksa s'embuèrent aussitôt. Oui, sa mère avait raison. Sa guérison *in extremis* n'avait pas tout effacé, tant s'en fallait. Ses cheveux étaient désormais courts et gris, son visage marqué et vieilli, son corps amaigri. Elle était toujours belle, avec cette douceur lumineuse qui ne l'avait jamais quittée. Mais force était de reconnaître qu'elle avait vraiment changé.

— Les Culbu-gueulards pourraient s'en charger... suggéra Pavel.

Marie parut soudain très triste. Gus inspira profondément, ses yeux marine mi-clos. Pavel n'avait-il donc rien compris ? C'était si important pour eux, les Du-Dehors sans aptitudes magiques, de pouvoir participer à la lutte. Le jeune homme, tout comme Marie, avait déjà prouvé combien il pouvait être utile. Mais il fallait batailler, toujours, pour convaincre ceux de leur propre clan et Gus en éprouvait chaque fois une grande amertume.

Contre toute attente, Pavel se leva pour se placer derrière Marie. Là, il mit les mains sur ses épaules et commença à la masser.

— C'est le meilleur moyen… dit Marie dans un chuchotement.

Elle renversa la tête en arrière, jusqu'à ce qu'elle repose contre le ventre de son mari.

— Et je ne serai jamais très loin, ajouta Abakoum.

Personne n'oubliait que l'Homme-Fé était aussi l'Homme de l'Ombre. Ou plutôt, l'Homme-Ombre, le Veilleur protecteur et rassurant. Marie lui adressa un sourire reconnaissant, alors que Pavel se tassait sur lui-même, rongé d'inquiétude.

Malgré le nombre et le niveau des candidats, Marie franchit brillamment toutes les étapes du recrutement et décrocha le poste tant convoité. Bien sûr, son croustillant chocolat-griottes se révéla être un argument aussi irrésistible que succulent. « Une vraie tuerie… » comme disait Oksa. Le petit coup de pouce magique d'Abakoum balaya les ultimes concurrents et Marie l'accepta sans rechigner. Après tout, l'union des forces avait souvent été la clé de la réussite des Sauve-Qui-Peut. Quelques retouches physiques, des lentilles de couleur, l'absorption de mystérieuses et amères tisanes pour rendre sa voix rocailleuse, et Marie Pollock fut tout à fait prête à intégrer la brigade pâtissière de la Maison Blanche.

— Je me sens aussi nerveuse que le premier jour de mon entrée au collège… fit-elle en vérifiant son allure dans le miroir de l'entrée.

Tous les Sauve-Qui-Peut étaient là, chacun la soutenant à sa façon. Amusée, Oksa s'approcha et fit mine de l'ébouriffer.

— Oh, ma petite Maman, tu vas assurer comme une bête !

— Comme une petite fouine qui va fourrer son nez partout, tu veux dire ! renchérit sa mère.

Elle ajusta la tunique blanche boutonnée en raglan et tira sur les manches.

— Ce tissu est raide comme une armure, déplora-t-elle. On n'a pas idée d'amidonner autant des vêtements de travail…

— Tiens, j'ai une drôle de sensation… intervint Pavel, l'air faussement intrigué.

— Une sorte de déjà-vu, peut-être ? suggéra Marie.

Les trois Pollock se sourirent mutuellement : une scène, quasiment identique, avait eu lieu quelques années plus tôt, à Bigtoe Square, avec Oksa dans le rôle de la collégienne pestant de devoir porter son tout nouvel uniforme – et surtout une jupe plissée et une cravate ! Bizarrement, ce souvenir restait l'un des plus vivaces et des plus tendres de l'histoire familiale des Pollock.

Quand le regard d'Oksa se posa sur ses amis, il s'assombrit. Comme elle avait de la chance par rapport à eux… Gus et Kukka ignoraient s'ils reverraient un jour leurs parents adoptifs ; Zoé avait perdu les siens à tout jamais et si Mortimer avait encore sa mère auprès de lui, son père était… ce qu'il était. Un monstre atteint d'une folie mégalomaniaque et assassine. Quant à Niall, sa famille était retenue par le Félon et lui servait de bouclier humain…

Alors oui, Oksa avait beaucoup de chance.

Accentuant sans le savoir la similitude avec la scène de Bigtoe Square, Zoé tendit une petite bourse de cuir à Marie, non sans avoir obtenu l'approbation muette d'Oksa.

— Ça t'aidera, Marie… fit-elle simplement.

— Qu'est-ce que c'est ?

— C'est un talisman fabriqué par Dragomira… répondit Zoé en baissant ses yeux bordés de cils presque roux. Oksa me l'a donné un jour où j'avais besoin de réconfort. Il te servira plus qu'à moi dans les jours qui viennent…

Elle hésita, se serra davantage contre Niall qui la couvait du regard, puis ajouta :

— Ça marche vraiment, tu sais !

— *Si tu sens la tension serrer ton cœur, prends ceci et caresse-le doucement. Le ciel te paraîtra plus clair et le chemin plus sûr…* murmura Oksa.

— Merci, dit Marie dans un souffle.

Le Foldingot surgit, une montre gousset à la main – sa dernière lubie à l'issue de la lecture d'*Alice au pays des merveilles*.

— Mille deux cent quarante-huit battements soustraits de neuf multipliés par trois mille six cents font l'avènement des salutations d'au revoir…

Personne ne comprenait rien à sa façon d'égrener le temps, mais le signal était clair : il était temps de partir.

— Comment je suis ? demanda Marie.

— Parfaite ! jaillit le cri unanime des Sauve-Qui-Peut.

Marie enfila sa veste et enfonça son bonnet de laine. Au moment de mettre son écharpe autour de son cou dans un geste exagérément précipité, Pavel l'arrêta pour finir lui-même de la nouer, calme mais néanmoins ému.

— Nous aussi, on aimerait bien un peu de chaleur ! brailla une Devinaille. Et nous tenons à faire remarquer que ce n'était pas la peine de traverser la moitié de la Terre pour venir se terrer dans un endroit aussi frigorifique…

Un frisson lui cloua le bec, mais c'était sans compter sur la solidarité de ses compagnes.

— Vous n'auriez pas pu choisir un endroit exotique, pour une fois ! poursuivit l'une d'elles. Nous sommes mécontentes !

— Très très mécontentes ! insista une autre.

Cette digression climatique eut le mérite de faire sourire Marie et les Sauve-Qui-Peut.

— Mettez donc vos combinaisons en mohair… suggéra Abakoum avec une patience exemplaire.

— Ben oui, les poulettes ! intervint le Gétorix. Les combinaisons, c'est pas fait pour les chiens !

— Les régions tropicales non plus ! rétorqua une Devinaille.

— Bon, eh bien, je crois que je vais vous laisser gérer la basse-cour en folie… fit Marie en levant les yeux au ciel. Bon courage ! ajouta-t-elle.

— À ce niveau-là, ce n'est plus du courage qu'il nous faut, mais de l'héroïsme ! soupira son mari en la prenant dans ses bras.

La résonance particulière de ces mots n'échappa à personne. Pavel enfouit son visage dans le creux de l'épaule de Marie et lui murmura à l'oreille :

— Jure-moi que tu ne prendras aucun risque…

— Je te le jure.

— S'il t'arrivait quoi que ce soit, je ne m'en remettrais pas.

— Il ne m'arrivera rien.

Marie prit le visage de Pavel entre ses mains, le regarda longuement et lui fit un baiser. Puis elle embrassa Oksa et chacun des Sauve-Qui-Peut.

— Tout va bien ! s'exclama-t-elle devant leur mine soucieuse. On a connu bien pire, non ?

Elle n'attendit pas que l'un d'entre eux réponde et fit volte-face.

— À tout à l'heure ! cria-t-elle en refermant sur elle la lourde porte coulissante du monte-charge.

Oksa se précipita à la fenêtre et suivit des yeux la silhouette de sa mère longeant la petite rue droite et dégagée. Puis Marie tourna pour s'engager sur l'avenue et disparut. Une ombre l'escortait, un peu décalée, pas tout à fait fidèle et pourtant bien présente. L'Homme-Fé avait prévenu : il ne serait jamais loin.

3

Transfert

La structure métallique de la Salamandre se détacha dans le crépuscule, anomalie dressée entre la mer houleuse et le ciel s'obscurcissant de seconde en seconde. Orthon abaissa le périscope et prit place dans un fauteuil, alors que son sous-marin s'enfonçait dans les eaux ténébreuses. Quelques mois plus tôt, il avait établi son repaire sur cette ancienne plate-forme pétrolière, en mer d'Irminger, au large du Groenland. Là, il avait fondé son armée d'élite à laquelle participaient les meilleurs, tant dans les domaines scientifique que militaire, informatique ou médical. Après l'affront subi lors de son dernier séjour à Édéfia, aiguillonné par une rancœur tenace, c'est sur la Salamandre qu'il avait conçu et développé ses projets machiavéliques visant à contrôler le monde pour en devenir le maître.

L'économie et le pouvoir politique avaient été ses premières cibles autant que ses premières réussites. Aujourd'hui, il disposait de stocks prodigieux de matières premières – céréales, pétrole, minerais… il avait raflé quasiment tout ce qui existait sur cette Terre ! – et entraîné à ses côtés quelques-uns des hommes et des femmes les plus puissants.

Son extraordinaire capacité de persuasion n'avait pas été son seul atout, quelques « accessoires » s'étaient révélés fort convaincants. Entre autres, ce gaz saturé de l'ocytocine sécrétée par les Diaphans, propagé ensuite par les Chiroptères, comme un virus… Un procédé génial, capable de convaincre et de pousser au sacrifice, par amour ou par horreur, les êtres les plus solides. Orthon n'était pas peu fier d'en avoir fait une arme bactériologique, si innovante et si créative.

Bien sûr, l'usage intensif de cette nouvelle génération d'armes avait entraîné des pertes qu'Orthon déplorait amèrement. Non pas celles de centaines de milliers de victimes, mais celles de la plupart de ses Diaphans qu'il considérait comme la chair de sa chair. Les besoins de goudron noir, fabriqué à partir des sentiments volés aux humains, étaient de plus en plus importants et Orthon avait dû missionner ses créatures adorées à un rythme si effréné que quatre d'entre elles avaient fini par succomber à des overdoses. Heureusement, les deux survivantes permirent aux scientifiques, les sinistres génies Leokadia Bor et Pompiliu Negus, de synthétiser la molécule de goudron pour une fabrication du virus à grande échelle.

Orthon leur vouait une reconnaissance muette, mais éternelle, et la réciproque était tout aussi vraie.

Maintenant qu'il maîtrisait le premier maillon important de la chaîne qui le conduirait à la victoire absolue, le Félon n'avait plus besoin de la discrétion glacée de la mer d'Irminger… Ses projets restaient confidentiels, mais en tant que conseiller très personnel et très influent du nouveau président des États-Unis, il bénéficiait d'une certaine crédibilité et, surtout, de moyens logistiques quasiment illimités. Même s'il n'ignorait pas la désapprobation muette de certains, il n'avait pas besoin de se justifier pour obtenir ce qu'il voulait. Une bonne chose, car il aurait été un brin contrarié de devoir transporter dans son sous-marin privé l'arsenal nucléaire qu'il avait constitué sur la Salamandre. Il n'avait tout de même pas fait tout cela pour rien ! Fergus Ant avait d'ailleurs été très compréhensif à ce sujet en ordonnant la mise à disposition d'un navire militaire à l'usage de son cher ami. À cette pensée, Orthon sourit : il saurait se souvenir de ce geste… tant que Ant représenterait un réel intérêt pour lui, bien entendu.

— On ne peut pas s'encombrer de ce qui ne sert à rien… murmura le Félon en inspirant profondément.

— Que dites-vous, Père ?

— Je réfléchissais à voix haute, Gregor.

Son fils aîné lui ressemblait beaucoup. Il avait hérité de sa prestance, de cette minceur extrême et sombre, surtout quand il se tenait ainsi, le dos droit, les bras derrière le dos, le regard inflexible. Mais il n'avait pas sa puissance. Comment l'aurait-il pu ? Il n'était qu'à moitié Du-Dedans. C'était la même chose pour son fils cadet, Mortimer. Le garçon l'avait outrageusement défié en choisissant de rallier ces maudits Sauve-Qui-Peut. Il fallait le reconnaître, ce choix dénotait une certaine forme de courage – à moins que ce ne fût de la pure inconscience. Mais lui aussi restait à moitié Du-Dehors et sa force ne pouvait équivaloir celle de son illustre père. Non, de ses trois fils, il n'y en avait qu'un à posséder un potentiel à la hauteur : Tugdual.

Instinctivement, Orthon le chercha des yeux en faisant pivoter sa chaise. Il ne tarda pas à le trouver, calé dans un fauteuil, à l'écart des hommes et des femmes qui passaient le temps en jouant aux cartes. Le casque de son lecteur mp3 sur les oreilles, Tugdual lisait.

Orthon pencha la tête pour voir le titre du livre et fronça les sourcils, intrigué : *Le Zen dans l'art chevaleresque du tir à l'arc*. Il se rembrunit. Il connaissait ce livre, célèbre pour son approche de la maîtrise que l'être humain pouvait avoir sur son propre mental.

— Tugdual ? appela-t-il d'une voix forte.

Le jeune homme se redressa, abandonnant sa lecture avec un soupçon de regret qui ne manqua pas de contrarier son père. Si quelqu'un devait maîtriser le mental de Tugdual, c'était lui, Orthon, et personne d'autre. Son emprise était forte, sans aucun doute. Tugdual lui obéissait au doigt et à l'œil, il n'avait jamais désobéi, jamais dévié du chemin que son père lui ordonnait d'emprunter. Pas de contestation, encore moins d'opposition. Mais d'infimes détails avaient fait prendre conscience à Orthon qu'une minuscule part du garçon restait insaisissable, comme hors de portée. Ce qui entachait la satisfaction que pouvait éprouver le Félon d'avoir à ses côtés le fils parfait.

— Qu'est-ce qu'il y a, Père ? fit le jeune homme.

Si le regard d'Orthon était noir comme de l'encre de Chine, celui de Tugdual avait la transparence bleutée de la glace, sans pour autant révéler quoi que ce soit.

Ni haine ni amour. Ni mépris ni admiration.

Rien.

— Comment se porte notre douce protégée ? demanda Orthon en s'approchant de lui.

— Aussi bien que possible dans ces circonstances, répondit Tugdual d'un ton morne.

Eleanor, la fille du Président assassiné, séjournait parmi eux depuis plusieurs semaines, à son insu. Orthon soupira.

— C'est l'obstination de son père qui nous a conduits à cette extrémité. Quel homme peut rester aussi inflexible quand la vie de son propre enfant est en jeu ?

Tugdual ne répondit pas, se contentant de fixer sur lui un regard étrange, acéré par l'éclat de son piercing à l'arcade sourcilière.

— Mais avant que nous nous quittions définitivement, elle peut encore nous être utile, poursuivit Orthon.

— Comment ?

— En nous permettant d'augmenter notre futur capital « sympathie » auprès du peuple. Les hommes et les femmes de ce monde sont si impressionnables…

Tugdual observa son père, scruta le fond de ses yeux comme s'il cherchait à en déchiffrer les mystères qu'il recélait et acquiesça :

— C'est un projet brillant, Père.

En dépit de l'absence totale d'émotion de Tugdual, Orthon esquissa un sourire complice.

— N'est-ce pas, mon fils ?

— Tout le monde va t'adorer. Tu vas faire figure de héros.

— Et ce n'est que le début, renchérit Orthon.

Il plongea ses yeux dans ceux de Tugdual. Le jeune homme tressaillit et finit par se lever, la nuque raide. À peine eut-il quitté la salle qu'Orthon avisa le livre posé sur la table. Il ouvrit la paume de sa main, une petite boule de feu en émergea et fonça vers l'objet oublié qui prit aussitôt feu. Les quelques personnes installées de part et d'autre firent mine de n'avoir rien remarqué, malgré l'odeur de brûlé et les cendres noires voltigeant vers le conduit d'aération. Le Master avait ses raisons pour agir ainsi et ces raisons ne les regardaient pas.

Seul Gregor n'avait pas perdu une miette de ce qui venait de se passer et l'exultation qu'il éprouvait se traduisait en surface par un énigmatique rictus au coin des lèvres.

Après que Tugdual fut officiellement devenu son demi-frère, rien n'avait vraiment changé : Gregor était resté le bras droit de son père, celui sur lequel le Félon pouvait compter, le seul qui n'ait jamais fait défaut. Certains au sein de l'armée d'élite accordaient à Orthon une loyauté infaillible. Markus Olsen, Pompiliu Negus, Leokadia Bor… Tous ceux-là étaient prêts à donner leur vie pour lui. Il était leur guide absolu, leur Master vénéré. Mais aux yeux de Gregor, il était avant tout son père. Ce qui faisait une immense différence.

Pourtant, malgré l'immense amour qu'il portait à son père, le fils aîné d'Orthon avait vu sa place glisser sensiblement vers la deuxième position dès lors que Tugdual eut rejoint leur camp. Le jeune homme n'était peut-être pas devenu le préféré, mais celui sur lequel les plus grands espoirs pouvaient être fondés. Gregor en était persuadé, son père commettait là une grave erreur. D'ailleurs, n'était-il pas obligé d'user d'artifices pour soumettre Tugdual ? Gregor ne savait pas tout, mais il n'ignorait pas que l'attachement du jeune homme n'avait rien de naturel.

Personne ne pouvait contraindre Tugdual à aimer son père.

Absolument personne.

Mais le jour viendrait où Orthon le comprendrait. Et alors, lui, Gregor, serait là, à ses côtés.

Une bruine légère flottait sur le port de Norfolk, côte Est des États-Unis, lorsque les deux sous-marins accostèrent dans la nuit sans lune ni étoiles. Sous la lumière des projecteurs, tout semblait recouvert d'une pellicule huileuse, figeant même les hommes. Ils étaient nombreux, uniquement des militaires chargés de neutraliser la zone rendue d'autant plus impénétrable que des tireurs d'élite, allongés sur les toits des bâtisses, braquaient leurs armes vers l'extérieur afin de prévenir toute intrusion.

C'est dans cette ambiance martiale qu'Orthon émergea du navire. Impeccable dans son caban noir, le crâne lisse et le front haut, il balaya la berge du regard, ne boudant pas son plaisir de se voir ainsi accueilli. Puis, avec l'agilité d'un félin, il descendit l'échelle d'accès fixée au sous-marin.

À peine eut-il posé le pied sur le quai qu'un homme s'approcha, un haut gradé au vu des décorations militaires épinglées à sa veste.

— Je suis le colonel March. Bienvenue à Norfolk, monsieur, le salua-t-il.

Orthon opina brièvement de la tête. Il fut bientôt suivi de ses deux fils et d'une cinquantaine d'hommes et de femmes, tous vêtus de noir, le visage plus ou moins dissimulé par leur casquette à large visière. La puissance de leur protecteur était une précieuse garantie, mais la plupart d'entre eux se trouvaient toujours sous le coup de lourdes condamnations et tenaient à conserver un certain anonymat. Dans le même temps, luisants comme d'énormes coléoptères, plusieurs camions s'avancèrent dans un silence seulement rompu par le caoutchouc de leurs pneus chuintant sur le bitume humide.

— Le Président m'a informé du caractère particulièrement sensible de la cargaison que nous devons transporter, déclara le colonel à mi-voix. Un train blindé a été affrété, mes hommes vont se charger du transfert.

— Quand comptez-vous arriver à destination ? demanda Orthon.

— Pour les raisons de sécurité que vous connaissez, le train ne circulera que de nuit et à une vitesse réduite. La livraison pourra être effectuée dans soixante-douze heures en prenant toutes les précautions nécessaires.

— Prenez-les ! commenta Orthon. La moindre négligence reviendrait pour le moins à créer un bon petit cataclysme nucléaire… ajouta-t-il avec un de ces rires sarcastiques dont il avait l'habitude.

Piqué au vif, le haut gradé pinça les lèvres et murmura quelques mots dans le minuscule micro agrafé à son col. Aussitôt, les soldats, jusqu'alors immobiles, s'activèrent autour du deuxième sous-marin, avec la précision et l'efficacité de fourmis ouvrières.

— Un des avions présidentiels a été mis à votre disposition, poursuivit le colonel. Quand souhaitez-vous rejoindre Washington ?

— Eh bien, disons… maintenant ! répondit Orthon.

Il observa un instant sa propre armée avant de préciser à son interlocuteur :

— Mon fils aîné, Gregor, assurera le commandement de l'opération dès que vos hommes auront déchargé la marchandise à bon port. Votre mission prendra fin dès la livraison terminée.

— Mais, monsieur… objecta le gradé.

— J'ai l'aval du Président, martela Orthon d'une voix impérieuse, sans pour autant hausser le ton. Ainsi que sa confiance…

Il tourna le dos de façon si ostensible que le militaire en fut choqué. Cet homme, sorti de nulle part et apparu soudainement dans l'ombre de Fergus Ant, n'avait vraiment aucun respect pour la hiérarchie ! Il donna l'accolade à son fils, serra la main d'un de ses acolytes à l'allure de mercenaire et salua les autres avec une attention singulière, à la fois supérieur et confiant.

— Bonne route à tous ! lança-t-il. Je vous rejoins très vite.

Puis, se tournant vers son deuxième fils :

— Tugdual, tu viens avec moi.

Impassible, le jeune homme sortit des rangs et, les mains enfoncées dans les poches, rejoignit son père. Le colonel March ne put s'empêcher de frémir. Tugdual… Il connaissait ce prénom. D'ailleurs, qui ne le connaissait pas ? Il avait été à la une des médias du monde entier, quelques semaines auparavant, et resterait assimilé pendant longtemps à l'une des plus grandes tragédies occidentales.

Peut-être était-ce une coïncidence.

Ou peut-être pas.

Le colonel se décala de façon à pouvoir observer le jeune homme et il lui apparut, l'espace d'un instant, dans le faisceau des projecteurs qui éclairaient le quai.

Oui, c'était bien lui, la rock star responsable de ce terrible suicide collectif à Niagara. Il n'était donc pas mort. Et pire : il n'était autre que le fils de cet homme inquiétant. Qu'est-ce que tout cela signifiait ?

Une berline noire aux vitres teintées glissa jusqu'à eux. Un militaire en émergea pour leur ouvrir la portière. Tous deux s'engouffrèrent à l'intérieur. Puis la voiture redémarra et disparut sous le regard dérouté du haut gradé et celui, imperturbable, des membres de l'étrange armée d'Orthon.

4

« Opération fouine »

La magie y était certainement pour quelque chose, mais Marie Pollock préférait ne rien savoir de la façon dont Abakoum lui avait procuré ses faux papiers. Tout ce qu'elle souhaitait, c'était que le garde armé jusqu'aux dents qui les examinait en ce moment même ne remarquât rien de suspect. Ce dernier se rendit dans la guérite où d'autres hommes observaient les allées et venues à travers la vitre et sur des écrans de contrôle tapissant un mur entier. Là, il compulsa une liste et passa un coup de téléphone, sans la quitter des yeux. Debout devant la grille close surmontée de caméras de surveillance, Marie s'efforça de conserver l'attitude désinvolte de celle qui a la conscience tranquille. Pourtant, quand le garde ressortit, la main sur son arme en bandoulière, elle faillit paniquer.

— Suivez-moi, s'il vous plaît ! ordonna-t-il.

Elle obéit et se laissa conduire dans le sas d'accès. « Les dés sont jetés… » pensa-t-elle en soupirant.

La pièce où l'homme l'escorta n'était qu'un bureau ordinaire, mais un bureau à l'intérieur de la Maison Blanche, tout de même ! Voilà, elle y était… Et à cet instant, elle se sentait davantage comme une bête piégée que comme une espionne chevronnée. On la fit passer à travers un détecteur de métaux, on prit ses empreintes digitales et oculaires, puis on la photographia. Après quelques minutes d'une pénible attente, un autre garde lui délivra un badge magnétique et lui rendit ses papiers d'identité.

— Attendez ici, on va venir vous chercher, lui dit-il d'une voix neutre.

— Je vous remercie, répondit-elle, surprise par le son rauque de sa voix.

Instinctivement, elle glissa la main dans la poche de sa veste et pressa entre ses doigts le talisman d'Oksa. Tout se passait bien et il n'y avait aucune raison pour que cela ne continue pas ainsi. Elle venait d'être engagée à la Maison Blanche et ces vérifications étaient absolument normales, surtout en cette période d'alerte rouge post-assassinat présidentiel… Et puis Abakoum n'était pas loin – elle avait décelé son ombre un peu plus tôt, le long d'un couloir. Il interviendrait si elle se trouvait en mauvaise posture, il ne pouvait rien lui arriver.

— Oh ! Chère madame Taillefer, quel bonheur, vous êtes enfin là !

Marie se retourna, le cœur bondissant dans sa poitrine. Un homme marchait vers elle à grands pas, les mains tendues en avant. C'était John Cook, le chef pâtissier qui avait participé à son recrutement et dont le nom n'avait pas manqué de l'amuser. Il l'observa de la tête aux pieds. Puis, l'air réjoui, il lui prit les mains et les serra avec une vigueur exubérante.

— J'espère que ces cerbères ne vous ont pas fait trop de misères ! fit-il sur le ton de la confidence, un sourcil levé.

— Non, non, tout va très bien…

— Ouf ! renchérit-il en faisant mine de s'éponger le front. Venez, ma chère, je vais vous guider jusqu'à l'antre où nous allons sévir ensemble, pour le meilleur et pour… le meilleur ! Rien que le meilleur !

Sur ce, il éclata d'un rire flûté et prit Marie par le bras pour l'entraîner vers un couloir.

— On m'a dit de passionnantes choses sur vous et je brûlais d'envie de vous rencontrer enfin ! Puis-je vous appeler Valérie ? demanda-t-il.

— Oh, j'en serais ravie !

— Vous avez une allure folle, Valérie ! Quelle silhouette…

Un garde les arrêta dans leur élan.

— Qu'est-ce qu'il y a encore ? s'enquit John Cook, excédé.

Marie crut qu'il allait se mettre à trépigner comme un enfant capricieux.

— Il me faut une signature à chaque entrée et à chaque sortie, répondit le garde.

Marie s'empressa de signer dans la case face à sa nouvelle identité : Valérie Taillefer. C'était si simple…

— C'est bon ? s'impatienta John Cook. Ah, toute cette bureaucratie est un véritable enfer, mais il faudra vous y habituer, ma chère, comme nous tous ici…

— Ne craignez rien, monsieur Cook, je m'y ferai sans aucun problème, le rassura Marie, avec un grand sourire, cette fois-ci.

— Oh, Valérie, Valérie… Appelez-moi John, je vous en conjure !

— D'accord, John !

Découvrir quelque chose de déterminant dès le premier jour aurait été trop beau… Marie n'était pas allée jusqu'à s'imaginer en train de fureter à droite à gauche, débarquant en toute liberté dans le bureau ovale, un plateau de gâteaux à la main, en pleine réunion au sommet. Cependant, elle avait espéré obtenir au moins quelques bribes d'informations. Mais pendant les dix jours qui suivirent, elle ne parvint pas à trouver une seule occasion d'aller au-delà des cuisines. Chaque soir, les Sauve-Qui-Peut l'attendaient, impatients, les yeux pleins d'espoir, et Marie supportait de plus en plus mal la déception qu'elle leur infligeait. Sa fierté écornée, elle décida de passer à la vitesse supérieure : ce n'est pas en restant cantonnée dans les cuisines qu'elle allait pouvoir récolter des indices prouvant que la piste des Sauve-Qui-Peut était fiable.

Le onzième jour, elle chassa de son esprit la perspective de revenir à nouveau bredouille et c'est emplie d'une volonté de fer qu'elle arriva à la Maison Blanche. Il en allait de son honneur de Du-Dehors !

— Oh, Valérie ! retentit une voix.

John Cook tapait dans ses mains tout en la regardant peaufiner sa pâtisserie. Il s'approcha, sourire aux lèvres, et observa le gâteau sous tous les angles.

— Quelle merveille ! Vous êtes e-xac-te-ment la personne qui nous manquait ! L'indispensable *french touch*... ajouta-t-il avec un petit rire malicieux.

— Merci, John...

Le chef pâtissier émit un drôle de gloussement et vaqua à d'autres tâches.

Debout devant son plan de travail, Marie regarda la pendule, l'heure de rentrer à la maison approchait.

— Je reviens tout de suite ! souffla-t-elle à la collègue qui travaillait à ses côtés à la confection de macarons à la cerise.

Elle sortit des cuisines et dépassa volontairement les toilettes pour s'engager dans un couloir. Elle ne savait pas vraiment ce qu'elle cherchait, mais elle cherchait tout de même, faisant confiance à son instinct. Elle croisa plusieurs personnes dans cette partie de la Maison Blanche dévolue à l'intendance. Femmes de chambre, hommes d'entretien, jardiniers… ils étaient nombreux. Quand elle bifurqua pour s'enfoncer plus à l'intérieur, les couloirs se firent plus larges et plus feutrés, le personnel plus rare.

— Abakoum ? Tu es toujours là ? murmura-t-elle.

L'ombre longea le mur jusqu'à elle, étrangement autonome mais si rassurante, et sembla lui faire signe de retourner sur ses pas. Et pour cause ! Un vigile s'avançait ! Il regarda Marie d'un air surpris et sa main se porta instinctivement sur son holster d'où émergeait la crosse d'une arme.

— Qui êtes-vous ? demanda-t-il tout en avisant le badge de l'intruse.

— Valérie Taillefer… répondit-elle d'une voix calme, en dépit de la nervosité qu'elle ressentait. Je viens d'être engagée comme pâtissière.

Le vigile scanna le code-barres figurant sur le badge et compulsa sa tablette numérique.

— Je crois que je me suis un peu égarée, je cherchais les toilettes… précisa Marie avec un charmant sourire digne des meilleures performances de l'Actor's Studio. C'est un vrai labyrinthe, ici, et les femmes sont réputées pour leur désastreux sens de l'orientation, n'est-ce pas ?

Le vigile garda son air intraitable, mais une légère décontraction marqua ses épaules.

— Venez, je vais vous guider, fit-il.

Elle le suivit, tout en sachant parfaitement quel chemin emprunter.

— C'est ici, madame Taillefer !

— Merci ! soupira Marie avec exagération. Vous m'avez sauvé la vie !

Elle poussa la porte des toilettes et, une fois à l'intérieur, son sourire s'évanouit. Elle s'enferma dans un box, plaqua le dos sur la céramique et ferma les yeux, le cœur palpitant. Il lui faudrait apprendre à être plus prudente si elle ne voulait pas tout compromettre.

Elle s'apprêtait à sortir quand des voix retentirent. Des femmes venaient d'entrer et papotaient en se remaquillant.

— Le Président lui mange dans la main, te dis-je ! s'exclama l'une d'elles.

La métaphore était plutôt drôle, mais Marie y vit tout autre chose.

— Est-ce que quelqu'un le connaît ? demanda une autre femme.

— Non ! En douze années de service à la Maison Blanche, autant te dire que j'ai vu passer du monde. Mais lui, il n'a jamais fait partie du sérail, je te le certifie.

Marie retint son souffle, intimement convaincue que celui dont il était question n'était pas un inconnu pour elle.

— Il a débarqué du jour au lendemain et il donne des ordres à tout le monde comme si c'était lui, le Président ! renchérit une troisième femme. Et le moins qu'on puisse dire, c'est qu'il est plutôt cassant. L'ambiance est exécrable…

— Il y a quelques jours, j'ai surpris une scène entre le chef de la diplomatie et lui, fit la première. Personnellement, je n'aurais jamais accepté que quelqu'un me parle comme il l'a fait. Jamais ! Mais tout le monde semble trembler devant lui.

— On sait comment il s'appelle ?

— Tout le monde l'appelle Monsieur, répondit la femme. Et pour le Président, il est « mon cher ami »…

— « Mon cher ami »… Rien que ça !

Un silence pensif s'installa. Puis le clap des poudriers que l'on referme résonna, Marie ne tarda pas à se retrouver seule à nouveau. Elle inspira à fond et retourna aux cuisines, plutôt satisfaite.

Oksa tournait en rond dans l'appartement, passant d'une fenêtre à l'autre, incapable de se fixer où que ce fût. Depuis l'énorme coussin à billes sur lequel il était allongé, Gus ne la quittait pas des yeux.

— Comment se fait-il qu'elle ne soit pas encore rentrée ? marmonna Oksa.

— Parce qu'il n'est pas encore l'heure… lui répondit Gus, flegmatique.

Il lissa ses cheveux en arrière, croisa les mains derrière la tête et s'enfonça un peu plus encore dans la matière moelleuse.

— Tu n'as pas l'impression de revivre ce moment, ma vieille ?

Oksa se retourna.

— Quoi ? fit-elle vivement.

— Tous les soirs, tu poses la même question et tous les soirs, je te donne la même réponse…

En voyant Gus dans sa pose décontractée, Oksa se détourna et entreprit de s'acharner sur un ongle qui avait résisté à la dévastation – avec le temps, cette mauvaise habitude ne lui était pas passée, elle avait même empiré.

Plus loin, Pavel préparait le dîner dans la cuisine ouverte sur le reste de l'appartement. À ses côtés, un Gobecra aspirait les pelures d'oignon qui tombaient sur le plan de travail et les mâchouillait ensuite de façon peu ragoûtante. Oksa jeta un regard exaspéré à la créature en faisant claquer sa langue contre son palais.

— Le pauvre, il n'y est pour rien ! fit remarquer Pavel.

Oksa balaya la pièce des yeux : Zoé et Niall étaient serrés l'un contre l'autre sur un canapé, face à la télévision allumée en sourdine ; Kukka et Mortimer jouaient aux échecs ; Barbara tentait de démêler la chevelure du Gétorix. Autrement dit, tout le monde était d'une sérénité exemplaire.

— Il n'y a vraiment personne ici pour s'inquiéter ? s'écria soudain la Jeune Gracieuse.

Son père lâcha ses ustensiles de cuisine et chacun des Sauve-Qui-Peut interrompit ce qu'il faisait.

— Oksa... la tança Pavel. Qu'est-ce que tu crois ? Chaque jour, nous connaissons la même inquiétude que toi, mais s'énerver et se ronger les ongles jusqu'au sang ne sert pas à grand-chose. Tu devrais pourtant le savoir, maintenant... ajouta-t-il, un soupçon d'irritation dans la voix.

À part celui de son père, les regards braqués sur la jeune fille n'avaient rien de réprobateur. Toutefois, personne n'avait envie de parler.

— Pardon... murmura Oksa.

Réfléchir avant d'agir, mesurer la portée de son impulsivité avant d'y céder égoïstement... Y parviendrait-elle un jour ?

— Viens donc là, ma vieille ! suggéra Gus en tapotant l'énorme coussin.

Elle s'affala à ses côtés en soupirant. Il mit un bras autour de ses épaules et l'attira plus près tout en lui caressant les cheveux. Quand il chercha ses lèvres, elle se laissa faire.

— T'inquiète pas, fit-il doucement à son oreille. S'il était arrivé quelque chose, Abakoum nous aurait prévenus.

Oksa se pelotonna contre lui.

— Tu as sûrement raison…

— J'ai totalement raison, tu veux dire !

Un petit coup de coude scella leur entente et le retour d'un calme relatif dans l'esprit d'Oksa.

Quand les poulies et les câbles du monte-charge se mirent à grincer, tout le monde leva la tête. Quelles seraient les nouvelles du jour ? Marie revenait-elle avec des informations ? Personne n'arrivait à cacher son empressement. Pavel couvrit la cocotte exhalant un fantastique parfum d'Italie, s'essuya les mains sur son tablier et se dirigea d'un pas fébrile vers le seul accès à l'appartement. Oksa s'y trouvait déjà, la main sur la poignée de la grille coulissante.

Les visages tant attendus apparurent enfin.

— Bonsoir ! s'exclamèrent en chœur Marie et Abakoum.

Embrassades, accolades, effusions… Comme chaque soir, ils étaient accueillis comme des aventuriers ayant échappé au pire. Ils furent allégés de leurs veste et écharpe, puis conduits jusqu'aux canapés devant la cheminée où crépitait un bon feu. Zoé leur glissa un verre à la main pendant que Niall leur posait un plateau de petits-fours salés sur les genoux.

— Oh, quel accueil ! fit Marie en regardant les Sauve-Qui-Peut réunis au complet.

— Alors ? questionna Oksa. Comment ça s'est passé aujourd'hui ?

Marie garda un air grave pendant quelques instants, puis son visage s'éclaira.

— Eh bien… commença-t-elle. Je crois que nous avions vu juste, mes amis. Très très juste…

5

La patte dans le piège

Conformément au souhait d'Orthon, le Premier Ministre britannique fut accueilli à la Maison Blanche avec un faste qui pouvait paraître excessif et l'entretien avec Fergus Ant commença sous les meilleurs auspices : cordial et consensuel, quoique très protocolaire. Sans être spécialement proches, les deux hommes se connaissaient pour s'être côtoyés au cours de leurs activités politiques. Lors de ce tête-à-tête, ils ne s'engagèrent sur rien de particulier, n'évoquèrent aucun sujet déterminant ou même sensible. Aussi, à l'issue de l'entretien, le Premier Ministre ne voyait-il sa visite que comme une démarche de pure politesse visant à confirmer l'entente séculaire entre les deux pays.

Ce fut lorsque Orthon entra dans le Bureau Ovale que l'invité vit son jugement basculer brutalement. Et en quelques secondes, la visite de courtoisie se transforma en véritable traquenard.

— Vous ? hoqueta le Premier Ministre. Mais que faites-vous ici ?

Orthon s'assit dans le fauteuil voisin de celui de Fergus Ant et adressa un sourire arrogant au chef du gouvernement britannique. Ce dernier abandonna sa posture d'homme d'État pour redevenir un simple être humain confronté à une force face à laquelle il savait ne pas faire le poids.

— Monsieur le Président, ne me dites pas que cet homme est votre collaborateur ! fit-il. Vous devez savoir que c'est un fou dangereux et qu'il m'a…

— Orthon McGraw n'est pas mon collaborateur, l'interrompit Fergus Ant. Il est mon ami, le seul sur qui je peux compter !

La vigueur avec laquelle il s'exprimait était froide et implacable.

— Mais voyons… bredouilla le Premier Ministre.

— Voyons quoi ? poursuivit Orthon en croisant ses longues jambes maigres. Ce que nous pouvons faire ensemble ? Très bonne idée !

Le regard que lui jeta le Premier Ministre était celui d'un homme emporté par un tourbillon, choqué et terrassé par sa propre impuissance.

— Mon opinion n'a pas changé depuis votre visite à Downing Street, fit-il dans une tentative de résistance qu'il devinait vaine.

— Mais le monde, oui ! rétorqua Orthon. Vous pensez avoir évolué avec vos réformes et votre progrès social. En réalité, vous vous obstinez à conserver les mêmes mécanismes depuis des siècles…

— Nous avons déjà eu cette discussion ! l'interrompit son interlocuteur.

— Oui, et pourtant vous continuez de ne pas voir que ce fonctionnement est en train de mener l'humanité à sa perte ! Vous vous voilez la face au lieu de voir les choses telles qu'elles sont et de vous adapter pendant qu'il en est encore temps.

— Et vous, vous persistez dans votre folie… marmonna le Premier Ministre, blême. Le monde n'est pas parfait, mais ce que vous envisagez ne le rendra pas meilleur, au contraire !

— Allons, allons, mon cher… intervint Fergus Ant. Vous devriez faire preuve de davantage d'ouverture d'esprit ! La vision d'Orthon est certes radicale, mais reconnaissez qu'elle est novatrice… et inéluctable !

Les mains du Premier Ministre se crispèrent sur les accoudoirs de son fauteuil.

— Vous voulez dire que vous trouvez « novateur » de massacrer une partie de l'humanité ? siffla-t-il. D'autres l'ont fait avant lui, vous savez, et on peut dire que ça n'a réussi à personne…

Ses yeux s'écarquillèrent soudain. Il sembla manquer d'air et desserra le nœud de sa cravate.

— Attendez… ce qui vient de se passer à Rome…

— Oh, vous avez compris, c'est formidable ! exulta Orthon. Mais bien sûr, ce n'était qu'une modeste démonstration. Il faut voir le projet dans une perspective beaucoup plus ambitieuse.

Cette façon d'aborder les choses mit le Premier Ministre au bord du malaise.

— C'est le prix à payer pour construire un monde meilleur, dit Orthon d'une voix doucereuse.

— Un monde dans lequel seule l'élite aura le droit de vivre… balbutia le Britannique.

— Disons plutôt que nous allons faire ce que la nature ne parvient plus à faire depuis trop longtemps, renchérit Orthon. Une forme de sélection naturelle, si vous préférez.

Il laissa aux mots le temps de faire leur œuvre et continua d'un air doctoral :

— Savez-vous ce que n'hésitent pas à faire certains animaux quand ils sont pris dans un piège ?

Le Premier Ministre connaissait la réponse et voyait tout à fait où Orthon voulait en venir. Cependant, il le laissa continuer.

— Ils se rongent la patte qui est bloquée. C'est ça ou mourir sur place.

— Vous êtes fou à lier…

— Tstttt… Vous n'êtes pas honnête avec vous-même. Osez le reconnaître : vous avez déjà pensé au poids que pèsent certaines populations dans nos sociétés actuelles et à l'entrave qu'elles représentent pour l'évolution du monde. Elles sont notre patte coincée dans le piège. Si nous continuons ainsi, nous ne pourrons que décliner, sans aucune capacité de rémission.

Il plissa les yeux et inspira profondément, comme affecté par ses propres paroles.

— Est-ce vraiment cela que vous souhaitez pour cette humanité que vous chérissez tant ? assena-t-il.

Le Premier Ministre essaya d'accrocher le regard de Fergus Ant dans l'ultime espoir que celui-ci montre une faille, un signe qui ferait de lui un allié contre ce mégalomane. Mais le président des États-Unis buvait les paroles d'Orthon et jamais le Premier Ministre ne s'était senti aussi seul de sa vie. Il savait que ses mots resteraient vains. Pourtant, il poursuivit, comme un homme condamné à mort qui cherche à gagner du temps, rien que du temps, tout le reste étant déjà perdu.

— Vous n'êtes pas le premier à croire en ce genre de théorie abjecte, fit-il. Au cours de l'histoire, ils ont été nombreux à défendre l'eugénisme. Mais ceux qui ont voulu mettre en pratique cette conception de l'humanité n'ont rien réussi d'autre que de perpétrer des crimes à grande échelle, des exterminations, des génocides !

— Voyons, mon cher, vous vous égarez… ricana Orthon. Tous ces hommes n'étaient pas aussi insensés que vous semblez le prétendre, certains avaient même développé des conceptions plutôt intéressantes. Ils n'ont tout simplement pas été compris par leurs semblables…

— Compris ou non, tous ont fini avec une balle dans la tête ou pendus au bout d'une corde, seuls et haïs de tous, précisa le Premier Ministre.

— Peut-être n'avez-vous pas remarqué que je dispose de qualités qui font de moi un être *un peu* différent ? rétorqua Orthon. Je ne peux pas connaître le même sort que ces hommes.

D'un moulinet de la main, il envoya un éclair bleuté en direction du lustre. Les pampilles cristallines tintèrent, les ampoules crépitèrent, et le Bureau Ovale fut bientôt plongé dans la pénombre. Alors, le Premier Ministre se rendit compte avec horreur combien Orthon avait raison : sa « différence » lui conférait une supériorité indéniable.

— Le marché est simple et je vous le propose pour la dernière fois, car, au fond, vous ne m'êtes pas antipathique, savez-vous ? reprit Orthon en rallumant le lustre d'un claquement de doigts. Bref… Je vous offre rien de moins que la possibilité, à vous et à votre famille, de rallier ceux qui constitueront l'élite du monde de demain. En contrepartie, vous me laissez endosser le rôle que notre pauvre Nature ne peut plus assurer en procédant à un petit écrémage et en me laissant ronger votre patte prise dans le piège des bons sentiments…

Le silence pouvait-il être plus lourd que du plomb ? Celui qui régnait à cet instant l'était, sans aucun doute.

— Je ne peux pas accepter… murmura le Premier Ministre, étourdi par l'importance de sa décision.

— Avez-vous une idée des conséquences de votre refus ? enchaîna Orthon.

— Je ne vous laisserai pas faire !

Orthon laissa fuser un rire moqueur.

— Voyez-vous ça ! Et comment comptez-vous m'arrêter ?

Le Premier Ministre soutint son regard d'encre tout en tentant de maîtriser le tremblement de ses lèvres et de tout son être.

— Vous avez peut-être réussi à convaincre Fergus Ant, dit-il avec un coup d'œil méprisant en direction du Président. Mais d'autres que moi n'ont certainement pas cette faiblesse et nous nous élèverons ensemble contre vous…

Orthon se mit à applaudir alors que Fergus Ant le regardait avec amusement.

— Quel courage ! Mais quelle naïveté, aussi… Que croyez-vous, mon pauvre ami ? Ceux sur lesquels vous êtes persuadé de pouvoir compter sont si peu nombreux, vous allez être pul-vé-ri-sés !

Il passa distraitement la main sur son crâne lisse.

— Enfin… soupira-t-il. C'est votre choix et il vous faudra l'assumer.

Malgré la terreur qui l'envahissait, le Premier Ministre ne se démonta pas. Il se leva, lissa sa veste d'un geste mécanique et se dirigea vers la porte.

— Trevor ! fit Orthon d'une voix forte. Raccompagnez M. le Premier Ministre à sa voiture !

Un homme fit aussitôt irruption et invita le dignitaire à le suivre. Sitôt la porte refermée, Orthon dirigea sa main vers la table basse et fit léviter jusqu'à lui une des petites pâtisseries multicolores présentées sur un plateau.

— Oh, quel dommage ! Notre cher ami n'a même pas touché à ces succulentes bouchées à la griotte, mes préférées… Et celles-là, à la rose, un vrai bonheur ! Tenez, Fergus, goûtez !

Les pâtisseries voltigèrent dans le Bureau Ovale et évoluèrent en l'air, au gré de la fantaisie d'Orthon, réjoui.

6

La taupe pâtissière

Tout à son exaltation, le Félon ne soupçonna pas un seul instant que, depuis son commencement, les Sauve-Qui-Peut écoutaient l'édifiante conversation qui venait d'avoir lieu. Comment l'aurait-il pu ? Le micro, fiché dans les reliefs bordant le plateau de gourmandises, avait coûté une petite fortune. Mais il valait son prix : il était indécelable.

— Il y a une de ces ambiances, là-bas ! soupira un serveur, de retour en cuisine avec le plateau vide. Figurez-vous que le Président n'a même pas pris la peine de raccompagner le Premier Ministre anglais ! C'est l'huissier qui s'en est chargé, vous vous rendez compte ?

Pendant que ses collègues s'indignaient, l'air de rien, Marie Pollock, alias Valérie Taillefer, gratta du bout de l'ongle le bord du plateau et retira le micro. Elle regarda autour d'elle, le mit dans sa poche, puis se ravisa et le jeta dans l'évier. Les Sauve-Qui-Peut allaient sûrement être surpris d'entendre des écoulements d'eau dans leur récepteur, mais mieux valait être prudent. Il serait extrêmement compliqué de justifier la détention sur soi d'un matériel d'espionnage dernier cri…

— En tout cas, le Président et son « cher ami », comme il le nomme, ont adoré vos pâtisseries ! s'exclama le serveur.

Marie esquissa un sourire. Personne ne pouvait résister à ses spécialités. Quant à ce qui s'était dit dans le bureau du Président, elle en ignorait encore la teneur, mais ne doutait pas que cela serve. D'ailleurs, le bruit courait déjà que le Premier Ministre britannique avait quitté la Maison Blanche en affichant une tout autre humeur que lors de son arrivée. Quelque chose avait dû se passer et les Sauve-Qui-Peut s'étaient trouvés aux premières loges.

Mais Marie avait une raison supplémentaire de se réjouir. Outre son succès pâtissier et les informations collectées par l'intermédiaire du micro, ces quelques miettes éparpillées sur le plateau vide signifiaient également l'accomplissement d'une importante mission.

— Ni vu ni connu… murmura l'apprentie espionne.

Restait à savoir qui, du Président ou de son cher ami, avait avalé le marqueur magique fabriqué par Abakoum.

— Faites que ce soit Orthon… se surprit à invoquer Marie.

À quelques rues de là, les Sauve-Qui-Peut écoutaient pour la troisième fois la discussion musclée entre Orthon et le Premier Ministre britannique – Fergus Ant comptait si peu… Chacun avouait n'éprouver aucun étonnement, car les indices avaient déjà été nombreux à propos des projets délirants d'Orthon. Consternés, mais nullement découragés par l'ampleur de la tâche, tous réfléchissaient à un plan d'action en attendant le retour de Marie, leur taupe bien-aimée.

Assise sur un rebord de fenêtre, les genoux ramenés contre elle, Oksa s'était écartée du groupe et tentait de consoler le Culbu-gueulard.

— Vous ne me faites plus confiance, ma Gracieuse… geignait la créature conique.

Des larmes étonnamment grosses coulaient de ses yeux tournant à trois cent soixante degrés dans leurs orbites.

— Bien sûr que si ! objecta la jeune fille.

— Bien sûr que non ! rétorqua le petit informateur.

L'audace de son ton et de ses paroles parut le paniquer, mais ne l'empêcha pourtant pas de poursuivre :

— La preuve : vous avez préféré utiliser de vulgaires micros plutôt que de confier cette mission à votre fidèle et dévoué Culbu…

Les Devinailles s'ébrouèrent d'indignation et dévisagèrent Oksa d'un air réprobateur.

— Écoute, mon Culbu… fit la jeune fille en le prenant dans le creux de sa main. Tu es plus efficace que n'importe quelle technologie, c'est évident, mais Orthon connaît la plupart de nos astuces et des moyens dont nous disposons.

Elle baissa la voix avant de continuer sur le ton de la confidence :

— Tu es le meilleur espion dont on puisse rêver… Rapide, discret, infaillible, et je dirais même redoutable !

Elle s'interrompit pour laisser le temps au Culbu de rougir de plaisir en s'entendant qualifier ainsi.

— Tu es un de nos plus formidables atouts, poursuivit-elle. Ce pourri de Félon le sait, il a dû mettre en place tout un filtrage pour neutraliser les créatures aussi puissantes que toi, et nous, nous ne pouvons absolument pas prendre le risque de te perdre.

Le Culbu-gueulard se balançait d'un pied sur l'autre, comblé d'aise.

— Vous me flattez, ma Gracieuse…

— Mais non ! fit Oksa. Je dis la vérité, c'est tout ! Il vaut quand même mieux perdre un insignifiant micro plutôt qu'un être tel que toi, mon Culbu !

Elle lui caressa le haut du crâne.

— Et puis, sans toi, comment je ferais pour connaître la température, la pluviométrie, la composition de l'air et du sous-sol, et toutes ces choses indispensables à mon quotidien ?

La créature faillit s'étouffer de plaisir.

— D'ailleurs, à propos de température et de pluviométrie, nous aimerions bien avoir des nouvelles encourageantes, intervint une Devinaille. Quoique nous doutions passablement que ce soit possible !

— Si vous tenez vraiment à rester dans ce pays, on ne pourrait pas s'installer à Miami ? suggéra une autre. Ou bien à Honolulu ?

Le rire d'Oksa détourna l'attention des Sauve-Qui-Peut, jusqu'alors concentrés sur les enregistrements.

— Nous irons là où Orthon ira, annonça Pavel.

Cette déclaration déclencha un formidable espoir chez les petites poules frileuses, qui se lancèrent aussitôt dans des conjectures toutes plus tropicales les unes que les autres.

— Vous croyez que le marqueur va fonctionner ? demanda Oksa, préoccupée par un espoir très différent. On n'a que trois jours avant que ses effets ne disparaissent…

— Essayons tout de suite ! suggéra son père.

Oksa bondit sur ses pieds et rejoignit le vaste bureau installé sur des tréteaux métalliques. Plusieurs ordinateurs étaient allumés, dégageant une chaleur dont les Devinailles avaient su tirer le meilleur profit en installant ici même leur panier. Niall fit glisser son fauteuil à roulettes devant l'écran le plus grand et pianota sur le clavier. Un plan du quartier apparut, damier parfait de rues entrecoupées de quelques avenues, larges et obliques.

— Culbu, à toi de jouer ! fit Pavel.

L'informateur magique ne se le fit pas dire deux fois : il quitta à tire-d'aile son rebord de fenêtre et se posta devant l'écran.

— Dis-nous ce que tu perçois… lui dit gentiment Niall.

Oksa s'était déjà trouvée dans des situations étranges, parfois décalées, souvent au-delà de l'imagination la plus débridée. Mais la scène à laquelle elle assistait avait quelque chose d'inédit et de très singulier.

Le Culbu, haut comme une demi-pomme, affichait un air d'intense application. Autour de lui, les huit Sauve-Qui-Peut, véritables géants à son échelle, attendaient qu'il s'exprime comme on pouvait attendre un verdict ou une décision capitale. Plus loin, les autres créatures restaient figées dans une attitude aussi respectueuse qu'admirative, et malheur à celle qui oserait briser le silence – le Foldingot y veillait.

— Vous devez zoomer.

Ce fut la première indication du Culbu. Niall fit glisser le curseur jusqu'à l'apparition d'un signal clignotant.

— Là ! s'écria Oksa.

Gus leva les yeux au ciel, non sans réprimer un sourire.

— On a vu, ma vieille… fit-il en lui donnant un coup de coude.

Niall zooma davantage alors que le signal bougeait, tout en restant limité à l'intérieur de la Maison Blanche.

— Bon, on a la preuve que ça marche, c'est déjà une bonne chose, non ? constata Oksa. Abakoum est vraiment un génie et Maman a assuré d'enfer !

— Sans aucun doute ! approuva Pavel. Espérons seulement que le marqueur a été avalé par Orthon et qu'il ne se trouve pas dans l'estomac d'un gourmand qui n'aurait pas pu résister aux fantastiques gâteaux de ta mère !

Tout le monde suivit des yeux le point lumineux. Il se déplaçait lentement sur la carte quand, soudain, il prit de la vitesse. Le Culbu-gueulard redoubla de concentration pour ne pas le perdre.

— Une voiture ? questionna Zoé.

— Je ne crois pas… répondit Niall en manipulant habilement le zoom. Ça coupe au-dessus des rues et des parcs.

— Quelqu'un qui volticale ? s'enquit Gus avec espoir.

— Non, fit Oksa, l'oreille dressée. Un hélicoptère !

Le rotor d'un appareil léger résonnait en effet dans le ciel. Tous se précipitèrent vers les fenêtres pour l'apercevoir. Petit, aussi noir et luisant qu'un scarabée, il passa en trombe au-dessus du loft des Sauve-Qui-Peut, les narguant sans le savoir. Puis il s'éloigna vers le nord de Washington et disparut très vite dans la nuit tombante.

— On ne le lâche pas ! annonça Niall, rivé devant son ordinateur. Culbu, tiens bon !

— Devinailles, vous savez qui est à bord de cet engin ? s'empressa de demander Oksa.

Du panier fourré où elles se nichaient, les trois poules la regardèrent, béates.

— Évidemment que nous le savons ! répondit l'une d'elles.

Et toutes trois s'enfouirent à nouveau dans les plis de la fourrure.

— Ho, ho ! Vous ne vous en tirerez pas comme ça ! protesta Oksa en soulevant un pan du duveteux abri.

Les Devinailles caquetèrent.

— Si vous pouviez éviter de refroidir notre refuge, ce serait bien aimable !

— Qui est dans cet hélicoptère ? insista Pavel d'une voix bourrue.

Une des poulettes répondit enfin, les ailes gonflées d'exaspération.

— Un Cœur Gracieux, bien sûr !

— Non ! brailla la plus petite de ses compagnes. Pas un, mais deux Cœurs Gracieux…

7

Traque virtuelle

Le petit Culbu-gueulard et son aîné se tenaient droit comme des « I » auprès de Niall. Les créatures et le jeune homme affichaient une certaine fatigue pour ne pas avoir quitté l'écran des yeux un seul instant depuis le passage de l'hélicoptère au-dessus de Washington.

Les Culbu-gueulards n'étaient pas trop de deux pour suivre la progression du signal émis par le marqueur d'Abakoum, qui se diffusait désormais dans l'organisme d'Orthon. L'Homme-Fé n'avait rien voulu en dire, mais la substance mise au point par ses soins était tout à fait expérimentale : un audacieux mélange d'ADN de Culbu et de Devinailles – fragments de poils ou plumes réduits en poudre – auquel il avait ajouté quelques gouttes de sève de Goranov... Ne l'ayant jamais testée auparavant, Abakoum redoutait d'entraîner ses amis sur une mauvaise piste. Un fiasco serait aussi insupportable qu'un faux espoir.

Pourtant, en dépit de son inquiétude, le subterfuge semblait fonctionner. Toutes les cinq secondes, le grand et le petit Culbu se relayaient pour scander des coordonnées cartographiques que Niall répercutait aussitôt sur l'écran, formant un tracé quasiment en ligne droite depuis la capitale vers le nord-ouest du pays.

La moindre inattention et la mission échouait ! D'ailleurs, le signal avait bien failli être perdu à hauteur de Pittsburgh, lorsque le grand Culbu avait succombé à l'attrait irrésistible de données météorologiques… Mais le petit l'avait retrouvé, *in extremis*, après l'absorption d'un fragment de Capaciteur d'Excelsior qu'Oksa avait eu la grande prévoyance de garder à portée de main.

Rien ne devait les distraire. Aussi, dès leur retour, Marie et Abakoum furent emmenés à l'autre bout de l'appartement où les événements du jour furent relatés sur le « mode conciliabule ».

— Bravo, Maman ! souffla Oksa. T'as vraiment bien joué !

— Oh, merci ! fit Marie. Maintenant, appelez-moi Taillefer, Valérie Taillefer… ajouta-t-elle, deux doigts glissés dans la boutonnière de son chemisier. Et dites à James Bond qu'il n'a qu'à bien se tenir…

— Un brin de technologie, un soupçon de magie, et voilà le résultat ! s'enthousiasma Oksa.

— Pour le moment… intervint Gus. Parce que, un jour ou l'autre, il nous faudra bien sortir l'artillerie lourde…

Oksa lui jeta un regard torve pendant que ses amis baissaient les yeux.

— Tu sais ce que j'aime chez toi ?

Une longue mèche noir corbeau glissa, occultant une partie du visage de Gus. Il ne prit pas la peine de la rejeter en arrière et se contenta de lever un sourcil interrogateur.

— Ton optimisme inoxydable… répondit Oksa à sa propre question.

— C'est tout ? répliqua Gus avec un sourire provocant.

— Disons que ça rend toutes tes autres qualités dérisoires.

— Très drôle !

Le Foldingot s'approcha du groupe en toussotant.

— Ma Gracieuse, parentèle et amis Gracieux, vous devez réceptionner l'information que la filature du Félon honni et de son Fils-Malgré-Lui connaît l'imminence de l'aboutissement.

Oksa se retourna, soudain grave.

— Qu'as-tu dit ? bredouilla-t-elle. Comment as-tu appelé… Tugdual ?

Le Foldingot perdit toute contenance, comme chaque fois qu'on le questionnait un peu vivement sur les propos qu'il venait de tenir. Être infaillible ne l'empêchait pas de toujours redouter de mal faire.

— Le Fils-Malgré-Lui du Félon honni, répéta-t-il.

Le visage d'Abakoum s'assombrit. Tugdual, le petit-fils de ses chers amis Knut, lui avait brisé le cœur en rejoignant Orthon, son père biologique. Ainsi que tous les Sauve-Qui-Peut, il savait que le Félon avait déployé une force qui dépassait la raison et les liens les unissant jusqu'alors. Mais la douleur de l'avoir vu s'éloigner si violemment n'en était pas moindre pour autant.

— Je suppose que tu sais pourquoi tu l'appelles ainsi… murmura Oksa.

Le Foldingot hocha la tête. Cette façon d'appeler Tugdual renforçait la conviction de la Jeune Gracieuse qu'on pouvait sauver le jeune homme. Depuis le début de la « sécession », elle militait dans ce sens auprès des plus sceptiques : Tugdual n'était pas aux côtés d'Orthon de son plein gré.

Parmi les Sauve-Qui-Peut, seule Kukka manifestait une hostilité qui n'avait jamais faibli. Elle détestait son cousin depuis toujours, l'accusant d'être la cause des ennuis et tragédies que sa famille avait dû affronter. Gus était, lui aussi, un des rares à n'avoir ni sympathie ni compassion pour le sombre jeune homme. Mais, au contraire de Kukka, il se dispensait de marmonner ouvertement des insultes, ainsi qu'elle le faisait à cet instant.

— Nous verrons cela plus tard, ce n'est pas le plus important, intervint Pavel. Allons voir Niall et le Culbu…

La traque virtuelle avait davantage exténué les Culbu-gueulards que n'importe quelle mission sur le terrain. Dans la lumière froide de l'écran, ils étaient allongés sur le dos et soufflaient bruyamment. Apitoyées, les Devinailles les éventaient en battant des ailes et surent gré à Oksa de les prendre contre elle pour les cajoler – la plus douce des récompenses.

— Le signal émet à partir du même endroit depuis plus d'une demi-heure, annonça Niall.

Zoé s'approcha de lui et posa la main sur la sienne, entrecroisant leurs doigts. Le regard du garçon, fondant comme du chocolat, éclaira son visage d'un bonheur évident. Il aimait Zoé d'un amour vibrant et la jeune fille, privée à jamais de sentiment amoureux, s'abandonnait à une tendresse sincère, avec de moins en moins de réserve.

— Excellent… murmura-t-elle à son oreille, les yeux rivés sur le point rouge clignotant au centre de l'écran.

— Bien joué, mon garçon ! fit Abakoum en pressant l'épaule du jeune homme. Et vous, Culbu, soyez remerciés pour votre remarquable coopération.

Les créatures laissèrent échapper un râle de bonheur.

— Eh bien, où pouvons-nous trouver ce cher Orthon, désormais ? demanda Pavel.

Niall zooma en arrière. Un plan se dessina autour du signal.

— Detroit, Michigan Central Station… indiqua Niall.

Aussitôt, Gus pianota sur le clavier d'un autre ordinateur et des images satellites du bâtiment apparurent.

— Mais c'est une ruine ! s'exclama Marie.

— Oui, une ruine gigantesque et splendide, comme beaucoup de bâtiments à Detroit, fit remarquer Oksa. La ville a connu l'opulence et la grandeur grâce à l'industrie automobile. Mais la crise économique est passée par là et, depuis, c'est la décadence…

Gus lui jeta un coup d'œil admiratif.

— Dis donc, tu t'y connais en histoire industrielle !

— Il ne faut pas croire que je ne suis qu'une Gracieuse écervelée et colérique…

Un voile de contrariété ombra son visage.

— J'y crois pas… murmura Gus. Oksa Pollock qui fait son Gus Bellanger…

Elle remua légèrement la tête et reprit :

— Aujourd'hui, Detroit essaie de remonter la pente, mais c'est aussi un immense champ de ruines à ciel ouvert. Souviens-toi de cette exposition à laquelle vous m'aviez traînée de force, Papa et toi, il y a quelques années à Paris… fit-elle à l'adresse de sa mère.

Marie la regarda avec émotion.

— Tu as raison, concéda-t-elle. Je ne pensais pas que ça t'avait marquée à ce point…

— Si… souffla Oksa.

Elle détourna la tête. L'évocation des jours heureux, lorsqu'elle n'était pas encore une Gracieuse, lui apportait plus de tristesse que de joie.

— Je me demande ce qu'Orthon peut bien trafiquer là-bas, grommela Pavel.

À peine eut-il dit ces mots que le signal disparut. Tout le monde s'agita.

— Que se passe-t-il ?

Les deux Culbu bondirent sur leurs pattes, les yeux exorbités. L'aîné était si concentré qu'il en oubliait de respirer. Quant au petit, il psalmodiait un flot d'informations dont la cohérence s'avérait assez hasardeuse :

— Le marqueur *magigue* évolue dans un *esbace* où la *dempérature* augmente de *teux* dixièmes de degré toutes les six *seconbes*… L'*aldidude* fait le contraire, elle part du sol à cent soixante-*tix* mètres au-dessus du *nibeau* de la mer et *tescend*, cent soixante-*zinq* mètres, cent *cingante* mètres, cent *drente*-huit mètres…

— Et la nature du sous-sol ? demanda Abakoum.

Oksa et les Sauve-Qui-Peut le regardèrent d'un air dépité. Il venait de poser cette question avec un tel sérieux, sans le moindre soupçon d'ironie, que tous crurent qu'il perdait la tête.

— Abakoum… intervint Niall tout en zoomant désespérément pour retrouver le signal. Je crois que ça ne nous servira à rien de savoir tout cela…

— Détrompe-toi, mon garçon, rétorqua l'Homme-Fé. Alors, petit Culbu, tu peux nous dire la composition du sous-sol ?

La créature miniature gonfla le torse et clama d'une voix flûtée :

— Le *zous-zol* est composé à soixante-*teux* pour cent de ciment et de sable, et à *drente*-huit pour cent d'acier laminé.

Abakoum caressa sa courte barbe blanche, comme chaque fois qu'il était absorbé par ses réflexions.

— C'est bien ce que je pensais ! finit-il par lâcher. Bravo, Culbu !

— *Serbice*… fit le petit.

Ces informations arrachèrent un soupir à Oksa. Tous échangèrent des regards dubitatifs, presque gênés. Face à son ordinateur, Niall capitula.

— On l'a perdu, annonça-t-il. C'est fichu.

— Non, on ne l'a pas perdu, lui opposa Abakoum. Il est toujours là !

Il pointa l'index vers la Michigan Central Station dont on pouvait contempler la somptueuse déréliction sur la photo satellite.

— Abakoum… dit Pavel avec la plus extrême douceur. Si Orthon était là, les Culbu capteraient le signal, non ?

— Sauf s'il se trouve dans des souterrains de béton armé, par exemple… fit le vieil homme sur un ton vibrant.

— Attends, attends… s'exclama Oksa. Tu veux dire *sous* cette grandiose coquille vide ?

— Le marqueur ne peut pas être déjà inactif, poursuivit Abakoum. C'est impossible. Et puis, il faut avouer que cette cachette est très « orthonienne », n'est-ce pas ?

Chacun sembla soudain revigoré par cette hypothèse.

— Tout à fait le genre de cette ordure ! renchérit Oksa. Il ne pouvait pas se planquer dans un lieu ordinaire, du genre base militaire avec de vulgaires hangars. Il lui fallait quelque chose à la hauteur de sa vanité !

— Absolument ! approuva Abakoum.

— Reste à savoir ce qu'il y a là-dessous…

Tous s'entre-regardèrent.

— Alors ? poursuivit Oksa. Qui ? Moi, je suis disponible. Et prête… ajouta-t-elle en remontant la fermeture Éclair de son sweat à capuche.

8

Detroit,
Michigan Central Station, terminus !

L'horizon se nimbait de bandes rosées lorsque les quatre espions atteignirent Detroit. Le Dragon d'encre de Pavel, chevauché par Abakoum et escorté par Oksa et Zoé, eut besoin d'à peine une heure pour gagner la grande ville. Chacun évoluait dans la nuit froide, déterminé, soudé au groupe, le cœur gonflé par les mots affectueux de ceux qu'ils avaient laissés à Washington.

Les garçons avaient lourdement insisté pour faire partie de l'équipée. Mais qui pouvait savoir si cette mission de reconnaissance n'allait pas nécessiter une implication beaucoup plus magique ? Gus et Niall n'avaient pas caché leur déception ni une certaine amertume. Ils comprenaient les raisons qu'on invoquait, ils les connaissaient même par cœur. Pourtant, le fait est qu'une fois de plus, on mettait les Du-Dehors de côté. Quant à Mortimer, son état d'esprit était différent. Il restait le seul Du-Dedans et prenait cette responsabilité très au sérieux. Le danger pouvait surgir à tout moment, il devait se tenir prêt à utiliser la magie dès que cela s'avérerait nécessaire.

Les espions survolèrent le lac Erié, puis amorcèrent leur descente sous les instructions du Culbu-gueulard. Au cœur des nuages, le Dragon redevint tatouage et Pavel porta l'Homme-Fé sur son dos pour engloutir les quelques dizaines de mètres qui les séparaient du sol.

La Michigan Central Station apparut, gigantesque au milieu d'une vaste étendue laissée à l'abandon, bordée au loin par les voies autoroutières. Profitant de ce bref moment où la nuit s'abandonne au jour levant, les quatre Sauve-Qui-Peut se posèrent à proximité et s'accroupirent dans les herbes hautes.

— Tu peux nous donner des détails, mon Culbu ? demanda Oksa à son petit informateur, en l'encourageant d'une caresse sur la tête.

— Nous nous trouvons à une latitude de quarante-deux degrés dix-neuf nord et à une longitude de quatre-vingt-deux degrés quatre ouest. Cent quatre-vingt-un mètres nous séparent du niveau de la mer et quatre-vingt-trois mètres du bâtiment que vous envisagez de visiter. Ce bâtiment fait soixante-dix mètres de hauteur et atteint une superficie de quarante-six mille mètres carrés à partir du rez-de-chaussée jusqu'au toit. En outre, il possède dix-huit étages…

— Et la température ? s'enquit une Devinaille, le bec émergeant du sac qu'Oksa portait en bandoulière. Il me semble que ça a empiré…

— Il fait actuellement deux degrés Celsius, ou trente-deux degrés Fahrenheit, si vous préférez, et le taux d'humidité est de soixante-dix-huit pour cent.

Il n'en fallut pas plus pour que la poulette plonge au plus profond du sac en poussant des cris de protestation.

— Tu détectes une activité humaine ? demanda Oksa.

— Envoyez-moi à l'intérieur, ma Gracieuse, et je serai en mesure de tout vous dire, fit le Culbu.

— Bien. Surtout, fais attention.

La créature s'envola, toujours aussi enchantée d'être missionnée par sa jeune maîtresse. Pendant ce temps, les Sauve-Qui-Peut sortirent leur Crache-Granoks et murmurèrent en chœur :

Par le pouvoir des Granoks
Déchire ta coque
Reticulata, Reticulata
Et le lointain plus près sera.

Les méduses-loupes émergèrent des sarbacanes, puis des herbes jaunies, comme de grosses bulles de savon. Allongés à plat ventre, impressionnés, Abakoum, Pavel, Oksa et Zoé observèrent la façade gigantesque, percée d'innombrables fenêtres, toutes brisées. Oksa frissonna, mais la fraîcheur du petit matin n'y était pour rien. Plus l'œuvre des hommes était monumentale, plus sa dévastation était fascinante.

— Il y des gens sur le toit… chuchota Zoé, plus pragmatique que son amie.

Oksa dirigea sa méduse-loupe vers le sommet en terrasse du bâtiment.

— Et ils sont armés ! renchérit-elle.

Effectivement, on pouvait déjà dénombrer trois hommes, fusils en bandoulière, postés sur la corniche, aux extrémités et au centre. Plus bas, deux autres hommes faisaient les cent pas devant les entrées en ogive.

— Une ruine ne serait pas sous aussi bonne garde sans une excellente raison… fit remarquer Abakoum.

— Ah, voilà mon Culbu ! s'exclama Oksa.

L'informateur au corps conique se posa dans le creux de sa main et délivra un flot d'informations qui plongea les Sauve-Qui-Peut dans une stupéfaction inquiète.

La stratégie était simple, avec néanmoins un problème majeur : la première approche. Le terrain entourant la Michigan Central Station était complètement à découvert. Impossible d'entrer dans le bâtiment sans risquer de se faire tirer comme des pigeons.

— Granoks ? suggéra Pavel.

— À cette distance, ça paraît difficile, répondit Abakoum. Mais avec une habile neutralisation en amont, c'est tout à fait jouable !

Oksa interrompit aussitôt son père qui s'apprêtait à dire quelque chose :

— Non, Papa ! Ton Dragon d'encre est fabuleux, mais dans cette situation, il serait un brin excessif, non ?

Pavel ne put s'empêcher de sourire.

— Je crois que j'ai plus discret, même si je ne raffole pas de leur petit corps poisseux… poursuivit Oksa.

Elle plissa les yeux et souffla dans sa Crache-Granoks. Les Invisibuls frétillèrent à son extrémité, comme la mousse d'un soda qu'on aurait trop secoué avant d'ouvrir la bouteille. Oksa se redressa et, agenouillée dans les herbes hautes, elle s'enduisit d'une couche de têtards de la tête aux pieds, avec un dégoût dont elle ne parvenait pas à se départir. Son corps s'effaça peu à peu, jusqu'à disparaître totalement. Seule sa bouche, non couverte et donc toujours visible, lui permettait de conserver un moyen de communiquer avec les Sauve-Qui-Peut. Et, accessoirement, d'utiliser sa Crache-Granoks.

— Ce pouvoir est vraiment stupéfiant, murmura Pavel.

La bouche d'Oksa laissa fuser un petit rire.

— Pas plus qu'un tatouage qui prend chair, mon Gracieux Papa…

— Promets-moi de faire très attention.

— Promis ! fit la jeune fille.

Et elle s'élança vers l'imposante bâtisse en semant la panique au sein d'une volée d'oiseaux qu'elle traversa comme un missile invisible. Un des trois gardes postés sur la corniche parut intrigué par cette soudaine agitation. Il posa une main sur son arme et, de l'autre, se saisit de la paire de jumelles qu'il portait autour du cou. Mais les oiseaux reconstituaient déjà leur nuée et s'éloignaient dans le ciel terne. Le garde les observa un instant, puis scruta le vide devant lui. Il ajusta son oreillette et dit quelques mots dans son micro-cravate en adressant à ses deux collègues, postés à quelques dizaines de mètres de lui, un signe de sympathie avant de reprendre sa déambulation.

Comment aurait-il pu deviner qu'une jeune fille dotée de pouvoirs surnaturels se trouvait juste à côté de lui, prête à le neutraliser ? Il eut juste le temps de s'étonner de voir une drôle de chose flotter devant lui. Si on lui avait demandé ce que c'était, il aurait répondu que cela ressemblait à une bouche soufflant dans une sarbacane. Mais personne ne lui poserait la question, pour la simple raison que celle à qui appartenaient cette bouche et cette sarbacane œuvrait déjà à modeler son esprit. Granok de Gom-Souvenance et don de Fourre-Pensée : le cocktail était redoutable et, si aguerri fût-il, le garde s'y soumettait sans même s'en rendre compte.

— Vous allez voir des personnes approcher de ce bâtiment, mais vous ne donnerez pas l'alerte et vous ne tirerez pas quand elles entreront, murmura Oksa.

Chargées de directives, les volutes bleues s'insinuèrent dans l'oreille droite de l'homme, traversèrent les méandres complexes de son cerveau et ressortirent par l'oreille gauche.

— Si on vous contacte depuis l'intérieur, vous direz que tout est calme, poursuivit la Jeune Gracieuse. Vous n'aurez rien à signaler.

Elle se rapprocha davantage et lui glissa à l'oreille d'autres consignes. Le garde opina mollement de la tête, les yeux absolument inexpressifs.

— Marché conclu ! se félicita Oksa.

Puis elle expédia une nouvelle Granok à l'homme, non sans avoir chuchoté :

Par le pouvoir des Granoks
Déchire ta coque
Poussières de mémoire gommées
Souviens-toi des mots que je t'ai donnés.

Elle agit de la même façon avec les deux sentinelles en faction sur le toit. Puis, avec un immense cri de jubilation qu'elle seule pouvait entendre, elle exécuta un plongeon de près de soixante-dix mètres pour rejoindre la terre ferme.

— Dommage que personne ne puisse voir ça ! se dit-elle en s'autorisant quelques audacieuses pirouettes.

Les plantons qui gardaient l'entrée principale de l'ancienne gare subirent un sort identique à celui de leurs compagnons d'armes. À part eux, il ne semblait pas y avoir âme qui vive dans les parages. Et pourtant…

— Tu es sûr qu'aucun système de sécurité n'a été mis en place ? demanda Oksa à son Culbu-gueulard. Pas de caméras de surveillance, ni détecteurs de mouvement ?

— Négatif, ma Gracieuse, je vous le garantis !

— Remarque, ça ne me surprend qu'à moitié… Ces gardes ne sont là que pour éloigner les curieux. Orthon croit vraiment que personne ne peut l'atteindre, même pas nous…

Elle eut un petit rire amer.

— Eh bien, il risque d'être sacrément étonné quand il comprendra que nous sommes parvenus jusqu'à lui !

Le Culbu acquiesça.

— Maintenant, tu veux bien aller prévenir mon père, Abakoum et Zoé ? Tu leur diras que les gardiens sont nos alliés et que je les attends à l'intérieur.

L'informateur émergea de la combinaison d'Invisibuls et s'envola à tire-d'aile en direction des herbes hautes. Pendant ce temps, Oksa s'approcha d'une des trois entrées en ogive. Des débris de verre crasseux pendaient aux fenêtres et s'entrechoquaient dans un doux cliquetis, comme ces mobiles bruissant au moindre souffle d'air. Impressionnée par la hauteur de l'ouverture, Oksa s'adossa contre une colonne. La pierre froide la fit frissonner. La couche d'Invisibuls la protégeait de la vue et de l'ouïe d'autrui, mais elle n'altérait pas ses perceptions. Elle jeta un œil dans le bâtiment et se décida à entrer.

Tout était grandiose et délabré, le marbre des murs sali par d'innombrables graffitis, le plafond décrépi, le sol jonché de dalles brisées et de gravats. Oksa s'avança en parcourant du regard la salle des pas perdus. Un pigeon s'envola dans un claquement d'ailes qui faillit la faire crier : sous les voûtes immenses de cette salle vide, le moindre bruit était amplifié, effrayant. Une plume flotta dans le sillage poussiéreux d'un rayon de lumière. Oksa la suivit des yeux jusqu'à ce qu'elle reste accrochée au chapiteau d'une colonne. Puis elle secoua la tête, surprise de ce moment d'absence. Ce n'était vraiment pas le moment de rêvasser. Mais tout était si étrange dans ce lieu, si captivant.

— Merci, messieurs ! résonna soudain la voix d'Abakoum. Nous sommes attendus…

Oksa se retourna : l'Homme-Fé venait d'entrer, accompagné de Pavel et de Zoé, Crache-Granoks à la main.

— Oksa ? Où es-tu ? fit Pavel d'une voix étouffée.

— Je suis là…

Une simple formule lui suffit pour se débarrasser de ses vers protecteurs. Zoé lui adressa un sourire, alors que les deux hommes ne cachaient pas leur soulagement de se trouver à nouveau réunis.

— Bravo pour cette opération de persuasion, ma tendre enfant ! chuchota Pavel en montrant les gardes qui apparaissaient dans le contre-jour, cerbères à l'allure figée. Je ne sais pas ce que tu leur as dit, mais ils se sont montrés d'une complaisance exemplaire !

Oksa haussa les épaules d'un air faussement détaché. Seule une petite lueur au fond de ses yeux trahissait l'intensité de sa satisfaction.

— Et maintenant, passons aux choses sérieuses et voyons ce qu'Orthon mijote là-dessous… lança-t-elle.

9

Des symboles parlants

Scritch-scratch… À chaque pas que faisaient les Sauve-Qui-Peut, de petits bruits secs résonnaient. Impossible de marcher sans heurter une dalle brisée, un déblai, un détritus. Le souffle court, les quatre aventuriers avancèrent dans ce qui avait été la majestueuse salle d'attente de la gare, fascinés par la décadence du lieu. De la même façon qu'elle aurait pris des photos avec son portable, Oksa emmagasinait dans sa mémoire un maximum d'images en se promettant d'organiser une séance de Caméræil dès son retour à Washington – sans aucun doute, sa mère et Gus adoreraient ce qu'elle leur montrerait !

Le Culbu-gueulard se plaça en vol stationnaire devant la jeune fille.

— L'accès au sous-sol se trouve à cinquante-deux mètres au sud-ouest de ce point, indiqua-t-il.

Il voleta vers un large couloir encombré de ferrailles entremêlées. Les Sauve-Qui-Peut le suivirent, sans le quitter des yeux. Ensemble, ils longèrent un nouveau corridor bordé de salles dévastées. L'atmosphère était de plus en plus glauque au fur et à mesure que la luminosité baissait. Un trouble oppressant commençait à sourdre en chacun d'eux et rendait leurs pas pesants.

Enfin, ils aperçurent quelques morceaux de ciel gris à travers les fenêtres de ce qui ressemblait à un entrepôt hérissé de colonnes et cette vision, même partielle, les détendit. Sentir qu'ils pouvaient sortir de cet endroit avait quelque chose d'instantanément rassurant.

— Waouh ! s'exclama Oksa.

Arrêtés au beau milieu d'une flaque d'eau croupie, les Sauve-Qui-Peut parcouraient du regard les gigantesques fresques dessinées sur les murs. À la différence des innombrables graffitis et dessins qui ornaient presque toutes les surfaces de l'ancienne gare, ce qu'ils avaient sous les yeux se révélait étrangement évocateur.

— On dirait des répliques d'Édéfia… murmura Oksa.

Elle fit quelques pas pour rejoindre Zoé qui contemplait une représentation de la Terre en flammes. Une demi-douzaine de coupoles émergeaient du brasier. Lumineuses, transparentes, elles laissaient voir ce qui ressemblait à des mondes miniatures où tout paraissait idyllique : une végétation luxuriante, des villes prospères, des visages radieux.

Zoé promena la main sur les coupoles, peintes avec soin et talent. Leur surface et leur couleur diaphane, légèrement bleutée, faisaient penser à une bulle de savon. Mais le peintre avait particulièrement excellé en introduisant du relief dans la matière : des sortes de nodules presque transparents, facilement identifiables.

— Un cerveau en guise de ciel… fit remarquer Zoé.

— … ou le règne de l'intelligence, poursuivit Oksa.

« Visionnaire… Pionnier… Ordonnateur d'un monde nouveau… » Oksa avait entendu Orthon se qualifier ainsi sur la plate-forme Salamandre et son instinct lui soufflait qu'il existait un rapport direct entre le discours du Félon et les fresques sur ces murs.

— Eh bien, je ne sais pas si c'est un signe de provocation ou d'inconscience de la part d'Orthon, mais il semblerait que nous soyons arrivés, murmura Abakoum.

L'Homme-Fé contemplait une autre peinture. Plus aucune équivoque possible… Oksa porta spontanément la main à son ventre. Comme tous les Sauve-Qui-Peut, elle savait ce que représentait l'emblème s'étalant en lettres noires sur le crépi gangrené par l'humidité. Mais à la différence des membres de sa communauté, elle l'avait vu naître et disparaître sur sa chair, l'avait senti vivant, au plus profond d'elle.

Elle s'approcha et toucha le dessin du bout des doigts. L'étoile d'Édéfia s'affichait là, en plein cœur de ce bâtiment aussi grandiose et ravagé que l'avait été la Terre perdue et retrouvée. Quand la paume de sa main effleura la huitième branche de l'étoile, le mur se lézarda. Pavel saisit Oksa par le bras et la tira vite en arrière. Des blocs de pierre se rétractèrent. Leur frottement était presque silencieux, comme s'ils faisaient partie d'un mécanisme parfaitement huilé. Bientôt, un porche aux amples proportions se dessina, s'ouvrant sur une galerie voûtée qu'on devinait s'enfoncer en pente douce dans les tréfonds de l'ancienne gare. Une porte ronde, faite d'un épais blindage, était grande ouverte. Une invitation à entrer…

Oksa frémit. L'inconnu avait souvent des vertus excitantes, mais, là, il n'incitait qu'à une seule chose : faire demi-tour et fuir à toutes jambes.

— Pardonnez-moi, ma Gracieuse, mais je dois vous communiquer quelques indications, intervint le Culbu-gueulard de sa voix claironnante.

Les quatre espions le regardèrent, impatients et curieux. Oksa soupira intérieurement. Il lui faudrait remettre son projet d'esquive à plus tard…

— Je t'en prie, dis-nous ce que tu sais, l'encouragea-t-elle.

— Quarante-cinq personnes se trouvent dans les sous-sols. Leur longueur totale avoisine cinq kilomètres huit cent quarante mètres, sur une profondeur maximale de cent soixante-trois mètres.

— Cent soixante-trois mètres ? se récria la jeune fille. Pourquoi si profond ?

— C'est à nous de le découvrir, allons-y ! fit Pavel en se dirigeant vers la galerie.

— Non ! s'exclama soudain la Devinaille qu'Oksa avait emmenée dans sa besace.

Pavel s'arrêta net.

— Qu'est-ce que tu as ? demanda Oksa en caressant la tête de la poulette qui tremblait. Qu'est-ce qui te fait si peur ?

Elle la sortit et la tint au creux de sa main. Les yeux de la Devinaille tournaient dans tous les sens.

— Pourquoi ne dis-tu rien, toi ? brailla-t-elle à l'intention du Culbu-gueulard. Tu ne sers à rien si tu n'es pas capable de déceler une chose pareille !

— Quelle chose ? souffla Oksa.

Impressionnée par les regards des Sauve-Qui-Peut rivés sur elle, la créature roulait des yeux. Ses minuscules pattes s'enroulèrent autour du pouce d'Oksa et ses griffes s'y accrochèrent avec une poigne surprenante.

— L'uranium ! finit-elle par lâcher.

Dans un grand frisson, elle enfonça la tête dans les plumes de son cou.

— Quoi, l'uranium ? s'impatienta Oksa.

— Il y a des quantités énormes d'uranium dans ce sous-sol, répondit-elle.

Elle se carapata au fond de la sacoche d'Oksa. Les Sauve-Qui-Peut froncèrent les sourcils, la mine soudain sombre.

— Culbu ? fit Oksa.

— J'allais vous en informer, mais la petite volaille hystérique m'a devancé ! expliqua l'indicateur, sur la défensive.

— Je ne te reproche rien, tu le sais bien ! le rassura Oksa. Alors, dis-nous…

— Je détecte environ mille trois cents tonnes et six cents kilos d'uranium, soit quasiment deux millions neuf cent mille *pounds*, précisa l'informateur.

— Ah, je vois… grommela Pavel.

Oksa et Zoé l'interrogèrent du regard.

— C'est beaucoup ? fit Oksa.

Pavel détourna la tête.

— La bombe qui a détruit Hiroshima contenait seulement soixante kilos d'uranium, dit-il d'une voix blanche. Et depuis, l'homme a fait des progrès considérables en la matière…

Les deux jeunes filles tentèrent de faire un rapide calcul dans leur tête. Décontenancées, elles s'embrouillèrent et capitulèrent. Mais même approximatif, leur calcul avait de quoi faire peur. Là, à quelques mètres seulement, se trouvait de quoi fabriquer l'équivalent de plusieurs milliers de bombes atomiques.

— Nous ne risquons rien, annonça Abakoum après un temps de réflexion.

— Euh… Tu trouves ? s'étonna Oksa.

— Nous savons qu'Orthon est ici. Tout Du-Dedans qu'il soit, il n'en demeure pas moins un être humain, jamais il ne prendrait le risque d'être irradié ou d'irradier ses fils et ses collaborateurs. Il a dû mettre en place les plus solides mesures de sécurité.

Ses compagnons approuvèrent en silence.

— Permettez que je confirme ! intervint le Culbugueulard, les narines frémissantes. Le taux de millisieverts n'a pas augmenté depuis que nous avons quitté Washington : il n'y a aucune anomalie, je suis catégorique. Tant que les caisses dans lesquelles est stocké l'uranium restent scellées, nous ne risquons rien.

— Merci, mon Culbu, fit Oksa. Alors, il ne nous reste plus qu'à découvrir ce qu'Orthon prépare.

Elle se tourna pour faire face à l'entrée du sous-sol, aussi béante que lugubre.

— Allez, c'est parti… murmura-t-elle en inspirant à fond.

Très vite, la galerie devint aussi large qu'un tunnel de métro. À l'approche d'une intersection, les Sauve-Qui-Peut virent un camion passer à quelques mètres d'eux seulement. Il devait être équipé d'un moteur électrique, c'est à peine s'ils l'entendirent. Ils se plaquèrent contre la paroi de pierre, échappant de justesse au faisceau des phares. Abakoum fouilla dans sa besace, sortit son Coffreton et tendit une gélule nacrée à ses compagnons.

— Tenez, avalez ça ! fit-il.

— Ventosa ? demanda Oksa.

— Tu lis dans mes pensées, ma chère petite… acquiesça l'Homme-Fé.

Le fort goût de roquefort du Capaciteur leur arracha à tous une grimace. Mais la lumière des phares d'un nouveau véhicule fonçant tout aussi silencieusement dans leur direction le leur fit vite oublier. Mains et pieds plaqués à la cloison du tunnel, tous les quatre grimpèrent jusqu'au plafond voûté. Ils restèrent suspendus comme de grosses araignées devenues humaines et contemplèrent le camion passer sous eux. Ils s'entre-regardèrent avec ce soulagement stupéfait d'avoir de peu échappé au pire. Personne n'aurait l'idée d'inspecter en l'air. Alors, ils progressèrent ainsi, dans cette singulière position, mètre après mètre, de plus en plus rapidement. Quelques véhicules passèrent sous eux à vive allure, puis ils sentirent nettement la présence humaine augmenter au fur et à mesure que le tunnel s'enfonçait sous la terre. Sur un signe de la main d'Abakoum invitant à la plus extrême prudence, ils avancèrent jusqu'à se trouver face à un embranchement. Ils optèrent pour le tunnel de gauche, vers lequel un énième camion se dirigeait, et coururent à sa poursuite, à l'horizontale, suspendus dans le vide.

Une énorme porte blindée les arrêta. Identique à celle de l'entrée, haute et large d'au moins huit mètres, elle obturait le tunnel de telle façon qu'on ne pouvait s'empêcher de penser à un coffre-fort géant. Soudain, un mécanisme se mit en branle, cliquetant et glissant, et elle s'entrouvrit lentement. Son épaisseur était aussi impressionnante que sa taille. Pavel s'avança avec précaution.

— Papa ! Ne me dis pas que tu veux entrer là-dedans ! grommela Oksa. C'est de la folie !

— Je jette juste un œil… Il faut qu'on sache.

La porte continuait de pivoter, elle était désormais ouverte à moitié. Les Sauve-Qui-Peut se décalèrent pour voir l'intérieur, au risque de se trouver exposés à la lumière vive produite par plusieurs rangées de néons.

Si le blindage les avait intrigués, ils ne tardèrent pas à en comprendre les raisons : des centaines de caisses en acier étaient empilées. Toutes portaient l'estampille d'un signe hautement reconnaissable, jaune et noir, symbole de mort.

— L'uranium… murmura Oksa en regardant ses compagnons d'un air effaré.

La Devinaille poussa un gémissement étouffé depuis le fond de la besace de la Jeune Gracieuse. Quand le camion redémarra pour s'engouffrer dans le sinistre entrepôt, ils sursautèrent. Même s'ils avaient été prévenus par le Culbu-gueulard, cette découverte n'en demeurait pas moins terrifiante.

— Partons de là ! proposa Pavel.

Ils rebroussèrent chemin jusqu'à l'intersection et s'engagèrent dans le tunnel de droite. Bientôt, ils débouchèrent à l'entrée d'une salle aussi démesurée que l'était la coquille vide au-dessus d'eux. Une forte odeur métallique les saisit, mêlée d'émanations de graisse. À l'abri d'une canalisation, ils examinèrent l'endroit, avec l'aide de Reticulatas.

Une galerie courait à mi-hauteur, si longue que le regard ne pouvait parvenir à son extrémité. Là, des personnes travaillaient devant des ordinateurs. Plus bas, d'autres s'affairaient sur des pièces métalliques, différents outils à la main. Des chalumeaux dégageaient des gerbes d'étincelles qui se reflétaient dans les grosses lunettes de protection de ceux qui les manipulaient. Au premier abord, il était difficile de se rendre compte de l'ensemble tant l'activité grouillait.

Mais au bout de quelques instants, l'évidence leur fit froid dans le dos.

— Un missile ? fit Oksa.

— Un très très gros, alors… répondit Pavel.

Zoé tourna la tête vers eux. Bouche bée, elle était livide.

— Non, ce n'est pas un missile… bredouilla-t-elle. C'est une fusée !

Abakoum parut soudain très las. Il abandonna sa Reticulata et annonça d'une voix sourde :

— Une fusée destinée à détruire l'étoile qui protège Édéfia…

10

Complot en sous-sol

— Je… je ne comprends pas… balbutia Oksa.

Abakoum s'approcha d'elle.

— Tu connais l'origine du manteau d'Édéfia, n'est-ce pas ? lui demanda-t-il.

Oksa opina de la tête. Oui. Elle savait qu'un rayon de soleil particulièrement rapide formait un cône qui, une fois arrivé à la surface de la Terre, dessinait les contours d'Édéfia et le manteau protecteur la rendant invisible.

— Les Fées ou ta grand-mère t'ont-elles déjà parlé de l'étoile ? poursuivit Abakoum.

— L'étoile autour de mon nombril ? L'Empreinte ?

— Celle dont tu parles n'est que le symbole de la vraie, celle qui se trouve réellement entre la Terre et le Soleil, expliqua l'Homme-Fé. En filtrant les rayons de soleil, elle accélère la vitesse de la lumière et garantit l'invisibilité d'Édéfia en créant son manteau protecteur. Sans cette protection…

Il s'interrompit, les yeux à demi fermés. Un poids de plusieurs tonnes semblait peser sur ses épaules. Son teint devint grisâtre, comme chaque fois qu'un tourment l'assaillait.

— Si le manteau était détruit, notre terre serait la proie des pires convoitises de la part des Du-Dehors, reprit-il. Même si notre peuple dispose de pouvoirs, il ne pourrait résister très longtemps.

— Le peuple d'Édéfia ne survivrait pas… conclut Oksa dans un souffle horrifié.

— Non, confirma tristement son père.

Les larmes montèrent aux yeux de la jeune fille.

— Orthon ne parviendra pas à faire exploser l'étoile, lâcha-t-elle, les dents serrées. Je vous jure qu'il n'y parviendra pas. Nous l'arrêterons bien avant.

Son père leur fit signe de s'allonger sur le sol et leur indiqua la grande salle qu'ils surplombaient. Sous eux, les hommes et les femmes de l'armée d'Orthon s'activaient autour des éléments qui constitueraient bientôt l'engin de mise à mort d'Édéfia. La structure de la fusée était amorcée, on la devinait déjà dans l'arrondi des plaques métalliques mises bout à bout et travaillées sans relâche. Le cerveau en ébullition, Oksa s'interrogeait encore.

— Abakoum, comment Orthon peut-il être au courant de l'existence de cette étoile, alors que moi, je l'ignorais ? chuchota-t-elle.

— Tu n'as pas pu apprendre tout ce que tu devais savoir, les conditions dans lesquelles tu as reçu ta formation n'ont pas été vraiment sereines…

— Ça, c'est sûr, admit la jeune fille. Tout s'est fait dans l'urgence ou la clandestinité. Mais Orthon ?

— Orthon et son père ont bénéficié de certaines complicités pour accéder à la Mémothèque et découvrir ce que personne ne savait…

Oksa fronça les sourcils. Son grand-oncle Léomido, frère de Dragomira et demi-frère d'Orthon, avait été le plus actif des complices qu'évoquait Abakoum. Poursuivi toute sa vie par le remords et malgré le pardon des siens, il ne s'était jamais consolé de cette trahison.

Oksa secoua la tête et retint un gémissement. Penser à Léomido faisait mal à tous les Sauve-Qui-Peut.

Elle se tourna vers Zoé et Abakoum.

— Comment êtes-vous arrivés à cette… hypothèse ? Je ne la mets pas en doute, mais peut-être qu'Orthon ne veut pas détruire l'étoile qui protège Édéfia, mais simplement une partie de la planète !

Tout en les prononçant, elle se rendait compte de l'horreur de ses mots. « Simplement une partie de la planète… » Elle écarquilla les yeux, honteuse. Il s'agissait tout de même de *son* monde, celui où elle était née, celui qu'elle aimait autant qu'elle aimait Édéfia ! Son cœur était attaché aux Deux Mondes, et l'évidence lui sautait aux yeux, alors que le péril les menaçait autant l'un que l'autre.

— J'aimerais tant me tromper, ma chère enfant… soupira Abakoum. Mais malheureusement, c'est davantage qu'une hypothèse. Regarde…

Il se plaça derrière elle et fit jaillir une Reticulata de sa Crache-Granoks et l'orienta vers une des parties de la structure. Son index apparut en gros plan dans le champ de la méduse-loupe. Il montrait une sorte de logo sur le fuselage de ce qui ressemblait au module de tête de la fusée. Puis Abakoum déplaça la Reticulata à différents endroits de la salle.

Oksa se crispa : le logo apparaissait un peu partout, sur des écrans d'ordinateurs, sur les véhicules qui allaient et venaient, sur les vêtements noirs des hommes et des femmes… Son symbolisme provoqua un choc dans l'esprit de la jeune fille quand elle en admit le sens, limpide.

— On peut vraiment détruire une étoile ? souffla-t-elle, sans quitter des yeux le dessin si explicite – une flamme venant du ciel et léchant l'étoile à huit branches emblématique d'Édéfia.

— On peut tout détruire, Oksa, lui répondit son père. Tout.

— Surtout quand on dispose des réserves d'uranium que nous avons vues tout à l'heure… ajouta Zoé.

— Mais pourquoi ? protesta Oksa. Pourquoi s'en prendre à Édéfia ? Ce pourri est en passe de pouvoir contrôler la Terre entière, qu'est-ce qu'il lui faut de plus ?

— N'oublie pas qu'Édéfia est sa plus grande défaite, fit remarquer sa petite-cousine et amie. Il a échoué avec son père, et aussi avec le peuple…

— Et il l'a mauvaise !

— À tel point qu'il préfère détruire ceux dont il ne peut gagner l'admiration ou l'amour. C'est dans cette logique qu'il a tué son père.

— On l'aime ou bien on meurt. Et le peuple d'Édéfia le hait… conclut Oksa. Moi aussi, d'ailleurs… ajouta-t-elle d'un air amer.

Allongés sur le béton rugueux, les Sauve-Qui-Peut tentaient de réfléchir, chacun avec ses souvenirs, chacun avec sa propre part d'Édéfia au fond de lui.

Édéfia, faux paradis des origines, mais vraie terre de promesses.

Que pouvaient-ils faire ? Ici ? Maintenant ? Rien qui ne leur fît pas risquer leur vie.

— On en sait assez, partons d'ici… dit Abakoum, plus abattu que jamais.

Revenir en arrière s'avéra encore plus pénible. Pendant les quelques minutes où les Sauve-Qui-Peut découvraient le centre stratégique d'Orthon et prenaient conscience de ses projets, le tunnel conduisant dans les entrailles de l'ancienne gare s'était transformé en une véritable autoroute souterraine. Les camions se suivaient à la queue leu leu. Mais malgré la nature des marchandises qu'ils transportaient et le tempérament de leurs conducteurs – des mercenaires aguerris recrutés par Orthon aux quatre coins du monde –, ils ne représentaient pas de danger à partir du moment où les quatre intrus jouaient aux araignées, mains et pieds au plafond.

En revanche, le duo de Vigilantes s'approchant à tire-d'aile se révélait bien plus menaçant.

— Oh, non ! gémit Oksa. Pas elles !

Les Sauve-Qui-Peut se mirent littéralement à courir le long du plafond voûté. Peine perdue : on n'échappait pas aux Vigilantes.

— Aaaaleeeerte ! braillèrent en chœur les guêpes-sentinelles de leur voix de stentor.

Aussitôt, une vingtaine de leurs congénères jaillirent, dard pointé en avant. Paniquée, Oksa ne put se contenir : ni une ni deux, le Feufoletto partit de sa main et réduisit en fumée les insectes à l'abdomen bleuté. Leurs lambeaux enflammés flottèrent un instant en l'air et avant qu'Oksa, trop stressée, ne pense à faire dévier leur trajectoire, ils retombaient déjà sur le pare-brise d'un des camions, comme une petite pluie flamboyante.

— Qu'est-ce que j'ai fait ? se lamenta Oksa en se donnant mentalement une bonne claque.

Réfléchir avant d'agir… Elle devrait pourtant le savoir, maintenant ! Et ce qui devait arriver arriva : le conducteur stoppa net son engin, le dernier de la file. Le sang des Sauve-Qui-Peut se figea dans leurs veines. L'homme allait regarder d'où provenaient ces cendres incandescentes. Il lèverait la tête, immanquablement, et que verrait-il ? Deux hommes et deux jeunes filles plaqués au plafond. Il ne manquerait pas d'en être *un peu* étonné. Alors, il appuierait de toutes ses forces sur le klaxon de son camion et là…

— Courez ! cria Pavel à ses compagnons. Je vous couvre !

Il s'éjecta du plafond et se posa sur le capot du véhicule juste au moment où le conducteur sortait la tête par la fenêtre. Le regard de ce dernier alla du trio d'humains araignées à l'homme qui venait d'atterrir brutalement sur son camion.

— Non, Papa ! Viens ! s'exclama Oksa.

— Oksa, obéis pour une fois, nom de Dieu !

Zoé saisit la main de son amie et l'entraîna vers l'entrée du tunnel, déjà visible au bout de la pente douce. Pendant ce temps, Pavel lança à l'homme deux Granoks, Arborescens et Muselette. Il le tira hors de sa cabine et le tint par le col. L'homme écouta avec la plus grande attention les questions que Pavel lui posa. Il y répondit par oui ou par non d'un mouvement de tête, pendant que son interlocuteur balançait des boules de feu vers les guêpes-sentinelles qui fondaient par dizaines sur eux.

Ligoté et bâillonné, l'homme ne pouvait se retenir de lui jeter des coups d'œil stupéfaits. La jeune fille qui l'accompagnait l'avait appelé Papa, le vieil homme barbu était peut-être le grand-père et l'autre jeune fille, la sœur. « Dans la famille Surnaturelle, je demande le père… » ne put-il s'empêcher de penser alors que Pavel resserrait sa poigne. Incroyable… Le Master et ses fils n'étaient donc pas les seuls à disposer de ce genre de pouvoirs ! Quand il raconterait aux autres… Mais pour cela, encore faudrait-il qu'il survive. Aussi, quand Pavel le projeta contre le mur et disparut de son champ de vision, il s'estima chanceux de s'en sortir presque indemne. D'autres n'auraient pas hésité à le tuer. Lui-même, d'ailleurs, aurait volontiers dégainé son arme pour coller une balle entre les deux yeux de son attaquant, se disait-il en se débattant pour se libérer de ses sangles gluantes. Sans doute cet homme surpuissant avait-il une certaine éthique, une conscience qui l'empêchait d'attenter à la vie d'autrui. Au cours de sa carrière de mercenaire, il avait déjà croisé le chemin d'idéalistes de ce genre. Lui savait que la force finissait toujours par l'emporter sur les grands et beaux principes. Mais sans doute cet homme l'ignorait-il…

Arrivés au bout du tunnel, Oksa, Abakoum et Zoé furent confrontés à un gros problème : la lourde porte blindée s'était refermée juste après le passage du dernier camion du convoi. Oksa passa la main sur l'acier, à la recherche d'un mécanisme qui permettrait de l'ouvrir. Abakoum et Zoé s'y attelèrent à leur tour, caressant, pressant, tapotant la surface lisse et froide, et les boulons, gros comme le poing. Mais ils ne trouvèrent rien.

— Je vais vous ouvrir de l'extérieur ! fit Oksa.

Elle se colla à la porte et enfonça le bras dans la matière.

— Autant que mon côté Murmou serve à quelque chose… grommela-t-elle.

Son coude disparut, puis son biceps. Mais arrivée à l'épaule, elle bloqua.

— Un problème ? s'inquiéta Zoé. Tu veux que je t'aide ?

— C'est super résistant… expliqua Oksa avec une grimace. Mais il vaut mieux que tu restes là et que tu me couvres avec Abakoum s'il le faut !

Elle accentua sa poussée, sa hanche pénétra dans l'acier, ainsi qu'une partie de sa jambe. L'épaisseur de la porte nécessitait un effort inattendu et surtout très angoissant. Être bloquée ainsi, au milieu de l'acier, n'était pas ce qu'elle avait connu de plus réjouissant. Quand une silhouette se dégagea dans la pénombre, la Jeune Gracieuse sentit la sueur couler dans son dos. Abakoum et Zoé se mirent aussitôt en position de défense.

— On s'en occupe, Oksa ! lui souffla l'Homme-Fé. Toi, continue de forcer et libère-nous de là…

— Tu vas y arriver ! lui lança Zoé.

— Oh, c'est Pavel… Ouf…

Abakoum et Zoé se relâchèrent et s'empressèrent de lui expliquer la situation, pendant qu'Oksa redoublait de concentration.

— Il faut faire vite, dit Pavel en jetant des regards soucieux en arrière. Le sursis risque d'être de très courte durée…

Oksa était déjà aux trois quarts à l'intérieur du blindage. Et si elle n'arrivait pas à passer de l'autre côté ? Elle ne pouvait avouer ni montrer combien elle craignait de mourir étouffée au milieu de l'énorme porte, mais cette pensée la terrifiait. Elle pressa de toutes ses forces. Bien qu'elle n'ait aucun point de repère, la résistance semblait s'amenuiser. Était-ce l'humidité glaciale de la Michigan Central Station qu'elle sentait sur sa main ? Pourvu qu'il n'y ait personne de l'autre côté, un Félon prêt à l'accueillir, une Vigilante décidée à la piquer… L'étreinte de l'acier l'empêcha de frissonner.

Elle s'apprêtait à prendre une grande goulée d'air avant d'introduire la tête quand elle entendit une voix qu'elle connaissait malheureusement trop bien. Alors, elle se débarrassa de toute son appréhension et s'enfonça dans le blindage.

Il ne fallut pas plus d'une seconde à Orthon pour comprendre. Amos, ancien agent des services secrets israéliens, se débattait comme un beau diable devant son camion et la nature de ses entraves excluait le moindre doute. D'ailleurs, c'était sûrement ce qu'avaient voulu ces satanés Sauve-Qui-Peut : lui laisser un message.

Ils étaient passés par là. *Et ils savaient.*

Réprimant sa rage, Orthon marmonna d'un ton impatient :

Par le pouvoir des Granoks
Déchire ta coque
Par tes griffes tu muselles
De tes ailes tu démuselles.

L'insecte plat aux reflets bleus desserra les six griffes scellant la bouche d'Amos et disparut à l'intérieur de la Crache-Granoks d'Orthon.

— Merci, Master ! s'écria Amos.

À la fois honteux de s'être laissé piéger et reconnaissant envers son libérateur, il s'ébroua comme un chien pour se débarrasser des lianes jaunes qui commençaient à fondre et bondit sur ses pieds.

— Combien sont-ils ? gronda Orthon.

— Quatre. Deux hommes et deux jeunes filles.

Orthon se rua vers l'issue du tunnel à une vitesse surnaturelle. Ses fils étaient les seuls à pouvoir courir aussi rapidement que lui. Mais Amos et Markus Olsen, le colosse, ne se laissèrent pas démonter et s'élancèrent derrière lui au pas de course, fusil d'assaut en main.

— Aaaaahhhhh ! hurla Orthon. Ok-saaa Pol-looock !

Son cri retentit le long de l'immense boyau de pierre, galvanisant l'esprit de ses complices et glaçant celui de ses ennemis.

11

Le poids des mots, le choc des images

Les mains sur les cuisses, Oksa se pencha en avant pour retrouver sa respiration. Son Curbita-peto ondulait autour de son poignet en pressant fortement sur la peau ; elle avait eu si peur de rester bloquée au beau milieu de la porte d'acier.

— Allez, Oksa-san, on a besoin de toi, ne te laisse pas abattre ! murmura-t-elle. Dans tous les sens du terme, d'ailleurs… ajouta-t-elle, les lèvres pincées.

À la fois secoué par la dernière épreuve et par le danger talonnant les Sauve-Qui-Peut, son cœur battait à la volée quand elle effleura du bout des doigts l'inscription de l'étoile à huit branches. Elle tendit l'oreille, à l'affût d'indices qui lui indiqueraient ce qui se passait de l'autre côté. Mais même sa Chucholotte ne pouvait venir à bout de l'épaisseur du blindage. Elle ne saurait que quand elle verrait.

Elle fit le même geste que plus tôt, aussi fidèlement qu'elle pouvait s'en souvenir. D'abord le centre de l'étoile, puis la base de chaque branche, dans le sens des aiguilles d'une montre. Les blocs de pierre coulissèrent dans une étrange cadence et laissèrent apparaître la porte qu'Oksa venait de traverser avec tant de difficulté. Les gonds émirent un bruit sourd en se mettant en branle.

Aussitôt, des éclats de voix jaillirent.

— N'entre pas, Oksa ! lui cria son père.

Il semblait terriblement angoissé. Une autre voix lui fit écho, railleuse.

— C'est ça, ma très Jeune Gracieuse ! Reste où tu es et laisse-moi faire triple coup en me débarrassant de ton pitoyable père, de ce soi-disant Homme-Fé et de ma misérable petite-nièce !

Le sang d'Oksa ne fit qu'un tour. Éperonnée par la rage, elle surgit dans l'entrebâillement de la porte qui s'agrandissait en pivotant, centimètre par centimètre, et bondit au beau milieu d'une scène inattendue : Orthon bloquait Abakoum, un bras enserrait son cou, prêt à lui briser la nuque ; à ses côtés se tenaient Tugdual et Gregor, paume de la main braquée vers Pavel et Zoé qui observaient exactement la même attitude. Non loin d'eux, les équipiers d'Orthon – Markus Olsen et Amos – représentaient une force militaire tout aussi menaçante : une rafale de mitrailleuse pouvait tuer n'importe qui, les Sauve-Qui-Peut comme les êtres humains.

Oksa se sentait prise entre deux feux et à sa colère se mêlait une peur sans nom, viscérale et aveuglante, avec tous les risques que le mélange se révèle explosif. Pourtant, le moindre geste de sa part risquait d'entraîner un véritable carnage : elle devait se maîtriser.

— Ah, ma très Jeune Gracieuse ! susurra Orthon. Nous voilà à nouveau réunis, comme au bon vieux temps !

Oksa siffla entre ses dents d'un air méprisant. « Ne lui montre surtout pas que tu es morte de trouille… se dit-elle intérieurement. Et trouve plutôt un moyen de se tirer de ce piège ! »

— En tout cas, je ne peux que vous féliciter d'être parvenus jusqu'ici, poursuivit le Félon. J'avoue être surpris que vous ayez réussi à me débusquer aussi vite.

Son regard se porta au-delà de l'ouverture, désormais béante, sur une des immenses salles décaties.

— Cet endroit n'est-il pas somptueux ?

— Aussi somptueux que tu l'as été et aussi décati que tu vas l'être bientôt ! cracha Pavel.

À ces mots, Orthon resserra son étreinte autour du cou d'Abakoum. L'Homme-Fé retint un gémissement, mais des larmes emplirent ses yeux. Douleur ou rancœur ? Difficile de savoir…

— Tu vises trop haut, Orthon, ajouta Pavel. Ça te perdra.

— Ah oui ? ricana le Félon. Vraiment ? Et qui m'arrêtera ? Toi ? Ou bien ces gamines ? Laisse-moi rire… Ce n'est pas parce que vous êtes arrivés jusqu'ici qu'il faut vous croire plus puissants que moi !

Pavel et Zoé se raidirent, paume toujours dirigée vers leurs ennemis. Face à eux, les deux cerbères surarmés ne bougeaient pas d'un pouce et les deux fils d'Orthon se montraient tout aussi impassibles. On aurait presque pu croire qu'ils s'étaient transformés en statues s'il n'y avait pas ces imperceptibles cillements et ces minuscules rictus au coin de la bouche, trahissant leur tension. Au fond d'elle, Oksa avait l'espoir d'attirer le regard de Tugdual et d'infléchir sa position. Elle restait intimement persuadée que le jeune homme n'était pas acquis à son père à cent pour cent et qu'une part de lui-même demeurait réceptive, humaine. Mais à l'instant présent, l'existence de cette part restait une pure supposition : Tugdual avait ce regard vide qui le rendait insaisissable, hors d'accès. La peine qu'éprouvait Oksa de le sentir si loin, *si peu vivant*, imprima une infime crispation sur son visage. Le petit pli entre ses yeux se creusa, assombrissant le gris ardoise de ses iris. Sous la lumière vive des néons, cette émotion n'échappa pas à Orthon.

— Qu'est-ce que tu croyais ? railla-t-il. Que mon fils allait se précipiter à tes côtés dès qu'il te verrait ? Oh, comme tu dois être déçue, pauvre P'tite Gracieuse…

Oksa brûlait d'envie de lui sauter à la gorge. Ce surnom était celui que lui avait donné Tugdual. Il correspondait aux moments, heureux et malheureux, qu'elle avait passés auprès de lui et, malgré ce qui était advenu par la suite, personne d'autre que lui n'avait le droit de l'appeler ainsi. Surtout pas ce fourbe d'Orthon.

— Tout ce que je crois, c'est que l'ironie est plutôt malvenue de la part d'un homme qui doit utiliser la manipulation et la barbarie pour se faire respecter ! lança-t-elle avec un aplomb dont elle était la première étonnée. En fait, comme tous les tyrans, vous avez quelque chose de pitoyable, quand on y pense.

Le sourire féroce d'Orthon se figea. Dans ses yeux alternèrent le gris mat de l'aluminium et l'obscurité inquiétante d'un ciel d'orage. Prisonnier de la poigne du Félon, Abakoum pâlit. Mais Oksa n'arrivait plus à s'arrêter.

— Ce n'est pas trop dur pour vous de savoir que les gens vous aiment ou vous admirent parce que vous les forcez ? lança-t-elle avec un bref regard à Tugdual. Car en vérité, vous êtes seul et haï de tous !

— Tugdual est à mes côtés parce qu'il est mon fils, assena le Félon d'une voix heurtée.

— Mortimer aussi est votre fils ! rétorqua Oksa. Sauf que lui, vous n'avez pas réussi à en faire votre marionnette !

— Laisse tomber, Oksa… chuchota Zoé. Il cherche juste à te provoquer.

Oksa se tut, tout en creusant au fond de son esprit. La situation était bloquée, il fallait absolument trouver une solution. Contre toute attente, ce furent les paroles de Pavel et le décor qui la lui apportèrent. Grandeur et décadence… L'orgueil, talon d'Achille des plus grands…

Les souvenirs étaient encore si vifs dans son esprit de Jeune Gracieuse qu'elle n'eut aucun mal à les ramener à la surface. Dopée par la colère de voir ceux qu'elle aimait soumis à son pire ennemi, elle ne tarda pas à déclencher son Caméræil.

— *Mon plus grand échec, c'est toi…*

Les mots résonnèrent dans le tunnel et l'arrogance du Félon s'évanouit quand il entendit de la bouche de son père, Ocious, les mots qu'il lui avait adressés juste avant sa mort, quelques mois plus tôt. Après le son vinrent les images, plus déstabilisantes encore : l'éclair lancé droit sur Ocious par Orthon, la large blessure sur son torse, le sang coulant de sa tête meurtrie. Et surtout, les yeux du vieux maître d'Édéfia, celui qui avait consacré sa vie entière à essayer de sortir de Du-Dedans. Non seulement son fils y était parvenu, mais en plus il était revenu pour le tuer et l'empêcher à tout jamais d'accomplir son rêve.

— Tu… Tu étais donc là… gronda Orthon en dardant ses yeux emplis d'encre sur Oksa.

Il semblait complètement désarmé.

— Oui, confirma-t-elle en tremblant sous l'effet de l'extrême tension. J'étais là et j'ai vu comment vous avez assassiné votre père !

Un zoom sur le visage agonisant d'Ocious monopolisa l'attention de tous. À part Oksa et Gregor, témoins de la scène en direct, personne n'avait idée de ce qui s'était vraiment passé ce jour-là.

— Tu n'as pas le droit... tonna Orthon, livide. Arrête ça tout de suite !

Au lieu d'obéir, la jeune fille fit glisser les images sur les parois de pierre, du sol au plafond. Orthon ne pouvait faire autrement que de les suivre, fou de stupeur et de rage.

Sa voix et ses paroles jaillirent de la mémoire d'Oksa :

— *Je voulais seulement te montrer que tu pouvais être fier de moi ! Je voulais que tu saches que je n'étais pas le garçon faible et peureux que tu croyais ! Mais quoi que je fasse, quels que soient mes choix, tu trouves et tu trouveras toujours à redire... Toujours...*

Le Caméroeil ne cachait rien du désarroi d'Orthon quand il avait prononcé ces mots à l'oreille de son père, agenouillé près de lui.

— *Pourquoi m'as-tu toujours rabaissé ?* murmura Orthon. *Pourquoi ne m'aimes-tu pas ?*

— *Il valait mieux... que je ne t'aime pas...* répondit Ocious.

— *Pourquoi ?*

Face au souvenir si violent de ces images et de cet échange, Orthon perdait toute contenance. Oksa avait frappé fort. Et juste.

— *Sois-moi... reconnaissant...* ânonna Ocious.

— *Reconnaissant ?* fit Orthon. *Tu veux que je te sois reconnaissant de m'avoir méprisé, dénigré, humilié depuis que je suis enfant ?*

— *Tu étais... si sensible... Si je t'avais montré... que je t'aimais... tu n'aurais jamais été...*

Du sang coulait des yeux du vieux maître.

— *Je n'aurais jamais été quoi ?* rugit Orthon.

Les souvenirs visuels d'Oksa le montraient en train de secouer les épaules de son père mortellement blessé pour le harceler de questions. C'était choquant, presque insoutenable. Jouant avec les nerfs du Félon et de ses fils et comparses, Oksa ne cessait de promener son Caméroeil dans tous les sens, obligeant ceux qui regardaient les images à bouger la tête et n'hésitant pas à les éblouir. Heureusement, bien que troublés par la scène tirée de la mémoire de la jeune fille, Pavel, Zoé et Abakoum eurent la présence d'esprit de profiter de cette opportunité. Ils n'en auraient pas d'autre. Ils choisirent le moment le plus poignant, quand le visage d'Ocious apparut en gros plan au plafond, ses yeux pleins de sang et de larmes fixés sur son fils parricide.

— *Je n'aurais jamais été quoi ?* répéta Orthon.

Ocious le fixa avant de lâcher dans un dernier souffle :

— *Le plus puissant d'entre nous...*

Quand le Caméroeil s'éteignit, il était trop tard pour les Félons : Abakoum, devenu ombre, avait fondu entre les bras d'Orthon et s'échappait le long de la pierre sans que les coups de feu tirés par Markus Olsen puissent faire mouche. Ébahi, le mercenaire tourna la tête vers les autres et s'aperçut qu'il était le dernier à ne pas avoir été neutralisé.

Amos gisait à plusieurs mètres, inconscient. Sa jambe droite présentait un angle tout à fait anormal – et certainement très douloureux.

Gregor se tordait sur le sol et ce que les manches calcinées de sa veste laissaient voir soulevait le cœur de dégoût : les bras du fils aîné du Master étaient en train de pourrir !

Tugdual, lui, semblait avoir été vitrifié en pleine position d'attaque.

Quant à Orthon, il était maintenu immobile en l'air, Dieu seul savait comment. Markus Olsen plissa les yeux. Ce n'était quand même pas cette adolescente qui réussissait ce prodige par la seule force de ses mains ? Mais qui étaient ces intrus ? Des êtres venus d'ailleurs ? Comme Amos quelques instants plus tôt, il se posait la question : Orthon et ses fils ne seraient donc pas les seuls à bénéficier de dons… spéciaux ?

En dépit de son savoir-faire, le mercenaire n'eut pas le temps de s'interroger davantage, ni d'intervenir : Pavel lui envoya un Knock-Bong qui s'avéra plus efficace que toutes les techniques de combat qu'il connaissait.

— Eh non, votre père avait tort ! cria Oksa à l'intention du Félon suprême. Vous n'êtes pas le plus puissant d'entre nous, ça, c'est dans vos rêves !

Orthon la regarda d'un air mauvais.

— Tu n'es qu'une gosse prétentieuse… cracha-t-il sur ce ton démesurément exaspéré qu'il avait toujours affectionné. Tu as encore beaucoup de choses à apprendre !

Oksa renforça le Magnétus qui plaquait le Félon au sommet de la voûte de pierre. Ce dernier la fixait sans relâche. De la paume de ses mains s'échappèrent quelques étincelles bleutées. Des éclats de verre brûlant giclèrent quand les néons explosèrent. La luminosité faiblit brusquement, donnant aux éclairs d'Orthon un relief plus menaçant. Leur crépitement irritait les oreilles et les yeux.

— Oksa, laisse-moi en finir, maintenant… intervint son père.

Derrière elle, Zoé et Abakoum s'affairaient déjà sur la lourde porte pour la refermer.

— Non, Papa, fit Oksa. C'est à moi de le faire.

D'une main, elle fouilla dans la poche intérieure de sa parka. Un vertige la saisit. Depuis qu'Abakoum avait glissé des Crucimaphilas dans sa Crache-Granoks, elle s'était plusieurs fois imaginée face à Orthon et, surtout, face à cette décision capitale de le mettre à mort. Cela semblait si facile quand elle y pensait… Sauf que là, il ne s'agissait plus d'y penser, mais de le faire… Et c'était nettement différent.

Soumis à un magnétisme moins fort, Orthon profita de cet instant de flottement et, au prix d'un effort prodigieux, s'arracha du plafond pour atterrir sur le sol. Crache-Granoks à la main, Oksa poussa un cri en fustigeant intérieurement sa négligence – une de plus… Orthon avait raison sur ce coup : elle avait encore beaucoup de choses à apprendre. Par chance, Pavel réagit aussitôt et fonça sur le Félon avec la force d'un boulet de canon. Orthon en eut le souffle coupé alors que, sous l'impact, le mur se lézardait derrière lui. Pavel lui bloqua les deux bras au-dessus de la tête et pressa son corps contre celui de son ennemi juré pour empêcher tout mouvement.

— Papa ! s'écria Oksa. Je… Je ne peux pas… Je risque de te toucher…

Malgré sa fâcheuse position, Orthon trouva les ressources nécessaires pour singer la jeune fille :

— Oh, mon petit Papa chéri… fit-il d'une voix haut perchée. Si je tue le vilain Orthon, je te tue aussi, oh, non ! Je ne peux pas faire ça !

— Taisez-vous ! hurla Oksa.

— Oksa, Pavel, venez !

Abakoum et Zoé se tenaient à l'entrée du tunnel dont la porte se refermait peu à peu. Tous deux étaient aux prises avec une trentaine de Chiroptères Tête-de-Mort surgis de l'intérieur de la bâtisse. Leur sifflement strident commençait déjà à ravager les tympans d'Abakoum et de Pavel. Les deux filles en souffraient moins, grâce au gène Murmou contenu dans leur sang, mais la proximité avec les infâmes bestioles leur était néanmoins insupportable.

Des coups de feu venus du fond du tunnel retentirent soudain : l'armée d'Orthon n'avait pas perdu de temps…

— On déclare forfait ? ricana le Félon.

Pour toute réponse, Pavel mit de côté ses pouvoirs surnaturels et lui assena un coup de poing garanti cent pour cent humain. K.-O., le Félon glissa le long du mur.

Au même moment, des balles sifflèrent au-dessus d'Oksa. Si elle n'avait pas eu le réflexe de s'accroupir, elle en aurait reçu une dizaine en quelques secondes. Et elle serait morte ! Elle imita son père et lança des Knock-Bong au hasard. La trajectoire des tirs dévia mais ne faiblit pas, bien au contraire. Pavel se jeta de tout son long sur le sol.

— Papa !

— Vite, sortons d'ici… fit Pavel en rampant à une vitesse ahurissante.

Ils réussirent à rejoindre l'entrée du tunnel. Des Chiroptères en feu tombaient du plafond, touchés par les Feufolettos d'Abakoum et de Zoé. L'un d'eux, à moitié carbonisé, voleta d'une aile jusqu'à Oksa. Il ouvrit son horrible gueule, prêt à planter ses dents dans le cou de la jeune fille en train de concentrer toute son énergie pour refermer la porte aux côtés des trois autres Sauve-Qui-Peut.

Elle tourna la tête, agressée par l'odeur de viande avariée exhalée par la créature, et hurla. Elle savait que le Chiroptère ne pouvait pas la tuer – elle avait cher payé son immunisation –, mais la vision de cette bestiole immonde, avec ses petits yeux rougeoyants et cruels, restait glaçante. Elle battit des mains pour la chasser et l'envoya s'écraser contre l'acier de la porte. Quelques dixièmes de seconde trop tard, cependant, ainsi qu'en témoignait le sang coulant le long de son cou.

— Oksa ? Ça va ? s'affola Pavel.

Elle hocha la tête et donna la dernière poussée qui ferma la porte. Le vacarme des coups de feu cessa aussitôt.

— Filons ! lança Abakoum.

Par réflexe, Pavel et les deux filles traversèrent l'immense salle en volticalant, pendant qu'Abakoum courait entre deux rangées de colonnes maculées de graffitis. Ce fut avec horreur qu'ils aperçurent ce que lui ne pouvait voir : un bras émergeant de la porte d'acier, puis un visage aux traits déformés par la rage et par l'effort fourni pour traverser la matière résistante !

— Abakoum !

Instinctivement, l'Homme-Fé tourna la tête.

— Crève !

Le cri et l'éclair partirent en même temps qu'Orthon débouchait dans la salle. Les trois Volticaleurs parèrent aussitôt le coup risquant d'être fatal à Abakoum. L'éclair se divisa en plusieurs filaments qui partirent dans tous les sens. Le plus épais se déporta vers le sommet d'une colonne qu'il explosa. Une pluie de gravats s'abattit sur les dalles dans un fracas terrifiant, soulevant un nuage de poussière. Oksa et Zoé saisirent Abakoum sous les bras et sautèrent par une fenêtre à moitié brisée. Au passage, un morceau de verre érafla la joue de Zoé. Elle gémit, mais fonça.

Au mépris de toute prudence, le Dragon d'encre de Pavel se matérialisa. Les automobilistes circulant sur les autoroutes et boulevards à proximité de la Michigan Central Station pouvaient l'apercevoir à travers leur pare-brise rien qu'en penchant la tête. Mais ce risque paraissait presque dérisoire quand on savait ce qui se tramait dans les sous-sols de la bâtisse…

Pavel tendit les bras et attrapa Abakoum pour faciliter le Voltical – et la fuite – d'Oksa et de Zoé. Plus bas se déroulait une scène stupéfiante : les gardiens postés à l'entrée et sur le toit du bâtiment tiraient sur Orthon !

Les balles traversaient le Félon, Murmou suprême à la constitution de surhomme. Elles le criblaient, le meurtrissaient, le ralentissaient, le rendaient ivre de rage. Mais elles ne le tuaient pas.

Arborescens à l'appui, il neutralisa un à un ceux qui avaient été de fidèles membres de son armée avant qu'Oksa ne s'entretienne avec eux. « S'il faut abattre ceux qui nous poursuivent, faites-le ! Même s'il s'agit de votre patron, Orthon McGraw. » Voilà les mots qu'elle avait glissés à l'oreille des gardiens : une consigne simple et directe qui s'était insinuée au fond de leur esprit pour le tourner contre leur maître.

Orthon n'était pas le seul à disposer d'une certaine force de persuasion…

Et quand il eut terminé de ligoter ses tireurs fous, les Sauve-Qui-Peut étaient déjà loin, au-delà des nuages mornes qui alourdissaient le ciel de Detroit.

12

Le don de la nature

Ce ne fut que lorsque les battements de leur cœur retrouvèrent un certain calme que les Sauve-Qui-Peut purent prendre conscience de la violence des moments qu'ils venaient de vivre. Ils étaient maintenant hors de danger, loin d'Orthon et des humains, haut dans le ciel nébuleux.

Oksa volticalait sans faillir. L'adrénaline avait rendu son corps insensible tant qu'elle combattait. Mais quand elle porta la main à son cou, elle s'aperçut que le Chiroptère l'avait mordue plus profondément qu'elle ne le croyait. Elle grimaça à la vue de ses doigts poisseux de sang, et ne tarda pas à sentir l'effet de la douleur lancinante qui palpitait de son épaule jusqu'au tréfonds de son crâne.

Zoé n'avait pas été épargnée, elle non plus. L'entaille provoquée par une écharde de verre traçait une sale ligne écarlate le long de sa joue, jusque sous son œil à moitié fermé. Sa pâleur en était accentuée et ses traits plus creusés. Elle tremblait un peu et semblait faire un effort considérable pour concentrer toute son attention sur son Voltical.

Ces blessures s'avéraient pourtant bénignes en comparaison de celles d'Abakoum. Ni Pavel ni les deux filles n'avaient vu le filament électrique, échappé du dernier éclair d'Orthon, toucher l'Homme-Fé. Entre les lambeaux de sa veste déchirée, une plaie noire et fumante apparaissait sur son épaule gauche. Oksa jeta un coup d'œil à Zoé, et les deux filles ne purent cacher leur inquiétude.

Et en effet, Abakoum sombrait déjà dans l'inconscience. Son corps était inerte entre les bras de Pavel, ses jambes pendaient, sa tête brinquebalait sur sa poitrine.

— Abakoum ? cria le père d'Oksa. Abakoum ? Est-ce que tu m'entends ?

Il interrogea les filles du regard.

— Il faut qu'on se pose quelque part, Papa ! fit Oksa. Culbu, aide-nous à trouver un endroit sûr !

— Suivez-moi !

La créature plongea, le Dragon d'encre et les deux Volticaleuses à sa suite. Sous les nuages épars s'étalait un paysage champêtre, verdoyant à l'approche du printemps. Quelques petites villes formaient des taches plus claires reliées entre elles par de fins cordons routiers, mais l'activité humaine semblait peu intense.

— Direction nord-ouest, treize degrés Celsius au sol, taux d'humidité soixante pour cent, dix-huit habitants au kilomètre carré…

Tout en indiquant ces « importantes » données, le Culbu fonçait droit sur une forêt de conifères. En son centre apparaissait une clairière si minuscule qu'il fallait vraiment se trouver à faible altitude pour la débusquer entre les hautes et sombres futaies. Le lieu idéal pour atterrir en toute discrétion…

Bien que timides, les rayons du soleil réchauffaient les corps fatigués des Sauve-Qui-Peut. Celui d'Abakoum, par contre, subissait davantage qu'un simple épuisement : il ne réagissait plus. Sa respiration et son rythme cardiaque étaient faibles et entraînaient autant d'espoir que de désespoir.

— Abakoum, on est là, avec toi ! s'exclama Oksa.

Elle prit une des mains du vieil homme et la pressa contre elle.

— Accroche-toi, Abakoum, renchérit Zoé en saisissant l'autre main. Tu vas t'en sortir !

Pavel ne se trouvait pas loin. Un ruisseau bordait la clairière, ses eaux étaient claires et fraîches. Il se servit d'une Reticulata qu'il remplit comme une gourde et revint s'agenouiller auprès de son ami. Les filles n'eurent pas besoin qu'il leur explique pour comprendre ce qu'il voulait faire : Zoé s'empara de la Reticulata et versa de l'eau dans les mains en coupe d'Oksa. La Jeune Gracieuse fit couler un filet entre les lèvres d'Abakoum, entrouvertes, gercées. Pendant ce temps, Pavel retira sa parka, puis sa chemise qu'il roula en boule et que Zoé mouilla abondamment. Oksa dégagea le haut du corps de l'Homme-Fé, écarta avec mille précautions le tissu déchiré, et son père tamponna la plaie s'étalant sur l'épaule.

— Tournez-le doucement… demanda-t-il.

L'omoplate saillit en tirant sur la chair dont le rouge foncé, presque noir, alarma les filles. Pavel nettoya la blessure sans pouvoir cacher son inquiétude.

— Regardez… fit soudain Oksa d'une voix blanche.

Tout autour des Sauve-Qui-Peut, la nature se flétrissait. Les brins d'herbe d'un beau vert tendre jaunissaient peu à peu et s'affaissaient vers le sol au lieu de rester tendus vers le ciel. Les primevères et les jonquilles fanaient sur pied, vidées de leur sève. Même les arbres semblaient souffrir. Solides conifères, ils avaient résisté à la rudesse de l'hiver. Mais ils ne résistaient pas à la souffrance d'Abakoum qui les contaminait comme une maladie fulgurante. Leur feuillage roussit, sécha et répandit une pluie d'épines dans le sous-bois. Leurs branches furent bientôt dénudées, transformées en squelettes roux et tordus.

— La mort… souffla Zoé.

Les lèvres d'Abakoum bleuissaient à vue d'œil, son teint prenait une vilaine couleur de cendre. Était-ce l'effet de l'eau fraîche du ruisseau ou bien la vie qui s'effaçait ? Les filles s'entre-regardèrent, tremblantes, les mains du vieil homme serrées dans les leurs. Pavel, lui, continuait de nettoyer la plaie en serrant les dents, comme pour rendre ses gestes plus assurés. Une veine palpitait dans son cou, signe infime de l'immense angoisse qui l'étreignait.

Oksa inspira précipitamment et se mordit la lèvre jusqu'au sang. Mais rien à faire : elle ne pouvait s'empêcher de pleurer.

— Abakoum… fit-elle d'une voix étranglée.

Un craquement leur fit lever la tête. Pavel mit l'index sur sa bouche et indiqua à Oksa et Zoé de ne pas bouger. Un second craquement, plus proche, le poussa à sortir sa Crache-Granoks. Accroupi, il fixa l'endroit du sous-bois obscur d'où provenait le bruit, prêt à intervenir. Une tache claire se profila à travers les fourrés. Sans se soucier de fouler les branchages ni d'attirer l'attention, la tache fit le tour de la moitié de la clairière tout en se rapprochant de plus en plus de la lisière. Les trois Sauve-Qui-Peut retinrent leur souffle. Si des chasseurs débarquaient dans la clairière, ils seraient aussitôt renvoyés d'où ils venaient avec, en prime, une bonne petite amnésie.

Mais au lieu d'hommes en treillis et en armes, ce fut la douce tête d'une biche qui émergea des fourrés. Elle observa la scène de ses grands yeux noirs, avant de s'avancer. Oksa et Zoé, fascinées, la laissèrent faire. Elle fléchit ses longues pattes de devant et approcha son museau du visage d'Abakoum. Ses narines frémirent quand elle le huma. Elle se trouvait si près de lui que le duvet autour de ses naseaux frôla la peau et les joues du vieil homme blessé. Ses yeux s'écarquillèrent quand ses pattes arrière ployèrent soudain sous son poids.

La biche s'affaissa sur le côté, le museau à quelques centimètres de l'Homme-Fé. Elle souffla, d'abord bruyamment, puis de façon plus heurtée, presque douloureuse. Ses flancs se soulevèrent à un rythme de plus en plus lent, alors que ses pupilles se voilaient. Un râle s'échappa de sa gorge. Son regard glissa vers Oksa et s'embruma davantage.

Enfin, tout s'arrêta.

La biche était morte. La forêt, la clairière, plus rien ne vivait autour d'Abakoum.

Pavel, Oksa et Zoé se regardèrent, trop choqués pour pouvoir faire le moindre geste, pour pouvoir prononcer un seul mot. Oksa remua la tête de gauche à droite, les joues luisantes de larmes. Toujours agenouillée dans l'herbe sèche, elle posa la tête sur la poitrine d'Abakoum et laissa éclater un sanglot.

Cette mort faisait partie des choses qu'elle serait incapable de supporter.

Elle sentit une main lui caresser les cheveux, mais n'en éprouva aucun réconfort, au contraire. Les larmes ne firent qu'abonder, brûlant ses yeux, inondant ses joues et la veste de l'Homme-Fé. Quand la caresse se fit plus insistante et s'accompagna d'un souffle chaud, une pensée, fugace comme un éclair, percuta son esprit.

Non. C'était impossible.

Un écho résonnait pourtant contre sa joue, sourd et rythmé comme un cœur qui bat. Stupéfaite, elle se redressa brusquement.

Les lèvres du vieil homme étaient pâles, mais elles avaient perdu cette affreuse teinte bleue. Et, Oksa ne rêvait pas, ses paupières semblaient vibrer, de même que ses doigts dans ses cheveux, ses narines, les veines sur ses tempes…

— Abakoum !

Les yeux d'Abakoum s'entrouvrirent au moment même où Oksa plongeait le visage dans le creux de son épaule. Il la serra dans ses bras, avec la lenteur d'un homme revenant à lui après un long sommeil, prudent, troublé.

— Oksa… Ma chère petite…

13

Action-réaction

Tout en restant assis sur son canapé, Pavel se servit un verre d'alcool d'un simple geste, à distance, et le fit venir jusqu'à lui. Les glaçons tintèrent dans le liquide doré alors qu'il buvait en grimaçant.

— J'en veux bien un, moi aussi ! l'interpella Marie. Et je crois que je ne suis pas la seule à avoir besoin d'un remontant, ajouta-t-elle.

Dans un silence lugubre, Pavel remplit plusieurs verres, vodka pour les adultes, soda pour les adolescents. Les créatures, sensibles à la gravité de l'ambiance, restaient tapies dans leur coin, immobiles ou tremblantes, selon leur tempérament. Seul le Foldingot s'empressa de venir seconder Pavel et se chargea du service. Oksa ne put s'empêcher de penser à Dragomira. Dans ce genre de situation, la Baba Pollock n'aurait pas manqué de leur préparer un thé bien corsé. Mais elle n'était plus là…

La jeune fille s'enfonça dans son fauteuil, tracassée. Tout en sirotant sa boisson, elle surprit le regard d'Abakoum, fixé sur elle. Depuis l'expédition à Detroit et son sauvetage *in extremis* dans une forêt de Pennsylvanie, l'Homme-Fé ne pouvait ignorer une douloureuse réalité : le poids des années et du chagrin d'avoir perdu la Vieille Gracieuse et son vieil ami Léomido. Les retrouvailles avec Réminiscens, son amour de toujours, auraient pu lui redonner une certaine flamme. Mais le Détachement Bien-Aimé empêchait Réminiscens d'aimer quiconque et la profonde affection qu'elle lui portait ne pouvait suffire à le combler. Toute sa vie durant, il était resté aveugle et sourd aux sollicitations des femmes qui auraient sans doute pu le rendre heureux. Il n'avait aimé que Réminiscens, il était resté fidèle à celle qui ne pouvait pas l'aimer d'amour. Alors, au fil du temps, la flamme avait faibli dans son cœur las. Aujourd'hui, il le savait : il mourrait sans avoir connu l'amour et ce constat le plongeait dans une tristesse infinie.

Il dévisagea Oksa, assise en face de lui. Elle et les Sauve-Qui-Peut représentaient ses dernières raisons de vivre. Il les aiderait du mieux qu'il le pourrait. Jusqu'au bout, il serait leur Veilleur, ainsi qu'il l'avait toujours été. Oksa, sa tendre petite Gracieuse… Comme elle avait grandi… Comme elle était devenue forte… Pourvu qu'elle puisse vivre en paix, un jour, et non plus dans cette lutte permanente. L'espace d'un instant lui revint en mémoire le souvenir de Malorane, la Gracieuse idéaliste qui avait pris soin de lui, enfant, et qui, plus tard, avait causé le Grand Chaos.

Un autre souvenir survint, celui de Dragomira, sa si chère et fidèle Dragomira auprès de qui il avait vécu pendant tant d'années. Oksa avait hérité de ce qui avait fait de sa grand-mère une femme extraordinaire : la ténacité, le courage, la joie de vivre. Mais Oksa avait quelque chose de plus, sans doute en raison de sa jeunesse : la combativité. Alors que Dragomira avait veillé durant toute sa vie à fuir prudemment tout ce qui pouvait attirer des ennuis sur les siens, quitte à faire de douloureuses concessions, Oksa avait une vision plus frontale de ses rapports avec autrui, et notamment avec Orthon. Malgré les erreurs et les colères, jamais l'ombre du renoncement ou de l'effacement ne l'avait effleurée. Elle ne voulait pas seulement en découdre avec celui qui avait tant fait souffrir les Deux Mondes et ceux qu'elle aimait : elle souhaitait avant tout en finir.

Une bonne fois pour toutes.

Il y avait beaucoup de bienveillance dans le regard d'Abakoum, mais aussi une évidente affliction qui n'échappait pas à Oksa. Quand la nature s'était fanée dans la clairière et que la mort avait failli emporter le vieil homme, elle avait pris la pleine mesure des conséquences que certaines décisions pouvaient entraîner. Elle le savait pourtant : aucune des personnes auxquelles elle tenait n'était immortelle. Mais la puissance de leurs pouvoirs respectifs lui faisait parfois oublier ce… détail. Il n'y en avait qu'un qui semblait pouvoir échapper à la mort. Et le rappel avait été brutal…

— Ma Gracieuse doit conserver la conviction que le Félon honni ne fait pas davantage que les Sauve-Qui-Peut la détention de la survivance éternelle, intervint le Foldingot, planté à côté d'elle, les bras ballants.

Ses pensées intimes ainsi dévoilées, Oksa se sentit un peu confuse. Elle tourna précipitamment la tête.

— Excuse-moi, mon Foldingot, mais tu oublies une toute petite chose ! s'exclama-t-elle sur un ton plus brutal qu'elle ne le souhaitait. Lorsque ses gardes lui ont tiré dessus, Orthon n'a eu ni la moindre goutte de sang ni la moindre blessure, rien ! Les balles ont tout simplement traversé son corps, elles ont juste réussi à le freiner…

Elle s'apprêtait à continuer, mais Abakoum l'observait d'un air si abattu qu'elle renonça. S'il existait une personne qui pouvait manifester du découragement, c'était lui, pas elle. Et pourtant, en dépit de l'accident qui l'avait tant affaibli, il restait plus confiant qu'elle.

— Nous avons eu trop de scrupules, intervint Pavel. Nous étions quatre, nous aurions pu le mettre hors d'état de nuire si nous n'étions pas aussi… sensibles.

— Ce n'est pas une question de sensibilité ou de scrupules, Papa ! s'insurgea Oksa. Chaque fois, ce pourri d'Orthon sort un nouveau truc ignoble de son chapeau et nous, on doit s'adapter en essayant de ne pas y laisser notre peau, ce n'est pas si facile !

— Désolée de te contredire, Oksa, mais on n'a pas autant d'excuses que tu le penses, objecta Zoé.

Bien qu'elle soit plus jeune qu'Oksa, elle semblait tellement plus calme, tellement plus réfléchie. Tout le monde redoubla d'attention.

— Comme Pavel, je crois qu'on aurait pu avoir Orthon. Pourtant, au lieu de l'affronter, on n'a fait que chercher à lui échapper. On le provoque, on brandit le poing, et une fois qu'il commence à nous montrer les dents, on recule. On ne va jamais jusqu'au bout. Résultat : Abakoum a failli y rester.

Oksa se rembrunit. Son père se resservit un verre et l'avala d'une traite avant de lâcher :

— Nous ne sommes pas assez aguerris et nous avons peur d'Orthon, voilà notre problème.

— On l'a quand même affronté à de nombreuses reprises ! lui opposa Oksa, tremblante. Et puis on a gagné la bataille d'Édéfia en nous battant comme des lions. Mais à vous entendre, on croirait qu'on est des minables !

— Je n'ai jamais dit ça, grommela Pavel.

— On est tout à fait capables de venir à bout d'Orthon, fit Zoé en fixant son regard de miel sur Oksa. Je ne dis pas ça de gaieté de cœur, tu sais, mais il faut accepter de le mettre à mort. Et ça, c'est une question d'état d'esprit.

Ces mots dits, elle rejoignit Niall, assis sur le rebord de la fenêtre, et le laissa entrecroiser ses doigts aux siens. Dans la grande pièce aux murs de brique, tout le monde réfléchissait à cet échange où personne n'avait tout à fait raison ni tout à fait tort. Oksa ne pouvait s'empêcher de trouver une similitude inattendue avec les remarques qu'on pouvait parfois lire sur les bulletins scolaires de certains : « Élève en dessous de ses capacités… pourrait avoir de meilleurs résultats… doué mais peut mieux faire… » Elle soupira.

— Ma Gracieuse procède à l'oubli de son privilège-à-tout-autre-supérieur, intervint le Foldingot avec son inégalable sens de la diplomatie. Même si elle n'en a pas exécuté l'usage dans la gare périmée de Detroit, elle garde la possession de l'arme de fatale destruction !

Les sourcils froncés, Gus glissa un bras derrière le cou d'Oksa et lui pressa l'épaule avec tendresse.

— C'est vrai, ça… murmura-t-il à son oreille. Pourquoi tu n'as pas utilisé…

— Je… je n'ai pas pu… le coupa-t-elle en pensant intérieurement qu'elle n'était qu'une sombre idiote. Et puis, le Crucimaphila n'a pas fonctionné sur Orthon, la dernière fois… ajouta-t-elle pour sa défense.

Elle jeta un regard aussi prudent que désolé à Abakoum en évoquant le violent épisode qui avait eu lieu dans la cave du Félon, quelques années plus tôt. Puisant au fond de lui le courage que Dragomira ne trouvait pas en elle, Abakoum s'était dévoué pour lancer sur Orthon le Globus Noir absolu, cette Granok spéciale, plus imposante et plus puissante que toute autre. Celle qui était capable de pulvériser un être humain – quel qu'il soit ! – et de l'emporter à tout jamais dans un trou noir.

— Orthon dispose d'un métabolisme spécial, souvenez-vous ! poursuivit Oksa avec autant de délicatesse qu'elle pouvait. Il a été désintégré, mais il a pu se régénérer. Et d'après ce que nous venons de voir à Detroit, on dirait bien qu'il est encore plus résistant.

— J'ai pris cette particularité en compte et j'ai modifié la composition du Crucimaphila, précisa Abakoum. Son effet est renforcé. Et puis sache, ma chère petite, que personne ne te reproche rien. On ne peut pas utiliser le Crucimaphila avec la même facilité qu'une Granok de Cafouillis ou même un Putrefactio...

Instinctivement, Oksa tâta la pochette qu'elle gardait continuellement en bandoulière. Sa Crache-Granoks était là, prête à l'emploi. Prête à tuer l'ennemi de toujours.

— Quand cela arrivera, l'essentiel sera de récupérer...

Abakoum s'interrompit. Les prochaines perspectives semblaient l'éreinter, dans son corps comme dans son esprit.

— ... les cendres d'Orthon... l'aida Oksa. Afin qu'il ne puisse pas se reconstituer.

Tout le monde acquiesça, tout en se disant intérieurement combien le chemin allait être difficile avant de parvenir à cette ultime étape.

— Tu as quelque chose à dire, mon Foldingot ? demanda Oksa au petit intendant qui se tortillait à côté d'elle.

Soulagé qu'elle lui pose la question, il s'empressa de répondre :

— Ma Gracieuse ne doit pas faire l'amnésie du délai entre deux lancers de Crucimaphilas.

— Cent jours, assena Oksa.

— Ce qui veut dire qu'il ne faut pas rater ton coup, fit Gus.

Peu de temps auparavant, cet avertissement n'aurait pas manqué de piquer Oksa au vif et de provoquer une réplique cinglante. Mais tout avait changé : les circonstances, les enjeux, l'accumulation des embûches et des drames, Oksa elle-même. C'est pourquoi, au lieu de s'emporter, elle se contenta de poser la tête contre l'épaule du garçon et se laissa envelopper par sa douceur.

Ce qui n'empêchait pas son esprit de bouillonner… Elle n'était pas seulement Oksa Pollock, une jeune fille de dix-sept ans *un peu* aventurière. Elle était aussi la Gracieuse Oksa et tout reposait sur elle, plus que jamais. Il fallait qu'elle assure et elle allait assurer, elle s'en faisait le serment ! Elle contempla les Sauve-Qui-Peut, cette grande famille toujours là, à ses côtés, sans jamais faillir, sans jamais décevoir. Même Gus, Marie, Barbara, Kukka et Niall, bien que dénués de pouvoirs magiques, savaient jouer un rôle non négligeable dans la lutte secrète contre Orthon et les siens. Chacun faisait son possible pour aider. Chacun comptait, à sa façon et surtout sans hiérarchie. Ils étaient tous si forts, si courageux. Mais est-ce que cela suffirait ? À cette pensée presque insupportable, Oksa se redressa soudain.

— Il faut qu'on organise une résistance mondiale ! s'exclama-t-elle.

14

Irréversible

Si la mise au point avait été douloureuse, l'étonnante conclusion d'Oksa cheminait à grande vitesse dans l'esprit des Sauve-Qui-Peut.

— Orthon ne peut pas avoir rallié tout le monde sur cette Terre ! dit Oksa en réfléchissant à haute voix. Il y a forcément des gens qui ne sont pas d'accord et qui s'opposent à sa soif de domination. C'est à eux que nous devons proposer de rejoindre notre organisation.

— Super idée, mais comment savoir qui ils sont ? fit Kukka. Ça m'étonnerait qu'ils soient assez imprudents pour faire étalage de leur contestation !

Oksa laissa de côté l'agacement que suscitaient en elle la Princesse des Glaces et sa sempiternelle petite moue hautaine. Sa remarque était des plus fondées, elle méritait que toutes et tous y réfléchissent, même la Jeune Gracieuse qui s'était si longtemps considérée comme sa rivale…

— On connaît au moins une personne qui n'a pas accepté la proposition d'Orthon, lança Gus. C'est le Premier Ministre anglais !

— Tu as raison, Gus ! s'exclama Kukka.

Cette fois, Oksa eut plus de mal à faire abstraction de la blonde jeune fille, et surtout de la lueur d'admiration au fond de ses *ma-gni-fi-ques* yeux bleus quand elle s'adressait à Gus. D'ailleurs, c'est ce qu'elle faisait dès qu'elle en avait l'occasion, en prononçant son prénom avec un susurrement qui ne manquait jamais de hérisser Oksa. Le garçon, par contre, ne prêta pas davantage attention à ces minauderies que d'habitude, et Oksa se sentit vraiment idiote.

— Alors, si on fait le point, on sait que le Premier Ministre britannique refusait de s'allier à Orthon, intervint Niall. D'autre part, on est quasiment sûrs que les attaques de Chiroptères sont l'arme qu'utilise ce pourri à l'égard de ceux qui ne sont pas d'accord avec lui, comme des sortes de représailles.

Il s'arrêta, toujours intimidé d'être le point de mire des Sauve-Qui-Peut, ces personnes tellement hors du commun.

— Continue… murmura Zoé, la plus fantastique des Sauve-Qui-Peut à ses yeux.

— Je veux dire… Peut-être que le lien est trop beau pour être vrai, mais on devrait lister les endroits où ces fichus Chiroptères ont sévi, proposa le jeune homme. Ça pourrait être un bon point de départ pour connaître les gouvernants qui se sont opposés à lui, non ?

— Niall, tu es génial ! s'écria Oksa. C'est exactement ce qu'on doit faire !

La Jeune Gracieuse se leva et rejeta en arrière ses cheveux mi-longs.

— Allez, au boulot ! lança-t-elle.

Niall fut le seul à ne pas bouger.

— Il y a un problème, mon garçon ? demanda Abakoum.

Tout le monde percevait la rougeur sous la peau d'ébène de celui qui avait été un des jeunes pirates informatiques les plus redoutés des services secrets du monde entier.

— Eh bien… bredouilla-t-il. C'est-à-dire que… J'ai déjà fait cette liste…

Pavel partit d'un éclat de rire si tonitruant que les Goranovs, si craintives, frôlèrent l'évanouissement.

— Papa… soupira Oksa.

— Quoi ? On n'a plus le droit de manifester un peu d'enthousiasme dans cette maison ?

D'un air faussement réprobateur, Oksa fit rouler ses yeux en direction des plantes chétives.

— Regarde ce que tu as fait… Tu n'es qu'une espèce de bourreau botanique !

— Que ma Gracieuse procède au retrait de toute inquiétude végétale et de tout châtiment filial ! intervint le Foldingot. La domesticité de ma Gracieuse va faire l'apposition d'une médicamentation extractrice d'angoisse sur la frondaison des Goranovs.

Oksa ne put retenir un sourire à l'évocation de la « frondaison », quelques rares et fragiles feuilles qu'Abakoum entretenait chaque jour avec un soin soucieux – les Goranovs étaient essentielles pour la fabrication des Granoks et de certaines substances, mais les maintenir en vie s'avérait aussi complexe qu'aléatoire. D'ailleurs, l'Homme-Fé s'était déjà approché des deux plants. Cependant, devant l'empressement de l'intendant, il choisit de le laisser faire et lui tendit le flacon du fameux baume déstressant à base de crête d'Insuffisant, avant de se mettre en retrait.

— Super, mon Foldingot ! lança Oksa. Tâche de vite remettre les Goranovs sur pied, si on peut dire les choses ainsi…

— Oksa ? Abakoum ? interpella Gus. Vous voulez venir voir la liste de Niall ?

Oksa glissa tendrement son bras sous celui du vieux Veilleur et l'entraîna vers le bureau.

— On arrive !

Tout le monde était concentré sur l'écran du grand ordinateur, debout autour de Niall qui faisait défiler les cases d'un tableur indiquant des dates, des lieux et des données chiffrées.

— Oh, mon Dieu, tout ça… balbutia Marie, la main sur la gorge.

Certaines attaques avaient été amplement médiatisées, mais il s'avérait que de nombreuses autres étaient restées cachées, comme une maladie honteuse. Ou un secret d'État.

— C'est monstrueux ! s'écria Barbara.

La femme d'Orthon, d'habitude si réservée, tremblait de colère. Malgré sa longue frange effilée qui les voilait comme un fin rideau, on voyait ses paupières cligner fébrilement.

— Mais comment ai-je pu m'attacher à une ordure pareille ? Et pourquoi n'ai-je rien fait pour l'arrêter quand j'ai commencé à comprendre qu'il était complètement givré ?

Les mots sifflaient entre ses dents serrées. Son visage n'avait plus rien de sa beauté calme et sage. Une profonde hargne le tordait, le transformant en un masque de douleur et, surtout, de désespoir.

— Maman… murmura Mortimer en s'avançant vers elle d'un air malheureux.

La liste des hécatombes causées par les Chiroptères était longue, bien trop longue pour que Barbara puisse supporter seule le poids des remords. Alors, elle se tourna vers son fils.

— On aurait dû faire quelque chose, Mortimer ! Toi et moi, on savait qu'Orthon était capable du pire. On savait que ça finirait mal et on n'a rien fait ! Rien du tout. Si ces gens sont morts, c'est en partie à cause de nous ! Tout ça est aussi notre faute…

— Barbara ! fit Pavel d'une voix impérieuse. Arrête.

Elle obéit, bouche bée, et, face au visage décomposé de Mortimer, elle parut prendre conscience de la douleur qu'elle lui infligeait. Elle se mordit la lèvre et gémit, l'air choqué. Mortimer, pour la première fois depuis que les Sauve-Qui-Peut l'avaient accepté parmi eux, implora ses amis du regard. Pavel plaqua les deux mains sur les épaules de Barbara et la regarda droit dans les yeux.

— Écoute-moi bien, Barbara, dit-il. On n'est responsable que de ses propres actes. Mortimer et toi, vous avez fait ce qu'il fallait : vous avez eu le courage de fuir Orthon et de nous rejoindre pendant qu'il était encore temps. Votre marge de manœuvre était terriblement limitée et il n'y a pas un seul d'entre nous qui ne respecte pas ce que vous avez fait.

Barbara détourna la tête et plissa très fort les yeux. Pavel prit alors son menton, très doucement, pour attirer à nouveau son visage face au sien.

— On aurait pu faire quelque chose pour l'empêcher d'en arriver là… lâcha-t-elle dans un souffle.

— Quoi, Maman ? répliqua brutalement Mortimer. Qu'est-ce qu'on aurait pu faire ?

— Rien ! rétorqua Pavel. Sans vouloir t'offenser, Barbara, laisse-moi te faire remarquer que nous tous réunis, nous n'avons pas réussi à arrêter Orthon. Alors, vous deux…

— Ma mère dit « nous » pour ne pas m'accabler ouvertement, l'interrompit Mortimer. Mais elle n'avouera jamais ce qu'elle pense au fond d'elle : moi seul avais le pouvoir d'arrêter ce dingue. J'ai eu maintes fois l'occasion de suivre son exemple vis-à-vis de son propre père et je ne l'ai pas fait…

— Je n'ai jamais eu de telles pensées, Mortimer ! s'exclama Barbara.

— Si, Maman, et moi aussi. Si j'avais tué mon père – qui a aussi été ton cher époux, rappelle-toi –, tout cela ne serait jamais arrivé et nous savons tous les deux que nous y avons pensé plus d'une fois sans avoir le courage de l'admettre. Quand nous étions encore avec lui, le désir de le tuer grandissait chaque jour un peu plus dans nos esprits. Et toi, tu attendais sans rien dire, sans m'encourager ni me dissuader, mais c'est ce que tu espérais, n'est-ce pas ?

Il s'arrêta, à bout de souffle, blême et tendu, avant d'assener :

— Et aujourd'hui, tu voudrais que je porte seul la culpabilité de ce qui arrive parce que la tienne est trop lourde à assumer !

Barbara chancela, Pavel la retint. Tout autour, les Sauve-Qui-Peut baissaient les yeux avec l'impression d'assister à quelque chose qui ne les regardait pas. Et pourtant, il était désormais impossible de faire comme s'ils n'avaient pas entendu les mots, terribles, ni vu les expressions, douloureuses et féroces.

Pavel et Marie accompagnèrent Barbara jusqu'à un des canapés et tous deux commencèrent à s'entretenir à voix basse avec leur amie qui pleurait sans pouvoir s'arrêter. À l'autre bout de la grande salle, près du bureau, Mortimer regardait dans le vide, la bouche légèrement entrouverte, sous le choc de ces aveux dont les effets avaient quelque chose d'aussi destructeur qu'irréversible. Il émanait de lui une tension si extrême qu'il semblait prêt à exploser en mille morceaux si quelqu'un le touchait. Sa souffrance l'isolait et désolait tout le monde, y compris Gus qui n'avait pas toujours été très compréhensif à son égard.

Zoé fut la première à oser s'approcher.

— C'est bien, Mortimer… murmura-t-elle. Il fallait que ça sorte.

En entendant la voix de sa cousine, Mortimer sortit de sa torpeur. Il tourna lentement la tête vers elle, elle capta son regard et lui dit d'une voix douce :

— N'aie pas honte d'avoir eu ces pensées et de n'avoir pas pu les mettre à exécution.

— C'est même plutôt rassurant, enchaîna Oksa avec autant de prévenance que Zoé. Quand on connaît ton père, on ne peut qu'avoir envie de le tuer. Regarde-moi, Mortimer, et dis-moi combien de fois j'ai essayé et combien de fois j'ai échoué, pas plus tard qu'il y a quelques jours, souviens-toi ! Comme toi et comme nous tous ici, j'ai de sacrées bonnes raisons de vouloir en finir. Et pourtant, au dernier moment, je me suis défilée…

Elle adressa un clin d'œil à Zoé qui lui rendit un sourire plein de connivence. Zoé n'y allait peut-être pas toujours par quatre chemins pour exposer son point de vue et Oksa n'avait certainement pas l'esprit grand ouvert à la critique, mais les deux filles se comprenaient. Quant à Mortimer, la bienveillance de ses cousines réchauffait son cœur et adoucissait sa peine.

— Alors, par pitié ! poursuivit Oksa en le fixant droit dans les yeux. Arrête de croire que tu es le seul et l'unique à avoir des scrupules dès qu'il s'agit de porter atteinte à ce fou furieux d'Orthon, d'accord ?

Cette fois, Mortimer ne put s'empêcher de sourire. Oksa avait vraiment une façon incroyable d'aborder les problèmes.

— D'accord… lâcha-t-il dans un souffle. Merci, les filles…

— Pas de quoi ! murmura Zoé.

Oksa hochait la tête d'un air affectueux, soulagée d'avoir pu apporter un peu de réconfort au garçon, quand un cri retentit. Tout le monde sursauta et regarda en direction de Niall.

15

La monnaie de la pièce

Le jeune homme était effondré sur sa chaise, les yeux rivés sur l'écran, la main contractée sur la souris de l'ordinateur.

— Non, non, non… gémit-il, à court d'air.

Zoé se précipita et se pencha au-dessus de son épaule. Les Sauve-Qui-Peut ne tardèrent pas à les rejoindre à côté du bureau.

— Qu'est-ce qu'il y a, Niall ? demanda Pavel.

— Non, non, non… répéta-t-il, la voix empreinte d'une violente émotion.

— Qu'as-tu découvert, mon garçon ? essaya à son tour Abakoum.

Mais Niall ne semblait entendre personne. Alors Zoé posa la main sur la sienne et pressa sur la souris. L'écran afficha un article de presse en ligne au titre intrigant :

La vidéo d'une exécution fait le buzz.
Canular de mauvais goût ou dérive de la toile ?

Zoé ne laissa à personne le temps de lire le texte et cliqua sur le lien qui apparaissait au bas de la page.

Une vidéo démarra aussitôt. Niall se recroquevilla sur sa chaise, les jambes ramenées contre lui, et se couvrit le visage de ses mains.

Les Sauve-Qui-Peut n'eurent aucune difficulté à répondre à la question posée dans le titre de l'article. Ils n'eurent également aucune difficulté à reconnaître les cinq personnes apparaissant sur l'image : Merlin Poicassé, son père, sa mère et les deux parents de Niall.

Alignés contre un mur blanc, liés les uns aux autres par d'épaisses cordes visqueuses, ils avaient l'air épuisé et semblaient jeter leurs dernières forces dans le regard qu'ils adressaient à la caméra – ou plutôt à leur bourreau dont les Sauve-Qui-Peut n'ignoraient rien de l'identité. Un regard suppliant, alternant entre panique, fureur et désespoir.

— Non… murmura Oksa, prise d'un vertige. Il n'a pas fait ça…

La caméra zooma, les visages des cinq otages d'Orthon apparurent un à un en gros plan, remplissant tout l'écran.

— Un dernier mot ? résonna une voix désincarnée.

Dans l'appartement de Washington, tout le monde se sentit vidé de son sang, au bord du malaise. La caméra revint sur Merlin. En voyant leur ami ainsi, une pénible bouffée d'affection étouffa Oksa, Gus et Zoé. Merlin, le meilleur ami qu'ils aient pu avoir, d'un courage et d'une fidélité sans bornes. Ses yeux bruns avaient perdu tout leur pétillant, toute leur fraîcheur malicieuse.

— Oksa, même si ça va mal finir pour moi, sache que je suis heureux de t'avoir connue et que je ne regrette rien ! dit-il avec une fermeté étonnante. Continue le combat, tu vaincras !

En s'entendant interpeller directement, Oksa ne put s'empêcher de pousser un cri de douleur. Sans même s'en rendre compte, elle s'arracha un morceau d'ongle et son doigt commença à saigner. Mais elle aurait pu s'arracher tous les ongles des mains et des pieds sans ressentir quoi que ce soit.

La caméra quitta Merlin et glissa vers ses parents qui adressèrent chacun un message à leur propre famille. Puis ce fut au tour des parents de Niall. Le garçon se leva d'un bond. Sa chaise bascula en arrière, il bouscula Gus et Abakoum qui se trouvaient sur son passage et quitta la pièce en courant.

— C'est bon ! fit Pavel d'un ton plein de rage. On en a assez vu !

Il s'approcha de la souris pour arrêter la vidéo, mais, contre toute attente, Zoé l'en empêcha.

— Non, Pavel ! dit-elle avec une douceur contrastant avec la détermination rageuse de ses gestes et de son regard. Même si on sait et même si ça fait mal, il faut qu'on regarde jusqu'au bout.

— Zoé… intervint Marie.

— On leur doit bien ça, non ? rétorqua la jeune fille.

Sur l'écran, la mère de Niall ânonnait quelques mots.

— On t'aime, mon fils… N'oublie jamais… Deviens grand et fort…

— Où que nous soyons, nous veillerons sur toi… ajouta son père.

La caméra recula brutalement, le champ s'élargit afin qu'on puisse voir l'énorme éclair bleuté se dirigeant droit sur les malheureux. Arrivé juste devant eux, il claqua comme un fouet et se sépara en cinq. Chacun des éclairs s'enroula autour du cou des otages, qui furent soulevés de terre dans un horrible grésillement. Leurs yeux s'écarquillèrent démesurément, la caméra ne cacha rien de leur expression d'intense détresse en zoomant au maximum. Puis les regards se voilèrent, jusqu'à devenir d'un bleu laiteux. Alors, la caméra recula, dévoilant sans pudeur les cinq corps qui retombaient sur le sol comme des sacs de sable, les membres tordus, les têtes désarticulées.

Dans un silence épouvantable, Zoé éteignit l'ordinateur et s'engagea vers la chambre qu'elle partageait avec Niall.

— C'est… notre faute… bredouilla Oksa.

Elle se retint au rebord du bureau et poursuivit :

— Si on n'était pas allés débusquer cette ordure d'Orthon, les parents de Niall seraient encore vivants, Merlin… son père, sa mère… tous les cinq !

— Non, Oksa ! l'arrêta Abakoum. À la seconde où il les a enlevés, Orthon était déterminé à les tuer. Que nous ayons trouvé son repaire à Detroit ou non, il l'aurait fait à un moment ou à un autre !

— Il cherche à ce que la culpabilité nous divise, intervint Marie dans un souffle.

— Elle a raison…

Ils se retournèrent tous en reconnaissant la voix de Niall.

— Mais il ne faut pas le laisser faire, ajouta-t-il, le visage luisant de larmes. Et surtout, il faut l'arrêter et le réduire en poussière…

Un à un, ils prirent le jeune homme dans leurs bras et lui communiquèrent toute la chaleur, toute la compassion qu'ils pouvaient. Les images avaient dévasté les cœurs, les mots étaient rares, mais les regards et les gestes résolus comme jamais.

Deuxième partie

Résistances

16

Hécatombe

Au même moment, en Angleterre

La silhouette du garçon, mince et sombre, semblait flotter au-dessus des milliers de corps sans vie. L'homme tomba à genoux devant lui et leva la tête.

— Aidez-moi… je vous en prie… implora-t-il.

Le garçon le dévisagea. Un éclat brilla au fond de ses yeux. Pitié ? Tristesse ? Cruauté ? Malgré l'incertitude, l'homme poursuivit :

— Aidez-moi à en finir, s'il vous plaît…

Le visage du garçon se contracta.

— Je ne peux pas, répondit-il.

L'homme aurait juré avoir perçu un tremblement dans sa voix, infime mais porteur d'un espoir fou. Le dernier…

— Je suis incapable de le faire, vous seul pouvez m'aider à mettre fin à cette souffrance ! murmura-t-il.

Un autre homme apparut dans son champ de vision, approchant à grands pas.

— Tugdual ? appela-t-il.

Le garçon frémit et ferma les yeux à demi.

— S'il vous plaît… murmura l'homme à genoux.

— Je ne peux pas, répéta le garçon.

Il lui adressa un ultime regard, transparent au point d'en paraître irréel. Puis, sourd au hurlement de désespoir de l'homme, il tourna les talons et s'en alla rejoindre celui qui l'avait appelé, à travers la foule morte.

En quittant la Maison Blanche, le Premier Ministre britannique savait que les représailles annoncées par Orthon allaient être terribles. Une conviction qui n'affaiblit cependant pas la rudesse du choc lorsque la ville de Birmingham fut affectée par l'étrange mal ayant sévi à Rome et ailleurs, quelques semaines auparavant. Parmi le million d'habitants, peu de personnes purent être arrachées à leur propre mise à mort.

Dans les jours qui suivirent, ce fut au tour d'Oxford, de Reading, puis de Windsor de subir un aussi terrible sort. Le mal se rapprochait de Londres, sans que rien ni personne ne semble pouvoir l'arrêter.

Pourtant, le processus était chaque fois semblable, on pouvait désormais l'identifier, le décrire, le reconnaître, sans pour autant être capable de l'empêcher : une nuée de chauves-souris noircissait soudain le ciel. Venue de nulle part, insaisissable, elle s'abattait sur les rues. Comme si les espaces publics ne leur suffisaient pas, les bestioles pénétraient aussi dans les bâtiments. Une cheminée, un conduit d'aération, une fenêtre entrouverte… le moindre interstice leur suffisait pour se faufiler. Personne ne pouvait leur échapper, elles mordaient tous les êtres humains ayant le malheur de se trouver dans leur funeste sillage, les poursuivant dans les recoins les plus cachés.

Le carnage commençait peu après. Alors que les hélicoptères de la Royal Air Force parcouraient le ciel, mitrailleuses et lance-flammes chargés à bloc, les populations contaminées abrégeaient les souffrances qui les torturaient, parmi les plus incompréhensibles qui soient : ne plus trouver une seule raison de continuer à vivre.

Bien entendu, le monde entier adressa ses condoléances au Royaume-Uni. Toutefois, même les traditionnels alliés le firent avec une retenue inhabituelle. Il était difficile d'exprimer une compassion totalement sincère et authentique quand on savait ce qu'on savait… Car maintenant, l'information allait au-delà d'une simple rumeur, l'annonce officielle émanait de la Maison Blanche elle-même : le gouvernement britannique était directement impliqué dans l'assassinat du président des États-Unis. Les raisons restaient obscures, mais les autorités américaines brandissaient des preuves paraissant si solides…

On s'étonna : pourquoi diable le Premier Ministre avait-il commandité cet attentat ? Fallait-il qu'il soit devenu fou pour entraîner son pays dans une telle infamie ? La contre-enquête qu'il avait ordonnée promettait d'être longue et difficile, mais elle saurait peut-être lever le mystère sur une des plus violentes agressions qu'un pays puisse commettre vis-à-vis d'un autre. Même si, au final, il s'avérait un jour que le Royaume-Uni n'avait rien à voir avec cet attentat, son honneur aurait subi des dommages irréparables. Rien n'était plus tenace que la suspicion. Ceux qui, un jour, ont été accusés à tort le savent bien, on ne se défait jamais tout à fait du doute, une fois qu'il est là, il vous colle à la peau jusqu'à la fin de vos jours, et au-delà…

— Les meurtriers qui ont porté atteinte à notre belle patrie se sont retournés contre leur commanditaire ! s'empressa de clamer Fergus Ant en personne.

Ce fut donc dans ce climat d'opprobre et de chaos que le peuple britannique enterra plusieurs centaines de milliers d'innocents. Un spectacle universellement retransmis par les caméras du monde entier, macabres et indécentes images tournant en boucle sur les télévisions.

Les Sauve-Qui-Peut savaient bien que la responsabilité du Royaume-Uni dans la mort du Président n'était pas engagée. Cette accusation n'était que le résultat des menaces proférées par Orthon à l'encontre du Premier Ministre britannique lors de l'entrevue dans le Bureau Ovale. Dans la même logique que les guerres déclenchées en Afghanistan ou en Irak à la suite d'attentats perpétrés contre une nation, Orthon avait d'abord attiré les soupçons sur le gouvernement qui osait lui résister, avant de lancer ses hordes de Chiroptères Tête-de-Mort. L'effet d'empathie universelle perdait ainsi toute sa puissance : personne n'aimait vraiment les États qui pratiquaient le terrorisme.

Mais d'autres, de par le monde, ne tardèrent pas à éprouver un certain scepticisme. Ils étaient peu nombreux : quelques chefs d'État et services secrets ayant eu le cran de refuser la moindre collaboration avec Orthon, ainsi que des hommes et des femmes bien informés et peu enclins à accepter tout ce qu'on voulait leur faire gober. Tous restaient d'une prudence extrême, hésitant à communiquer. Discrets, silencieux, ils accumulaient sans relâche des informations, les recoupaient, les vérifiaient… s'horrifiaient de ce qu'ils découvraient, conscients qu'en face d'eux, une impitoyable machine les broierait s'ils prenaient le risque de s'exposer, même sous la protection de l'anonymat.

Chacun se croyait seul. Et c'était là une des plus grandes forces d'Orthon.

C'est dans cet état d'immense solitude que se trouvait le Premier Ministre britannique lorsque Orthon et Tugdual lui rendirent visite dans son bureau de Downing Street. Les coudes sur son bureau, la tête enfouie entre les mains, il ne manifesta aucune surprise de voir les deux hommes traverser le mur. Il était si épuisé.

— Mon cher ami ! s'exclama Orthon. Quel plaisir de vous revoir !

La porte s'ouvrit à la volée derrière eux, un homme en costume entra dans la pièce. Orthon et Tugdual reculèrent, tête baissée, pour profiter de l'ombre protectrice d'une partie du bureau, faiblement éclairée. Le regard de l'homme alterna du Premier Ministre aux visiteurs d'un air interrogateur et leva la main jusqu'au holster dont on devinait la forme sous sa veste.

— Tout va bien, monsieur ? demanda-t-il.

— Oui, merci, Edmund, répondit le ministre d'une voix blanche.

Sourcilleux, l'homme ne bougea pas.

— Vous pouvez disposer, Edmund. Je vous appellerai si j'ai besoin de vous.

Le secrétaire particulier hésita.

— Très bien, monsieur.

Puis il sortit, sans pouvoir dissimuler son inquiétude. À l'opposé, Orthon, tout à son aise, se dirigea vers le bar pour remplir à ras bord trois verres de whisky. Du bout de l'index, il déplaça en l'air celui qu'il destinait à son interlocuteur et le déposa juste devant lui.

— Ce que vous avez fait est ignoble… fit le politique.

— C'est votre refus qui est ignoble, rétorqua Orthon en se laissant tomber dans un fauteuil. Vous êtes in-té-gra-le-ment responsable de ce que vous me reprochez.

Le Premier Ministre soutint un instant le regard de son ennemi, puis essaya de capter celui du garçon qui l'accompagnait. Sa tentative resta vaine, mais en revanche…

— Je vous reconnais… bredouilla-t-il. Vous êtes… Tugdual Knut. Ainsi, vous n'êtes pas… mort…

— Ah, les mondanités ne sont vraiment pas mon fort ! intervint Orthon avec un soupir appuyé. Permettez-moi de vous présenter mon fils qui, comme vous le constatez, est bien vivant.

Tugdual hocha la tête en signe de salut et d'acquiescement. Le Premier Ministre écarquilla les yeux.

— Votre fils ?

Le souffle parut lui manquer, tandis que mille pensées se mettaient en place dans son esprit.

— Alors, ce qui s'est passé à Niagara[1]…

Il ne parvint pas à poursuivre. Orthon le fit à sa place. Et à sa façon.

— Un coup de maître, n'est-ce pas ?

La sonnerie du téléphone retentit au même instant. Mais le Premier Ministre semblait ne pas l'entendre. Les sonneries se succédèrent, insistantes.

— Vous devriez décrocher, lui conseilla Orthon.

Le ministre fronça les sourcils, sa respiration s'accéléra. Enfin, il se saisit du combiné et le porta à contrecœur à son oreille.

Il se décomposa, pâlit à l'extrême, comme si le sang quittait son corps. Quand il reposa le téléphone, il était devenu un autre homme.

1. Souvenez-vous de cet épisode dramatique, dans le tome 5, *Le Règne des Félons !*

— Une mauvaise nouvelle ? s'enquit Orthon en faisant négligemment tourner sa boisson dans son verre.

Le Premier Ministre croyait avoir vécu le pire avec les hécatombes au sein de son peuple. Mais ce qu'il venait d'apprendre le plongeait dans les abysses de la douleur.

— Ma femme… mon fils… ânonna-t-il.

— Oh ! Ne me dites pas qu'il leur est arrivé quelque chose ! s'exclama Orthon.

Le sourire contrit qui étirait ses lèvres minces contrastait avec la cruelle jubilation teintant ses yeux d'encre et l'accablement de son interlocuteur. Ce dernier le regarda, paralysé d'horreur.

— Vous le savez très bien ! lâcha-t-il, à court d'air. C'est même pour cette raison que vous êtes là : pour assister au coup de grâce qui me jettera définitivement à terre ! Ses mains s'agrippèrent aux accoudoirs de son fauteuil.

— Eh bien, vous avez réussi, poursuivit-il, tremblant de rage et de peine. Ma femme et mon fils viennent de se tuer en voiture… C'est un acte délibéré, un geste désespéré…

Il ouvrit un des tiroirs de son bureau.

— Mais je ne vous apprends rien, n'est-ce pas ? fit-il, la voix brisée.

Il sortit un pistolet du tiroir et le brandit en direction d'Orthon. Au lieu de s'en effrayer, le Félon claqua sa langue contre son palais.

— Tssttttt… Allons, allons… Économisez donc vos balles, me tirer dessus ne réglera rien, à peine m'écorcherez-vous… Il n'y en a qu'un à qui vous devez vous en prendre : c'est à vous-même.

Sur ces mots, il se leva et inclina la tête dans un mouvement bref.

— Il est maintenant temps pour nous de prendre congé, monsieur le Premier Ministre. Je ne vous dis pas à bientôt, je crois que nous nous sommes tout dit.

Alors qu'il s'enfonçait dans le mur, suivi de son fils, une détonation déchira le silence.

— Ah, le remords aura fini par tuer l'irréductible qui était en ce pauvre homme… soupira Orthon.

De la rue où il se trouvait maintenant aux côtés de son père, Tugdual leva les yeux vers la fenêtre du bureau qu'ils venaient tous deux de quitter. On pouvait déjà percevoir l'agitation à l'intérieur. Une veine battit follement sur la tempe du jeune homme. L'espace d'un instant, il parut déséquilibré, comme si son corps perdait tout appui. Il ferma les yeux, respira à fond. Quand il les rouvrit, il affichait son habituel visage imperturbable.

17

L'étau

Si Orthon pensait être le seul à connaître la nature du lien qui l'unissait si étroitement à Tugdual, il se trompait : le jeune homme était parfaitement conscient de ce qui se passait entre son père et lui. Bien qu'il en ignorât la teneur exacte, il ne lui avait jamais échappé que l'« attachement » qu'il portait à son père se basait sur quelque chose de totalement artificiel.

Seul dans sa chambre, au cœur même de la Maison Blanche, il pouvait abandonner son masque de froideur. Il n'était pas démonstratif. Il ne l'avait jamais été et ne le serait jamais. Mais cela ne signifiait pas qu'il était insensible et imperméable, bien au contraire. Là était tout le problème. Tout serait tellement simple s'il était comme Orthon. Comme son père.

Le bouillonnement était perpétuel au fond de lui, intense, noir. Et c'est à l'abri des regards et du jugement d'autrui qu'il autorisait enfin ses émotions à prendre le dessus. Ce lâcher-prise se traduisait le plus souvent par une souffrance bien visible qui lui faisait crisser les dents, s'imprimait sur son visage, le torturait autant qu'il le libérait du trop-plein.

Cette visite au Royaume-Uni l'avait ébranlé, et pas uniquement à cause des violences qui s'y étaient déroulées. Non. Revenir là où il avait connu certains des meilleurs moments de sa vie le plongeait dans une désolation inattendue. Les souvenirs foraient son esprit, tout comme les paradoxes écorchaient sa conscience.

Comme d'habitude, il avait assuré, incarnant le fils parfait de son père, efficace, obéissant, irréprochable. Orthon misait beaucoup sur lui, il le savait. Il était son préféré, le digne fils. Contrairement à Gregor – Mortimer était définitivement hors course –, il était à cent pour cent Du-Dedans, ce qui n'avait pas de prix aux yeux du puissant Félon.

Avantage ou fardeau ?

Allongé sur son lit, les bras derrière la tête, il peinait à trouver une réponse, et cette difficulté s'ajoutait à ses tourments. Tout garçon *normal* admettrait l'une ou l'autre des options. Lui ne pouvait répondre catégoriquement.

Il n'aurait pas pu avoir de meilleure famille pour se mettre sur de bons rails. Ses parents et grands-parents n'avaient été que bienveillance, bonté et droiture. Mais en dépit de cet environnement exemplaire, il avait bifurqué, envoûté par ce qu'il prenait conscience d'être : un garçon dont les pouvoirs surnaturels permettaient tant de choses. Ses capacités, son potentiel le grisaient. Il s'étourdissait de ce qu'il découvrait. Impressionner, être adoré, dominer… C'était si tentant, si facile. Il était jeune, inconscient du danger, ignorant des limites. Il avait dérapé. Les siens l'avaient rattrapé, juste à temps. Ils l'avaient emporté, loin, pour repartir de zéro.

Pendant un temps, il avait cru que les choses étaient simples, qu'il suffisait de choisir son camp. D'ailleurs, c'était ce qu'il avait fini par faire : il aurait donné sa vie pour Oksa et les Sauve-Qui-Peut.

Oksa… Revoir l'Angleterre lui faisait tant penser à elle, au gris ardoise de ses yeux, à ses colères comme à ses bonheurs, à son naturel si touchant. Il gémit.

La première fois qu'il l'avait vue, elle ressemblait à une petite fille, avec son pyjama trop petit et ses cheveux mal peignés. Dans l'appartement de Dragomira, il avait assisté en direct à la révélation de ses origines et de sa destinée exceptionnelles. Les événements la dépassaient, mais elle avait vite pris le dessus, d'abord avec quelques maladresses, puis avec brio.

Ensuite avait commencé le jeu de la séduction, un défi personnel qu'il s'était lancé. Comment un garçon tel que lui aurait-il pu résister à l'attraction de ce que représentait une future Gracieuse ? Impossible ! Le pouvoir, sous toutes ses formes, le captivait. Surtout quand il était incarné par quelqu'un comme Oksa… Car avec elle, c'était vite allé au-delà d'un simple jeu. De véritables sentiments s'en étaient mêlés. Tugdual avait découvert qu'il pouvait – qu'il savait ! – être sincère, honnête, protecteur. Lui qui n'avait jamais pensé à quiconque d'autre que lui, il aimait. Pour la première fois de sa vie.

Il adorait la voir venir peu à peu à lui. Se rapprocher, frémir, sentir ses pensées dirigées vers elle et savoir combien elle les partageait. C'était tellement différent de ses sentiments envers ses parents, Helena et Tyko, ou ses chers grands-parents, Brune et Naftali. Même la profonde affection qu'il éprouvait pour Till, son petit frère, ne parvenait à le remplir autant que l'amour d'Oksa pour lui et son propre amour pour elle.

Ce qu'il devenait le stupéfiait : aimer le rendait autre, meilleur. Plus fort et plus humain à la fois. Tellement fort, tellement humain. Et tellement moins seul…

Il savait qu'il ne faisait pas l'unanimité au sein des Sauve-Qui-Peut, mais, malgré la réserve que certains gardaient à son égard, il se sentait utile dans l'étrange communauté. Son rôle avait du sens, jamais il n'avait éprouvé une telle harmonie.

Pourtant, cette évolution ne tarda pas à se voir entachée. Dès que Tugdual se trouvait en présence d'Orthon, une singulière émotion le saisissait, diffuse, inexplicable. Il était remué de l'intérieur, comme par des flots de boue amère qui l'entraînaient ailleurs. Son premier réflexe était d'y voir la rage muette qu'Orthon provoquait en lui à chacune de leurs confrontations – le Félon avait un don inimitable pour mettre hors d'eux tous ceux qu'il côtoyait. Mais Tugdual savait que cette rage prenait également racine au cœur de la noirceur d'Orthon. De même que le pouvoir incarné par Oksa, celui de l'ennemi des Sauve-Qui-Peut était loin de le laisser de marbre, et encore moins de l'effrayer.

Troublé et inquiet face à cette fascination inavouable, il parvint néanmoins à garder le cap, aux côtés des Sauve-Qui-Peut qui l'aidaient à résister sans forcément en avoir conscience.

Ce fut en apprenant qu'Orthon était son père biologique qu'il bascula : il n'était plus seulement le descendant des illustres Knut, mais aussi celui d'Ocious, de Malorane, de Témistocle… La révélation de cette filiation bouleversait tout, son identité, son histoire, son présent, son futur. Ses relations avec les autres… Sa mère, victime sans le savoir… Tyko, celui qui avait été un père plus aimant qu'Orthon ne le serait jamais… Oksa, désormais sa petite-cousine…

Liens du cœur, liens du sang, liens maudits…

Il sentit avec effroi sa part sombre engloutir l'autre, celle qui pendant un temps lui avait permis d'avancer vers quelque chose de différent. Quelque chose qui n'était peut-être pas entièrement lui, mais qui était bon et sain.

Il se laissa dévorer, jusqu'au jour où Mortimer lui fit entrevoir une possibilité qu'il avait été incapable d'envisager. Dans la forêt jouxtant le lac Brun d'Édéfia, le soir des festivités en l'honneur d'Oksa, les deux demi-frères s'étaient retrouvés. Ensemble, ils avaient passé un pacte pour se liguer contre Orthon et entraver sa tyrannie. Mais ce fut aussi là, à l'abri des arbres et de leur ombre, que Mortimer fit comprendre à Tugdual l'essentiel : il serait vain de lutter contre ce qu'il était. Toute sa vie, il lui faudrait avancer avec ces « deux lui-même », accepter de n'être ni tout à fait l'un ni tout à fait l'autre. Plus que jamais, ces quelques mots inclus dans le serment des Gracieuses se vérifiaient : « Il y a dans l'homme, à Du-Dehors, à Du-Dedans, du bon et du mauvais… » Dès lors, tout devenait une question d'équilibre et de mélange subtil.

De choix.

Mais ce choix, Tugdual avait été incapable de le faire. Pire : il refusait de le faire. Alors, il était resté entre deux, harcelé de questions. Ne trahissait-il pas les siens ? Et d'ailleurs, qui étaient-ils ? Les Félons ou les Sauve-Qui-Peut ? Pouvait-on être des deux côtés à la fois sans se corrompre, sans souffrir et faire souffrir ? Peu sensible à ce genre de tourments mais contrarié par leur existence, Orthon mit brutalement fin à tout questionnement et décida pour le jeune homme : son sang lui conférait une responsabilité et une destinée auxquelles il devait se soumettre, point final. Et afin de balayer les derniers atermoiements, il établit dans l'esprit de son fils un étau psychique, repoussant la dualité qui le déchirait. Orthon était ainsi. Quand un problème survenait, il ne cherchait pas à le résoudre : il le détruisait. Helena Knut avait été un de ces « problèmes ». Mère attentive, elle avait vu son fils glisser, abandonner les siens et ses repères, s'échapper bien plus loin qu'auparavant. Seule, alors que tout s'effondrait autour d'elle, elle avait tenté de le rattraper, pensant qu'il était encore temps. Tugdual avait écouté ses supplications, vu ses pleurs, saisi sa détresse. Il avait failli flancher. Mais Orthon veillait : Helena était morte peu après, sous les yeux de son fils. De *leur* fils. « Elle te rendait si faible… »

Par quel moyen Orthon parvenait-il à contraindre l'esprit de Tugdual ? Hypnose ? Introduction d'une puce électronique téléguidant son cerveau ? Contamination par une substance inconnue ? Le jeune homme savait qu'il était manipulé, mais il ignorait comment. Il se redressa brutalement et s'assit au bord de son lit, les coudes sur les genoux. Dans un long soupir, il se prit la tête entre les mains. L'emprise de son père ressemblait à une maladie. Elle le transformait en une pitoyable marionnette, un objet qu'Orthon pouvait manipuler à son aise, façonner à son image. La lucidité du jeune homme n'était pas affectée – comme il aurait aimé qu'elle le soit… –, mais sa volonté, son libre arbitre n'existaient plus. Il était incapable de réagir à quoi que ce soit. Oksa avait parfaitement analysé son mal, elle le lui avait dit lors de son incursion sur la plate-forme Salamandre. Les pensées et les souvenirs des jours heureux qu'elle avait alors infiltrés dans son esprit grâce au don de Fourre-Pensée l'aidaient, sans aucun doute. Ils aiguisaient sa conscience et lui donnaient l'espoir de se libérer de l'étau.

Échapper à son père.

Devenir ce qu'il devait être, avec ses paradoxes, ses ombres et ses lumières, ses secrets, sa vérité.

Mais était-ce seulement possible ?

On frappa à la porte. Une seconde plus tard, Orthon fit son apparition dans la chambre. Il était le seul à agir ainsi, à ne pas attendre qu'on lui réponde pour entrer quelque part. Parfois, il ne se donnait même pas la peine de toquer : il traversait le mur, ou la porte, et faisait irruption sans prévenir ni montrer la moindre gêne. Au contraire, c'étaient bizarrement ceux qu'ils surprenaient ainsi qui s'avéraient le plus embarrassés.

Quand il vit son fils assis sur le lit, la tête entre les mains, son front se barra de froncements, d'autant plus contrariés que Tugdual ne prêtait aucune attention à sa présence.

— Un problème ? lança le Félon.

Le jeune homme leva lentement la tête et le dévisagea, sans aucune expression. Orthon scruta le masque impassible tendu vers lui, plissa les yeux comme pour le sonder, et tous deux restèrent ainsi pendant quelques instants, dans l'observation froide et silencieuse l'un de l'autre.

— Tu aimerais ne plus avoir à te cacher ? fit soudain Orthon.

Tugdual fut surpris qu'un homme comme son père puisse évoquer un aspect aussi humain de la situation dans laquelle il se trouvait. Depuis la tragédie de Niagara, il évitait de se montrer en public. Cinq mille deux cent trente-huit personnes avaient perdu la vie à cause de lui et nombreux étaient ceux qui aspiraient à la vengeance, ou du moins à une certaine justice, des parents malades de chagrin, les rares survivants, les autorités, le monde entier… Mais il était le fils préféré de son père et l'idée des risques qu'il pourrait encourir en se montrant en public semblait tout simplement intolérable pour le Félon. La dernière preuve datait de quelques heures. Lorsque le Premier Ministre anglais avait reconnu en Tugdual celui que tous appelaient « le Démon de Niagara », Orthon avait fanfaronné en le prenant de haut, ainsi qu'il savait si bien le faire en toutes circonstances. Mais dès lors que quelqu'un reconnaissait le jeune homme se dressait la menace d'un enlèvement ou, pire, d'une exécution. Et chaque fois, Tugdual n'avait pas été dupe de la crispation qui traçait une ride verticale entre les yeux de son père. L'atteinte à la sécurité de son fils était bien la seule chose que le Félon semblait craindre.

Avantage ou fardeau…

Pour le moment, les sorties de Tugdual se réduisaient à celles qu'il pouvait effectuer aux côtés des seules personnes dignes de confiance : son père et son armée de mercenaires. L'ayant reconnu, certains membres du personnel de la Maison Blanche avaient dû subir une amnésie magique. Quant aux autres, Tugdual n'en était pas sûr, mais il avait la sinistre impression qu'on les avait mis hors d'état de nuire à quiconque.

— C'est cela, n'est-ce pas ? poursuivit Orthon. Tu aimerais vivre à découvert ?

Le regard de Tugdual se porta sur le parc et le ciel dont les couleurs printanières jaillissaient à travers la fenêtre de la chambre. Toujours sans un mot, il se leva et s'appuya contre le rebord.

— Il est encore trop tôt, mon fils… murmura Orthon. Mais bientôt, tu connaîtras un monde dans lequel ne vivront que ceux capables de te comprendre.

Les mains de Tugdual se serrèrent sur le bois peint. Oui, bien sûr, ce fameux monde plein de promesses et réservé à quelques-uns seulement, l'élite selon Orthon. Un monde parfait où la médiocrité, l'ignorance, toutes formes de faiblesse n'auraient pas leur place. « Nous avons reçu la vie pour être utiles, pas pour faire porter aux autres le poids de nos insuffisances ! » Telle était la doctrine que le Félon martelait à ses alliés.

— Dans ce monde, on ne te jugera pas comme un monstre, poursuivit-il, mais comme un exemple. Sois patient, nous approchons du but.

Il s'avança vers le garçon, toujours face à la fenêtre, et posa une main sur son épaule.

— Pour le moment, viens avec moi, tu vas assister à quelque chose de grandiose, lança-t-il avec un petit rire.

Tout au fond de lui-même, Tugdual hurla « non ! ». Pourtant, il se tourna, fit face à son père et s'entendit répondre dans un souffle :

— Oui, Père…

18

Un pur moment de gloire

Tugdual suivit son père dans le dédale des couloirs de la Maison Blanche, les yeux rivés sur sa nuque et le haut de son corps raide. Qu'est-ce qu'il avait encore manigancé pour attirer la gloire sur lui ? Il aurait aimé faire demi-tour, fuir cet endroit et tout le reste. Mais rien ne pouvait faire dévier ses pas de ceux de son père. Rien. Et il en était malade, de honte et de colère mêlées.

Alors qu'ils approchaient tous deux de la salle de conférences, Fergus Ant abandonna les personnes avec lesquelles il était en train de converser et vint à leur rencontre.

— Ah, Orthon, vous voilà ! s'écria-t-il, les bras en avant pour accueillir celui qui semblait être le meilleur ami qu'il ait jamais eu.

Les regards se tournèrent vers le nouveau venu dont le sourire s'accordait magnifiquement avec l'air supérieur qu'il affichait sans vergogne. Un sourire de requin, large et féroce. L'allure assurée, il s'avança, laissant Tugdual dans l'ombre des tentures et drapeaux étoilés qui tapissaient les murs de l'antichambre. Le jeune homme tendit l'oreille, Chucholotte en pleine action.

— Où est-elle ? demanda Orthon à voix basse.

— Juste à côté, dans une pièce sécurisée, répondit Fergus Ant. Le directeur du FBI en personne est avec elle.

— Parfait !

— L'état-major au grand complet nous attend, ainsi que les médias les plus influents dans notre pays et dans le monde ! poursuivit Fergus Ant sans pouvoir cacher son enthousiasme. D'ici quelques instants, personne sur cette planète ne pourra plus ignorer la nouvelle. Tout le monde va vous adorer, vous allez devenir un véritable héros !

Orthon se contenta de tapoter l'épaule de Fergus Ant. Certains des invités présents sur les lieux contemplèrent les deux hommes d'un air interloqué. Une célèbre journaliste, sanglée dans un élégant costume fuchsia, en resta même bouche bée, pendant qu'un de ses confrères manquait de lâcher son portable, médusé par cette scène presque surréaliste : le Président du pays le plus puissant du monde agissait comme s'il était au service de cet homme, cet inconnu au crâne lisse et au regard de métal. Les plus observateurs l'avaient déjà aperçu dans le sillage de Ant. Mais à l'évidence, il représentait davantage aux yeux du Président que les incontournables conseillers et secrétaires particuliers qui gravitaient habituellement autour des puissants. Alors qu'était-il ? Une éminence grise ? Un mentor ? Un *gourou ?*

— Monsieur, nous allons pouvoir commencer… vint murmurer le chef du protocole au Président.

— Magnifique ! s'exclama ce dernier.

Lorsque Fergus Ant entra dans la salle de conférences, toute agitation cessa. Il se dirigea vers le pupitre et s'éclaircit la voix, pendant que ses plus proches collaborateurs – Orthon en tête – prenaient place sur des sièges de part et d'autre de l'estrade.

— Mesdames et messieurs, commença Ant, j'ai l'immense plaisir de vous annoncer le dénouement d'un drame qui a frappé une des plus illustres familles de notre pays.

Il laissa planer un silence lourd de suspense, dans le plus pur style « orthonien », se dit Tugdual depuis les coulisses où il avait trouvé abri. Un flash crépita, presque incongru au milieu de cette solennité.

— Cette nuit, après des mois d'enquête et de recherche, Eleanor Seton, la fille de notre Président lâchement assassiné, a été libérée des griffes de ses kidnappeurs, déclara Fergus Ant, la voix vibrante d'exaltation.

Une clameur s'éleva dans la salle archicomble. De son côté, Tugdual fixait le profil de son père et devinait sans peine ce qui était en train de se tramer.

— Malgré les violents traumatismes qu'elle a subis, ainsi que des conditions de captivité très éprouvantes, Eleanor est en bonne santé, poursuivit Fergus Ant.

Tugdual secoua la tête, écœuré. Des conditions de captivité éprouvantes ?!? La jeune fille avait été traitée comme une princesse ! Certes, elle était privée de liberté, mais sa prison n'avait rien eu de sordide. Des millions de gens sur cette Terre seraient même au comble du bonheur si on leur proposait de vivre dans des conditions pareilles… Orthon n'en avait donc jamais assez ? Il fallait toujours en faire plus, jusqu'à la nausée. Mais plus c'était gros, plus ça passait. Voilà une chose que Tugdual avait apprise avec lui…

Dans la salle, les journalistes s'échauffaient, avides d'obtenir des réponses aux nombreuses questions qu'ils se posaient sur la jeune fille :

— Où a-t-elle été retrouvée ?

— A-t-elle subi des violences ?

— Sait-on qui sont ses ravisseurs ? Combien étaient-ils ?

— Ont-ils été arrêtés ?

— Y a-t-il eu le paiement d'une rançon ?

— S'agit-il des personnes qui ont commandité l'attentat contre le Président Seton ?

— La Grande-Bretagne est-elle mêlée à cet enlèvement ?

— Le Premier Ministre britannique était-il impliqué ? Est-ce pour cette raison qu'il s'est suicidé ?

Fergus Ant leva la main pour interrompre le flot et jeta un coup d'œil à Orthon, qui acquiesça par un mouvement de tête quasiment imperceptible.

— Eleanor est très courageuse, reprit Ant. C'est elle-même qui tient à témoigner devant vous aujourd'hui.

Cette annonce éluda toutes les questions venant d'être posées. Quand Eleanor Seton fit irruption dans la salle, l'animation atteignit son summum. Tout le monde brandit son portable pour capter les images qui faisaient déjà le tour du monde, via les réseaux sociaux et les agences de presse.

Sa mère à ses côtés, la jeune fille approcha de Fergus Ant. Tout dégageait chez elle une impression de pureté blessée : sa pâleur, rehaussée par de larges cernes bleutés, et son épaisse chevelure brune, répandue sur ses épaules ; sa robe blanche, d'une sobriété presque austère ; ses ballerines noires…

— Eleanor, ma chère enfant ! s'exclama Ant en ouvrant les bras.

Il la serra avec chaleur contre lui, sous l'éclat ininterrompu des flashes, avant de faire de même avec Mme Seton, la veuve de l'ancien Président, vêtue de noir des pieds à la tête. Puis il invita Eleanor à se rapprocher du pupitre et ajusta lui-même le micro à hauteur de son visage. La jeune fille balaya l'assemblée d'un regard apeuré avant de glisser ses cheveux derrière ses oreilles. Une large balafre violacée apparut alors sur une moitié de son visage, de la naissance de la tempe jusqu'à la pointe du menton, et provoqua un vif effroi dans la salle. « Son visage était intact la dernière fois que je l'ai vue ! » pensa Tugdual, indigné par cette mise en scène grossière mais efficace.

Ajoutant à l'aspect poignant de la situation, les yeux d'Eleanor s'embuèrent, sa lèvre inférieure se mit à trembler et ses mains s'agrippèrent au pupitre. Alors que tout le monde la croyait sur le point de craquer, elle redressa le menton et prononça ses premiers mots d'une voix frémissante :

— J'ai été séquestrée pendant cent soixante-dix-huit jours par des monstres d'une immense cruauté, commença-t-elle. On m'a maltraitée, humiliée, affamée…

Elle s'arrêta et détourna la tête en battant rapidement des cils pour chasser les larmes qui montaient. Son profil ainsi offert aux regards, l'entaille sur sa joue parut encore plus atroce. Des murmures d'indignation et de compassion s'élevèrent.

— Toutefois, grâce à l'aide de mes proches, je pourrai guérir des souffrances qui m'ont été infligées, poursuivit-elle. Mais il y en a une qui restera incurable…

Elle renifla, alors que sa mère baissait les yeux, ainsi que de nombreuses personnes sur l'estrade et dans la salle. Personne n'ignorait ce que la jeune fille allait dire. Pourtant, tout le monde retenait son souffle, comme dans l'attente d'une annonce capitale. Les épaules d'Eleanor s'affaissèrent, elle paraissait soudain si éreintée. Puis ses narines frémirent, son souffle sembla s'accélérer, certainement à l'unisson des battements de son cœur.

— Mon père a été lâchement assassiné, fit-elle d'une voix étouffée par la rage qu'elle essayait de contenir. Et il est mort avant de savoir que j'étais saine et sauve…

L'émotion était à son comble, le silence à peine troublé par le cliquetis des enregistrements audio et vidéo.

— Ma famille et moi, nous allons devoir apprendre à vivre avec tout cela… à surmonter, à nous reconstruire. Certains d'entre vous ont déjà été d'une aide infinie, nous vous en sommes si reconnaissants. Je tiens particulièrement à remercier Fergus Ant pour son soutien, ainsi que celui qui travaille à ses côtés et à qui je dois ma libération…

Des coulisses, Tugdual voyait le plan de son père se mettre en place aussi clairement que les pièces d'un jeu de construction. Il était le seul à déceler la jubilation intérieure qu'éprouvait le Félon à cet instant précis. Il en sentait la puissance et recevait de plein fouet les relents de cette autosatisfaction de plus en plus exacerbée. Eleanor se tourna vers les sièges sur lesquels étaient assis les proches du Président Ant. Son regard croisa celui de Tugdual, l'espace d'un instant, puis il poursuivit sa trajectoire jusqu'à Orthon. « Elle ne me voit pas… ne put s'empêcher de remarquer Tugdual. Je l'ai séduite, nous avons passé plusieurs mois côte à côte… Elle a… elle a été amoureuse de moi, je le sais, nous nous sommes embrassés, nous avons dormi dans le même lit et… aujourd'hui, je suis un étranger pour elle. Bravo, Père. Je suis heureux d'avoir pu vous être si utile… » conclut-il, profondément blessé.

— Orthon McGraw est l'homme le plus humble et le plus admirable que j'aie eu l'honneur de connaître après mon père, poursuivit Eleanor Seton, toujours tournée vers son « sauveur ».

Orthon baissa la tête, affichant une pudeur que seul Tugdual savait feinte.

— S'il vous plaît, Orthon, venez ! s'écria Eleanor. C'est grâce à vous que je suis vivante, il faut que le monde entier sache quel homme exceptionnel vous êtes !

Orthon se leva avec une gêne convaincante et rejoignit la jeune fille. Fergus Ant se retira, lui laissant la vedette. Les journalistes se lancèrent alors dans une course effrénée aux questions. Qui était-il ? Quel était son rôle auprès du Président ? Et dans la libération d'Eleanor Seton ? Comment les choses s'étaient-elles déroulées ? Accepterait-il d'être désigné héros de la nation ?

À l'écoute des réponses du principal intéressé, toutes plus révoltantes les unes que les autres, et anticipant l'annonce sensationnelle qui devait s'ensuivre, Tugdual préféra quitter les lieux, la mine sombre et le regard amer.

19

Un homme seul

Le Président italien se retourna dans son lit, en proie à un rêve agité. Il finit par se réveiller et par ouvrir complètement les yeux. Assis au bord du matelas, les mains à plat sur les cuisses, il soupira.

— Ça ne va pas, Paolo ? marmonna sa femme, enfouie sous la couette.

— Ne t'inquiète pas, répondit le Président. Excuse-moi de t'avoir dérangée, rendors-toi.

Il se leva et quitta la chambre. Les couloirs, seulement éclairés par la lueur orangée des lumières de la ville, paraissaient interminables et mystérieusement inquiétants dans cette pénombre, mais Paolo Leone était trop préoccupé pour y être attentif. Il déambula un moment sur les tapis qui recouvraient les dalles de marbre et atteignit d'un pas traînant la bibliothèque où il échouait pratiquement chaque nuit. Ces dernières semaines, même le sommeil, pourtant aidé par les somnifères prescrits par son médecin, ne parvenait pas à lui apporter de repos. Il s'était passé tant de choses – trop ! – et le découragement commençait à grignoter la combativité de cet homme au corps et au moral affaiblis par les épreuves.

Il s'allongea sur sa chaise longue, face à la fenêtre à travers laquelle il pouvait contempler la silhouette élancée des cyprès et celle, plus trapue, des oliviers. Et comme chaque fois, les pensées affluèrent, le ramenant vers un passé proche qu'il ressassait jusqu'à épuisement.

Quand Rome fut ravagée par cette nuée de bestioles tout droit sorties de l'enfer, le monde entier se mobilisa et vola à son secours. Compassion, aide et soutien furent apportés au pays meurtri avec une spontanéité réconfortante. Mais d'autres attaques eurent bientôt lieu, un peu partout. Aucun des cinq continents ne fut épargné, et même si très peu de pays étaient touchés, la panique devint universelle : chacun craignait de voir un essaim s'abattre et plonger les populations dans l'horreur. Partout, les armées de l'air étaient à pied d'œuvre et scrutaient le ciel, prêtes à intervenir. Cependant, aucune ne réussit à arrêter le fléau. Chaque fois, les chauves-souris apparaissaient au-dessus d'une ville, plongeaient, mordaient et repartaient sans que les mitrailleuses, lance-flammes ou divers gaz puissent les détruire. Mais le pire venait après, quand les effets de la morsure se révélaient.

L'hypothèse d'une épidémie, propagée par une variété ultrarésistante de chiroptère mutant, se répandit. Pourtant, personne ne parvenait à expliquer pourquoi tel pays était touché, et pourquoi tel autre se trouvait épargné.

Paolo Leone, lui, avait son idée sur la question. Il prit immédiatement contact avec un de ses homologues, concerné par un assaut similaire à celui que Rome venait de subir. Au fond de lui, il le savait : il ne pouvait s'agir d'une épidémie, non ! Par contre, l'existence d'un lien de cause à effet entre le projet secret « Nouveau Monde » et les attaques de chauves-souris paraissait évidente.

En secret, le Président italien se rendit en France, où le Président le rencontra, l'écouta… et l'éconduit poliment. Il ne voyait absolument pas de quoi ni de qui Paolo Leone voulait parler et n'avait jamais reçu l'homme qu'évoquait son visiteur…

De la même façon, le Président italien revint bredouille et désemparé de ses entretiens avec les chefs des gouvernements australien, brésilien, japonais qui pleuraient la mort de centaines de milliers de compatriotes. En route pour les Émirats arabes unis, il rebroussa chemin. Tout ça ne servait à rien : il serait confronté au même mutisme, aux mêmes regards fuyants ou gênés.

Le doute s'immisça alors dans son esprit. Finalement, l'homme qui lui avait rendu visite quelques mois plus tôt pour lui proposer ce marché aussi mégalomane que contre nature n'était peut-être pour rien dans toutes ces affaires de suicides de masse. Comme les autorités médicales le proclamaient, il s'agissait certainement d'une pandémie, la plus effroyable dans toute l'histoire de l'humanité, contre laquelle les meilleurs spécialistes mondiaux œuvraient.

Le Président italien dut admettre, avec un certain désarroi, qu'il avait fait une erreur. Sans doute s'était-il mépris. Peut-être avait-il été la cible d'un canular… ou la victime inconsciente de la sénilité. Quelle déconvenue… Et de plus, il s'était ridiculisé aux yeux des chefs d'État auxquels il avait exposé sa théorie. De vains monologues… Plus jamais il ne pourrait les côtoyer à nouveau.

Cette nuit-là, il était à bout. Le sommeil ne viendrait plus. De toute façon, l'aube pointait déjà au-delà des collines. Il tendit la main pour attraper la télécommande et alluma la télévision. Après avoir parcouru les chaînes d'un air absent, il fut soudain parcouru par un violent frisson.

— Non ! Ce n'est pas possible ! bredouilla-t-il.

Il pressa sur le boîtier pour retrouver le flash info qu'il venait de dépasser et s'arrêta, estomaqué : sur l'écran paradait l'homme qui avait traversé le mur de son bureau, un soir, à l'insu des systèmes de sécurité et des gardes du corps.

L'homme qui avait causé sa perte et martyrisé son peuple.

Orthon McGraw… puisque c'est ainsi qu'il s'appelait.

Orthon McGraw, candidat fraîchement déclaré aux prochaines élections américaines !

Tout en regardant les images sur l'écran, le Président Leone regretta amèrement de ne pas être devenu un pauvre vieillard gâteux. Car une évidence venait d'exploser dans sa conscience : il ne serait pas de taille à lutter contre cet être aux pouvoirs surnaturels, héros national en passe de devenir le chef du pays le plus puissant du monde. Et aussi le plus grand meurtrier de toute l'histoire…

Le Président Leone porta les mains à sa poitrine, son cœur lâchait. Les images de sa vie défilèrent en vrac, mais un souvenir se fit plus insistant que les autres. Il se revit petit garçon en pleurs, quand les redoutables agents de l'OVRA[1] avaient défoncé la

---

1. OVRA : *Organizzazione di Vigilanza e Repressione dell'Antifascismo.* Il s'agit des services secrets de la police politique sous

porte du modeste appartement familial sous les toits. Ils avaient emmené son père et Paolo ne l'avait plus jamais revu. Mais il savait une chose : jusqu'au bout, malgré la torture, malgré la terreur, son père n'avait cessé de combattre l'oppression. Le canon d'un pistolet sur la tempe, quelques secondes avant son exécution, il trouva encore la force de crier : « À bas Mussolini ! À bas le Duce ! Vive la liberté ! »

Paolo Leone grimaça. La douleur envahissait maintenant tout son thorax, gagnait sa gorge et son épaule, commençait à bloquer sa mâchoire. La fin approchait.

Il réussit à se traîner jusqu'à la table de lecture et pressa sur la sonnette d'alarme. À l'instar de son père, il préférait mourir pour avoir dénoncé un monstre plutôt que d'attendre d'être emporté, en pyjama sur sa chaise longue, lâchement inerte et muet.

Personne ne le croirait, tout comme personne n'avait voulu croire son père non plus, à l'époque où il s'élevait contre la tyrannie de Mussolini. Puis, au fil du temps, ils avaient été de plus en plus nombreux à le suivre et à vouloir lutter. Et ils avaient fini par triompher.

Bien entendu, le vieux Président italien n'était pas le seul à regarder les images de la conférence de la Maison Blanche, diffusées en boucle. Le monde entier les contemplait, fasciné. Mais à cet instant, Paolo Leone ignorait qu'il n'était pas aussi isolé qu'il le pensait. Alors que la plupart des chefs de gouvernement soupiraient de soulagement d'avoir eu le bon sens de conclure une alliance avec le Futur-Nouveau-Maître-du-Monde,

---

le régime fasciste de Mussolini. On peut identifier leur rôle à celui de la Gestapo hitlérienne.

d'autres transpiraient à grosses gouttes, cloués contre le dossier de leur fauteuil, à court d'air. Et qu'ils fussent allemands, brésiliens ou australiens, la même question les taraudait : comment allaient-ils échapper au rouleau compresseur qui avançait droit sur eux ?

20

Rencontre avec le vieux lion

L'opération décidée par les Sauve-Qui-Peut était délicate, d'autant plus en ces temps et lieux troublés par la Tragédie – c'est ainsi que le peuple italien nommait les terribles événements survenus quelques semaines plus tôt à Rome, puis à Milan, Naples et Venise. Les centaines de milliers de suicidés étaient désormais enterrés, mais le travail de deuil, loin de se faire dans le recueillement, s'accomplissait dans la terreur d'un retour des créatures semeuses de mort.

C'est pourquoi les hommes postés à chaque extrémité du couloir sentirent leur respiration se faire plus oppressante quand ils virent une ombre se déplacer le long des murs. Les larges fenêtres de cette partie du palais présidentiel favorisaient la projection de tout ce qui se passait à l'extérieur : miroitement de l'eau des fontaines, jeux d'ombre et de lumière, passage de pigeons dans le halo des réverbères… ou bien le retour d'une de ces sinistres nuées de chauves-souris. Les gardes échangèrent un regard avant de s'approcher des fenêtres. Tout en restant prudemment à l'abri contre les lourds rideaux qui tombaient de chaque côté, ils scrutèrent le ciel. En cette nuit printanière, il était clair, quoique nimbé d'une étrange couleur provenant du faisceau des canons à lumière de l'armée positionnés un peu partout dans la ville. Les hommes tendirent l'oreille, aucune sirène ne résonnait : rien à signaler. Les ombres étaient certainement dues aux mouvements des rares véhicules qui traversaient la place.

De toute façon, même si on leur avait dit de quoi il était question, ils ne l'auraient jamais cru.

Pendant que leur attention était tout entière concentrée sur l'extérieur, l'ombre glissa sur le sol et, telle une flaque d'eau, s'insinua sous la porte de la chambre où le Président Paolo avait été installé. Une fois à l'intérieur, elle s'évanouit, remplacée par Abakoum, vêtu de noir des pieds à la tête. Il s'approcha d'Oksa qui se tenait debout devant le lit et dont la mince silhouette se découpait dans la lueur blafarde des appareils médicaux. À quelques mètres, une infirmière dormait sur une chaise, les bras ballants, la tête légèrement penchée sur le côté. Mais sa présence ne semblait pas inquiéter les deux Sauve-Qui-Peut.

— Tu as encore quelques Invisibuls là… chuchota-t-il en indiquant l'endroit où devait théoriquement se trouver le coude gauche de la jeune fille.

— Ils s'accrochent toujours plus ici, répondit Oksa en passant sa Crache-Granoks sur cette partie transparente de son corps.

Son intégrité retrouvée, elle jeta un coup d'œil à Abakoum.

— Jusque-là, tout se passe comme sur des roulettes… dit-elle à voix basse. Les gardes n'y ont vu que du feu.

Elle retira son gros bonnet de laine qu'elle fourra dans la poche de son caban foncé. Ses cheveux se répandirent sur ses épaules. Immédiatement, elle eut l'air plus juvénile et plus féminin.

— On le réveille ? fit-elle en indiquant le Président endormi sur le lit médicalisé.

— Je crois que ce ne sera pas nécessaire, répondit l'Homme-Fé.

Comme s'il sentait leur présence malgré son sommeil, le Président émit un long soupir, semblable à un gémissement.

— J'espère qu'il tiendra bon quand il nous verra et quand on lui expliquera qui on est, lança Oksa. Ça pourrait lui faire un sacré choc…

— C'est un vieux lion. S'il a survécu à ce qu'Orthon lui a fait subir, il survivra à notre rencontre.

— Surtout que nous sommes là uniquement pour lui tendre la main ! renchérit la Jeune Gracieuse.

Tout à coup, Paolo Leone ouvrit les yeux. Oksa savait que cela devait arriver, mais la surprise n'en était pas moins grande pour autant. Elle faillit pousser un cri, mais réussit à se contenir juste à temps.

— Qui… qui êtes-vous ? chevrota le vieil homme.

Il fouilla la pénombre du regard et aperçut l'infirmière inerte.

— Comment êtes-vous entrés ? s'affola-t-il en tâtant le rebord de son lit, à la recherche de la sonnette qu'Oksa avait pris soin de débrancher. Et qu'avez-vous fait à cette pauvre femme ? Vous l'avez tuée ?

— Elle est juste endormie, monsieur Leone, fit Abakoum. Rassurez-vous, nous ne vous voulons aucun mal

Oksa craignait que le Président ne se mette à hurler pour donner l'alerte. Mais sous l'effet de la voix de l'Homme-Fé, si douce et apaisante, il semblait soudain presque hypnotisé. Il s'arrêta de chercher la sonnette et laissa ses bras reposer le long de son corps.

— Nous avons un ennemi commun, poursuivit Abakoum.

— De qui voulez-vous parler ?

— D'Orthon McGraw.

Le visage de Paolo Leone ne manifesta aucune émotion, pas le moindre cillement, pas la moindre crispation. Par contre, la machine reliée à son cœur trahissait son ressenti en affichant le rythme des pulsations qui augmentait de seconde en seconde. Il le comprit et entreprit de s'en défendre.

— Disons que je connais Orthon McGraw, comme n'importe qui sur cette Terre, ni plus ni moins... ânonna-t-il sans se départir de son masque inexpressif. Après tout, il est en passe de devenir le futur président des États...

— Vous savez bien qu'il n'est pas que cela... le coupa Abakoum sans bouger d'un centimètre. Et son autre ambition est d'ailleurs la raison pour laquelle nous sommes ici.

Le bip de l'électrocardiogramme s'accéléra. Oksa sentit des fourmillements envahir tout son corps. Il ne manquerait plus que ce « vieux lion » meure avant de les avoir écoutés ! Elle décida de s'avancer. Le Président la regarda approcher. Dans la lumière laiteuse qui inscrivait une aura autour d'elle, elle ressemblait à une apparition mystique. Les yeux de Paolo Leone s'agrandirent, à la fois sous l'emprise de la douleur physique et de la vision provoquée par la jeune fille.

— Orthon McGraw est venu vous voir pour vous proposer de rallier son projet, déclara-t-elle d'un ton assuré. Il vous a parlé de préserver l'élite et des moyens pour y parvenir, comme la nécessité de ronger sa patte blessée pour garantir la survie et ce genre de sacrifices...

Les pulsations cardiaques s'affolèrent. Abakoum posa la main sur l'avant-bras d'Oksa. Mais la jeune fille n'était pas prête à reculer.

— En dépit des menaces, vous avez refusé d'adhérer à une telle entreprise et là, les ennuis ont commencé… poursuivit-elle en approchant son visage du vieil homme. Des nuées de Chiroptères se sont abattues sur les grandes villes de votre pays. La suite, tout le monde la connaît. Pourtant, ce que peu de personnes savent, c'est qu'Orthon est derrière tout cela. Mais qui pourrait imaginer qu'une telle horreur puisse être commise par un héros national bientôt chef du pays le plus puissant du monde ? La couverture est parfaite…

Adossé à ses oreillers, Paolo Leone était attentif au moindre mot qu'Oksa prononçait, mais il restait impassible.

— Quoi que vous puissiez penser, vous n'êtes pas seul, Président, continua la Jeune Gracieuse. Nous sommes là, près de vous, nous savons qui est Orthon et ce qu'il prépare. Les gouvernants qui ont agi comme vous et qui ont subi la même agression le savent aussi. Mais malgré l'immense courage dont vous avez fait preuve, vous craignez tous de nouvelles représailles. C'est normal… À cause d'Orthon, vous avez déjà tant souffert que vous vous repliez sur vous-mêmes en espérant pouvoir éviter d'autres drames…

— Rien ne me dit que vous ne travaillez pas pour lui, l'interrompit Paolo Leone. Peut-être êtes-vous ici pour me menacer à nouveau…

— Cela voudrait dire que vous auriez droit à une seconde chance, rétorqua Oksa, la voix tremblante de frustration. Et ce n'est pas le genre d'Orthon d'en accorder à ceux qui se sont opposés à lui…

— Et si vous cherchiez à me piéger ? coupa Paolo Leone.

— Il y a un moment que le piège s'est refermé sur vous, vous ne croyez pas ? répliqua Oksa sur un ton plus abrupt qu'elle ne le pensait. Orthon n'en a plus rien à faire de vous : vous l'avez repoussé, il vous l'a fait payer. Maintenant, vous ne représentez plus rien à ses yeux et vous mourrez avec les autres.

Elle inspira à fond pour se calmer, et reprit :

— Écoutez, nous haïssons Orthon McGraw autant que vous. Il est à l'origine des pires épreuves que ma famille et mes proches aient eu à affronter. Il a cherché à me tuer à plusieurs reprises, il a attenté à la vie des personnes que j'aime le plus, j'ai été témoin de sa cruauté et de sa folie lorsqu'il a assassiné son père, ainsi qu'une partie de son propre peuple... Une seule chose compte pour nous aujourd'hui : unir tous ceux qui savent qui il est vraiment pour le combattre. Ensemble, nous pourrons débarrasser le monde de ce dingue avant qu'il ne le détruise complètement. Car c'est ce qu'il est en train de préparer, vous le savez aussi bien que nous. Seuls ceux qui possèdent une certaine valeur à ses yeux pourront survivre. Ses critères sont extrêmement sélectifs et vous, comme ceux que vous aimez, ne les remplissez pas... Mais je ne vous apprends rien, n'est-ce pas ?

Elle s'arrêta, à court d'air. Le Président la dévisagea pendant que le silence envahissait la pièce – les mots avaient besoin de ces quelques secondes pour pouvoir atteindre leur but : la conscience du vieil homme meurtri. Puis les bips de l'électrocardiogramme s'espacèrent enfin.

— Vous avez raison sur tous les points... admit Paolo Leone dans un souffle épuisé.

Son regard alterna entre Abakoum et Oksa, alors que ses traits se relâchaient, laissant apparaître sa détresse, nue et profonde.

— Cependant, vous vous trompez sur une chose… ânonna-t-il.

Ses deux visiteurs le fixèrent d'un air interrogateur.

— Rien ni personne ne peut arrêter cet homme. Il… Il n'est pas… comme nous.

— C'est vous qui vous trompez, Président ! s'exclama Oksa. Enfin, je veux dire…

Elle hésita et chercha l'approbation d'Abakoum. Le moment crucial était arrivé. L'Homme-Fé se passa la main sur le visage et acquiesça d'un mouvement de la tête, résigné.

— Nous, nous sommes comme lui, lâcha Oksa.

21

Trait d'union

Le Président Leone leva faiblement la main.

— Vous pouvez arrêter maintenant, je crois que j'ai compris… haleta-t-il.

Sa main retomba sur le drap. Il était vieux, malade, broyé par les tourments causés par sa rencontre avec Orthon McGraw. Mais ce qu'il avait sous les yeux changeait la donne : l'espoir pouvait paraître infime, Orthon était si puissant. Mais à l'évidence, ses deux étranges visiteurs détenaient de solides atouts, eux aussi.

— Vous avez dit que vous étiez combien ? demanda-t-il en regardant Oksa qui faisait une démonstration de lévitation en plein milieu de la chambre.

— Nous n'avons encore rien dit… fit Abakoum avec un petit sourire.

Oksa se posa en douceur près du lit.

— Cinq, dit-elle. Nous sommes cinq à pouvoir agir très rapidement, mais notre communauté compte davantage de personnes.

Paolo Leone laissa échapper un soupir, les lèvres serrées.

— Votre histoire est incroyable et vos pouvoirs sont immenses, admit-il. Vous m'avez convaincu et j'ai foi en vous. Cependant, permettez-moi de vous faire remarquer que cinq, ou quand bien même dix, vingt, cinquante personnes, c'est très peu pour faire face à quelqu'un comme Orthon McGraw. D'autant plus que ses alliés sont parmi les plus grandes puissances du monde…

— Ce n'est que le début, Président, fit Oksa. Quand certains comprendront que la résistance est en marche, nous serons vite beaucoup plus nombreux, vous verrez.

Sur ce, elle lui montra sa Crache-Granoks et tapota dessus d'un air entendu.

— Et n'oubliez pas ce que je vous ai dit… L'arme fatale… C'est moi qui l'ai, pas Orthon.

Le Président opina de la tête. Malgré sa jeunesse, son interlocutrice savait comment mettre en avant ses meilleurs arguments. Elle avait un charisme fabuleux, de la veine des plus grands qu'il lui avait été donné de rencontrer au cours de sa longue carrière. Quant à l'homme, il était l'incarnation des éminences grises, ces personnages effacés qui tenaient parfois entre leurs mains le vrai pouvoir, pour le meilleur ou pour le pire. Abakoum et Oksa… Sauve-Qui-Peut…

Un bruit provenant du couloir les tira tous les trois de leurs réflexions. Le jour allait se lever.

— Vous devez partir, indiqua Paolo Leone. La relève ne va pas tarder.

Abakoum hésita un instant, puis finit par tendre les mains vers le vieil homme. Ce dernier les prit entre les siennes et les serra longuement.

— Nous réussirons, chuchota l'Homme-Fé en guise d'au revoir.

— Vous pouvez compter sur moi…

— À bientôt, Président ! lança Oksa.

La jeune fille lui fit un dernier signe et prononça quelques mots à voix basse :

Crache-Granoks,
Déchire ta coque
Et libère les Invisibuls
Rendant ma présence nulle.

Paolo Leone la regarda s'enduire des vers extraordinaires et disparaître peu à peu. L'invisibilité était un de ses rêves d'enfant, mais jamais il n'aurait cru voir un tel prodige de son vivant. Quant à son compagnon, le sage Abakoum, il souffla dans sa petite sarbacane en direction de l'infirmière, avant de devenir l'ombre de la jeune fille invisible. La femme remua sur sa chaise et ouvrit les yeux. Après avoir consulté sa montre, elle se leva précipitamment, comme pour effacer sa gêne d'avoir été prise en flagrant délit d'endormissement.

— Comment vous sentez-vous, Président ? s'enquit-elle en lissant sa blouse blanche du plat de la main.

— Mieux, répondit le vieux lion. Beaucoup mieux, maintenant…

Dans les semaines qui suivirent l'expédition à Rome, les cinq Sauve-Qui-Peut dotés de dons surnaturels parcoururent le monde, sur la base de la liste établie par Niall. Le clan Fortensky fut même appelé en renfort pour assister les trois adolescents, ainsi qu'Abakoum et Pavel, les chefs de groupe, et tous donnaient le meilleur d'eux-mêmes. L'enjeu était de taille et le temps pressait.

Les gouvernants qui avaient refusé de collaborer avec Orthon, puis subi les conséquences de son orgueil blessé, reçurent tour à tour la visite de ces personnes à l'allure ordinaire, mais dont les capacités dépassaient l'imaginable. Se dévoiler était inédit pour les

Sauve-Qui-Peut, et aussi très risqué : depuis toujours ils avaient dû mettre en œuvre une vigilance de chaque instant pour cacher ce qu'ils étaient, leurs origines comme leur nature magiques. Pourtant, la situation était si désespérée pour ces hommes de pouvoir – et les Sauve-Qui-Peut se montraient si naturellement persuasifs – qu'aucun d'eux n'aurait eu la sombre idée de couper la main qui leur était tendue.

Sur les conseils de leurs nouveaux et puissants alliés, les gouvernants ne tardèrent pas à communiquer entre eux, non sans mal car le risque de s'exposer à de nouvelles représailles n'était pas exclu. Les précautions qu'ils prenaient pour se contacter pouvaient sembler excessives, mais leur terreur d'être repérés n'avait rien de paranoïaque : la mondialisation et les nouvelles technologies étaient peu propices aux secrets et, pourtant, plus personne ne vivait en sécurité.

Néanmoins, ainsi que l'avait présumé Oksa, les effets de ces échanges commençaient à se faire sentir : chacun voyait s'évanouir cet accablant sentiment de solitude et entrevoyait la possibilité de retrouver confiance, détermination, espoir. Et cela grâce aux Sauve-Qui-Peut, leur trait d'union et leur dernière chance d'agir contre Orthon McGraw, l'ennemi de tous.

— Une visioconférence ? s'exclama Niall. Oubliez ça, c'est vraiment trop risqué !

— Il n'y a pas moyen de sécuriser ? demanda Pavel.

— On peut s'approcher de la protection parfaite, répondit le jeune pirate. Mais aucun système de communication n'est sûr à cent pour cent.

Il eut un petit rire nerveux.

— Je suis bien placé pour le savoir… ajouta-t-il à mi-voix.

— Dans quels systèmes supposés infranchissables as-tu réussi à te faufiler, déjà ? enchaîna Oksa. FBI ? CIA ?

— Euh, oui, entre autres… concéda Niall.

— Le Prince des pourfendeurs de murailles… murmura Zoé.

Elle laissa glisser sa main sur la nuque du garçon. Il frémit quand elle poursuivit par une caresse du bout des doigts, légère et chaude comme une plume. Encore plus que les Sauve-Qui-Peut, Zoé sautait sur la moindre occasion pour apporter du réconfort à son ami. Comme elle, il était devenu orphelin dans des circonstances épouvantables. Des drames qui les rapprochaient d'une étrange façon… Elle avait à son égard de plus en plus de gestes tendres, le plus souvent calqués sur ceux qu'Oksa accordait à Gus. La Jeune Gracieuse ne l'ignorait pas, mais, loin d'en être contrariée, elle encourageait secrètement sa petite-cousine – meilleure et seule amie – à l'imiter. L'amour serait à tout jamais inconnu à Zoé, ce qui ne l'empêchait pas d'avoir besoin d'être aimée. Et ce besoin passait par des attentions qui restaient artificielles pour elle, mais qui comptaient tant pour Niall.

— Qu'est-ce que tu peux proposer ? demanda Gus au jeune pirate informatique, le ramenant immédiatement aux préoccupations présentes.

Oksa jeta à Gus un regard réprobateur qu'il ne vit même pas. Les garçons et les filles ne fonctionnaient pas toujours de la même façon…

— À la limite, ce serait plus sûr d'organiser une rencontre dans un lieu public, un restaurant ou un parc par exemple, répondit Niall. Ça peut paraître un peu archaïque, mais le contact direct est le meilleur moyen pour que votre discussion ne soit pas épiée.

— Cette rencontre est vraiment indispensable ? intervint Marie.

Pavel posa les deux mains sur ses épaules et la regarda droit dans les yeux.

— Les Présidents ou chefs de gouvernement que nous avons rencontrés sont morts de peur, ma chérie, dit-il. C'est miraculeux qu'ils nous aient écoutés, encore plus qu'ils aient admis la nécessité de s'unir pour résister et, surtout, pour lutter. Ils ont fait un pas les uns vers les autres. Maintenant, nous devons tous sceller notre entente et partager ce que nous savons pour pouvoir enfin agir ensemble, car nous avons besoin d'eux autant qu'ils ont besoin de nous.

Marie fut secouée par un tremblement. Pavel la serra contre lui, l'air aussi soucieux qu'elle.

— Ces femmes et ces hommes ne sont plus seuls, et nous non plus, fit-il.

— Ça commence à bien faire ! renchérit Oksa.

Le regard de Marie se porta instinctivement vers la Maison Blanche dont on apercevait le dôme par les fenêtres.

— Vous avez tous raison… admit-elle. Il est temps qu'on en finisse…

22

Le sommet de Nice

Le soleil était presque chaud en cette fin de matinée. Oksa étira les bras devant elle et fit craquer les jointures de ses doigts.

— Oksa ! bougonna Pavel. Je déteste quand tu fais ça !

— Pardon ! répliqua la jeune fille avec un sourire qui démentait clairement ce qu'elle venait de dire.

Assise sur le muret en bord de mer, elle observait les skateurs évoluant sur la Promenade des Anglais.

— Ah… soupira-t-elle. Je donnerais cher pour pouvoir être à leur place…

— Rien ne t'empêche de faire une petite balade, ma chère enfant… dit Abakoum. Après que nous aurons vu nos amis, bien sûr…

L'Homme-Fé se laissa glisser un peu plus dans son fauteuil et posa les avant-bras sur les accoudoirs dans une pose tout à fait relâchée. Avec son chapeau de paille et sa chemisette un peu froissée, Pavel n'avait rien à lui envier de sa décontraction.

— Vous êtes vraiment convaincants ! fit remarquer Oksa. Je ne vous avais jamais vus aussi détendus, tous les deux ! On dirait vraiment des touristes qui prennent du bon temps.

— On est tous très convaincants ! rétorqua Pavel en croisant les mains derrière la tête. Le grand-père gâteau, le papa relax et les trois ados bougons…

— Un pur rôle de composition ! fit Abakoum en mâchouillant une allumette.

Mortimer, à califourchon sur le muret, ne quittait pas la mer des yeux, mais un mince sourire éclaira son visage à l'évocation de ce qu'ils n'étaient pas le moins du monde. En les voyant, qui aurait pu imaginer qu'ils étaient en train d'attendre quelques-uns des chefs d'État des pays les plus puissants et qu'ensemble, ils allaient tenter de sauver l'humanité par des moyens ô combien non conventionnels ?

— En tout cas, Abakoum, tu as bien fait de choisir Nice comme lieu de rendez-vous ! lança Zoé. C'est tellement agréable !

— Et ce ne sont pas les Devinailles qui vont te dire le contraire, n'est-ce pas les poulettes ?

Oksa entrouvrit sa sacoche. Les têtes minuscules et ébouriffées de deux Devinailles en émergèrent.

— Voilà un climat à peu près acceptable ! pépia l'une d'elles. Autant vous dire que nous nous réjouissons que vous ayez pris la mesure de notre martyre quotidien.

— Nous allons enfin pouvoir connaître des conditions de vie décentes et peut-être aurons-nous une chance de survivre ! précisa l'autre.

— Euh… ne vous emballez pas, les coupa Oksa. On n'est que de passage.

Affreusement dépitées, les Devinailles geignirent et disparurent dans la sacoche.

— Je crois que j'aperçois nos premiers invités, annonça soudain Abakoum tout en conservant sa pose détendue.

L'air de rien, Oksa balaya la Promenade du regard.

— Qui ? demanda-t-elle. Je ne reconnais personne.

— La femme en robe à fleurs qui pousse le fauteuil roulant… signala Pavel.

Oksa écarquilla les yeux.

— Le vieux lion… murmura-t-elle.

— … et la Chancelière allemande ? ajouta Zoé, dubitative.

— C'est vrai qu'on a du mal à la reconnaître avec cette perruque, mais c'est bien elle ! confirma Pavel.

— OK ! dit Oksa en se levant. Il est temps pour nous d'aller se tremper les pieds. Zoé ? Mortimer ? Vous venez ?

Elle fit un baiser sur la joue de son père.

— On ouvre les yeux et les oreilles, tu peux compter sur nous… lui chuchota-t-elle. On surveille les alentours sans perdre une miette de ce que vous allez vous dire. Et si on remarque quelque chose de louche, on vous prévient.

— Tu n'oublies rien ? demanda Pavel.

— Euh… On n'agit pas de façon inconsidérée. C'est bien le terme que tu as employé ?

— C'est très sérieux, Oksa. Il ne s'agit plus seulement de nous, mais de personnes qui nous font confiance. Un faux pas et nous les perdons…

— Tout se passera bien, je te le promets. À tout à l'heure !

Elle rejoignit Zoé et Mortimer. Avant de descendre sur les galets, ils croisèrent le couple germano-italien qui s'approchait d'Abakoum et de Pavel dans une attitude parfaitement naturelle. La femme leur adressa un infime signe de la tête et poursuivit son chemin. Oksa, Zoé et Mortimer descendirent sur la plage, Chuchotte en action.

— Puis-je m'asseoir sur ce siège ? s'enquit la femme à proximité de Pavel et Abakoum.

— Je vous en prie, madame… répondit Pavel.

Elle prit place après avoir serré les freins du fauteuil roulant et s'être assurée que la casquette du Président italien le protégeait correctement du soleil.

— Quel temps magnifique ! s'exclama-t-elle tout en contemplant les trois jeunes gens qui se lançaient de l'eau à quelques mètres, au bord de l'eau.

— Oh oui, acquiesça Pavel. La journée promet d'être exceptionnelle.

— Il n'y a pas beaucoup de monde…

— Il est encore tôt.

Ils restèrent tous ainsi, à papoter de choses et d'autres pendant quelques minutes. Puis un homme en bob et bermuda les rejoignit. C'était certainement la première fois que le vénérable Premier ministre indien s'accoutrait de cette façon ! Il portait contre lui un petit chien au poil long qui n'arrêtait pas de lui lécher la main. Son homologue japonais les rejoignit bientôt. Il avait opté pour une tenue plus sobre, mais jouait aussi le jeu du parfait touriste en prenant en photo à peu près tout ce qui se présentait devant lui.

— Il paraît que mon peuple est réputé pour cela ! fit-il avec une autodérision qui amusa tout le monde, y compris les trois ados qui écoutaient à distance.

Tous pouvaient entrapercevoir le regard brillant de Paolo Leone sous la visière de sa casquette. Le vieil homme était si heureux, en dépit de ces circonstances particulières. Il avait vu juste et peu importait que personne n'ait voulu le suivre au moment où il s'était rendu chez les uns et les autres. Le plus important, c'était ce qui se passait là, maintenant.

— Vous avez fait bon voyage ? demanda Abakoum au Français qui venait d'arriver, vêtu d'un jogging.

— Oh, le plus difficile a été de déjouer mes propres services de sécurité !

— Je vous le confirme ! fit l'Allemande en agitant son éventail.

Les faux touristes entreprirent de s'intéresser au petit chien de l'Indien, tout en scrutant autour d'eux à travers leurs lunettes noires.

— Je dois tout de même vous avouer que trois de mes gardes du corps nous observent en ce moment même depuis le balcon de mon hôtel… chuchota la Chancelière.

Abakoum se rembrunit.

— C'était inévitable, le rassura Pavel.

— D'autres hommes à signaler ? demanda Abakoum après qu'Oksa lui eut fait un léger signe pour lui indiquer qu'elle et ses amis avaient bien entendu.

— Deux des miens ont des fusils à lunettes braqués sur nous, là-bas, sur le toit de ce palace… renchérit le Japonais.

— Les miens sont sous le palmier, informa sobrement l'Indien.

— Et vous, *signore ?*

— Le jeune couple en train de s'embrasser sur le banc d'à côté, murmura le vieux Leone. Mais ne nous en veuillez pas, je vous prie, il nous aurait été difficile de venir sans cette sécurité minimum.

— Nous comprenons… fit Pavel.

— Madame, messieurs, vous permettez que je me joigne à vous ? résonna derrière eux une voix teintée d'un fort accent portugais.

Abakoum ne put se retenir de sourire. Ainsi, la nouvelle Présidente du Brésil s'était décidée… Quand ils l'avaient quittée, Oksa et lui n'avaient eu guère d'espoir de la revoir un jour. Elle avait été une des personnalités les plus difficiles à convaincre de l'urgence d'une action, le seul grain de sable dans la machine jusque-là parfaitement huilée.

— Nous n'attendions plus que vous, fit l'Homme-Fé en se forçant à garder sa posture relâchée.

Les pieds dans l'eau, Oksa n'était pas moins heureuse que son Veilleur.

— Tu ne serais pas un peu défaitiste, parfois ? fit Zoé à qui la Jeune Gracieuse s'était confiée. Il était impossible qu'elle ne vienne pas !

— Je t'assure que c'était mal parti... Elle s'est montrée très sceptique, tu sais.

— En tout cas, si elle a fini par venir, c'est qu'elle a quelque chose à y gagner, intervint Zoé.

— Ou rien à perdre... renchérit Oksa.

— Eh bien, si vous voulez le savoir, il va falloir commencer par vous taire, les filles... marmonna Mortimer.

Si quelqu'un avait écouté la conversation de ces sept personnes, installées sur leur siège avec une nonchalance toute balnéaire, il n'en aurait pas cru ses oreilles.

— Nous devons faire quelque chose de fort, suggéra le Français. Quelque chose qui montrera à Orthon qu'il est loin d'être tout-puissant.

— Je suis d'accord, fit l'Indien. Nous devons lui prouver qu'il n'arrivera pas à ses fins en utilisant la terreur !

— Excusez-moi, mais... c'est ce qu'il fait et c'est pourquoi nous le craignons plus que tout... objecta le Japonais.

Cette intervention laissa tout le monde pensif.

— Ne me dites pas que vous n'avez pas peur ?

— Si, nous avons tous peur, répondit Abakoum.

Cet aveu sembla soulager ses interlocuteurs.

— Et le reconnaître n'est pas une faiblesse, loin de là, ajouta-t-il.

Il se redressa sur son siège et prit le temps de regarder un à un ses interlocuteurs.

— La peur est un ferment très efficace dans certaines situations, fit-il à mi-voix. Dans le cas qui nous occupe, elle peut nous pousser à faire ce dont nous serions incapables en temps normal.

Plus bas, sur la plage, les trois ados étaient tout ouïe, eux aussi, le regard aux aguets.

— C'est sur elle que nous allons nous appuyer pour agir.

— Et si l'un de nous chute, il y aura toujours quelqu'un pour l'aider à se relever, précisa la Chancelière allemande. Il ne faut laisser aucun répit à… notre ennemi.

— Ne jamais le lâcher et, comme des mouches, pondre nos œufs à l'intérieur du fruit pour qu'il pourrisse ! renchérit le Japonais.

Tout le monde opina gravement de la tête.

— Qu'avons-nous de concret à l'heure actuelle ? demanda le Français.

— Malheureusement, rien de plus que ce que vous savez déjà, répondit Abakoum. En parallèle de sa triomphale campagne électorale, notre ennemi prépare la destruction de l'étoile qui protège la terre de nos origines. Sa base est à Detroit, où il a stocké des quantités phénoménales d'uranium. Il n'est pas difficile à localiser, les médias le suivent à la trace et il suffit d'allumer la télévision ou de consulter Internet pour savoir où il se trouve. Mais il bénéficie d'une telle protection qu'il est impossible de l'approcher, et encore moins de lui porter atteinte sans risquer sa propre vie…

— C'est pourquoi nous devons jouer sur l'effet de surprise, intervint Pavel.

— Vous avez une idée ? questionna l'Indien.

— Détruire quelque chose qui lui est cher serait un bon début… fit Abakoum.

Certains se passèrent les mains sur le visage, d'autres fixèrent leur attention sur l'horizon.

— Oksa, ma fille, l'a entendu se vanter d'être à l'origine de la déstabilisation des marchés de matières premières qui ont eu lieu, il y a quelques mois… poursuivit Pavel.

— L'Asie a été vidée de ses réserves de riz, précisa l'Indien avec la confirmation immédiate du Japonais. C'est une véritable catastrophe économique pour les populations et un casse-tête pour les gouvernements.

— Il n'existe quasiment plus aucune des réserves que nous avions réussi à conserver malgré les cataclysmes, ajouta le Français. Nous vivons sur ce que nous produisons en tentant de reconstituer des stocks pour nous prémunir des pénuries.

Les regards convergèrent vers Pavel et Abakoum.

— Vous pensez que c'est Orthon McGraw qui nous a pillés ?

— Il ne vous a pas pillés, corrigea Abakoum. Il dispose d'une fortune dont vous pouvez difficilement imaginer les limites. Grâce à cela et à un puissant réseau de complicités, il a purement et simplement acheté vos réserves.

Toutes et tous écarquillèrent les yeux.

— Vous… vous plaisantez ? bredouilla Paolo Leone qui s'exprimait pour la première fois depuis le début de la rencontre.

— Je préférerais, croyez-le !

— Mais… comment… comment peut-il stocker de telles quantités de marchandises ? poursuivit l'Allemande. Personne ne peut accumuler autant de denrées et de matériaux sans que cela se voie ! C'est… impossible !

— Au risque de vous contredire, madame, il faut que vous sachiez que rien n'est impossible pour Orthon. Le monde est vaste et les cachettes nombreuses, déserts, montagnes…

— Il faut surtout vous rendre compte d'une chose, renchérit Pavel. Orthon n'a pas acheté ces quantités colossales de matières premières pour déséquilibrer les marchés. Ça, c'est seulement une conséquence collatérale qui l'a beaucoup amusé. Non, ces stocks ont été acquis pour construire et subvenir aux besoins de son « Nouveau Monde ».

Le bruissement de la mer sur les galets, le cri des mouettes, la rumeur sourde des voitures sur la route longeant la Promenade des Anglais… Assis sur leur simple chaise de métal, aucun des dignitaires ne prêtait plus attention à la vie qui se déroulait tout autour.

— Cela paraît si évident, maintenant… murmura l'Indien.

— Si seulement nous avions su… lâcha le Japonais.

— Ne vous accablez pas de reproches, coupa Abakoum. Personne ne pouvait se douter. Absolument personne.

— Il faut qu'on trouve ces stocks, ou du moins quelques-uns ! proposa l'Allemande. Si nous réussissons à en récupérer une partie, peut-être cela retardera-t-il son projet ?

— C'est une excellente idée ! admit l'Indien. De toute façon, que pouvons-nous faire d'autre ? Il faut bien commencer par quelque chose.

— Autant chercher une aiguille dans des bottes de foin… leur opposa le Français.

Ses homologues lui jetèrent un regard contrarié, tout en admettant intérieurement qu'il n'avait pas vraiment tort. La Brésilienne, la seule à n'avoir encore rien dit, fouilla dans son grand cabas multicolore et en sortit ses lunettes noires. Tous crurent qu'elle s'apprêtait à partir. Mais, contre toute attente, elle plaqua les mains sur ses cuisses et annonça dans un souffle :

— Eh bien, moi, j'ai une petite idée de l'endroit où trouver une de ces bottes de foin.

23

Dispersion !

La déclaration de la Présidente brésilienne captant toute leur attention, ni Pavel, ni Abakoum, ni aucun des gouvernants présents sur la Promenade ne voyaient les avertissements lancés par les trois ados depuis le bord de l'eau.

— C'est pas vrai, ils sont aveugles ou quoi ! pesta Oksa. Venez, on y va !

Zoé et Mortimer lui emboîtèrent le pas, soucieux. Marcher sur les galets les freinait, ils se tordaient les pieds. L'envie de volticaler était aussi grande que la frustration de devoir agir dans la discrétion, comme des Du-Dehors. Oksa faillit appeler son père. Mais n'était-ce pas une initiative « inconsidérée » ? Une grosse femme la bouscula et lui jeta en prime un regard furibond. Oksa ne put s'empêcher de lui trouver un air louche, voire menaçant.

— Ça craint, ça craint… gémit-elle en scrutant en l'air et vers l'entrée du restaurant de plage, plus haut sur la Promenade des Anglais.

Enfin, Pavel les aperçut. Oksa fit le signal qu'il redoutait : les deux mains dans les cheveux pour les attacher en arrière. Alors, il se leva aussi naturellement qu'il le put, dit quelques mots aux membres du petit groupe et les salua, avant de rejoindre les trois ados.

Quelques secondes plus tard, Abakoum se leva à son tour et s'engagea dans la direction opposée. Pendant ce temps, le Premier ministre japonais s'engouffrait dans un taxi, la Chancelière allemande pénétrait dans le hall d'un palace en poussant le fauteuil du Président italien, tandis que le Français s'éloignait à petites foulées. Quant au Premier ministre indien, il resta sur son siège à cajoler son petit chien. La Présidente brésilienne lui tint compagnie encore un instant avant de s'éclipser.

Pavel glissa son bras sous celui d'Oksa, comme un père voulant entraîner sa fille à faire quelque chose dont elle n'aurait pas envie. Il jeta un coup d'œil à Mortimer et à Zoé, puis inclina la tête d'un air entendu. L'ordre de dispersion venait d'être donné. Les deux cousins profitèrent du feu vert piéton pour traverser la route en courant et disparurent dans une petite rue menant au centre-ville.

— Que se passe-t-il ? chuchota Pavel.

— Un homme en parachute ascensionnel… répondit la jeune fille, oppressée. Il en a fait quatre fois de suite, chaque fois tourné vers la Promenade. Et je suis sûre qu'il tenait quelque chose…

— Quoi, Oksa ?

— Un appareil photo, une caméra, un micro, une arme… Je ne sais pas, moi !

— Reste calme, surtout reste calme.

— Ce n'est pas tout, Papa. Il y avait un autre homme, un peu bizarre, là-bas, à l'entrée du restaurant. Il n'arrêtait pas de nous regarder, Mortimer, Zoé et moi.

Pavel inspira profondément.

— Peut-être qu'on s'est fait des films ou qu'on est en train de devenir complètement paranos… poursuivit Oksa. Mais on a préféré vous prévenir.

— Vous avez très bien fait, la rassura son père.

Il l'attira vers le muret et tous deux s'assirent.

— Tu les vois encore dans les parages ?

Oksa se baissa pour faire mine de relacer ses chaussures. Elle observa la Promenade, à droite, à gauche.

— Dès que tu t'es levé, l'homme près du restaurant a disparu. Depuis la plage, on n'a pas pu voir où il allait. Mais celui qui faisait du parachute est toujours là-bas. Oh non ! Il regarde vers nous !

Elle jeta un coup d'œil affolé à son père.

— Il nous a repérés, Papa ! s'écria-t-elle en s'étranglant à moitié. C'est mort !

L'homme était effectivement tourné vers la Promenade. Soudain, il leva le bras et fit un signe dans leur direction.

— Mais qu'est-ce qu'il fait ? gémit Oksa.

Pavel posa la main sur l'avant-bras de sa fille.

— Il essaie d'attirer l'attention de cette jeune femme… murmura-t-il en suivant des yeux la jolie brune qui venait de passer devant eux.

Oksa sentit ses joues s'empourprer. Non seulement elle avait l'impression de basculer dans la folie pure, mais en plus elle s'était ridiculisée au plus haut point. Elle qui voulait montrer combien elle devenait mature, c'était complètement raté.

— Je suis désolée, bougonna-t-elle. J'ai tout saboté avec mes délires d'espions…

Mais son père ne l'écoutait pas.

— Papa ? Hé, Papa ? Ça va ?

— Viens ! Partons d'ici, vite ! lui lança-t-il.

Alarmée par le ton de sa voix et sa mine défaite, elle obéit. Ils traversèrent précipitamment la route et s'engagèrent dans une petite rue. Des klaxons retentirent, mais Oksa comprit qu'ils n'étaient pas pour eux. Ce qui fut loin de la rassurer.

— Par là ! fit Pavel.

Il la poussa littéralement sous un porche et tous deux se retrouvèrent dans le hall luxueux d'un hôtel. Pavel observa rapidement le lieu avant de se diriger vers l'immense escalier menant vers les chambres.

À mi-hauteur, il s'arrêta et s'accroupit, obligeant Oksa à faire de même.

— Mais qu'est-ce qui se passe, Papa ? chuchota la jeune fille, à court d'air.

Au lieu de lui répondre, il posa l'index sur ses lèvres et, d'un mouvement du menton, il lui indiqua le hall de l'hôtel qu'on apercevait à travers les colonnades formant la rambarde. Oksa se figea.

— Tu ne délirais pas… souffla son père à son oreille.

Au milieu des clients et des bagages, on ne voyait que lui : l'homme du restaurant, immobile, scrutant tout autour de lui, à l'affût !

Profitant que des femmes s'engageaient dans les escaliers, Oksa et Pavel se glissèrent à leurs côtés. Ils disparurent juste au moment où le regard de l'homme commençait à explorer cette zone. Le temps qu'il se faufile à travers la foule des clients qui affluaient, ils coururent jusqu'au troisième étage. La moquette épaisse étouffait leurs pas précipités, mais l'homme n'avait pas besoin de les entendre pour les poursuivre, son instinct suffisait. À l'angle d'un couloir, les deux Sauve-Qui-Peut se plaquèrent contre le mur et Oksa sortit sa Crache-Granoks. Elle risqua un œil et se recula aussitôt : l'homme arrivait vers eux ! Dans quelques secondes, ils se retrouveraient face à face. Alors, elle récita mentalement une petite formule et souffla dans sa Crache-Granoks. L'homme s'arrêta net, regarda autour de lui, fronça les sourcils.

— Qu'est-ce que je fais ici ? marmonna-t-il, les bras ballants.

Malgré son stress, Oksa ne put s'empêcher de sourire. On avait trop tendance à négliger des Granoks telles que la Cafouillis, si élémentaire et pourtant si efficace… Quand elle repassa avec son père devant l'homme, ce fut comme s'il ne les avait jamais vus. Un véritable Insuffisant…

— Viens, sortons d'ici maintenant ! fit Pavel.

Ils dévalèrent les escaliers, sortirent de l'hôtel et disparurent dans la foule.

Quand le taxi les arrêta devant la cathédrale orthodoxe Saint-Nicolas, la pression était encore très présente dans leur esprit comme dans leur corps. Cette course-poursuite avait été si angoissante qu'Oksa avait l'impression d'être courbatue des pieds à la tête.

Une fois la lourde porte refermée, elle éprouva enfin un indescriptible sentiment de sécurité. Le silence et la pénombre faisaient du bien, son Curbita-peto ondulait doucement autour de son poignet et son cœur retrouvait peu à peu un rythme normal. Mais c'est la vision des trois silhouettes familières, assises sur des bancs dans la partie la plus sombre, qui lui apporta l'ultime réconfort.

— Ouf, ils sont là… murmura Pavel, immensément soulagé, lui aussi.

Ils s'approchèrent tous les deux. Pavel s'installa à côté d'Abakoum, une rangée devant les ados. Quant à Oksa, elle se glissa à côté de Zoé et ne put s'empêcher de la prendre dans ses bras.

— J'ai cru qu'on ne se retrouverait plus…

Zoé plongea ses beaux yeux de miel dans ceux d'Oksa.

— Il faut que tu aies un peu plus confiance en toi et en nous tous, lui dit-elle avec un sourire.

— C'est à ça que servent les plans de repli ! intervint Mortimer. On se disperse quand ça craint, et on se retrouve là où ça ne craint pas…

Oksa eut un petit rire.

— Tu as tout à fait raison ! Vive les plans de repli !

— En tout cas, heureusement que nous en avons fait un, soupira Pavel. Je n'ose pas imaginer… Une vraie catastrophe…

— Alors, racontez-nous… demanda Abakoum en chuchotant.

La joie de leurs retrouvailles fut plombée par le récit que firent Pavel et Oksa de leur fuite. Tous les cinq restèrent un moment sans rien dire, assez accablés par cette dernière mésaventure.

— L'un de ces gouvernants a dû être suivi par les sbires d'Orthon, dit Pavel.

— Ou bien c'était peut-être des gardes du corps qui veillaient sur eux ? suggéra Oksa.

Elle soupira.

— Ah, non… Si c'était ça, on n'aurait pas été poursuivis…

— Vous croyez qu'il y a un traître parmi eux ? demanda Zoé. Que disent les Devinailles, Oksa ?

La Jeune Gracieuse sortit les petites poules de sa sacoche. Elles s'ébrouèrent et caquetèrent aussitôt des reproches sur la température de la cathédrale, trop fraîche à leur goût.

— Chuuut, vous allez nous faire remarquer… les réprimanda Oksa. Ce n'est vraiment pas le moment, on a eu notre dose pour aujourd'hui. Dites-nous plutôt si les personnes que nous venons de voir sont fiables !

— Absolument fiables ! répondirent en chœur les deux poules. Pas la peine d'être aussi désagréable avec nous !

Ces mots dits, elles replongèrent dans la chaleur de leur abri, bougonnes.

— Et si c'était nous que ces hommes suivaient ? lança Oksa.

— Ça semble être l'option la plus vraisemblable, admit Pavel. Et dans un sens, tant mieux !

— Tu trouves ?

— Oui ! Ça veut dire que notre existence rend Orthon un peu nerveux !

— Youpi… marmonna Oksa.

Zoé se pencha vers son amie.

— Nous saurons toujours faire face, dit-elle simplement.

Oksa lui adressa un petit sourire reconnaissant et s'approcha de son père et d'Abakoum dont elle ne voyait que les profils.

— Et maintenant, il serait peut-être temps que vous nous disiez ce que la Présidente brésilienne voulait insinuer avec sa botte de foin ! Nous, on a décroché juste à ce moment en essayant de vous alerter…

Pavel et Abakoum échangèrent un regard satisfait qui n'échappa pas aux trois ados.

— Allez, dites-nous ! s'impatienta Oksa en donnant une petite tape sur l'épaule de son père.

— Eh bien, nous devons procéder à quelques vérifications, lâcha ce dernier. Mais il semblerait que l'édification du futur « Nouveau Monde » d'Orthon soit engagée au cœur de la forêt amazonienne…

Oksa, Zoé et Mortimer en restèrent bouche bée.

— Tu es… Tu es sérieux ?

— Je suis toujours sérieux, Oksa, tu le sais bien ! répondit Pavel avec cet air pince-sans-rire que la Jeune Gracieuse aimait tant.

— On veut tous les détails !

— Suite au refus de la Présidente de rallier son projet, Orthon a lancé trois attaques de Chiroptères sur le Brésil. Des agressions qui ont causé près de deux millions de morts par suicide… Notre amie a alors décidé de mettre en place un système de surveillance accru pour tenter de prévenir une nouvelle attaque. Des drones ont commencé à sillonner l'espace aérien brésilien, à l'affût d'éventuelles nuées de Chiroptères. Cela peut paraître vain car on peut difficilement repérer ces saletés de créatures et encore moins les arrêter, mais cette initiative a eu le mérite de permettre de découvrir quelque chose d'étrange : des mouvements de véhicules absolument exceptionnels en plein milieu de l'Amazonie…

— La déforestation bat son plein là-bas ! le coupa Oksa. Ça circule beaucoup.

— Tu as raison, concéda son père. Mais ce qui a été observé dépasse de loin le va-et-vient habituel. Même lorsque le monde a eu tant besoin de bois pour se reconstruire après les cataclysmes, il n'y avait pas autant de circulation. Les rapports que la Présidente a demandés auprès de ses services secrets font état de plusieurs dizaines de milliers de camions transitant vers un site bien précis dans la forêt. En étudiant tout cela de plus près, elle s'est rendu compte que les camions convoyaient leurs marchandises des côtes maritimes et des rives de l'Amazone vers le centre de la forêt. D'ordinaire, c'est l'inverse : les camions transportent le bois ou le minerai de la forêt vers les côtes, depuis lesquelles ils sont ensuite envoyés un peu partout dans le monde.

— Comment a-t-elle pu deviner ? demanda Zoé.

— Tout simplement à cause de la vitesse : les camions vont plus vite quand ils sont vides.

— Oh, c'est bien vu ! commenta Oksa.

— Par la suite, elle a envoyé des agents spéciaux en qui elle a une confiance absolue pour approfondir les recherches. Et ce qu'ils ont découvert confirme qu'il se passe des choses anormales : les camions chargent à partir de greniers souterrains géants creusés le long des rives de l'Amazone. Encore plus fort : un port a été construit dans la plus grande discrétion non loin de l'embouchure du fleuve. Jour et nuit, les uns après les autres, des porte-containers venant des cinq continents y déchargent leur contenu et tout part aussitôt vers les greniers pour être ensuite acheminé à travers la forêt.

— Les matières premières qu'Orthon a accumulées… fit Zoé dans un souffle.

— C'est dingue… renchérit Oksa.

— On sait combien il y a de greniers ? demanda Mortimer.

Son fort ressentiment tirait les traits de son visage et crispait sa mâchoire. Il semblait sur le point de pleurer. Ou d'exploser à grands coups de poing tout ce qui se trouvait à sa portée… Zoé posa une main apaisante sur son épaule.

— Les agents de la Présidente en ont découvert trois, mais il en existe certainement davantage, répondit Abakoum.

— Voilà donc la fameuse botte de foin… murmura Oksa. C'est génial ! On va pouvoir agir, détruire tout ça, Orthon va être hors de lui !

— Non, Oksa, répliqua Pavel.

Stupéfaite, la Jeune Gracieuse s'avança pour s'accouder au dossier du banc devant elle.

— Comment ça, « non » ?

— On ne peut pas détruire des matières premières et des denrées alimentaires de base alors que des pays en manquent cruellement. Ce serait contraire au bon sens et à notre éthique.

Oksa secoua la tête, incrédule.

— Qu'est-ce que tu veux dire par là, Papa ? Qu'on ne va rien faire du tout ? Tu crois vraiment que l'avenir de l'humanité ne vaut pas qu'on sacrifie quelques millions de tonnes de céréales ou d'acier ? C'est vraiment… n'importe quoi !

Pavel se tourna pour faire face aux trois ados qui le dévisageaient d'un œil noir, quoique chacun d'une manière différente : Oksa fulminait, Zoé fronçait les sourcils avec dépit, Mortimer se refermait sur lui-même.

— Je croyais qu'on avait décidé de… se durcir, d'être moins sensibles à ce genre de… considérations ! lança Oksa que la colère faisait balbutier.

— Pas besoin de détruire le moindre grenier car nous avons bien mieux que ça… fit son père.

Il balaya du regard l'intérieur de la cathédrale. Quelques femmes priaient, éparpillées dans la nef, d'autres allumaient des bougies.

— Papa ! s'énerva Oksa. Tu vas nous dire, oui ou non ?

— Nous savons où se situe la botte de foin… et nous savons aussi où trouver exactement l'aiguille cachée à l'intérieur !

L'expression des trois jeunes gens changea radicalement.

— Le « Nouveau Monde » ? fit Oksa, éberluée par ce qu'elle était en train de dire.

— Pavel acquiesça d'un air triomphant. Oksa s'affaissa contre le dossier de son banc, les yeux brillants d'un éclat radieux. Elle se mordilla la lèvre et murmura :

— On va détruire le « Nouveau Monde » d'Orthon…

Les cinq Sauve-Qui-Peut restèrent silencieux, chacun imaginant, se projetant, envisageant la façon dont les choses pouvaient se passer.

— Alors là, je connais un Félon qui ne va pas être content du tout ! pensa tout haut Oksa, revigorée.

— C'est sûr, approuva Pavel. Mais comme l'a dit ta mère, il est temps qu'on en finisse…

24

Tensions au quartier général

Bien que présageant des destructions massives, la rencontre de Nice avait débouché sur des perspectives pleines d'espoir, pour les uns comme pour les autres. Dans les avions qui les ramenaient dans leurs pays respectifs, les Sauve-Qui-Peut et les gouvernants alliés à leur cause préparaient déjà leur plan d'attaque. Le coup ne serait peut-être pas fatal à Orthon, mais il promettait de l'ébranler suffisamment pour freiner ses ambitions et lui montrer que la terreur qu'il semait pouvait avoir des effets inattendus. Comme la naissance d'une résistance très active et très offensive, par exemple… Et même si les conséquences pouvaient être terribles, les membres de l'Organisation secrète qui venait de se mettre en place s'avéraient être d'une volonté à toute épreuve.

De retour à Washington, les Sauve-Qui-Peut restèrent en étroit contact avec leurs nouveaux amis. L'entraide était de mise pour que le plan réussisse. Toute communication technologique était bannie, il fallut laisser de côté les téléphones et les ordinateurs et trouver des moyens plus sûrs. Les Culbu-gueulards et les Velosos s'avérèrent être les messagers idéaux et ce fut avec un formidable zèle qu'ils se chargèrent de faire la liaison entre les différents gouvernants. Ces derniers s'avouèrent un peu surpris de voir les étranges créatures émerger des tuyaux d'aération ou des conduits de cheminée, mais ils comprirent bien vite les avantages de ce système de bouche à oreille, au sens littéral et très magique du terme. Finalement, rien ne valait le traditionnel contact direct !

Les Devinailles ne furent pas en reste : sans le savoir, tous ceux qui travaillaient au projet étaient au préalable passés au crible de leur formidable intuition. Car c'est seulement après examen des petites poules que les hommes et femmes sélectionnés avaient pu intégrer les équipes secrètes.

— Cœur loyal !

— Honnêteté intégrale !

— Fiabilité aléatoire !

— Esprit retors !

L'expertise des Devinailles était catégorique, leur avis tombait avec la fermeté d'un verdict. Le moindre jugement négatif excluait les candidats concernés. Mais, admis ou non, tous subissaient une amnésie très ciblée : pour le bon déroulement de la mission, rien ne devait subsister de leur entretien d'embauche un peu spécial.

Ce n'était pas la première fois que les habitations des Sauve-Qui-Peut se voyaient transformées en quartier général pour la préparation d'opérations stratégiques. Le loft de Washington ne fit pas exception : au fur et à mesure que les Culbu et les Velosos rapportaient des informations, chacun au sein de la petite communauté s'activait, recoupait et traitait les données, et le projet prenait forme de plus en plus concrètement.

Mais il fallait prendre sérieusement en considération un autre aspect de l'opération en cours : la filature dont Pavel et Oksa avaient été la cible à Nice.

— Vous croyez que nous devrions encore déménager ? s'enquit Marie en insistant lourdement sur le « encore ».

— Non, fit Pavel. Si nous avons pu débusquer Orthon à Detroit, il a tout à fait les moyens de nous pister, lui aussi. Ici ou ailleurs, il nous retrouverait. Pourtant, nous sommes revenus depuis près de dix jours, et nous n'avons rien constaté de suspect. S'il savait où nous sommes, il se serait déjà fait un plaisir de nous le faire savoir !

— À moins qu'il attende que nous baissions la garde pour frapper un bon coup… lui opposa Oksa.

La Jeune Gracieuse n'avait peut-être pas tort et tout le monde en convint. Avec Orthon, on pouvait tout imaginer, surtout le pire. À titre préventif, Abakoum décida de mettre en place un bouclier magique autour de l'immeuble, une mini-Égide sur le modèle de celle qui avait protégé Édéfia de l'intrusion des Félons, quelque temps plus tôt. Par ailleurs, Pavel était si terriblement inquiet qu'il demanda à Marie de démissionner de son poste de pâtissière à la Maison Blanche. Elle le fit à contrecœur et, dégât collatéral, plongea John Cook, le chef qui s'était tant pris d'affection pour elle, dans un désespoir hystérique.

— Et si ce n'étaient pas les hommes d'Orthon qui vous espionnaient à Nice ?

Depuis le retour des cinq Sauve-Qui-Peut, le problème ne cessait de turlupiner Gus.

— Oh, toi, tu as une idée en tête ! s'exclama Oksa.

Elle se colla derrière lui et enserra ses bras autour de la taille du garçon.

— Allez, parle !

— Ça pourrait être les services secrets d'un pays, ou même un seul individu, qui n'a rallié personne, ni le clan d'Orthon ni le nôtre, mais qui a connaissance de votre nature un peu particulière. Souvenez-vous de Peter Carter[1]…

— Oh ! s'écria Marie.

— Est-ce que tous ceux à qui vous avez rendu visite étaient présents à Nice ?

Oksa regarda Abakoum et Pavel d'un air dubitatif.

— Oui, mon garçon, répondit l'Homme-Fé. Ils étaient tous là. Mais ton hypothèse est très intéressante, même si elle a quelque chose d'assez alarmant.

— À partir du moment où nous nous sommes dévoilés, nous avons pris un risque, fit Pavel.

Le ton du père d'Oksa trahissait une certaine rancœur.

— Une vie entière à s'efforcer de cacher ce qu'on est vraiment, à veiller chaque instant à ne pas être découvert… maugréa-t-il pour lui-même. Tout ça pour en arriver là, à courir en pleine rue pour échapper à une espèce d'espion à deux centimes, pas fichu de faire une filature digne de ce nom…

— Oh, Papa…

— Peut-être avais-tu raison, ma fille : il se pourrait bien que nous finissions sur la table de dissection d'une agence gouvernementale secrète ou d'une armée qui aura réussi à nous mettre la main dessus…

— Pavel ! s'écria Abakoum, visiblement choqué. Ce ne sont pas des choses à dire !

— C'est la vérité, Abakoum !

---

1. Dans le tome 1, *L'Inespérée*, les Sauve-Qui-Peut fuyaient un journaliste d'investigation qui avait repéré leur « étrangeté ».

— Oui, mais tu sais très bien que certaines vérités n'ont pas besoin d'être clamées haut et fort, surtout quand elles sont connues de tous.

Le visage de Pavel devint gris.

— Je déplore juste que nous nous soyons autant exposés après avoir dépensé une telle énergie à nous cacher pendant toutes ces années ! fit-il en grinçant des dents. Depuis que je suis né, je n'ai fait que ça : avoir peur qu'on découvre qui j'étais. Et voilà où j'en suis aujourd'hui… Devoir nous mettre en danger, les miens et moi, pour mendier de l'aide auprès des autres…

Une sorte de spasme de colère le coupa. Il voulut poursuivre, mais, en voyant le trouble qu'il venait de jeter, il ne put que se taire.

Marie soupira bruyamment et se planta devant lui, les mains sur les hanches.

— Ça y est ? fit-elle. Tu as fini ta petite crise existentielle de quadragénaire mal dans sa peau ?

Pavel en resta bouche bée.

— Dommage que tu n'aies pas compris que c'était légèrement plus grave que ça, ma chérie, rétorqua-t-il avec animosité.

— Oh, je t'en prie, ne me prends pas pour une irresponsable, en plus !

— En plus de quoi ?

Marie se passa les mains sur le visage avant de lâcher :

— En plus de plomber l'enthousiasme de tout le monde ! Nous sommes sur le point de remporter une victoire capitale et Monsieur se permet de jouer les grands névrosés ! Nous ne pouvons pas agir seuls cette fois-ci, mais est-ce que c'est si grave d'avoir besoin des autres pour s'en sortir ?

Au-delà des mots, elle s'énervait sur l'ourlet de son cardigan en tirant dessus à tel point qu'il commençait à ressembler à un chiffon informe.

— Même nous qui n'avons aucun pouvoir, nous sommes plus confiants en l'avenir que toi !

Un bouton finit par se décrocher et tomba par terre, sonnant la fin des hostilités.

— Tu as tout à fait le droit de douter et d'être mort de trouille, mais tu gardes ça pour toi, s'il te plaît ! conclut Marie. Mince, alors !

Les larmes aux yeux, Oksa lâcha Gus et se précipita en dehors de la pièce. Le jeune homme adressa à Marie comme à Pavel un regard consterné.

— Bravo… dit-il simplement avant de tourner le dos à son tour.

Il sortit de la pièce pour rejoindre Oksa dans sa chambre, pendant que les autres Sauve-Qui-Peut, affectés, s'éloignaient.

Oksa s'était jetée sur son lit. Allongée sur le ventre, le visage enfoui dans ses bras repliés, elle respirait lourdement. Gus s'étendit auprès d'elle et lui caressa les cheveux.

— Tu pleures ?

Oksa tourna la tête. Ses yeux étaient rouges, mais secs.

— Je déteste quand ils font ça !

— Je sais…

— C'était vraiment pas le moment de se disputer.

— Je sais… répéta Gus.

Oksa se tourna sur le côté pour se trouver face à lui.

— Tu sais tout, toi… murmura-t-elle avec gentillesse et gratitude.

— Oui, répondit-il, ses yeux marine pétillants de malice.

Oksa ne put s'empêcher de sourire.

— Et les chevilles, ça va ?

— Oui, ça va bien, merci… fit-il.

— Fais gaffe quand même !

— Promis, ma vieille !

Ce sobriquet avait survécu à l'évolution de leur relation et, chaque fois que Gus l'employait, Oksa en éprouvait un doux réconfort, comme s'il incarnait le lien indéfectible avec l'enfance et l'insouciance des jours heureux.

Elle posa la tête sur son avant-bras et contempla Gus tout en promenant le pouce sur sa joue. Quand elle frôla ses lèvres, il en mordilla la pulpe.

— Tes parents faisaient ça, eux aussi ? lui demanda-t-elle.

— Quoi ? Se caresser voluptueusement ?

— Oh, Gus… ronchonna-t-elle. Je veux dire… Est-ce qu'ils se disputaient parfois ?

Le jeune homme inspira longuement.

— À vrai dire, ça ne leur arrivait pas souvent. Ou alors, ils le faisaient quand je n'étais pas là.

Il regarda Oksa du coin de l'œil. Elle avait l'air si fragile, parfois.

— Mais, tu sais, c'est normal de se disputer, poursuivit-il. Tous les couples se disputent, à un moment ou à un autre. Et quand il y a une pression comme celle qu'on subit en ce moment, les nerfs peuvent lâcher, on est poussé à avoir des réactions un peu vives, à dire des choses qu'on ne pense pas vraiment.

— Quand ils sont en train de se prendre la tête, j'ai l'impression que c'est ma faute alors qu'en fait, ils ne me voient pas, ils ne m'entendent pas. Chaque fois, c'est comme si je n'existais plus à leurs yeux et alors, tout s'écroule autour de moi.

Gus se resserra contre elle.

— Ça ne les empêche pas de s'aimer et de se soutenir envers et contre tout, murmura-t-il. Tes parents sont fous l'un de l'autre, ça crève les yeux. Disons que, parfois, ils ont une petite tendance à l'exagération, ce qui dramatise un peu leurs crises.

— Un peu, oui… concéda Oksa.

— Surtout ton père, ajouta Gus. Enfin… Comme aurait dit Dragomira, les chiens ne font pas des chats…

Oksa se redressa sur un coude.

— Tu ne serais pas en train d'insinuer que les Pollock sont un brin excessifs ?

— Oh, je ne l'insinue pas, je l'affirme ! rétorqua Gus. Dans la famille, vous êtes tous…

Oksa plaqua la main sur la bouche du garçon pour le faire taire. Quand elle la retira, ce fut pour y coller fiévreusement ses lèvres. Il ne se dégagea pas, sauf pour retirer son tee-shirt.

De petits coups frappés à la porte les tirèrent de la rêverie dans laquelle ils étaient tous deux plongés. Oksa ouvrit les yeux, soudain affolée.

— Oui ! Une minute, j'arrive !

Elle attrapa sa chemise, chiffonnée sur le sol, et l'enfila précipitamment. Gus, torse nu, l'observait en souriant.

— Hé, Oksa ? appela-t-il doucement.

La jeune fille se retourna, tout en mettant de l'ordre dans ses cheveux avec une évidente nervosité.

— Quoi ?

— Du calme, tout va bien…

Elle fronça les sourcils et lui jeta son tee-shirt.

— Habille-toi ! murmura-t-elle.

— Tu… On n'a rien fait de mal, tu sais ? ajouta Gus.

— Oui, je sais… répondit-elle avec un clin d'œil.

On frappa à nouveau, plus impatiemment cette fois.

— Entrez !

Pavel apparut dans l'embrasure de la porte. Il marqua un temps d'arrêt, surpris par l'attitude gênée de sa fille et par la posture décontractée de Gus, avant de lancer :

— Une bonne raclette, ça vous tente ?

Le visage d'Oksa s'éclaircit.

— Avec plein de charcuterie bien grasse ? fit-elle.

— Oui, mademoiselle !

— OK, alors on arrive !

Pavel se retira.

— Papa ? l'interpella Oksa.

— Oui ?

Elle le regarda pendant un moment qui parut se suspendre dans le temps comme dans l'espace. Puis elle finit par lui adresser un sourire débordant d'amour.

— On est des costauds, on va y arriver… dit-elle simplement.

Pour toute réponse, Pavel opina de la tête.

— Allez, venez maintenant… lâcha-t-il enfin d'une voix enrouée. Avant que nos goulus compagnons aient réglé son sort au fromage…

25

Des nouvelles d'Édéfia

Oksa ouvrit brusquement les yeux et resta figée quelques instants avant d'admettre qu'elle venait de faire un cauchemar. Ce n'était pas le premier dans lequel Tugdual apparaissait, avec tous ses paradoxes, à la fois victime et bourreau, âme perdue et pourtant si froide.

Au cœur de cette nuit sans lune, la Jeune Gracieuse frissonna. Elle remit en place la couette sur elle en prenant soin de ne pas réveiller Gus qui dormait à poings fermés à ses côtés. Elle cala sa respiration sur celle du garçon et retrouva peu à peu son calme. Ses cauchemars étaient parfois si violents qu'elle avait l'impression d'avoir nagé des heures durant, à contre-courant d'une grande marée d'équinoxe glacée… Elle se sentait épuisée et frigorifiée jusqu'aux os.

Mais dans sa tête, c'était pire. Elle pressa les paumes de ses mains sur ses yeux jusqu'à ce que mille points lumineux se mettent à voltiger sous ses paupières. Comme chaque fois qu'elle faisait ce cauchemar, elle s'était vue en train de tuer Orthon. Cette issue paraissait de plus en plus inévitable, elle s'y conformait et s'y préparait avec plus d'assurance qu'elle ne l'aurait cru, et même avec une sorte d'impatience indicible. Tugdual, par contre, lui posait beaucoup plus de problèmes. À supposer qu'il survive à ce qui allait arriver, comment le libérer de la domination qu'exerçait son père sur lui ? Et comment faire pour qu'il ne soit pas entraîné avec le Félon lorsque ce dernier chuterait enfin ? C'est-à-dire très prochainement puisque le premier acte de résistance de l'Organisation contre Orthon était prévu pour le surlendemain. Nul doute qu'il signerait le début d'un terrible bras de fer. Le plus terrible et le plus impitoyable de tous. Et surtout le dernier.

Oksa soupira et allongea les bras le long du corps. Ses pensées furent interrompues par Gus qui parlait dans son sommeil. À l'instar des cauchemars d'Oksa se répétant sans cesse, les marmonnements de Gus exprimaient toujours la même chose : le manque de ses parents, restés à Édéfia. Même s'ils étaient davantage en sécurité là-bas, la séparation se révélait de plus en plus difficile. Ils se reverraient tous, un jour, quand tout serait fini, bientôt. En attendant, il fallait supporter l'absence, le temps qui passait loin les uns des autres, l'inquiétude.

De temps en temps, Oksa faisait voyager son esprit au-delà des frontières visibles, jusqu'à Édéfia où elle constatait virtuellement comment se portaient ceux qu'elle aimait. La vie s'y écoulait dans une ambiance de ferveur travailleuse, les Du-Dedans retrouvaient peu à peu l'harmonie qui leur avait tant manqué pendant la domination d'Ocious et de ses partisans. La Jeune Gracieuse offrait ensuite à Gus les images de ses rêvoleries par le biais d'une séance de Caméræil dont il sortait souvent animé d'une nouvelle force qui, étonnamment, piquait son cœur comme des larmes piquent les yeux. Ses parents assumaient leurs responsabilités – Jeanne avait été nommée Serviteur des Biens Essentiels par Oksa, et Pierre, Serviteur des Initiations. Ils allaient bien, mais ils n'étaient pas là, à ses côtés.

Oksa se tourna vers lui. La lumière bleutée du radio-réveil donnait à son visage une pâleur sépulcrale assez saisissante, d'autant plus que ses traits ne cachaient rien de la tension qu'il gardait en lui. Elle se colla contre lui, il tremblait tout en étant moite de sueur. Aussitôt, la jeune fille se dit qu'avoir des nouvelles fraîches de Jeanne et Pierre lui ferait un bien fou. Elle se conditionna, ainsi que le lui avait appris le Foldingot, et ne tarda pas à s'échapper d'elle-même pour un petit voyage à Édéfia.

Pavel aperçut Oksa du coin de l'œil alors qu'elle entrait dans la grande pièce commune.

— Salut, ma grande ! Bien dormi ? demanda-t-il, affairé à la confection du petit déjeuner.

— Mmmm… fit-elle.

Devant cette réponse plus que laconique, il l'observa plus attentivement tout en continuant de découper du pain encore chaud.

— Ça fait très star, ces lunettes noires au lever du lit… se moqua-t-il gentiment.

Oksa ne répliqua pas, ce qui était contraire à son habitude. Elle s'installa à table et resta aussi muette qu'immobile. Réceptives, les créatures cessèrent toute activité, le silence devint instantanément pesant. On n'entendait plus que le bacon crépiter dans la poêle sur le feu et le pas rapide du Foldingot s'approchant de sa jeune maîtresse. Il posa sa main potelée sur son avant-bras, en même temps qu'un regard démesuré sur son visage chiffonné et ses yeux rougis.

— Ho, ho… fit Pavel. Quelque chose ne va pas ?

— Non, Papa, ça va. J'ai juste un peu mal dormi.

Il en fallait plus pour rassurer Pavel. Il inspira profondément, posa son couteau et éteignit la gazinière.

Il chargea lourdement un plateau qu'il déposa sur la table, puis se posta derrière la chaise d'Oksa et entreprit de lui masser les épaules.

— Tu as peur pour demain ? demanda-t-il.

— Non… Enfin, je veux dire, oui… bafouilla-t-elle.

— C'est normal et je dirais que c'est même essentiel !

— Essentiel d'être mort de trouille ?

— La peur, c'est comme l'autodérision, ça peut permettre de rester en vie… répondit Pavel. On est peut-être un peu spéciaux, mais on n'a rien de têtes brûlées.

— Un peu, quand même…

Pavel rit doucement.

— C'est vrai, concéda-t-il. Si ça continue, on va pouvoir se reconvertir en authentiques mercenaires.

— Eh bien, j'espère que ça s'arrêtera avant qu'on ne soit devenus bons qu'à ça ! intervint Marie en entrant dans la pièce.

— Oh, salut, M'man !

— Mes hommages du matin, ma charmante… renchérit Pavel, les lèvres tendues pour recevoir un baiser.

Marie répondit à son attente et l'interrogea du regard en indiquant Oksa. Pavel lui répondit par une petite moue attristée.

— Bien, voyons ce que notre cuisinier préféré nous a concocté pour ce petit déjeuner… s'exclama-t-elle en s'asseyant face à sa fille, sans la quitter des yeux. Ah, mais il s'est défoncé, bravo à lui !

D'ordinaire, Oksa aurait souri. Ses parents s'en rendaient bien compte, de même que le Foldingot. La créature attentionnée blêmit et se colla contre la Jeune Gracieuse.

— Tout va bien se passer, je te le promets… murmura Pavel en se penchant vers sa fille.

— Ce n'est pas ce que tu crois, Papa… Elle fut interrompue par l'attitude affolée du Foldingot.

— Ma Gracieuse, la bouche cousue est le conseil… murmura-t-il, les yeux grands comme des soucoupes.

Oksa en resta bouche bée. Elle opina brièvement de la tête et se concentra sur un ongle qu'elle maltraita sans pourtant ressentir aucune douleur. Les autres Sauve-Qui-Peut ne tardèrent pas à les rejoindre et s'installèrent les uns après les autres autour de la table. Gus s'assit à côté d'Oksa, accentuant le fait qu'ils affichaient la même mine défaite.

— On dirait que les amoureux se sont disputés, lança Kukka à brûle-pourpoint.

Gus lui jeta un coup d'œil consterné, mais réussit à garder son calme. Contrairement à Oksa…

— Ferme-la, s'il te plaît ! rétorqua-t-elle d'une voix tremblante. Ce n'est vraiment pas le moment.

La Princesse des Glaces se raidit.

— Je dis ça parce que vous avez tous les deux les yeux drôlement rouges… se défendit-elle.

— On sait combien ça te plairait, hein ?

— Quoi ?

— Qu'on se dispute, Gus et moi.

— Eh bien, vous êtes comme n'importe qui, vous avez le droit de vous prendre la tête, non ? rétorqua Kukka avec une grimace dédaigneuse.

Oksa était si excédée qu'elle paraissait prête à exploser.

— Tu sais, Kukka, il y a des moments où t'es vraiment blonde dans ta tête… assena-t-elle en s'étranglant à moitié.

— Oksa ! s'écria Pavel.

— Qu'elle aille se faire une manucure ou lisser sa sublime chevelure, mais surtout, qu'elle me fiche la paix ! tonna la Jeune Gracieuse.

— Ouh ! s'exclama le Gétorix en faisant mine de s'arracher les cheveux. Il y a de l'eau dans le gaz !

— Ça barde ! renchérit un de ses congénères.

— Oh, mais ça doit être très dangereux, l'eau dans le gaz ! ajouta une Goranov avant de s'évanouir.

— Je ne crois pas, intervint l'Insuffisant. Ça doit juste faire des bulles…

— Ah, parce que tu y connais quelque chose en chimie, toi ? railla un Gétorix.

Marie fit cesser cette avalanche de commentaires en reposant brutalement sa tasse de thé sur sa soucoupe.

— C'est bon, maintenant ? demanda-t-elle d'une voix tendue. Tout le monde a fini de s'exprimer ?

— Le silence tomba comme une chape de plomb au-dessus des têtes.

— On est tous un peu à cran, ce n'est pas la peine d'en rajouter… conclut Marie.

Le Foldingot glissa sa main dans celle de sa maîtresse.

— La domesticité de ma Gracieuse préconise à ma Gracieuse et aux Sauve-Qui-Peut de garnir leur estomac de victuailles.

— Je n'ai pas très faim, répondit Oksa dans un souffle.

— Le présent et les jours futurs sont farcis d'épreuves et l'énergie doit rencontrer le summum.

— Tu as raison, Foldingot ! approuva Pavel. Mangeons et essayons de ne pas envenimer les choses.

Les Gétorix s'apprêtaient à commenter l'expression quand Abakoum leva la main pour les arrêter aussitôt.

— Le débat est clos, rappela-t-il. Pour tout le monde.

Devant son regard sévère, toutes les créatures se carapatèrent dans leur coin et les Sauve-Qui-Peut purent enfin déjeuner dans un calme relatif.

Gus s'agenouilla devant Oksa, assise sur le sol, les genoux ramenés sous le menton.

— Montre-moi, s'il te plaît.

— À quoi bon ? fit Oksa. Tu as compris… Et toi aussi, mon Foldingot, n'est-ce pas ?

La créature acquiesça. Son gros visage rond exprimait une telle tristesse qu'Oksa, malgré son abattement, ne put s'empêcher de le prendre dans ses bras.

— La domesticité de ma Gracieuse rencontre la détention de la connaissance qu'aucune ignorance ne parvient à corrompre. Les Cœurs Gracieux ont la similitude de livres ouverts : votre intendant fait la lecture de la composition de leur esprit, de leurs pensées… de leur respiration, des pulsations de leur cœur…

Il renifla longuement et se détacha avec douceur de l'étreinte de sa maîtresse. Son corps potelé se tassa, ses bras tombant le long de ses flancs jusqu'à toucher quasiment terre.

— Oksa, montre-moi… répéta Gus en s'asseyant à ses côtés.

Le Caméræil se mit instantanément en marche, comme si la Jeune Gracieuse n'avait pas la force – ou la volonté – de s'opposer. Le Foldingot se traîna jusqu'à la porte et la ferma à clé, alors que les images commençaient à défiler sur le mur blanc.

Ils étaient tous là, tous ceux que Gus et Oksa connaissaient et aimaient : Jeanne et Pierre, le clan Knut, les Serviteurs du Pompignac, la jeune Lucy… Ils paraissaient en bonne santé, moins amaigris que la dernière fois qu'Oksa avait rêvolé, mais beaucoup plus sombres. Allongée sur un large lit, Réminiscens posait un regard plein de détresse sur chacun d'eux. Naftali était assis sur le rebord du lit et massait les poignets de cette dernière avec une crème blanchâtre.

— Je… je ne suis pas… prête… balbutia Réminiscens.

— Mon amie… murmura Naftali.

— J'ai encore… tant… à faire… poursuivit-elle.

Ses lèvres étaient desséchées, Jeanne les humecta délicatement avec un linge. Pierre « le Viking » détourna la tête, accablé, et Brune se serra contre lui.

— Ma mission… Oksa… Ma petite Zoé…

Sa poitrine se soulevait lentement et chaque inspiration lui arrachait un rictus de douleur.

— Je ne… peux pas… partir… maintenant…

Ses yeux s'agrandirent et balayèrent la pièce, s'arrêtant avec effroi sur tous ceux qui s'y trouvaient.

— Léomido… Abakoum…

Elle se redressa, puis sa tête retomba sur l'oreiller. Ses mains se crispèrent en agrippant le drap de toutes leurs maigres forces. Son souffle s'accéléra soudain, ses narines palpitèrent de plus en plus rapidement.

Puis tout s'arrêta.

Jeanne ferma les yeux de celle qui avait eu un destin à la fois si tragique et si extraordinaire, et tous autour d'elle laissèrent libre cours à leur peine.

Oksa coupa le Caméroeil, vivement émue de revoir ces images. Le Foldingot restait immobile, comme pétrifié au milieu de la chambre. Quant à Gus, il passa un bras autour des épaules d'Oksa et l'attira contre lui. Les minutes s'écoulèrent ainsi, lourdes et pénibles.

— On ne doit rien dire à personne, lâcha-t-il au bout d'un moment.

— Mais… Abakoum… Zoé… Ils doivent savoir !

— Non, Oksa. Pas maintenant.

Oksa réfléchit. Puis elle s'essuya les yeux et prit la main de Gus.

— Tu as raison, s'ils l'apprenaient aujourd'hui, ça les achèverait.

Gus approuva.

— Ce n'est pas le moment.

26

Le couvercle vert

Il fallut bien se résoudre à faire comme si rien ne s'était passé, comme si tout allait bien à Édéfia. Ainsi que l'avaient décidé Oksa, Gus et le Foldingot, mieux valait garder le silence sur la funeste nouvelle qu'ils venaient d'apprendre, même s'il n'existait pas de « bon moment » pour la communiquer aux autres Sauve-Qui-Peut. Ils séchèrent leurs larmes, dissimulèrent leur peine au plus profond de leur cœur et, tête haute, rejoignirent leurs proches qui s'affairaient aux préparatifs de la première grande attaque contre Orthon.

Étrangement, aucun satellite ni aucune technologie ne parvenait à capter d'images du « Nouveau Monde » du Félon. On pouvait situer le lieu en suivant à distance les fameux camions chargés de marchandises et de matériaux qui s'enfonçaient dans la forêt amazonienne, mais on les perdait toujours au même endroit, comme si, soudain, ils se volatilisaient.

— On dirait une sorte de Triangle des Bermudes ! ne manqua pas de faire remarquer Oksa.

— Sauf que ces véhicules réapparaissent dans la même zone où ils avaient disparu, beaucoup plus légers… précisa Niall.

— J'aimerais bien savoir à quoi ça ressemble, ce Nouveau Monde… soupira Oksa. On ne peut pas y aller en éclaireurs ? ajouta-t-elle en implorant des yeux les Sauve-Qui-Peut. Histoire de voir à quoi s'attendre… Et puis, ça pourrait être très utile pour la préparation de l'opération !

— C'est tentant, mais hors de question ! répondit son père.

— Je ne sais pas pourquoi, mais j'étais sûre que tu dirais ça…

Pavel réprima un sourire.

— Alors, dans ce cas, on peut envoyer un Culbugueulard ! proposa Oksa.

— À votre disposition ! s'exclamèrent en chœur les deux Culbu d'Oksa, le grand comme le junior.

— Mais à une seule condition… fit la jeune fille. Cette mission de reconnaissance ne doit vous faire courir aucun risque.

Elle jeta un coup d'œil au Foldingot qui ne la quittait pas d'une semelle, ou presque.

— Est-ce que ça craint ? lui demanda-t-elle.

— Aucun péril n'accable la mission des êtres Culbubraillards, répondit-il. Mais au-delà de l'expédition culbutienne, le danger n'a jamais voisiné avec une telle proximité. La parentèle de ma Gracieuse et les Sauve-Qui-Peut précieux à son cœur doivent recueillir cette certitude : le Félon-honni-de-tous ne possède plus l'effroi de la perte, ni l'anxiété du décès. Son action ne fait la rencontre d'aucune limite car son être tout entier est bouffi de la certitude de détenir la puissance supérieure sur les humains de Du-Dehors et ceux de Du-Dedans.

Oksa interrogea les Sauve-Qui-Peut du regard. D'habitude, le Foldingot répondait de façon beaucoup plus précise aux questions qu'on lui posait.

— Qu'est-ce que tu veux dire ?

— La domesticité de ma Gracieuse détient la volonté de signifier qu'un être qui ne fait la possession d'aucune crainte est un être d'une dangerosité extrême. Autrefois, quelques scrupules et des bribes d'humanité garnissaient le cœur du Félon-honni-de-tous et engendraient l'empêchement de certains agissements. Aujourd'hui, le cas n'est plus, la conscience n'a plus de subsistance.

L'intendant dévisagea Oksa avec un air de profond regret. Ses paroles semblaient tant lui coûter.

— Le questionnement de ma Gracieuse a-t-il fait l'obtention d'une réponse farcie de satisfaction ? s'enquit-il.

— Orthon ne craint plus rien, alors ça craint pour nous et pour tout le monde… résuma-t-elle avec sa spontanéité coutumière.

Malgré cette mise en garde, les Culbu-gueulards piaffaient d'impatience de se mettre en route pour l'Amérique du Sud.

— Notre Gracieuse veut bien nous permettre une remarque ? s'égosilla le plus grand.

— Oui, bien sûr…

— Nous non plus, nous n'avons rien à perdre !

— À la guerre *gomme* à la guerre ! renchérit le junior, l'élocution toujours aussi approximative.

Oksa chercha l'acquiescement de ses aînés : il était évident pour tous. Alors, elle tendit la main et fit signe aux deux Culbu de se poser sur sa paume.

— Je ne suis pas tout à fait d'accord avec vous, car je crois au contraire que nous avons tout à perdre, leur dit-elle sur un ton infiniment sérieux. Mais cela revient peut-être au même…

Elle caressa leur minuscule tête, lisse et douce comme du velours.

— Allez-y et surtout faites très attention à vous. Pas de zèle inutile, d'accord ?

— À vos ordres, ma Gracieuse ! s'écria le grand.

— À vos *orbres*, ma *Gradieuse !* répéta le junior, à sa façon.

Sans attendre une seconde de plus, ils agitèrent leurs ailes dans un étonnant bourdonnement et disparurent par la fenêtre que le Foldingot venait d'entrouvrir pour les laisser passer.

Quelques heures plus tard, en plein milieu de la nuit, les Culbu-gueulards d'Oksa s'affalaient devant leur jeune maîtresse et les Sauve-Qui-Peut, tirés de leur sommeil par ce retour précoce.

— Vous avez été drôlement rapides ! les félicita la Gracieuse.

Le plus grand des deux informateurs glissa péniblement vers elle un regard agonisant.

— Ce que nous avons vu méritait que nous rentrions à tire-d'aile… fit-il, le souffle brûlant.

— On vous a tiré sur les ailes ? intervint l'Insuffisant, toujours attentif à ce qui se passait autour de lui. Oh, c'est assez fâcheux…

— Mais non, le mou du bulbe ! lança le Gétorix. À tire-d'aile, ça veut dire à toute vitesse, au triple galop, à vive allure. Que des trucs que tu ne connais pas et que tu ne connaîtras jamais, tu vois !

L'Insuffisant se pencha sur les Culbu dont la respiration était sifflante et les yeux vitreux.

— Ah, eh bien, heureusement que je ne connais pas parce que ça a l'air de faire mal, rétorqua-t-il avec une repartie d'une fulgurance inhabituelle. Regardez, on dirait qu'ils sont en train de mourir…

— Pas étonnant avec le froid qu'il fait ! enchaînèrent les Devinailles depuis leur panier rempli de bouts de couvertures, toutes plus chaudes les unes que les autres.

Oksa eut un petit rire nerveux.

— Elles sont… épuisantes… soupira Pavel.

— Et frigorifiées ! s'égosillèrent-elles.

Marie n'y tint plus : elle empoigna le panier des petites poules et le posa directement sur un radiateur.

— Maintenant, vous décongelez et surtout, vous vous taisez ! gronda-t-elle.

— Maltraitance… marmonna une des Devinailles.

— Tsssst, qu'est-ce que j'ai dit ? rappela Marie.

— On décongèle en silence… répondit une autre.

— Parfait ! La première que j'entends, je promets de la descendre à la cave !

Elle revint près des Sauve-Qui-Peut. Pendant que Barbara et Pavel préparaient du thé et du café pour tout le monde, Oksa finissait d'abreuver et de nourrir le grand Culbu-gueulard – le junior, rebaptisé en toute simplicité « le Petit », jacassait déjà avec le Gétorix. De nouveau sur pied, ils étaient prêts à livrer le compte-rendu de leur mission de repérage en forêt amazonienne.

Les coordonnées exactes du fameux Nouveau Monde d'Orthon n'étaient désormais plus inconnues. Sans elles, le montage de l'opération de sabotage restait imprécis. Mais grâce à ces informations de première main, les chances de toucher la cible au plus près venaient de grimper en flèche.

Longitude, latitude, température, altitude, magnitude, composition de l'air, du sol, du sous-sol et des essences d'arbres, taux d'humidité et de pollution… Les Culbu-gueulards étaient des professionnels, doublés de vrais perfectionnistes, et leur rapport n'aurait pu être plus complet.

Ils n'avaient pas rapporté de photos – ils n'étaient pas équipés pour cela et le regrettaient amèrement. Mais la description de leurs observations était suffisamment détaillée pour permettre à chacun d'évaluer l'ampleur des moyens à mettre en œuvre pour ébranler Orthon.

— Vous êtes sûrs de la superficie ? fit Gus.

C'était la troisième fois qu'un Sauve-Qui-Peut leur posait cette question. Les yeux des Culbu roulèrent dans leurs orbites. Oksa fit un petit geste de la main à l'intention de son ami : mieux valait ménager la susceptibilité des dévoués informateurs que la moindre allusion à une éventuelle erreur excédait. D'ailleurs, ils ne prirent même pas la peine de répondre à Gus.

— Cent deux kilomètres carrés… répéta Niall en pianotant sur le clavier de son ordinateur. Ça correspond quasiment à la superficie de la ville de Paris !

— Tous s'entre-regardèrent. Au fond de soi, chacun sentait sa confiance s'émousser. Quelques minutes plus tôt, tout semblait encore possible. Mais ce simple chiffre ébranlait les plus ardents enthousiasmes.

— Arrgghh… grogna Pavel en se passant les mains sur le visage.

— Continuez, les Culbu, intervint Oksa en tentant à tout prix de cacher son abattement. Parlez-nous de la ville que vous avez vue…

Le grand Culbu gonfla le torse et, avant de se lancer, s'équilibra sur son fondement arrondi, les deux bras le long du corps.

— Petit Culbu et moi, nous avons recensé mille cent quatre-vingt-trois immeubles déjà construits et habitables, c'est-à-dire équipés de l'eau et de l'électricité. Ces immeubles varient entre quarante et cinquante étages.

Il s'arrêta un instant, étourdi par ce qu'il était en train de révéler.

— Veuillez pardonner ces approximations, notre Gracieuse, Sauve-Qui-Peut... reprit le Culbu. Nous sommes navrés de ne pas pouvoir être plus précis.

Oksa eut un hoquet de surprise.

— Tu plaisantes ? s'exclama-t-elle. Ou alors, tu es fou ? Comment pourrait-on être plus précis ?

Le Culbu se rengorgea, d'autant plus que le Petit le contemplait avec une admiration sans bornes.

— Continue, je t'en prie, l'encouragea Oksa.

— Selon nos estimations, ces bâtiments représentent environ cinquante-quatre mille appartements, soit une capacité d'accueil de deux cent mille personnes au vu de la taille des logements. Un rapide tour de la cité nous a permis de comptabiliser sept cent cinquante-quatre immeubles en cours de construction...

Oksa lui fit signe de s'interrompre. Tout le monde avait besoin de quelques secondes pour intégrer ce qui se dessinait. Les chiffres et le calcul que chacun faisait mentalement donnaient une idée de l'infamie d'Orthon. Quel que soit le résultat, les évaluations débouchaient toutes sur une évidence atroce : les futurs habitants du Nouveau Monde seraient peu nombreux, très très peu nombreux. Le choc était rude.

— Je n'imaginais pas que la sélection puisse être aussi... sévère... murmura Abakoum, décomposé.

Pavel se gratta la tête, Barbara baissa les yeux, Marie battit des paupières, alors que les ados échangeaient des regards inquiets.

— Il y a donc si peu de gens qui méritent de vivre aux yeux d'Orthon ? poursuivit Abakoum en s'enfonçant dans son fauteuil, la tête renversée en arrière.

— Peut-être est-il en train de construire d'autres cités comme celle-ci ? fit Oksa, pleine d'espoir.

— Je n'en mettrais pas ma main à couper… répondit Mortimer d'un ton amer.

Sa mère risqua un coup d'œil vers lui. Contre toute attente, il la regarda avec un désarroi qui faisait peine à voir. La rancœur des derniers jours s'effaçait dans l'épreuve et Mortimer avait beau être un garçon aux manières parfois abruptes, il n'en demeurait pas moins demandeur d'attention et de réconfort. Barbara ne l'ignorait pas. Elle se rapprocha du comptoir sur lequel il s'était accoudé et prit la même pose que lui. Côte à côte, épaule contre épaule, c'était leur façon à eux de manifester leur solidarité. Et sans savoir vraiment pourquoi, Oksa en éprouvait autant de plaisir que de compassion.

— Orthon est encore plus atteint que ce que je croyais… fit Barbara.

— Raison de plus pour casser ses plans de malade mental ! grommela Mortimer.

— Tout à fait ! lança Oksa. Parle-nous de la ville, Culbu. Comment est-elle établie ? Quels sont ses points stratégiques et où se trouvent-ils ? Tout ce que vous avez vu, le Petit et toi, pourra nous être utile.

— Le *Noubeau* Monde est *gonstruit* en *bond*, commença le junior. Une *mour pylindrique* au *pilieu*, des *zues aumour* en forme de *gercles*…

— Oh… fit Oksa.

À l'instar de chaque Sauve-Qui-Peut, elle s'avouait un peu gênée de devoir demander au grand Culbu de prendre le relais : le Petit était adorable et très doué, mais ses fantaisies alphabétiques ne facilitaient pas la compréhension de ses propos…

— Petit, tu dois respecter la hiérarchie, intervint le grand Culbu. C'est aux aînés de se charger des comptes-rendus !

Le Petit bafouilla une excuse, alors que tout le monde se réjouissait en silence qu'une telle règle existe.

— Je répète donc, annonça le grand Culbu. Le Nouveau Monde est construit en rond avec une tour cylindrique au milieu et des rues autour en forme de cercles…

— Sur le modèle d'Édéfia ! s'exclama Pavel.

— Et de la Colonne de Verre… ajouta Zoé.

— Alors ça, c'est gonflé ! renchérit Oksa.

— Ça vous étonne vraiment ? demanda Mortimer. Mon père est un psychopathe, depuis l'enfance il traîne un complexe d'infériorité qui, peu à peu, s'est transformé en sentiment de supériorité. Il a passé sa vie avec des références bien marquées en tête, son père, l'éducation, Édéfia, les relations avec autrui. Et aujourd'hui, il pousse tout à l'extrême, mais, dans le fond, il ne fait que reproduire… On ne peut pas dire qu'il fasse preuve d'une grande créativité !

— Le Nouveau Monde est son Édéfia à lui, acquiesça Oksa.

— Hum hum… fit le grand Culbu. Nous avons collecté encore quelques informations, notre Gracieuse…

— Pardon ! Vas-y, nous t'écoutons !

— L'édification de la ville est déjà bien avancée. Des installations de recyclage très élaborées sont intégrées aux habitations, sur le principe de l'optimisation de Chaque déchet. Tout est fait pour favoriser l'autarcie, le moindre espace est utilisé pour produire quelque chose : de l'énergie, de la nourriture, des matières premières… Par ailleurs, le Petit et moi avons détecté un immense réseau hydraulique construit en sous-sol. L'eau douce est puisée directement dans les nappes phréatiques des pays voisins et de pratiquement tout le continent sud-américain.

— Mais c'est du vol ! ne put s'empêcher de crier Marie. On ne pompe pas dans les réserves des autres comme ça !

— Il ne s'agit pas seulement de l'eau, poursuivit le Culbu. Des réseaux souterrains identiques ont été établis pour extraire et transporter du gaz et du pétrole jusque dans les réservoirs creusés autour du Nouveau Monde.

— De mieux en mieux ! marmonna Pavel.

— Et les matières premières qu'Orthon a accumulées ? demanda Zoé. D'après tes observations, Niall, les camions continuent d'affluer…

— Le rythme s'est même accéléré, précisa le garçon.

— Les constructions nécessitent des quantités colossales de matériaux, reprit le Culbu. Béton, acier, cuivre, bois, sable… ainsi que les machines et les outils…

— Et personne n'a rien vu ? l'interrompit Marie, complètement révoltée. Ça doit représenter des millions de tonnes !

— Des milliards, corrigea le Culbu.

— Et ces constructions ? poursuivit Marie. Comment une ville aussi grande peut-elle rester invisible ? Elle ne bénéficie tout de même pas des avantages d'Édéfia ?

Elle s'interrompit, les yeux soudain écarquillés.

— Ou alors, Orthon a réussi à détourner le rayon de soleil qui fait d'Édéfia ce qu'elle est… ou ce qu'elle était…

Cette hypothèse glaça les Sauve-Qui-Peut. Toutes leurs pensées convergèrent vers la Terre des origines et ceux qui étaient restés là-bas.

— Non… C'est impossible… bredouilla Oksa. Une telle chose… Ça ne peut pas arriver sans que les Fées nous préviennent.

Elle se tourna, à la recherche de son Foldingot. Il était là, près d'elle, prêt à répondre à tout ce qu'elle pourrait lui demander, y compris à ce qu'elle-même ne pouvait avouer ouvertement – entre autres, sa dernière rêvolerie.

— Édéfia ? fit-elle dans un souffle.

— Notre Terre-perdue-et-retrouvée fait la conservation de son existence et de sa protection, ma Gracieuse ! annonça l'intendant. La non-détection de la cité du Félon-honni-de-tous rencontre l'explication truffée de simplicité et le conseil est donné de prêter les ouïes au Culbu-gueulard car il fait le recel de la connaissance…

Le Culbu se dandina, flatté.

— La forêt est dense, précisa-t-il. Bien agencée, la végétation sert de trompe-l'œil et les concepteurs de la cité en font un usage intensif. Comme nous l'avons dit, les immeubles sont très hauts, mais ils sont bâtis en forme de pyramide aztèque ou de demi-cône avec une multitude de balcons d'où déborde une abondante verdure. Le même principe a été observé sur les toits en terrasses où des arbres au feuillage foisonnant sont plantés. Quant à la tour centrale, ses parois sont entièrement végétalisées. Au sol, on a adapté la végétation à la topographie, les arbres et les plantes ont été taillés en arc de cercle pour que les rues et l'activité des hommes restent invisibles en altitude.

— Un gigantesque couvercle vert ! s'exclama Pavel.

— Par ailleurs, nous avons repéré dix-huit brumisateurs géants qui permettent de réguler la température et de fausser les données des capteurs thermiques. Vu du ciel, l'illusion est parfaite, la détection aérienne et satellitaire se limite aux cohortes de véhicules dans la forêt.

— C'est très ingénieux, commenta Gus.

— Redoutable, tu veux dire ! renchérit Oksa. Du grand Orthon…

— On pourrait presque le sacrer « meilleur écologiste du monde » ! fit remarquer Marie avec une petite moue dégoûtée.

— Et la nourriture ? demanda Oksa à son Culbu.

— Comme le long des rives de l'Amazone, des greniers ont été creusés sous terre pour stocker les denrées alimentaires. Ils sont conçus de forme circulaire autour des immeubles, puis des quartiers et, enfin, de la ville. Ce système de répartition permet à chaque parcelle de subvenir à ses besoins, avec le dernier grenier qui fonctionne comme une réserve générale.

— C'est bien vu, commenta Niall.

— Mais ils seront certainement remplis au dernier moment car, pour l'instant, ils sont presque vides et ne sont utilisés que pour nourrir les ouvriers, précisa le Culbu. Au fur et à mesure que la créature parlait, le jeune informaticien entrait les données dans son ordinateur pour transformer les mots en images.

— Comment tu fais ça ? murmura Zoé, penchée sur son épaule.

— Simple jeu de simulation… répondit le garçon.

Les Sauve-Qui-Peut et les Culbu observèrent ce qui se passait sur l'écran. Niall leur montra déjà un plan en surface du Nouveau Monde, et un autre du sous-sol, tout aussi chargé. Puis il passa sur un troisième fichier montrant la cité en trois dimensions, avec ses immeubles hérissés au milieu de la forêt, coiffés de leur chapeau de verdure. Sur chaque document figuraient les points cardinaux, coordonnées géographiques et autres indications de mesure fournies par le Culbu. Tout ce qui était nécessaire pour faire mouche du premier coup !

— C'est génial ! s'exclama Oksa. Bravo Niall ! Et bravo les Culbu ! Vous avez vraiment assuré.

— Je crois que nos alliés vont apprécier, ajouta Pavel. On va enfin pouvoir passer à l'action.

— Excellent travail, mon garçon ! le félicita à son tour Abakoum.

— Merci… bredouilla Niall, ému.

La reconnaissance des illustres Sauve-Qui-Peut lui allait droit au cœur. Mais c'est de Zoé que vint la récompense ultime, avec un baiser d'une douceur enivrante.

27

La nuit amazonienne

Perchés au sommet d'un arbre gigantesque, les Sauve-Qui-Peut scrutaient le ciel étoilé. Ils étaient tous venus au cœur de l'Amazonie. Être témoin de la destruction de l'œuvre d'Orthon, d'une manière ou d'une autre, était capital pour chacun d'eux, qu'ils soient Du-Dehors ou Du-Dedans.

Le Nouveau Monde du Félon s'étalait sous leurs yeux, fascinant et effroyable à la fois. Même en pleine nuit, il y régnait une activité intense, le fracas des machines résonnait sans interruption, à peine étouffé par la frondaison de l'immense forêt.

Les ouvriers travaillaient d'arrache-pied sous des projecteurs ou à la lueur de leurs lampes frontales qui striaient l'espace de raies blanches.

— Les pauvres… murmura Oksa en s'accrochant au bras de Gus. Ils vont tous mourir…

Le garçon la serra contre lui.

— Orthon ne les laisserait pas en vie, tu sais. Ils ne représentent que des fourmis sans intérêt à ses yeux. Ils ne le savent pas, mais, à partir du moment où ils ont accepté de travailler sur ce chantier, ils ont signé leur arrêt de mort.

Oksa le regarda avec insistance, comme si elle cherchait à le convaincre qu'il avait tort.

— Et s'il avait prévu de leur effacer la mémoire ? objecta-t-elle. Il en a la possibilité !

— La possibilité, oui. Mais certainement pas la volonté. Dans le passé, il avait encore un peu de respect pour la vie humaine. Aujourd'hui, c'est fini. Les millions de personnes qu'il a poussées vers la mort ne doivent pas peser plus lourd qu'un grain de poussière sur sa conscience.

Oksa inspira à fond.

— T'en as pas marre d'avoir toujours raison ? fit-elle en ramenant ses genoux contre elle.

— Fais donc attention à ne pas tomber… répliqua Gus avec un petit sourire en coin.

— Je sais volticaler, je te signale !

— Et tu sais aussi créer des Reticulatas…

Saisissant l'allusion, Oksa fit émerger une méduse-loupe de sa Crache-Granoks. Sur les arbres voisins où s'étaient abrités les autres Sauve-Qui-Peut, répartis en duos, on pouvait apercevoir les mêmes grosses bulles translucides braquées sur la cité. Oksa et Gus firent comme leurs compagnons et observèrent.

Des militaires se tenaient tous les dix mètres, face à la forêt et, sans le savoir, face à l'ennemi. Leurs armes semblaient puissantes, mais, à l'évidence, ils ne possédaient ni capteurs thermiques ou détecteurs de mouvement, ni systèmes de radars terrestres. Sinon, aucun des dix Sauve-Qui-Peut ne serait plus en vie…

Gus dirigea la Reticulata vers le sommet des immeubles, couverts d'arbres au feuillage abondant.

— J'ai l'impression qu'il y a quand même une défense antiaérienne…

Il se plaça derrière Oksa et, du bout de l'index, il lui montra à travers la méduse-loupe les canons dressés vers le ciel et les hommes casqués, postés au pied des engins.

— Orthon est vraiment le plus grand parano que je connaisse ! fit Oksa. C'est quand même abusif, non ? À part ces fichus moustiques qui sont en train de me sucer le sang, qui aurait l'idée de venir se balader au fin fond de cette forêt ?

— Ben… nous ! fit Gus.

— Oui, mais nous, on est de vrais aventuriers ! répliqua la jeune fille en chassant une dizaine d'insectes qui tournoyaient autour d'elle.

— De vrais aventuriers qui ont eu la sagesse de venir par des moyens très conventionnels, en jeep à travers la forêt, comme de simples êtres humains… Imagine le carnage si on était arrivés par les airs ! Même si Orthon a fait son fanfaron, n'oublie pas que vous avez frappé un grand coup à Detroit en venant le débusquer dans son antre. Maintenant, il s'adapte et fait tout pour parer à ce genre de désagrément.

Instinctivement, Oksa chercha des yeux Mortimer et Zoé, ceux dont les liens avec Orthon étaient le plus proches – ces fichus liens du sang, ainsi que le pensaient si souvent sans le dire les deux cousins. Tout cela devait être terrible pour eux. La situation de Barbara n'était pas plus enviable. Avoir été la femme de cet homme pendant plus de quinze ans créait une autre forme de lien, pas forcément plus facile à gérer.

— Tu crois qu'il est là ? murmura Oksa.

— Qui ? Orthon ?

— Oui.

— Ça m'étonnerait. Il a bien trop à faire avec sa campagne électorale. Tu as vu aux infos le marathon qu'il a entrepris ? Il va partout, dans chaque État, pour semer la bonne parole et se faire passer pour le sauveur de la veuve, de l'orphelin et de l'humanité ! Son dernier discours sur la nécessité d'une économie raisonnée était stupéfiant quand on sait ce qu'il prépare en secret. Mais tout le monde fonce dans le panneau ! Quand il veut, il sait être charismatique et très convaincant… C'est quand même dingue de dépenser autant d'énergie dans cette campagne pour, finalement, laisser tous ces gens mourir…

— Il veut connaître ça au moins une fois dans sa vie : être admiré, adoré, respecté ! Tu sais, je crois qu'il pense vraiment ce qu'il dit dans ses discours. Seulement, il ne dit pas tout.

— Parole sélective… commenta Gus.

— C'est un excellent politicien, reconnaissons-lui cette qualité. S'il n'était pas aussi malade, il serait le meilleur.

Gus la regarda, surpris.

— Hé ! On pourrait presque croire qu'il t'a endoctrinée !

— Il n'y a aucun risque, se défendit calmement Oksa. J'essaie juste de considérer les choses avec objectivité.

Le jeune homme resta silencieux un instant. Puis il lâcha :

— T'es en train de sacrément mûrir, ma vieille.

— Il fallait bien que ça arrive un jour… répliqua-t-elle.

Ils continuèrent leur observation, l'esprit en ébullition. La cité ressemblait à une fourmilière hyperactive. Bientôt, elle ne serait plus que cendres et gravats. Malgré sa détermination, Oksa avait beaucoup de mal à accepter ce qui allait se passer : au-delà de la destruction de cette magnifique cité, des êtres humains étaient sur le point d'être tués et leur mort ne serait pas de la responsabilité d'Orthon, mais de celle des Sauve-Qui-Peut. Cette perspective oppressait la Jeune Gracieuse. Elle ne put réprimer un frisson et remonta le col de sa grosse parka kaki.

— Ça va ? s'enquit aussitôt Gus. Tu as froid ?

— Non, je pensais à ces gens là-bas, répondit-elle, les yeux rivés sur les immeubles. Peut-être qu'on en connaît certains.

— Tu veux parler des fils d'Orthon ?

Oksa ne dit rien, mais sa réponse était évidente et Gus en éprouva une grande tristesse. Peu auparavant, c'est plutôt la frustration qui l'aurait envahi et il se serait engagé sur un chemin beaucoup plus caustique.

— Probable que Gregor est là, fit-il sur le ton le plus neutre qu'il pouvait. Tu te souviens qu'il travaillait dans le génie civil... Tout ça est de son domaine.

Même si la situation était claire pour l'un comme pour l'autre, parler de Tugdual était toujours aussi difficile. Alors, ils n'en parlèrent pas et Oksa garda tout au fond d'elle l'espoir que le garçon ne se trouvait pas là, comme un secret aussi inavouable que vain.

Elle regarda sa montre et essaya de lire l'heure dans l'obscurité. Une heure quarante-cinq... Si le plan était respecté et si tout se passait sans encombre, un déluge de flammes tomberait sur le Nouveau Monde dans... un quart d'heure.

Du haut de leur promontoire, tristement privilégiés, les Sauve-Qui-Peut égrenaient le temps qui se précipitait au fur et à mesure que les minutes passaient, puis les secondes. À l'heure dite, ils crurent percevoir une agitation particulière dans la zone où des immeubles étaient en cours de construction. Mais ce n'était que la mise en place d'une grue qui suscitait une concentration de personnes et d'efforts.

Les Sauve-Qui-Peut n'y tenaient plus. L'heure fatidique était dépassée de dix minutes et toujours rien du côté du ciel. Mais soudain, les projecteurs éclairant les zones de travaux furent braqués en l'air et fouillèrent la nuit.

Oksa attrapa la main de Gus. Tous deux entrecroisèrent leurs doigts avec autant de force et d'émotion, de la même façon que Marie et Pavel, Mortimer et Abakoum, Zoé et Niall, Barbara et Kukka. Devant l'imminence de l'attaque, tous avaient besoin de sentir un contact aimant, l'attache avec quelqu'un qui éprouverait et comprendrait exactement la même chose. Souffrait-on moins quand on n'était pas seul ? Oksa s'était souvent posé la question, mais n'avait jamais trouvé la réponse. Il lui semblait juste que c'était moins dur.

L'épaisse futaie tropicale bruissa soudain, comme si elle s'ébrouait. D'innombrables pépiements résonnèrent et des nuées d'oiseaux s'échappèrent pour s'envoler au loin. Un instant plus tard, des sirènes retentirent. Les militaires ceinturant la cité et ceux postés sur les toits se mirent en position de tir avec une fébrilité perceptible. Un singulier silence s'installa, mais bientôt tout le monde put entendre le vrombissement régulier qui s'amplifiait de seconde en seconde.

Quand les drones apparurent, immense nuée blanche, le fracas des armes à terre déchira la nuit d'éclairs bleu et orange. Un des drones de tête explosa en plein vol, emportant deux autres appareils dans sa désintégration. Les débris s'abattirent sur la cité, là où se dressaient les fondations des constructions en cours.

Des cris s'élevèrent, atrocement humains, alors que les drones couvraient peu à peu le Nouveau Monde d'Orthon, tel un enfer céleste. Au sol, les tirs ne cessaient pas. Mais, même s'ils atteignaient leurs cibles, il était déjà trop tard. La mort était là, juste au-dessus.

28

Magie et artillerie lourde

Une pluie de bombes s'abattit dans un sifflement terrifiant. Presque instantanément, d'énormes gerbes de feu apparurent au niveau des multiples points d'impact. Très vite, elles rugirent, puis se mirent à gonfler, démesurément. Certaines étaient si hautes qu'elles léchèrent les drones qui volaient à faible altitude et les attirèrent dans leur brasier pour les engloutir. On aurait dit des plantes carnivores bondissant pour piéger dans leur gueule enflammée de pauvres mouches. Les explosions se succédaient, les bombes entraînaient dans leur sinistre souffle la vie des hommes et tout ce qu'ils s'étaient évertués à édifier.

Le pire ne tarda pas. En s'écrasant sur la tour centrale, un drone provoqua la plus violente déflagration. La copie de la Colonne de Du-Mille-Yeux vola en éclats, projetant des tonnes de verre, de béton, d'acier dans un rayon de plusieurs centaines de mètres. Les architectes de la cité avaient fait un travail exemplaire, une merveille de conception urbaine, affaiblie cependant par un défaut de taille : les réserves de gaz et d'hydrocarbures qui parcouraient les souterrains. Ébranlée, creusée de profonds cratères, la surface du sol se lézarda. La charge explosive du drone libéra une telle énergie qu'elle atteignit les réservoirs et les pipelines, les déchira et les mit à nu. À peine en contact avec le feu, les matières hautement inflammables se transformèrent en une boule de feu dépassant de loin celles en train de réduire à néant l'œuvre du Félon.

Tout ce qui n'était pas encore détruit par la pluie de bombes le fut par les tréfonds combustibles du Nouveau Monde.

La chaleur fut telle que les Sauve-Qui-Peut eurent l'impression de se retrouver subitement dans un four brûlant crachant des projectiles mortels. Tous se recroquevillèrent, les bras en travers du visage dans une dérisoire tentative de protection. Le vacarme était épouvantable et heurtait sans pitié les tympans.

Quand ils redressèrent la tête, Oksa et ses compagnons constatèrent que des débris retombaient sur la forêt. Des arbres prirent feu à quelques mètres devant eux, touchés par des morceaux de métal incandescent. Spontanément, le tatouage de Pavel devint Dragon d'encre pour porter un à un ceux qui ne pouvaient pas volticaler et tous s'éloignèrent aussi vite qu'ils le purent. Une fois qu'ils sentirent que la chaleur était moins vive et le fracas moins terrible, ils se retournèrent. Le Dragon battit mollement des ailes pour se maintenir en vol stationnaire, les Volticaleurs à ses côtés. À distance, le chaos qu'ils laissaient derrière eux se révélait encore plus effroyable. Et si les yeux des Sauve-Qui-Peut s'embuaient de larmes, ce n'était pas qu'à cause de la fumée ou de cette odeur de gaz et de feu.

— Nous avons vu ce que nous voulions voir… lança Pavel d'une voix étranglée. Alors allons-y maintenant, rentrons chez nous.

— Culbu, montre-nous le chemin, s'il te plaît ! ordonna Oksa en extirpant sa petite créature de sa sacoche.

Le Dragon fit volte-face, imité par Oksa, Zoé et Mortimer, et tous suivirent l'informateur silencieux. Leur cœur était lourd et harassé. Causer un tel carnage faisait encore plus mal que ce qu'ils avaient imaginé et, pour le moment, la satisfaction d'avoir atteint Orthon n'arrivait pas à écraser cette peine.

Le Culbu-gueulard plongea bientôt vers la forêt endormie. Le brasier qu'était devenu le Nouveau Monde formait au loin une masse orangée et vibrante, on ne voyait que lui dans la nuit. Les Sauve-Qui-Peut posèrent enfin les pieds sur le sol et le Dragon redevint encre. Ils allaient remonter dans les deux Jeep qu'ils avaient cachées dans l'épaisse végétation, reprendre la route vers la Guyane où les attendait un avion affrété spécialement pour eux par le Président français et s'envoler vers le nord. Il leur tardait de retrouver la sécurité de leur appartement de Washington. Avant d'affronter la suite…

On n'y voyait rien dans le sous-bois. Ceux qui disposaient d'une Crache-Granoks firent jaillir une Trasibule. Les Jeep n'étaient pas loin, Oksa reconnaissait déjà le repère, l'arbre aux énormes racines en forme de vagues, affleurant le sol.

— Ma Gracieuse… fit le Culbu d'un air soudain affolé.

Il n'eut pas le temps de terminer. D'ailleurs, aucun avertissement n'était plus nécessaire : tous les

Sauve-Qui-Peut voyaient l'homme qui les attendait, adossé contre une des Jeep.

— Gregor... murmura Oksa.

C'était bien lui. Malgré les traces de suie et de sang sur son visage, il ressemblait tellement à son père qu'on aurait dit le Félon lui-même, rajeuni de quelques années. Ses vêtements fumaient et exhalaient une forte odeur d'incendie. Son regard luisait d'une farouche volonté de vengeance. Crache-Granoks à la main, il était accompagné d'un essaim de Vigilantes qui tournoyait au-dessus de lui. Plus haut, le claquement mouillé des ailes de Chiroptères Tête-de-Mort trahissait la présence des ignobles chauves-souris.

— Vous vous rendez compte de ce que vous venez de faire ? tonna Gregor.

— Nous vous retournons la question, répliqua Pavel.

Les Sauve-Qui-Peut retinrent leur souffle. Ils étaient dix, Gregor était seul. Mais avec ses Vigilantes et ses Chiroptères, il pouvait faire de sérieux dégâts.

— Vous avez tué des milliers de gens, poursuivit le fils du Félon.

— Vous vous fichez de nous ? rétorqua Oksa, très nerveuse mais déterminée à se défendre. Vous avez massacré des millions de personnes qui n'avaient rien fait et vous prévoyez d'en tuer des milliards, votre père et vous... Ce que nous avons fait est un mal pour un bien.

Tout le monde s'observait, les sens aiguisés.

— Tu n'arriveras pas à nous culpabiliser, intervint Mortimer, à la surprise de tous.

— Tiens, tiens... Mon petit frère le traître... ricana Gregor, de façon un peu trop ostensible.

Mortimer se crispa. Zoé se rapprocha imperceptiblement de lui. Sentant sa présence, il sembla retrouver sa hargne.

— Alors ? lança-t-il avec un air plein de défi. Tu vas faire quoi, maintenant ? Notre père ne va pas du tout apprécier que son beau projet soit anéanti à cause de toi. Tu vas passer pour un incapable…

Ce fut au tour de Gregor de se figer. Il faillit même en faire tomber sa Crache-Granoks. Tel un chien mordant son os, Mortimer ne lâcha pas.

— Ça devait arriver, tu sais ?

— Quoi ? gronda Gregor. Qu'est-ce qui devait arriver ?

— Que tu déçoives notre cher père. Et on peut dire que tu n'as pas raté ton coup ! Je croyais avoir battu le record de la déception, mais là, tu m'as dépassé de très loin. Bravo, je m'incline…

Pendant que Gregor encaissait les coups portés par les mots de son jeune demi-frère, les Sauve-Qui-Peut échangèrent des regards en coin : c'était le moment d'agir. D'un petit hochement de tête, Oksa indiqua qu'elle se portait volontaire. En un éclair, elle rappela sa Trasibule et, profitant de la pénombre dans laquelle elle se trouvait subitement plongée, elle passa à l'attaque.

— Ça, c'est pour Merlin et les parents de Niall ! cria-t-elle en lançant un Colocynthis.

Le corps de Gregor fut instantanément vitrifié.

— Pavel ! cria Abakoum. Là !

Les deux hommes lancèrent une rafale de Feufolettos et réussirent à repousser un premier assaut de Vigilantes qui fonçaient sur les Sauve-Qui-Peut.

Profitant du désordre, Zoé et Mortimer se rapprochèrent d'Oksa.

— Gregor est un puissant Murmou ! s'écria Zoé. Le Colocynthis ne va pas faire effet longtemps !

Avec un regard entendu, Oksa porta à nouveau sa Crache-Granoks à ses lèvres. Aucun des Sauve-Qui-Peut ne pouvait plus se permettre d'agir comme avant. Gregor ne devait plus vivre.

— Attention, Oksa ! lui souffla Gus. Tu dois garder ton Crucimaphila pour Orthon, souviens-toi !

Les effets du Colocynthis commençaient déjà à s'effacer du visage de Gregor.

— Ne réfléchis pas, Oksa ! cria Mortimer d'une voix dure. Achève-le !

— Qu'il crève ! s'exclama Niall.

En entendant cela, le fils d'Orthon écarquilla les yeux et tenta de se débattre. Il réussit à dégager un bras, ce qui le fit hurler de douleur : les os n'avaient pas résisté et s'étaient brisés. Oksa tenta de garder son sang-froid et lui lança un second Colocynthis, au moins pour le faire taire. Puis elle souffla plusieurs fois, comme pour évacuer cette pression qui commençait à lui donner le vertige. Tant qu'elle pensait, elle n'arrivait à rien. C'était terrible, mais c'était ainsi. Alors, elle arrêta de réfléchir, fit le vide dans sa tête et dans son cœur, écarta tout ce qui faisait d'elle ce qu'elle était, cet être humain plein de compassion et de pitié.

Elle rangea sa Crache-Granoks, s'approcha de Gregor et lui assena le plus violent Knock-Bong qu'elle ait jamais produit. Le corps du fils aîné du Félon, transformé en statue de verre, fut projeté en l'air. Il s'écrasa plusieurs mètres au-delà, contre le tronc d'un arbre. Des milliers d'éclats de verre s'éparpillèrent, enfoncés dans l'écorce ou emportés par le ruisseau sillonnant la forêt.

La brutalité de l'explosion interrompit l'offensive des Vigilantes et des Chiroptères qui avaient survécu aux Feufolettos. Les ignobles créatures disparurent en quelques battements d'ailes affolés, laissant les Sauve-Qui-Peut dans un silence suffocant.

29

Manipulations médiatiques

Dans l'avion qui les ramenait à Washington, c'est à peine si les Sauve-Qui-Peut échangèrent quelques mots. Pourtant, le choc de ce qu'ils venaient de vivre les unissait plus que jamais. Mais la violence des dernières heures et leur épilogue inattendu ne pouvaient que les emmurer dans leurs propres réflexions.

L'avion filait vers le nord dans l'aube naissante et tous avaient hâte de retrouver leur foyer, de prendre une douche, une tasse de thé, du repos. Un répit qu'ils savaient momentané car aucun d'eux ne trouverait vraiment la paix, pas de sitôt, en tout cas. La route menant à la victoire était encore longue et, surtout, elle était synonyme de feu et de sang. Car au-delà de ce qui venait de se passer, la perspective d'inévitables représailles était encore plus menaçante. Il fallait se résigner et avancer, le front haut. Car, ainsi que le disait le petit Culbu-gueulard, « à la guerre comme à la guerre ».

Enfoncée dans son fauteuil, Oksa subissait l'assaut de mille pensées qui se chevauchaient, de chiffres qui s'entrecroisaient, de sensations qui se télescopaient bizarrement.

Il avait fallu quelques secondes à Orthon pour exécuter Merlin, sa famille, les parents de Niall.

Un quart d'heure à l'Organisation pour détruire cette énorme ville et anéantir plusieurs milliers de bâtisseurs.

Une minute, peut-être moins, pour tuer Gregor.

Enlever la vie à un être humain, qu'il soit bon ou mauvais, aimé ou haï, était terrible. Mais quand cet être humain faisait partie de votre famille, l'acte prenait une dimension particulière. Gregor n'était pas un Pollock, mais la liaison clandestine de Malorane et d'Ocious faisait que les McGraw et les Evanvleck – la lignée de Réminiscens – étaient liés par le sang à la famille d'Oksa. Leurs arbres généalogiques se croisaient, c'était ainsi.

La Jeune Gracieuse s'agita dans son fauteuil, mal à l'aise. Il lui faudrait du temps pour assumer ce qu'elle avait fait, même si Gregor était aussi dangereux qu'Orthon. Elle jeta un coup d'œil à Mortimer et Zoé dont elle apercevait seulement le profil, quelques fauteuils plus loin. La dureté qu'ils étaient capables de révéler la troublait. Elle se surprit même à les envier et s'en voulut aussitôt. Ils n'avaient vraiment rien d'enviable. Mortimer venait de perdre son demi-frère et, quels que soient leurs rapports, un tel événement n'avait rien d'anodin. Il marquerait, laisserait des traces. Quant à Zoé… Oksa détourna la tête et ferma très fort les yeux. Elle redoutait plus que tout le moment où sa petite-cousine apprendrait la disparition de Réminiscens. Une épreuve à laquelle il faudrait bien se confronter, un jour ou l'autre…

— On est arrivés, fit remarquer Gus en se penchant vers elle.

Elle lui adressa un pâle sourire. Absorbée dans ses pensées, elle ne s'était pas rendu compte que l'avion avait atterri.

— Super… bredouilla-t-elle.

Quand les taxis les déposèrent au début de la ruelle où ils habitaient, les Sauve-Qui-Peut ne purent s'empêcher de lever les yeux vers le dernier étage de leur petit immeuble. Tout avait l'air intact. D'ailleurs, Abakoum y avait veillé en renforçant la puissance de la mini-Égide et en mettant les créatures en lieu sûr : à l'intérieur des deux Boximinus, elles-mêmes placées dans un coffre-fort de la plus grande banque de Washington.

En dépit de ces précautions, Pavel et lui montèrent les premiers par le monte-charge, en éclaireurs. En ces temps difficiles, on n'était jamais trop prudents… Si Orthon savait où les Sauve-Qui-Peut vivaient, nul doute qu'une mauvaise surprise les attendait, sonnant le début de nouvelles représailles.

— C'est bon, venez ! s'écria Pavel en leur faisant signe depuis une fenêtre.

Sitôt dans l'appartement, Niall se précipita vers le bureau et commença à pianoter frénétiquement sur le clavier du plus gros ordinateur, assisté de Zoé.

— On peut vous donner un coup de main ? demanda Oksa.

— Bien sûr ! répondit le garçon. Nous, on s'occupe des États-Unis, vous pouvez faire le reste du monde, si vous voulez.

Oksa et Gus prirent chacun leur ordinateur portable et s'installèrent sur les coussins de sol, pendant que Kukka et Mortimer se juchaient sur les tabourets hauts du bar pour commencer, eux aussi, leurs recherches. Et ainsi qu'ils le faisaient plusieurs heures par jour, ils partirent à l'affût d'informations sur Orthon.

— Je ne sais pas pour vous, mais nous, on ne trouve aucune mention de ce qui vient de se passer en

Amazonie, fit remarquer Niall au bout d'une dizaine de minutes.

— Absolument rien, non plus ! renchérit Mortimer.

— Pourtant, on ne peut pas dire qu'une chose pareille passe inaperçue ! commenta Kukka.

— Oh, il y a juste un petit article sur un site écologique sud-américain à propos d'un incendie dans la forêt amazonienne, annonça Gus.

— Et un autre dans une revue en ligne sur la défense de l'écosystème dans cette région, ajouta Oksa. Attendez, je vous le traduis… Alors, l'auteur de l'article dénonce la surexploitation des ressources dans cette zone, l'incendie géant de la nuit dernière apportant une preuve supplémentaire des ravages écologiques qu'elle provoque. Apparemment, ce n'est pas la première fois que des hectares de forêt partent en fumée…

— Il y a des photos ? demanda Pavel depuis la cuisine ouverte où il préparait un petit déjeuner gargantuesque.

— Deux images aériennes seulement, et on ne voit rien d'autre que de la fumée au milieu de la forêt.

— C'est dingue, quand même ! s'exclama Kukka. À l'époque où on peut tout savoir sur tout, personne n'est capable de voir ce qui se passe réellement !

— La désinformation a toujours été une fascination pour mon… pour Orthon… fit Mortimer d'une voix tendue. J'étais encore petit, mais je m'en souviens, quand il travaillait pour la CIA, c'était un sujet qu'il adorait aborder. D'ailleurs, il n'y a qu'à voir comment il arrive à balayer d'un revers de main toutes les attaques médiatiques qui sont lancées contre lui.

— De quoi veux-tu parler, mon garçon ? demanda Abakoum.

— Depuis quelques jours, certains sites diffusent des infos visant à mettre en doute ses intentions ou à le discréditer…

— Est-ce que ce n'est pas inévitable ? l'interrompit Barbara. Tous ceux qui accèdent à un certain pouvoir voient leur vie décortiquée par les médias et deviennent la cible de détracteurs ou d'opposants, en tout cas dans les démocraties.

— Oui, mais le plus étrange avec ceux qui critiquent Orthon, c'est qu'ils disparaissent tous les uns après les autres, quelques heures seulement après la publication des infos.

— C'est comme si on étouffait dans l'œuf la moindre objection ! confirma Niall tout en continuant de compulser des pages sur son ordinateur. Hé, on va pouvoir vérifier ça en direct, venez voir !

Les adultes se regroupèrent autour du jeune homme pendant que les ados se connectaient sur le site qu'il venait de leur indiquer.

— D'inquiétantes zones d'ombre dans le passé d'Orthon McGraw… lut Marie à haute voix.

Tout le monde s'empressa de parcourir l'article.

— C'est sûr qu'on peut s'étonner, résuma Gus. Les registres de la ville où Orthon est supposé être né et avoir poursuivi sa scolarité ont été réduits en fumée dans un mystérieux incendie… Les photos prises de lui dans les années 1980 montrent qu'il n'a quasiment pas pris une ride… Le vide sidéral entre son passage à la CIA, puis à la NASA, et son arrivée au St Proximus College… Ses séjours en Europe de l'Est dans les années 1970, en pleine guerre froide…

— Il cherchait à retrouver certains d'entre nous à cette époque, précisa Abakoum.

— Regardez bien, avertit Niall. L'article a été posté à 11 h 08. Il est 11 h 15 et dans quelques minutes, peut-être même quelques secondes, il aura disparu.

Il rafraîchit la page… et son avertissement se vérifia : le site était devenu inaccessible !

— Hop, plus rien ! Et c'est comme ça dès qu'il est question d'Orthon dans des termes négatifs ! Tout est fait pour ne donner de lui que des infos hypervalorisantes.

— C'est un classique des plus grands despotes, même à l'ère de la surinformation, précisa Abakoum. Rappelez-vous, il n'y a pas si longtemps encore, cet homme de pouvoir qui s'est mis en scène dans des situations avantageuses pour apparaître comme un super-héros…

— Oh oui ! s'exclama Oksa. C'était comique tellement c'était gros ! Tu te rappelles, Gus ? Un vrai sketch, on en pleurait de rire !

— Oui… Super Président qui aide des cigognes égarées à retrouver leur route en les guidant à bord d'un ULM !

— Et Super Président qui a pêché, torse nu en treillis, un énorme poisson, pour bien montrer ses super muscles ! Le premier communiqué de presse n'était pas assez gratifiant, alors le porte-parole du gouvernement a corrigé et annoncé que Super Président avait attrapé un poisson de plus de vingt kilos !

— Orthon est plutôt fort pour ce genre de démonstrations, lui aussi… soupira Niall en cliquant sur une vidéo. Il vient de faire une donation de vingt millions de dollars à une association d'entraide aux victimes du cataclysme qui a failli détruire le monde…

— Merci les diamants d'Édéfia ! fit remarquer Oksa.

— Et voyez, il joue les modestes en demandant aux médias de respecter ce qu'il estime être un acte personnel et citoyen. Dans ce pays, ce genre d'initiatives revêt une vraie valeur morale. Mais en réalité, tout est fait pour que les projecteurs soient dirigés sur lui.

Le jeune homme avait du mal à cacher son écœurement et sa rage.

— Du coup, il passe pour un homme admirable ! se récria la Jeune Gracieuse. Celui qui consacre une partie de sa fortune aux gens dans le besoin, quelqu'un de profondément humble et bon.

— Et ça marche ! confirma Zoé. Vous avez vu les sondages ? Jamais aucun candidat à une élection présidentielle n'a atteint une telle popularité. Il va gagner haut la main, son adversaire passe pour un amateur ringard.

— Mais je ne comprends pas pourquoi certaines infos ne disparaissent pas, dit Marie. Celle-ci, par exemple : « Orthon McGraw, le probable futur président des États-Unis, serait un alien venu d'une autre planète dans le seul but de conquérir l'humanité tout entière ! »

— Si seulement il voulait la conquérir, et non pas la détruire… marmonna Pavel.

— Comment se fait-il que ce soit toujours en ligne ? Ce n'est pas très valorisant et, de plus, on est très près de la réalité !

— Nous, nous savons combien on s'en approche, expliqua Abakoum. Disons que cela fait partie des fantasmes collectifs, des légendes urbaines de notre monde moderne. Beaucoup de gens croient à ce genre de choses… et beaucoup d'autres pensent que ce ne sont que des inepties. Mais quand de telles théories sont développées comme des informations sérieuses, elles ne font que décrédibiliser tout le reste. Le vrai et le faux, le fiable et l'absurde se mélangent, et ainsi on noie le poisson… Rien de mieux que d'entretenir une folle rumeur pour masquer la réalité, surtout quand elles ne font qu'un !

— C'est bien vu… fit Oksa.

— Ce qui joue aussi en faveur d'Orthon, c'est son côté novateur, ajouta Gus. Il apparaît sur tous les fronts, il est incollable sur n'importe quel sujet. Aux yeux de la grande majorité, il incarne une nouvelle façon de faire de la politique et de gérer un pays. Et puis, il ne se contente pas de faire seulement des discours, comme les autres politiciens. Il agit, il marque des points, les gens adorent ça.

Les Sauve-Qui-Peut affichaient un air dégoûté, ou bien consterné.

— Quand on sait ce qu'il leur réserve… murmura Mortimer.

— Il est très fort, ajouta Barbara.

— Mais pourquoi personne ne s'élève contre lui ? demanda Marie. On ne me fera pas croire qu'il arrive à berner tout le monde ! Il y a forcément des personnes influentes qui savent, les services secrets, la CIA, les médias…

— On peut noyauter, faire pression et réduire au silence n'importe qui quand on a des atouts comme ceux d'Orthon, fit remarquer Abakoum. Je suis également persuadé qu'il a réussi à convaincre du bien-fondé de ses projets beaucoup plus de personnes qu'on ne le pense.

— Marie resta pensive quelques instants, à l'instar de tout le monde dans la pièce.

— Tu as raison, lâcha-t-elle.

— Et tu n'imagines pas combien j'en suis désolé, ma chère Marie…

30

À l'abri des coffres-forts

Abakoum et Oksa suivaient l'homme en costume dans les sous-sols de la banque. Chaque pas résonnait froidement sur le marbre et évoquait le martèlement de bottes militaires.

— Voici, mademoiselle, monsieur… fit l'homme en ouvrant une énorme porte blindée. Je reste à votre disposition. Dès que vous avez terminé ou si vous avez besoin de quoi que ce soit, vous sonnez ici.

Il leur indiqua le bouton rouge, seul élément de couleur au milieu de l'acier terne de la pièce. Puis il tira une lourde grille et s'éloigna.

— Abakoum ?

— Oui, Oksa ?

— Ça va ?

Il y avait longtemps qu'Oksa ne s'était pas retrouvée en tête à tête avec le doyen des Sauve-Qui-Peut – la vie en groupe des derniers mois ne facilitait pas ce genre de moments privilégiés. À la question d'Oksa, l'Homme-Fé baissa les yeux, puis les plongea dans ceux de la jeune fille. Ils exprimaient une telle peine et une si grande lassitude qu'elle en frémit. Être passé près de la mort avait laissé des traces et éteint à tout jamais certaines des petites lumières intérieures qui illuminaient auparavant son regard.

— Nous avons tous connu des jours meilleurs… fit-il après de longues secondes, comme si cette réponse pourtant laconique méritait une réflexion particulière. Une bouffée de tendresse, teintée de tristesse, étreignit Oksa.

— Mais… ça va ? répéta-t-elle.

— Oui, ne t'inquiète pas, ma chère petite… ma Gracieuse.

— Oh, j'aimerais bien rester « ta chère petite », tu sais… « Ma Gracieuse », c'est un peu trop protocolaire, non ?

Abakoum lui adressa un sourire d'une douceur infinie et acquiesça.

— Et toi ? demanda-t-il à son tour. Tu vas bien ?

Oksa répondit aussitôt, avec une petite moue complice :

— Nous avons tous connu des jours meilleurs…

Tous deux restèrent silencieux pendant un moment, dans l'observation bienveillante l'un de l'autre, heureux de se retrouver ainsi.

— Bien… finit par murmurer le vieil homme en s'arrachant à la plénitude de ces quelques instants. Maintenant, nous allons pouvoir libérer nos petits compagnons !

— Abakoum ? l'interpella à nouveau Oksa.

Il se retourna, la clé du coffre-fort à la main. Il ignorait si c'était l'émotion ou l'angoisse qui faisait trembler les lèvres de la jeune fille et briller ses yeux d'un éclat singulier, mais il ne posa pas la question. Oksa en était bouleversée. Pouvait-il deviner ce qui pesait si lourd dans sa conscience ? Ce tiraillement entre la nécessité de lui avouer la mort de Réminiscens et l'appréhension de le briser devenait de plus en plus une torture. Une nouvelle fois, elle capitula.

— Non, rien… marmonna-t-elle en enfonçant les mains dans les poches de son jean.

Il ouvrit un des innombrables coffres et en retira les deux Boximinus qu'il posa sur une table. Leur taille ne manquait jamais d'étonner Oksa : comment des boîtes à peine plus grosses que des boîtes à chaussures pouvaient-elles contenir toutes les créatures et les plantes des Sauve-Qui-Peut ?

— Oh, ça gigote sérieusement, là-dedans ! s'exclama la jeune fille.

Les Boximinus tressautaient sur la table, à tel point qu'elles se déplaçaient par à-coups. Abakoum sortit le scarabée-clé de son Coffreton et le coléoptère vert se glissa dans la serrure des Boximinus. En dépit de la miniaturisation, il régnait un incroyable brouhaha à l'intérieur – comme pour les êtres humains, la vie en communauté comportait certains inconvénients, même dans le confort et la sécurité.

Abakoum et Oksa extirpèrent le Foldingot, porte-parole des doléances de ses camarades. Ses yeux étaient curieusement enfoncés dans leurs larges orbites et son visage poupin couvert de sueur. Il semblait épuisé.

— Ma Gracieuse… Veilleur… souffla l'intendant, revenu à sa taille normale. L'échauffement des humeurs a fait la création de conditions de détention farcies de harassement.

— À ce point-là ? demanda Oksa.

Elle jeta un coup d'œil dans les Boximinus grandes ouvertes d'où émergeaient des cris, de protestation ou de joie, elle n'aurait su le dire.

— Les végétaux nommés Goranovs ont fait les semailles de la panique.

— C'était à prévoir, soupira Abakoum. Pourtant, je leur avais donné une sacrée dose d'Élixir d'Or-Fée... Qu'est-ce qu'elles se sont mis en tête, cette fois-ci ?

— Avant de connaître la chute dans la syncope, elles ont distribué l'opinion que si ma Gracieuse et les Sauve-Qui-Peut subissaient l'incapacité de produire le déplacement, les Boximinus souffriraient de l'emmurement dans les souterrains bancaires et leurs habitants magiques feraient la rencontre d'un décès par dessèchement, famine et aliénation.

Oksa regarda Abakoum et tous deux se retinrent de sourire, alors que le Foldingot continuait son compte-rendu.

— L'affolement a fait la dispense des volatiles nommés Devinailles qui ont communiqué l'expression du soulagement de ne pas décéder de réfrigération. Les créatures Insuffisantes ont aussi connu le bénéfice de la placidité, la panique n'a pas produit l'effleurement de leur esprit.

À ces mots, Oksa ne put s'empêcher de rire franchement en se penchant sur les Boximinus. Toutes les minuscules faces des créatures et toutes les feuilles des végétaux se tendirent vers elle.

— Tout va bien ! fit-elle d'un ton rassurant. On est là, vous ne craignez rien !

Elle hésita, puis ajouta :

— Et sachez qu'on ne vous aurait jamais laissés mourir de faim, de soif ou de froid.

Une clameur jaillit des boîtes : la reconnaissance était unanime.

— Maintenant, on rentre à la maison !

— Laisse-moi seulement le temps de refermer le coffre-fort, veux-tu ?

— À tes ordres ! fit Oksa.

Tout en aidant le Foldingot à retrouver ses compagnons miniatures, son regard fut attiré par une boîte en métal, au fond du coffre-fort.

— C'est quoi ? demanda-t-elle.

Abakoum sourit.

— Rien ne t'échappe…

Il sortit la boîte qui s'avérait plus large que ce qu'Oksa pensait, et souleva le couvercle. La lumière des spots du plafond se refléta sur le contenu, renvoyant mille et un éclats d'un brillant magnifique.

— Oh, Abakoum ! s'écria aussitôt Oksa. Des diamants d'Édéfia !

— Eh oui, ma chère petite…

— Je savais que notre quotidien était assuré grâce à cela, mais j'ignorais qu'il y en avait autant !

Elle ne put s'empêcher de plonger la main dans la masse scintillante.

— Nous en avons moins qu'Orthon, mais cela représente néanmoins une belle fortune, plusieurs millions de dollars au cours actuel des pierres précieuses, précisa Abakoum. De quoi assurer l'avenir, en tout cas…

Oksa le regarda d'un air insistant.

— Mais nous ne devrions pas en avoir besoin, n'est-ce pas ? Car notre avenir, c'est le retour à Édéfia, quand tout ce « bazar » sera terminé… Et c'est pour très bientôt !

Abakoum referma la boîte et le scarabée-clé en scella magiquement la serrure.

— J'ai tellement hâte d'y être, si tu savais… poursuivit Oksa, le regard pensif.

— Tu ne regretteras pas ce monde ?

Oksa le dévisagea avec gravité.

— Je pense souvent au moment où il faudra le quitter et je n'arrive pas vraiment à en éprouver de la tristesse, répondit-elle. Ce n'est pas comme si plus rien n'existait. En tout cas, si tout va bien ici quand nous partirons là-bas, je serai sereine.

Elle sourit.

— Et puis, le lien entre nos Deux Mondes ne mourra jamais, je l'ai bien compris…

— Tu as tout à fait raison… fit écho l'Homme-Fé.

Il tourna le dos à Oksa, replaça la boîte au fond du coffre-fort et le verrouilla. Puis il pressa sur le bouton rouge pour appeler l'homme en costume.

— Allons retrouver la civilisation, à présent ! C'est un peu oppressant, ici…

La ruelle était déserte quand Abakoum et Oksa s'y engagèrent. Le contraste était grand avec l'avenue qu'ils venaient de quitter et son trafic de fin de journée. Le calme soudain en paraissait presque irréel. Les uniques signes de vie se résumaient à la fumée blanche des chaudières crachée à travers les soupiraux et les silhouettes des Sauve-Qui-Peut qui formaient des ombres à travers les fenêtres de l'appartement. D'ailleurs, les lumières du troisième étage étaient la seule source d'éclairage de la petite artère.

Boximinus en bandoulière autour du buste, Abakoum et Oksa s'avancèrent sur le mince trottoir. Cependant, malgré l'impatience de retrouver leur foyer, leurs pas se faisaient prudents et leurs regards méfiants.

— Il y a quelque chose qui cloche… murmura subitement Oksa.

Abakoum acquiesça en silence. Ils s'immobilisèrent tous les deux et scrutèrent la ruelle, les murs, les corniches des immeubles, le ciel de plomb tavelé de sillons orangés.

— Écoute ! souffla Abakoum sans bouger d'un cil.

Oksa sollicita sa Chucholotte. Aussitôt, un crépitement lui parvint, désagréable, irritant, qui lui fit penser au grille-pain quand il avait lâché, quelque temps plus tôt.

— De l'électricité ?

— Je ne crois pas, répondit Abakoum. Mais j'ai plutôt l'impression que quelqu'un, ou quelque chose, essaie de franchir notre bulle protectrice !

Instantanément, ils sortirent leurs Crache-Granoks et se collèrent contre le mur. Le Curbita-peto d'Oksa se mit en mouvement, c'était loin d'être bon signe.

Plus ils approchaient de leur bâtiment, plus le bruit devenait perceptible. Mais ils ne voyaient toujours rien.

— Je vais appeler Gus… fit Oksa en se saisissant de son téléphone portable. Gus ? On est dans la rue… Regarde discrètement par la fenêtre, s'il te plaît, et dis-moi si tu vois quelque chose de bizarre…

Cinq secondes plus tard, la réponse tombait.

— Quoi ?!? s'étrangla Oksa. T'es sûr ?

Gus était si affolé au bout du fil qu'Abakoum pouvait entendre le son de sa voix… et le mot « Chiroptère » ! Oksa leva la tête et distingua enfin le monstre ailé qui se heurtait à la mini-Égide. À chacune de ses tentatives, une petite gerbe d'étincelles électriques jaillissait. Pourtant, il ne renonçait pas, malgré la souffrance qu'il devait certainement ressentir.

— Il n'est pas là pour nous faire du mal, lâcha Abakoum.

Oksa fronça les sourcils. Un Chiroptère pacifique ? Difficile à concevoir…

— Il veut montrer qu'il est là… ajouta Abakoum.

Les réflexions cheminèrent à toute vitesse dans l'esprit de la jeune fille.

— Il a quelque chose à nous communiquer ! s'exclama-t-elle. De la part d'Orthon !

Ni une ni deux, elle opéra un Magnétus : le Chiroptère fut tiré en arrière par le pouvoir magnétique de la Jeune Gracieuse et s'écrasa à ses pieds, complètement désarticulé. Elle manqua lui donner un bon coup de talon, mais se retint juste à temps.

— Laisse-moi faire, dit Abakoum.

Oksa resta debout, pendant qu'il s'accroupissait. Il retourna la chauve-souris inerte, souleva ses ailes et ne mit pas longtemps pour trouver ce que son maître voulait que les Sauve-Qui-Peut découvrent : une clé USB en guise de collier.

Ou en guise de hache de guerre à jamais déterrée…

31

L'invitation

Pavel était sûrement le plus affecté de tous par la venue du Chiroptère. La sécurité des siens avait toujours été une priorité pour lui et il avait fallu une seule petite chauve-souris pour tout ébranler.

— Orthon sait où nous sommes…

La tête entre les mains, il ressassait cet unique constat.

— Pavel, s'il te plaît, arrête de te focaliser là-dessus ! répliqua Marie. Si Orthon voulait vraiment nous tuer, il l'aurait déjà fait depuis longtemps, tu ne crois pas ?

Elle soupira bruyamment.

— Il agit comme un chat avec une souris, poursuivit Marie. C'est un jeu cruel visant à faire le plus de mal possible.

— Et on peut dire que cette ordure est un surdoué en la matière… fit Niall, la mâchoire crispée.

— Pardon, Niall… murmura Marie en se mordant la lèvre. Je ne voulais pas te blesser.

— Je sais, Marie, dit Niall. Tu as raison, la mise à mort n'est que la cerise sur le gâteau pour lui. C'est tout ce qui se passe avant qui l'intéresse le plus.

Les dix Sauve-Qui-Peut ne quittaient pas des yeux la clé USB, posée sur la table basse. Tous redoutaient ce qu'elle contenait.

— On ne va pas rester plantés là ! s'emporta soudain Mortimer.

Le garçon était en sueur. Ses paupières clignaient vivement, il paraissait au bord de l'asphyxie.

— Vous permettez ? lança-t-il d'une voix rauque.

La question s'avérait formelle puisqu'il avait déjà la clé en main et se dirigeait vers le bureau. Contrairement aux autres Sauve-Qui-Peut, Abakoum ne se leva pas. Sa tête reposa en arrière, contre le dossier du fauteuil. Barbara le rejoignit, plia ses jambes sous elle et glissa sa main dans celle du Veilleur. Ils ne voulaient simplement pas voir ce qui allait s'afficher. Entendre serait bien assez terrible.

— Qui croyez-vous être pour oser me défier comme vous venez de le faire ?

La voix d'Orthon résonnait dans tout l'appartement. En la reconnaissant, les créatures se sauvèrent en direction des chambres, alors que les Sauve-Qui-Peut sentaient toutes leurs forces les abandonner. Ce ton rappelait à Oksa sa première confrontation avec le Félon, dans un labo de St Proximus. Puissance mille…

D'après ce qu'on pouvait voir sur l'écran, Orthon se trouvait sur une galerie surplombant une salle immense, pleine de matériel électronique et d'écrans de contrôle autour desquels s'affairaient des hommes et des femmes, tous vêtus à l'identique.

— La Michigan Central Station de Detroit… murmura Oksa, à l'intention des Sauve-Qui-Peut qui n'avaient pas participé à la première expédition.

Le visage du Félon affichait une expression troublante, à la fois douloureuse et triomphante, ne laissant présager que le pire. Le discours se poursuivit sur l'écran.

— Ne vous bercez pas d'illusions, fit-il à mi-voix. Vous n'êtes pas plus forts que moi. Vous ne l'avez jamais été et vous ne le serez jamais.

La façon qu'il avait de contenir sa rage se révélait plus effrayante que sa rage elle-même. Ses pupilles passèrent du gris aluminium au noir, chacun se sentit pétrifié par son regard d'encre.

— Vous avez tué mon fils, la chair de ma chair… assena-t-il en détachant chaque syllabe. Puis vous avez saccagé ce qui m'était cher… mon œuvre… Vous avez remporté une victoire, je vous avais sous-estimés, vous et vos alliés, je le concède.

Son visage se rapprocha encore de la caméra qui le filmait.

— Mais vous ne parviendrez pas à me jeter à terre !

Sa voix vibrait comme le tonnerre.

— En détruisant ce qui comptait pour moi, vous pensiez peut-être que j'allais abandonner mes projets. Vous avez toujours été d'une telle naïveté, c'est pathétique… Ce que vous venez de faire, ces actes d'une barbarie innommable, me touche au plus profond de mon âme, mais cela ne m'arrête pas, bien au contraire ! Au lieu de me freiner, vous n'avez fait que précipiter l'inéluctable et rendre l'échéance plus proche encore…

Son regard devint perçant et mauvais comme celui d'un boa ayant repéré sa proie.

— Vous allez mourir bientôt, encore plus tôt que ce qui était prévu. Oh, rassurez-vous, vous ne serez pas seuls ! Tous ces êtres inutiles qui empêchent les hommes tels que moi d'accomplir leur destin seront emportés avec vous. Je n'aurai même pas à me salir les mains pour que vous disparaissiez : vous mourrez parce que vous ne pourrez pas faire autrement, parce que votre vie ne vaudra plus rien et que la mort lui sera préférable. Avant qu'elle ne vous emporte, vous allez souffrir, beaucoup souffrir.

Un rictus de jubilation étira ses lèvres fines. La perspective de ce qu'il allait dire semblait effacer sa colère et sa peine.

— Mais je discute, je discute, et je ne vous parle même pas de la toute prochaine étape ! fit-il.

Le petit rire qui fusa aurait achevé de convaincre les plus sceptiques de la folie sans limites du Félon.

— Une étape importante pour vous comme pour moi, puisqu'elle concerne Édéfia et notre Chère-et-Tendre-Petite-Gracieuse…

Il se tapota négligemment le menton, alors que ces mots faisaient l'effet d'un coup de poignard dans le cœur des Sauve-Qui-Peut.

— Je vous devine surpris, poursuivit-il. Oh, vous n'aviez pas compris ? Alors, dans ce cas, votre étonnement est excusé et, comme je suis d'une générosité sans bornes, je suis prêt à vous offrir le privilège… que dis-je… la chance inouïe de vivre tout cela en direct !

Il inspira lentement avant de continuer :

— Je vous invite donc tous à venir me rejoindre afin que nous assistions ensemble à un grand événement, en bons Du-Dedans que nous sommes. Et pour preuve de ma magnanimité, que ceux qui ne sont pas tout à fait des nôtres viennent aussi. Après tout, eux aussi ont le droit de comprendre les raisons de leurs souffrances avant de mourir…

Il fit mine de balayer négligemment une poussière sur son costume impeccable, puis lâcha :

— Une voiture vous attend au bas de votre immeuble à dix-sept heures précises et vous conduira à l'héliport de la Maison Blanche. À très vite !

L'écran devint noir, le silence accablé, la douleur ravageuse. Pavel se leva et enfouit le visage dans le creux de l'épaule de Marie, pendant qu'autour des Sauve-Qui-Peut se formait peu à peu un halo pailleté d'or.

— Baba… murmura Oksa.

Troisième partie

Le tout pour le tout

32

L'étoile mère

Les murs tremblèrent soudain si fort que plusieurs objets tombèrent et se fracassèrent sur le sol. Les lampes se mirent à clignoter irrégulièrement, la luminosité décrut, puis s'intensifia de façon aléatoire, faisant claquer quelques ampoules.

Les Fées Sans-Âge s'infiltrèrent à travers le rideau de fer du monte-charge et entourèrent la silhouette fantomatique qui flottait maintenant au milieu de la pièce. Oksa et les Sauve-Qui-Peut avaient tout de suite reconnu son allure altière et ses nattes enroulées en couronne autour de la tête. Dragomira était venue parmi eux, à un des pires moments de leur vie.

— Baba… répéta Oksa d'une voix étranglée par la peine. C'est atroce…

Le halo frémit en projetant l'éclat de mille paillettes d'or sur les murs. La Jeune Gracieuse se sentit tituber. Et si Dragomira venait pour annoncer la mort de Réminiscens ? « *Non !* hurla-t-elle dans sa tête. *Pas maintenant ! Pas déjà ! Personne ne le supportera après ce que nous venons de vivre !* » Elle se surprit à croiser les doigts.

— Je sais, ma Douchka… résonna la voix tant aimée.

Oksa prit ces mots pour un sursis.

— On n'aurait jamais dû tuer Gregor ! s'écria Gus.

— De telles décisions sont difficiles à prendre et à assumer, mais qu'auriez-vous pu faire d'autre ? C'était inévitable…

— Oui, mais on n'a fait qu'aggraver les choses !

— Et maintenant on va tous le payer très cher, renchérit Pavel.

Le halo de Dragomira pâlit sensiblement.

— Mon fils… Comme tu me manques, toi aussi… murmura la Vieille Gracieuse.

Solidaires et compatissantes, les Sans-Âge se rapprochèrent d'elle.

— Malgré ce que vous venez tous de subir, il va vous falloir être plus forts que jamais, reprit Dragomira. Orthon est devenu une machine qui s'emballe, un rouleau compresseur qui ne veut rien laisser derrière lui. Car, vous l'avez compris, au-delà du danger qui pèse sur l'humanité, il s'apprête à nous donner le coup de grâce.

— Il faut que tu nous expliques, Baba… murmura Oksa, oppressée.

— Tout commence par l'étoile… déclara Dragomira avant de s'interrompre.

Les Sauve-Qui-Peut s'entre-regardèrent.

— On sait qu'il se prépare à la détruire, indiqua Abakoum. S'il y parvient, le manteau protecteur d'Édéfia n'existera plus, ce qui entraînera de grandes souffrances pour notre peuple et notre terre.

La silhouette de Dragomira se tourna vers lui, scintillante.

— Abakoum, mon regretté Veilleur… Malheureusement, c'est plus grave et je crois que tu sais pourquoi. N'est-ce pas, mon ami ?

Abakoum regarda Oksa avec douleur. Il inspira et annonça, à contrecœur :

— L'étoile et les Gracieuses sont profondément liées… Le halo scintilla de plus en plus fort.

— Je me souviens… fit Oksa à mi-voix. Quand j'ai été intronisée dans la Chambre de la Pèlerine, l'Empreinte a quitté mon nombril et rejoint l'univers.

— Oui, et toutes les Gracieuses avant toi ont vécu cela lors de leur passage dans la Chambre, expliqua Dragomira. Sauf moi qui ai connu un destin contrarié… C'est la manifestation de notre appartenance à l'étoile mère. Mais un autre phénomène agit en nous : l'étoile se régénère au fur et à mesure grâce à l'énergie des Gracieuses qui quittent le monde. Et réciproquement, c'est elle qui donne leur légitimité aux Gracieuses en titre. Leur légitimité et leurs pouvoirs…

Oksa sentit sa gorge se serrer. Elle se mordilla l'intérieur de la joue, ses paupières battirent à toute vitesse, ainsi que son cœur.

— Tu veux dire que si l'étoile meurt, je n'aurai plus de pouvoirs ? demanda-t-elle, à court d'air, en repoussant de toutes ses forces les larmes qui montaient.

Dragomira ne répondit pas. Oksa se tourna alors vers Abakoum. L'Homme-Fé ouvrit la bouche pour répondre, mais aucun son ne réussit à sortir.

— Baba ? s'affola Oksa. Dis-moi !

— Est-ce qu'Oksa pourrait… mourir en même temps que l'étoile ? lança Pavel d'un ton brutal et terriblement nerveux.

— Si c'est ça, dis-le, Baba ! Il vaut mieux qu'on sache !

— Il n'y a jamais eu un tel risque sur l'étoile, reprit enfin Dragomira. Mais les Sans-Âge sont formelles…

Oui, si l'étoile est détruite, elle t'entraînera instantanément avec elle dans le néant.

Oksa eut un haut-le-cœur, alors que Marie plaquait la main sur sa bouche, comme pour s'empêcher de hurler.

— Tu veux dire que… je mourrai aussitôt ?

La silhouette de Dragomira se fit plus nette. On arrivait presque à distinguer l'expression de son visage.

— Oui, lâcha-t-elle.

Elle s'approcha au plus près d'Oksa. Si elle n'avait pas été immatérielle, nul doute qu'elle l'aurait étreinte de toutes ses forces.

— C'est ce qui se passerait, confirma-t-elle. Même si ce n'est pas ce que recherche Orthon en priorité…

— Explique-nous, Baba…

— En faisant disparaître le manteau, Orthon ouvrirait les portes d'Édéfia, qui deviendrait alors une terre de convoitise irrésistible pour les Du-Dehors. Orthon serait le premier à puiser dans les richesses de notre terre pour agrandir sa fortune déjà considérable. Ensuite, nul doute qu'il en profiterait pour anéantir lui-même notre peuple. Depuis son retour manqué, sa soif de vengeance n'a fait qu'empirer, il est avide de punir ceux qui l'ont rejeté. Quant à toi, ma chère petite, que tu meures en même temps que l'étoile mère lui importe peu. À ses yeux, ce ne serait qu'une revanche personnelle sur les Sauve-Qui-Peut.

Le halo et les Sans-Âge perdirent soudain de leur intensité.

— Nous ne pouvons rester plus longtemps, avertit Dragomira. Mais désormais, vous connaissez l'urgence de votre tâche et ses terribles enjeux.

Les Sauve-Qui-Peut ne pouvaient se montrer plus abattus. Le cumul des chocs avait un effet paralysant sur leur corps comme sur leur esprit.

— J'espère de toute mon âme vous revoir tous sur notre belle terre, à Édéfia, bientôt…

La voix de Dragomira était à peine audible et les signes de sa présence, à l'instar de celle des Sans-Âge, s'effaçaient peu à peu.

— Interrogez le Foldingot et détruisez la fusée, vite !

Ce furent les derniers mots que les Sauve-Qui-Peut entendirent avant que les Gracieuses défuntes ne disparaissent complètement, telles des volutes de fumée chassées par le vent.

Oksa regarda autour d'elle. Ses parents étaient livides, Gus la dévisageait d'un air désespéré, Abakoum affichait un visage fermé, comme si rien ne devait sortir de lui. Plus loin, Mortimer se tenait face à la fenêtre, les épaules tombantes, le dos voûté. Barbara s'approcha de lui et ils restèrent ainsi, côte à côte. Quant à Niall, il s'était recroquevillé en chien de fusil sur un canapé, la tête sur les cuisses de Zoé qui lui caressait doucement les cheveux, ses yeux dénués d'expression braqués sur Oksa. Kukka aussi était bouleversée – comment ne pas l'être ? – et le regard qu'elle adressa à Oksa convainquit la Jeune Gracieuse qu'elles n'étaient pas aussi ennemies qu'elle le pensait. La détresse de Kukka était grande, elle souffrait comme n'importe lequel des Sauve-Qui-Peut. Dans des moments durs comme celui qu'ils affrontaient tous, il n'était plus question de rivalité. Les mesquineries, c'était bon pour le quotidien ordinaire, pas quand l'un d'eux était en danger de mort.

Le silence était épouvantable, personne ne trouvait même plus la force de pleurer. Oksa se tourna et chercha son Foldingot des yeux. Il était là, tout près, la mine si défaite qu'elle le dévisagea comme si elle le voyait pour la première fois, les yeux écarquillés, bouche bée.

— Ma Gracieuse…

— Mon Foldingot… bredouilla Oksa.

— Ma Gracieuse doit réceptionner le conseil de l'antécédente Gracieuse-tant-aimée de faire la soumission du questionnement à sa domesticité, chuchota l'intendant.

Le malheureux tremblait tant que ses jambes, pourtant courtaudes et fortes, avaient du mal à le porter.

— Oksa ? murmura Pavel.

La jeune fille frissonna.

— Oui… Pardon… bredouilla-t-elle.

Elle se passa les mains sur le visage et s'accroupit face au Foldingot – elle aussi avait du mal à tenir debout. Les Sauve-Qui-Peut se tournèrent dans leur direction avec la raideur de zombies et leur prêtèrent la plus grande attention.

— Mon Foldingot, on sait qu'Orthon va envoyer une fusée pleine de charges nucléaires pour détruire l'étoile qui protège Édéfia. Mais comment va-t-il la localiser ? Où se trouve-t-elle ? Et comment faire pour empêcher la fusée de décoller sans risquer que la bombe explose sur Terre ? Le sais-tu ?

Le Foldingot avait le plus grand mal à cacher la panique qui s'emparait de lui. Il renifla et gémit :

— Le questionnement est truffé d'abondance, ma Gracieuse, et la domesticité de ma Gracieuse fait la détention d'un cerveau d'une étroitesse lamentable.

— Prends ton temps, le rassura Oksa. Mais pas trop, quand même… ne put-elle s'empêcher de préciser.

L'intendant ferma un instant ses gros yeux globuleux, devenus vitreux à force d'angoisse. Quand il les rouvrit, il semblait avoir retrouvé tous ses moyens.

— Ma Gracieuse, Sauve-Qui-Peut, seul le Félon-honni-de-tous a la possession du jalon garni de précision sur le positionnement de l'étoile mère. Mais il ne connaîtra pas le besoin de produire des calculs, ni de faire la trouvaille de son chemin dans l'espace.

— Que veux-tu dire ? demanda Oksa.

— Ooohhh, se lamenta le Foldingot. La domesticité de ma Gracieuse a fait le don d'une explication percée d'imperfections, ooohhh…

— Non ! s'exclama Oksa, impatiente. Tu es parfait ! Parle-nous de ce jalon, s'il te plaît.

— Le Félon-honni-de-tous a fait l'abus de la confiance du frère de l'antécédente Gracieuse, Léomido. Quand le Grand Chaos jetait la turbulence à Édéfia, le duo fraternel s'est emparé du jalon dans la Mémothèque et a fait l'attribution au père du Félon-honni-de-tous.

— Ocious détenait le jalon ? s'étonna Abakoum.

Le Foldingot acquiesça et reprit :

— La main du Félon honni a repris la propriété du jalon après le parricide.

Oksa posa la question que tous avaient en tête :

— C'est quoi, ce jalon ?

— Une portion de l'étoile mère, à l'abri d'un Coffreton, répondit le Foldingot.

— Oh ! s'exclama la jeune fille. Et… ça marche comment ?

— Le principe fait la similitude avec l'aimant. Quand le Coffreton fera le don de l'ouverture par le Félon honni, le jalon et l'étoile mère vont engendrer l'attraction magnétique et connaître la retrouvaille.

— Orthon va installer le jalon sur la fusée qui transporte la bombe ! précisa Oksa en poursuivant la logique des informations du Foldingot. La fusée va foncer vers l'étoile et Orthon la fera exploser dès que le jalon entrera en contact avec elle ! C'est imparable…

— Il n'y a qu'un moyen pour empêcher que cela arrive, intervint Pavel.

— Détruire la fusée avant qu'elle décolle ! s'exclama Oksa.

— La fusée fera l'abandon de la surface terrestre dans deux cent vingt soixantièmes d'heure… précisa le Foldingot.

Oksa manqua de s'étrangler.

— Tu ne peux pas parler comme tout le monde, de temps en temps ?

— Je crois qu'il veut dire que la fusée va décoller dans trois heures et quarante minutes, fit Gus en se prenant la tête entre les mains.

— Quoi ?!?

— L'ami cher au cœur de ma Gracieuse possède la vérité en bouche, confirma le Foldingot.

— C'est foutu… murmura Kukka.

Oksa l'obligea à la regarder. Ses yeux reflétaient la plus intense détermination que les Sauve-Qui-Peut aient jamais vue chez la jeune fille.

— Non, c'est pas foutu ! assena-t-elle. Je n'ai pas du tout l'intention de laisser Orthon me tuer comme ça, figure-toi ! On va accepter son invitation et voir sur place comment l'empêcher de faire décoller cette fichue fusée…

— On n'a pas vraiment le choix, fit remarquer Pavel.

— Nous n'avons plus assez de temps pour mettre en place un plan, il va falloir improviser, mais l'invitation d'Orthon nous évitera au moins d'avoir à lutter contre ses sbires ! fit observer Abakoum.

— Très juste ! approuva Marie.

— Et une fois à l'intérieur, on applique la technique du ver dans la pomme, on met fin à ce cauchemar et on s'installe enfin à Édéfia où on coule des jours heureux… et tranquilles… surtout tranquilles… conclut Gus.

Oksa lui adressa un sourire, un peu triste et inquiet, et regarda la pendule.

— Il est dix-sept heures, annonça-t-elle. Je crois qu'on est attendus et ce serait vraiment malpoli d'arriver en retard.

Avant que la grille ne se referme sur le monte-charge, elle parcourut du regard l'appartement avec un pincement au cœur. Comment tout cela allait-il se finir ? Reviendrait-elle ? Elle serra les poings, inspira à fond et tenta de chasser toutes les pensées qui polluaient son esprit.

Oui, elle reviendrait.

33

Accélération

Trois énormes 4 × 4 noirs aux vitres teintées étaient garés au pied de l'immeuble. Sans dire un mot, les chauffeurs leur ouvrirent les portières. Sur le revers de leur veste apparaissait le logo ô combien symbolique de la flamme descendant du ciel pour envelopper l'étoile à huit branches.

— Au cas où on oublierait de quoi il s'agit… marmonna Oksa avec amertume.

Les chauffeurs démarrèrent en trombe et débouchèrent sur l'avenue en forçant le passage entre les autres véhicules, nombreux à cette heure de pointe. Des klaxons retentirent, des pneus crissèrent sur l'asphalte, mais les 4 × 4 poursuivirent leur chemin sans y prêter la moindre attention, comme si rien ni personne n'existait autour d'eux.

Les points de contrôle aux abords de la Maison Blanche furent franchis un à un avec une facilité déconcertante : à l'approche des trois voitures, les barrières s'ouvraient aussitôt. Aussi ne fallut-il que quelques minutes pour rejoindre l'héliport où les attendaient deux autres hommes en combinaison noire ornée du même logo que les vestes des chauffeurs. Un gros hélicoptère luisait sous les projecteurs de la piste.

— Markus Olsen… fit remarquer Niall en montrant l'un des hommes. Le mercenaire recherché par une dizaine de gouvernements…

— Et j'ai déjà eu affaire à l'autre, indiqua Pavel. On s'est « croisés » dans les sous-sols de la Michigan Station. L'espace d'un instant, la pensée que l'homme soit animé d'un désir de vengeance l'effleura. Mais il restait impassible, à peine un froncement de sourcils en reconnaissant Pavel.

— C'est Amos Glucksman, ancien membre des services secrets israéliens… précisa Niall.

Oksa le regarda avec étonnement.

— Tu les connais tous ?

— Disons que j'ai récolté quelques infos à leur sujet… et constitué des dossiers.

— Tu as déjà pensé à travailler pour la CIA ?

Niall lui fit un sourire très énigmatique.

— Si on arrive à sortir vivants de ce pétrin, je te promets que j'étudierai la question !

Le rotor de l'hélicoptère se mit à tourner dans un vrombissement étourdissant, sonnant l'heure du départ. Les Sauve-Qui-Peut montèrent à bord, sous le regard imperturbable des hommes d'Orthon, et s'installèrent sur les banquettes molletonnées. L'autorisation de décoller fut donnée, l'hélicoptère s'éleva au-dessus de la Maison Blanche. Oksa regarda défiler, puis disparaître, les lumières de Washington. Elle soupira, l'air tourmenté. Les mêmes questions qu'elle s'était posées en quittant l'appartement revenaient à l'assaut, encore plus mordantes.

— Ma Gracieuse doit faire la conservation de l'espoir, murmura le Foldingot.

Seul le petit intendant voyageait à découvert, les autres créatures étant à l'abri dans les Boximinus, portées par

Barbara et Kukka – le clan des Sauve-Qui-Peut ne pouvait être plus au complet.

— Oui… balbutia Oksa.

Le Foldingot était sagement assis à ses côtés et ne la quittait pas des yeux.

— La survivance connaît la probabilité gorgée d'importance.

— C'est une information ou un vœu d'encouragement ? demanda-t-elle avec une vivacité qu'elle regretta aussitôt.

Elle n'eut pas le temps de s'excuser : le Foldingot, dénué de toute susceptibilité, répondait déjà :

— La domesticité de ma Gracieuse connaît l'incapacité de procéder au tour du pot et fait le don de ce qu'il sait.

Oksa se mordilla la lèvre.

— Alors, j'espère que tu as raison. Vraiment.

Elle détourna la tête et chercha la main de Gus. Il la trouva avant elle et la serra fort.

Il semblait à chacun qu'en temps normal, il fallait beaucoup plus de temps pour rallier Detroit à Washington. Pourtant, à l'approche de la Michigan Central Station, tous durent admettre qu'ils arrivaient à destination. Déjà… L'hélicoptère se posa en douceur à quelques dizaines de mètres, sur le terrain vague couvert de hautes herbes dans lesquelles les cinq Sauve-Qui-Peut s'étaient cachés lors de leur première visite.

Des gerbes de poussière gonflèrent autour de l'engin, puis restèrent suspendues en tourbillonnant mollement pendant un instant quand le rotor s'arrêta. La nuit était tombée depuis un moment, il faisait très sombre. Plus loin, la silhouette de la bâtisse géante se dressait, comme un mur percé d'ombres menaçantes prêtes à jaillir de chacune des innombrables fenêtres.

— C'est... fascinant... ne put s'empêcher de murmurer Marie devant la beauté architecturale déchue.

— Par ici, s'il vous plaît ! firent Markus Olsen et Amos Glucksman.

Les mercenaires s'adressaient pour la première fois aux Sauve-Qui-Peut, sur un ton d'une politesse irréprochable mais autoritaire. Ils guidèrent les Sauve-Qui-Peut jusqu'à l'entrée de la gare où deux plantons lourdement armés étaient postés, à l'abri des colonnes. Des Vigilantes volaient au-dessus de leurs têtes, presque plus dissuasives que la posture martiale des gardes munis de leurs fusils d'assaut...

Markus précéda les dix hôtes d'Orthon, Amos ferma la marche et tous pénétrèrent dans le hall hérissé de colonnes massives.

Saugrenu au milieu des gravas, un tapis rouge partait du seuil et semblait tracer un chemin de sang. Tout le monde avança d'un pas hésitant, les mains moites, la gorge sèche. Des braseros, disposés tous les cinq ou six mètres le long du tapis, diffusaient une lumière restreinte et vacillante qui rendait le lieu aussi grandiose que lugubre. Au-delà du chemin rouge, la vision de la pénombre glaçait le sang.

Le rythme s'accéléra, les Sauve-Qui-Peut se mirent à marcher plus vite, forcés de se caler sur les deux mercenaires qui pressaient le pas. Tout le monde sentait clairement le compte à rebours approcher de son terme. Le Foldingot, gêné par sa petite taille et ses jambes courtes, haletait et trébuchait. Oksa l'attrapa, il se serra contre elle et entoura les bras autour de son cou.

— Ooohhh, gémit-il. La domesticité de ma Gracieuse fait la rencontre de la surcharge éléphantesque…

— Tu n'es pas si lourd… le rassura-t-elle.

Il fourra sa grosse tête dans le creux de l'épaule de la jeune fille.

— Il reste combien de temps ? demanda-t-elle.

— La fusée farcie de la bombe atomisante connaîtra l'adieu du sol terrestre dans quatorze soixantièmes d'heure, ma Gracieuse.

Le cœur d'Oksa fit des soubresauts dans sa poitrine. Quatorze minutes pour arriver jusqu'à Orthon et l'empêcher de faire décoller cette fichue fusée sans être tué au préalable par son armée de mercenaires surarmés… Même si les Sauve-Qui-Peut bénéficiaient d'une supériorité numérique en termes de pouvoirs magiques, la mission avait tout d'une catastrophe annoncée. Et malgré les paroles réconfortantes du Foldingot sur les probabilités de victoire, Oksa ne pouvait se retenir de penser qu'il lui restait peu de temps à vivre. Très très peu. Elle tourna la tête, à la recherche du regard d'un des siens. Elle capta celui de son père, puis celui de Gus, et y lut la même panique que chacun tentait d'écraser par une farouche envie d'en finir pour de bon avec ce cauchemar interminable.

Le groupe se trouva bientôt devant la fresque annonciatrice du pire des scénarios : la destruction des Deux Mondes. Ceux qui ne l'avaient pas encore vue l'observèrent brièvement.

— Ça n'arrivera pas… fit Gus.

Oksa voulut répondre, mais sa gorge était si serrée qu'elle n'y parvint pas. Plus loin, on pouvait distinguer l'ouverture aménagée dans le mur et menant dans les interminables souterrains. La porte blindée qu'Oksa avait eu tant de mal à traverser était grande ouverte, comme si on les attendait. Pourtant, le rendez-vous avec Orthon semblait avoir lieu ailleurs, ainsi que l'indiquait le tapis rouge qui continuait vers le centre de la bâtisse.

Pressés par les deux mercenaires, les Sauve-Qui-Peut parcoururent les couloirs à une allure de plus en plus rapide, ce qui ne faisait qu'accélérer le sentiment d'affolement et altérer toute réflexion. En réalisant les effets de cette précipitation, Oksa eut une idée.

— Papa ! chuchota-t-elle. Des Excelsiors, vite !

Ces Capaciteurs ne serviraient peut-être à rien, mais mieux valait mettre toutes les chances de leur côté, même si elles paraissaient terriblement réduites. Pavel glissa en toute discrétion à chacun des Sauve-Qui-Peut la fameuse petite gélule à base de cheveux de Gétorix et au fort goût de terre.

Devant eux, la luminosité s'accroissait, alors que les premiers signes d'activité humaine leur parvenaient.

Les distances se rétrécissaient, le temps se précipitait, le moment tant redouté approchait.

Tout allait se jouer là. Maintenant.

34

La souricière

— Ah ! Vous voilà !

Aveuglés par une lumière vive braquée sur eux, les Sauve-Qui-Peut reconnurent Orthon sans le voir. Sa voix était identifiable entre toutes, grave et vibrante d'autosatisfaction. Oksa sentit des gouttes de sueur glacée couler sur son front et le long de son dos. Elle frissonna, autant de froid que de peur, et reposa le Foldingot sur le sol avant de jeter un coup d'œil fiévreux à ses compagnons, ses parents, Gus. Tous se rapprochèrent d'elle pour l'entourer dans un geste de protection instinctive.

— Quel timing parfait ! poursuivit le Félon. Vous êtes tout à fait à l'heure, c'est merveilleux ! Mais rassurez-vous, jamais je n'aurais commencé sans vous…

Son sempiternel petit rire grinçant agaça prodigieusement ses interlocuteurs. Les projecteurs qui les éblouissaient finirent par être dirigés ailleurs que sur eux. D'un regard acéré par l'Excelsior, ils scrutèrent, observèrent, analysèrent les lieux avec autant de sang-froid qu'ils le pouvaient en ces circonstances.

Sans avoir quitté le rez-de-chaussée, ils se tenaient pourtant en hauteur, sur une galerie surplombant une salle ronde creusée très profondément dans les fondations.

Tout autour étaient installés des promontoires fermés par des cloisons de verre, tels que celui où on venait de les conduire. Des hommes et des femmes y étaient concentrés devant des ordinateurs et des écrans de contrôle.

Au centre de cet aquarium géant, la fusée trônait comme un trophée. Elle n'était pas très grande, une vingtaine de mètres, tout au plus, et d'un gabarit étroit. Rien d'impressionnant… Et pourtant, ce qu'elle représentait faisait terriblement froid dans le dos. Sa pointe était reliée à une passerelle métallique et, en se penchant, les Sauve-Qui-Peut pouvaient apercevoir des volutes de fumée blanche s'échappant de sa base. Un système de conduites sillonnait le sous-sol et aspirait la fumée pour l'évacuer à l'extérieur. En regardant au-dessus d'eux, ils comprirent que le cœur de l'ancienne gare avait été débarrassé de ses planchers et de ses murs pour ne plus ressembler qu'à une coquille vide. Le toit, dix-huit étages plus haut, avait été percé pour laisser le passage à l'engin quand il décollerait. On pouvait même apercevoir les étoiles à travers le trou – peut-être l'une d'entre elles était celle sur laquelle tout reposait.

— La rampe de lancement… fit Gus.

— Bravo, monsieur Bellanger !

Orthon applaudit, l'air dément et monstrueux. Il paradait désormais au bord de la passerelle, à quelques mètres de la pointe de l'engin.

— Comment a-t-il fait pour m'entendre ? marmonna Gus entre ses dents. J'ai à peine murmuré…

— Oh, mais depuis le temps que nous nous connaissons, nous n'avons plus rien à nous cacher, n'est-ce pas ? rétorqua le Félon, renforçant le malaise des Sauve-Qui-Peut.

Son ouïe était peut-être exceptionnellement développée, mais sa vision devait être gênée par les lumières vives braquées sur lui et sur la fusée. Abakoum fit signe à tout le monde de se taire et de continuer d'observer.

Leur situation était simple, ils se trouvaient dans une impasse : derrière eux, le dernier couloir qu'ils avaient emprunté, long d'une trentaine de mètres, sans d'autre issue que son entrée. Devant et au-dessus d'eux, une paroi de verre. Oksa s'avança en retenant son souffle et se colla contre le mur transparent. Elle exerça un maximum de pression sans quitter Orthon des yeux. « Pourvu qu'il ne remarque rien… » pria-t-elle de toutes ses forces. Mais elle dut très vite se rendre à l'évidence : Orthon avait tout prévu, elle n'arrivait même pas enfoncer le bout de son petit doigt, la matière résistait, encore bien plus que l'acier de la porte blindée. Comprenant sa tentative, Zoé et Mortimer l'imitèrent… et échouèrent de la même façon.

— Bien ! Maintenant, nous allons passer à ce qui nous intéresse tous ! claironna Orthon.

Un écran géant se déroula face aux Sauve-Qui-Peut, montrant peu à peu le Félon. Quand il releva la tête, torse bombé et bras tendus en avant, Oksa ne put s'empêcher de lever les yeux au ciel.

— Rock star de pacotille… ironisa-t-elle.

Le regard plein de suffisance du Félon apparut en gros plan sur l'écran.

— C'est un tel plaisir pour moi que vous puissiez voir le moindre détail de ce qui va se passer !

Un compteur digital le remplaça bientôt. En même temps qu'un compte à rebours s'affichait en gros chiffres rouges, une voix désincarnée égrenait les secondes.

— Cent vingt… cent dix-neuf…

— Qu'est-ce qu'on peut faire ? chuchota Oksa, les yeux agrandis par la peur.

— Rien ! répondit Orthon à distance. Vous ne pouvez ab-so-lu-ment rien faire, sauf admirer le spectacle ! Quant à moi, j'ai une dernière formalité à accomplir, vous permettez ?

Il s'engagea sur la passerelle métallique et atteignit la pointe de la fusée. Quand il sortit une boîte de la poche intérieure de sa veste, les Sauve-Qui-Peut serrèrent les poings, de rage et de frustration. Et leur impuissance décupla lorsque le Félon mit des gants, souleva le couvercle de la boîte et en retira un objet qu'il exhiba fièrement : une bille de la taille d'un noyau de cerise. La caméra zooma à l'extrême et dévoila ce qui apparaissait à l'intérieur comme des mouvements gazeux s'enroulant autour d'un minuscule point, sorte de cœur solide et fixe.

— C'est beau, n'est-ce pas ? fit Orthon.

Il ouvrit une petite trappe dissimulée dans la pointe de la fusée et y plaça la bille.

— Cinquante-quatre… cinquante-trois… annonçait la voix synthétique du compte à rebours.

Puis Orthon tapota la trappe, avec un dernier regard conquérant en direction des Sauve-Qui-Peut, et plongea. Tous se penchèrent pour le suivre des yeux, mais ils le perdirent vite. La fumée blanche s'échappant des réacteurs était de plus en plus dense, on ne voyait presque plus rien de la fusée, si ce n'était son sommet qui les narguait.

— Trente-sept… trente-six… décomptait mécaniquement la voix.

Orthon réapparut très vite dans une des pièces transparentes disséminées sur la galerie, face à ses « invités ». Il poursuivit la provocation en leur faisant un petit signe de la main.

— Il est passé par l'intérieur ! fit remarquer Gus. Le verre doit être infranchissable, même pour lui.

Il n'en fallut pas plus pour que les Sauve-Qui-Peut se retournent et se ruent vers le couloir par lequel ils étaient arrivés. Quand ils furent tous projetés en arrière, brutalement arrêtés par une barrière invisible, ils comprirent avec horreur qu'ils ne pouvaient pas passer par là.

— On est piégés comme des rats ! s'affola Marie.

Oksa, Mortimer et Zoé s'élancèrent alors de toutes leurs forces contre la paroi de verre, comme s'ils voulaient la défoncer à grands coups d'épaule. Mais ils ne réussissaient qu'à se faire mal. Ce qui semblait beaucoup amuser Orthon… Ils tentèrent tout ce qu'ils pouvaient, Tornaphyllons, Knock-Bong, Colocynthis, Feufolettos… Rien à faire : le verre n'avait même pas une rayure.

— Vingt-deux… vingt et un… fit la voix automatique.

— Poussez-vous ! cria Pavel.

Les Sauve-Qui-Peut reculèrent aussi loin qu'ils le purent dans le couloir. Le Dragon d'encre de Pavel émergea de son dos et lança une gerbe de feu sur la cloison. Les flammes léchèrent le verre, sans plus de résultat.

— Oh, quel acte insensé… résonna la voix d'Orthon au-dessus d'eux. Vous avez failli griller votre famille et vos amis !

Fous de colère, Pavel et son Dragon se précipitèrent dans le couloir. Si le barrage invisible n'avait pas cédé à la pression d'Oksa et de ses amis, peut-être le Dragon en viendrait-il à bout. Mais de la même façon, le père d'Oksa et son tatouage vivant furent arrêtés en plein élan. Ils roulèrent tous deux sur le sol, les ailes de la créature affreusement tordues, le souffle chaud et heurté.

— Douze… onze…

La fusée se mit à vibrer, les passerelles et les structures métalliques oscillèrent dans un cliquetis impressionnant.

— Huit… sept… annonça la voix.

Les Sauve-Qui-Peut, immobiles et impuissants, étaient au comble de l'angoisse. Oksa se mordit violemment la lèvre, du sang perla, mais elle ne sentait rien d'autre que les battements de son cœur tambourinant dans sa poitrine.

— Quatre… trois…

De rage, Pavel donna un coup de poing dans la vitre. En face, Orthon souriait.

— Deux… un…

Juste avant que la fusée ne décolle, les Sauve-Qui-Peut entraperçurent Tugdual, austère, à côté de son père.

— Zéro…

Il y eut un court silence, intense comme ces moments suspendus, annonciateurs des pires catastrophes. Puis, de sa tonalité sans âme, la voix proclama le clou du spectacle – ou le coup de grâce, selon le point de vue…

— Mise à feu !

Alors, la fusée s'éleva lentement, mais avec une puissance irréductible, pendant qu'un panache de fumée vaporeuse enflait par le bas, tel un gros nuage immaculé. Les passerelles s'effondrèrent, des pierres et des gerbes de poussière tombèrent des murs ébranlés, la gare tout entière paraissait sur le point de s'effondrer.

De leur promontoire, Sauve-Qui-Peut et Félons, Du-Dedans et Du-Dehors regardèrent l'engin s'extirper des profondeurs du sous-sol et passer à quelques mètres seulement. Les uns avec jubilation, les autres avec effroi.

35

Question de choix

La fusée continua de monter, comme en lévitation, à l'intérieur de la colonne de dix-huit étages. Dans une trajectoire parfaitement verticale, elle se dirigea droit vers le toit ouvert et s'y glissa, tel un fil dans le chas d'une aiguille, et s'échappa dans le ciel étoilé.

Quand la fumée poussiéreuse et le vacarme furent retombés, jamais les Sauve-Qui-Peut ne s'étaient sentis aussi désespérés de toute leur vie.

— Ça ne va quand même pas se terminer comme ça ? murmura Oksa, livide.

Prenant la question pour lui, le Foldingot se planta devant sa maîtresse.

— La domesticité de ma Gracieuse a la capacité de fournir la réponse négative ! dit-il avec une énergie en complet décalage avec l'état d'esprit général.

— Excuse-moi, mon Foldingot, mais j'en doute.

— Il y a forcément une solution, marmonna Gus.

— Non, Gus ! lui opposa Oksa. Parfois, il n'y en a pas…

En face de leur piège de verre, les autres pièces transparentes laissaient voir les techniciens à la solde d'Orthon, tous en pleine concentration sur leurs ordinateurs. Le Félon avait disparu, mais Tugdual était là, aux côtés d'un jeune homme qui lui montrait quelque chose sur un écran. Zoé et Pavel se mirent en tête de lui faire des signes. Ils frappèrent la vitre, crièrent, lancèrent des Feufolettos, réussissant à s'attirer le regard furtif et flegmatique de ceux qui travaillaient, puis celui de Tugdual, indéchiffrable. Mais tout le monde semblait avoir autre chose à faire que de s'occuper des prisonniers. Tout au fond d'elle, Oksa en ressentit une amère déception.

— Il n'en a rien à faire de nous, vous n'avez toujours pas compris ? s'emporta Kukka. Il est pourri jusqu'à la moelle, depuis le jour où il est né…

— Arrête, Kukka ! ordonna Abakoum.

L'Homme-Fé intervenait rarement quand l'un des ados tenait ce genre de propos. Aussi sa demande eut-elle une portée particulière. La jeune fille eut un hoquet de surprise et rejeta ses cheveux en arrière, mortifiée.

— Tugdual est sous l'emprise de son père et ne pourra s'en défaire que lorsque celui-ci sera mort, assena le vieil homme, les sourcils sévèrement froncés.

— C'est-à-dire pour l'éternité puisque, vu notre situation, il y a peu de chances que nous puissions arrêter ce fou furieux !

— C'est ça, rajoute encore une couche, Kukka… marmonna Mortimer.

— Je crois que j'ai le droit d'être un peu à cran, répliqua la jeune fille sur un ton acerbe. Ma vie était vraiment belle avant tout ça ! Mon merveilleux cousin a tout gâché et, depuis que je vous connais, ça ne fait qu'empirer…

— Super… grommela Gus en lui jetant un regard noir. Surtout, ne nous encourage pas trop, on pourrait finir par croire qu'on peut s'en sortir…

Kukka s'apprêtait à répliquer, toutes griffes dehors, mais le regard d'Abakoum et des parents d'Oksa l'en dissuada. Chacun essaya tant bien que mal de retrouver son calme, dans un silence oppressant.

— À votre avis, il faudra combien de temps à la fusée pour trouver l'étoile mère ?

La voix d'Oksa était presque méconnaissable tant elle était étranglée. Les Sauve-Qui-Peut s'entre-regardèrent.

— Je crois qu'aucun d'entre nous n'en a la moindre idée, Oksa… répondit Gus.

— Et toi, mon Foldingot, tu sais ?

Le petit intendant secoua la tête de bas en haut et dit, très nettement à contrecœur :

— Le serviteur de ma Gracieuse exprime la préférence que les créatures Culbu-gueulardes fassent le don de la réponse…

Oksa gémit.

— C'est si proche ?

Les gros yeux du Foldingot devinrent vitreux. Il ouvrit la bouche, mais aucun mot ne put en sortir. Oksa tira les deux Culbu de sa sacoche. Avec leurs bras pendant le long de leur corps et leurs pupilles largement dilatées, ils semblaient en état de choc. Oksa tapota leur petite tête avec délicatesse et les remit à l'abri. « Tout compte fait, je préfère ne pas savoir dans combien d'heures ou de minutes je vais mourir… » se dit-elle.

C'était sans compter sur Orthon.

— Que vous êtes impatients ! résonna la voix du Félon, jaillie de nulle part. Allons, allons, il faut que vous attendiez encore un peu… Mais soyez rassurés, pour rien au monde je ne manquerai de vous informer quand l'étoile mère sera en vue, prête à être détruite !

En écoutant le Félon, Pavel contenait très mal sa colère. Les veines sur son cou et ses tempes étaient si gonflées qu'elles paraissaient prêtes à exploser.

— Et quand bien même j'oublierais, vous comprendriez immédiatement que le grand moment est arrivé en constatant que notre Chère-et-Tendre-Petite-Gracieuse nous a quittés…

Les yeux de Pavel s'injectèrent de sang. Il scruta fébrilement de tous les côtés, sans savoir où, ni sur quoi, arrêter le regard.

— Nous ne vous laisserons pas faire sans nous battre ! tonna-t-il.

Le rire d'Orthon fusa aussitôt, railleur.

— Oh, mais battez-vous, alors ! Je suis vraiment curieux de voir comment vous allez vous y prendre ! En attendant, permettez-moi de vous laisser, j'ai du travail. À très vite…

Les deux mains plaquées sur ses cheveux, Oksa expira tout l'air contenu dans ses poumons dans un profond soupir. Sa mère se colla derrière elle et enserra sa taille.

— Oh, Maman…

De son côté, Pavel examinait la barrière invisible qui leur bloquait la seule issue. Abakoum et Gus le rejoignirent, pendant que Mortimer et Niall observaient les joints de la paroi de verre. Les uns et les autres tâtaient, pressaient, grattaient, frappaient partout, à la recherche d'une rainure, une encoche, une aspérité… Une possibilité… Kukka sanglotait, assise par terre. Barbara essayait de la consoler, sans grande conviction.

— Essayons avec l'Insuffisant, proposa Abakoum.

Il le sortit de la Boximinus et tout le monde se prit à espérer à nouveau. Lors de l'Entableautement[1],

1. Voir tome 2, *La Forêt des égarés*.

en quelques postillons bien ciblés, l'Insuffisant avait réussi à anéantir les Léozards, ces terribles créatures mi-lion mi-lézard qui faisaient au moins cent fois sa corpulence. Alors, peut-être viendrait-il à bout d'une paroi de verre…

— Tu veux bien cracher, s'il te plaît ? lui demanda Abakoum.

Il lui montra la vitre, marquée des empreintes de mains des Sauve-Qui-Peut.

— Là… indiqua-t-il à l'Insuffisant qui regardait tout autour de lui d'un air distrait.

Considérant la vitre, l'être étrange parut plongé dans une réflexion abyssale. Sa face de morse fatigué formait de nombreux plis vers le bas, pendant que son corps se ramollissait.

— Ça risque de faire des saletés, fit-il remarquer.

— Ça n'a aucune importance, le rassura aussitôt l'Homme-Fé avec une patience admirable.

L'Insuffisant semblait toujours hésiter.

— Qu'est-ce qu'il y a ? intervint Pavel.

— Je ne me souviens plus…

— De quoi tu ne te souviens plus ?

L'Insuffisant dévisagea un à un les Sauve-Qui-Peut, s'arrêta un peu plus sur Oksa, et répondit :

— Je me souviens de vous avoir déjà vus quelque part, mais je ne sais plus où.

— Ce n'est pas très grave, fit Abakoum avec un maximum de douceur.

La petite voix du Gétorix parvint d'une des deux Boximinus, restée entrouverte.

— C'est vrai que ça ne fait *que* quelques années qu'on se connaît… Encore un siècle et il se rappellera parfaitement les gens qui vivent avec lui vingt-quatre heures sur vingt-quatre…

— Je t'en prie, l'Insuffisant, fais un effort ! implora Oksa en se baissant pour le fixer droit dans les yeux.

— Ah… Vous, je vous connais !

Il semblait si content que personne n'avait de cœur à le rabrouer. Même le Gétorix s'abstint, se contentant seulement de hausser les épaules et de lever les yeux au ciel.

— Oui ! s'exclama Oksa. On se connaît même très bien et c'est pourquoi tu vas faire un formidable et gigantesque crachat, d'accord ?

— D'accord… acquiesça l'Insuffisant avec autant de bonhomie que si on lui avait proposé une petite promenade champêtre.

Il ferma les yeux et entrouvrit légèrement ce qui lui servait de bouche. Puis son corps, déjà très flasque, s'affaissa.

— Oh non, déplora Oksa. Il ne va quand même pas s'endormir !

— Chut… souffla Abakoum. Laisse-le faire.

Le ventre de l'Insuffisant émit un grondement d'une étonnante vigueur. Les bourrelets de son ventre ondulèrent et, soudain, il expulsa un véritable petit volcan de bile en direction de la vitre.

Le verre se marqua d'auréoles qui s'élargissaient sous l'effet de la corrosion. Le contact entre les deux matières provoquait un grésillement et une fumée verdâtre très malodorante, rappelant l'ammoniaque et les œufs pourris. Tout le monde retint son souffle, les sens olfactifs agressés par les émanations, mais le cœur plein d'espoir. L'issue était peut-être là, à portée de main. Alors, peu importait l'odeur… Le verre fumait et devenait plus opaque, comme couvert de plaques de buée. Oksa jeta un coup d'œil fiévreux à Abakoum.

— Ça marche !

Mais Abakoum n'était pas du genre à s'emballer trop vite. Il donna un coup de coude dans la vitre, bientôt imité par tous les Sauve-Qui-Peut. Puis ils passèrent aux coups de pied, aux Knock-Bong, aux Granoks…

— C'est pas possible ! s'insurgea Oksa. À croire que le verre se reconstitue dès qu'on le fragilise ! Crache encore ! ajouta-t-elle à l'intention de l'Insuffisant.

Mais les tentatives, toutes plus puissantes les unes que les autres, restèrent vaines.

— On arrête tout, ordonna Pavel, à bout de forces. Ça ne sert à rien.

Oksa se laissa glisser le long de la paroi lisse. Son énergie diminuait, laissant place aux regrets et à l'amertume. Elle se souvint d'une discussion qu'elle avait eue avec Zoé, quelques mois plus tôt, sur le rôle du choix dans la vie. La Jeune Gracieuse avait toujours pensé que le destin imposait les événements qui survenaient, mais que chacun disposait du pouvoir de choisir quelle solution, quelle voie emprunter pour y faire face. Les options tenaient parfois à un fil, mais chacune débouchait sur un nouvel embranchement, un nouveau futur, d'autres événements, heureux ou malheureux, auxquels il fallait s'adapter. Et la vie se construisait ainsi, sans possibilité de retour en arrière, dessinant un chemin unique et personnel.

Mais plus le temps passait, plus Oksa se sentait écrasée par la culpabilité et le doute. À un moment ou un autre, elle avait sans doute fait les mauvais choix… Il suffisait d'un seul pour que la suite du parcours dérape irrémédiablement. Où avait-elle commis l'erreur fatale qui les avait tous amenés ici, dans cette cage de verre ? De n'avoir pas eu le cran d'affronter

Orthon lors de la première visite des Sauve-Qui-Peut à Detroit ? De s'être sentie en danger et d'avoir préféré fuir ? Elle aurait pu le tuer ce jour-là, au lieu de chercher à ouvrir cette fichue porte blindée… Si elle avait fait ce choix, tous les siens et les Deux Mondes auraient été débarrassés à tout jamais de ce dingue.

Mais elle pouvait aussi remonter bien plus loin, passer en revue toutes les occasions manquées de mettre Orthon hors d'état de nuire. Et si le choix décisif, celui qui aurait tout changé, celui qui aurait tout empêché, se trouvait à l'origine, dès le départ, quand l'empreinte était apparue autour de son nombril ? Si elle n'avait rien montré à Dragomira, si elle n'avait pas eu cette sale habitude de vouloir qu'on réponde à toutes ses questions dès qu'elle se les posait, que se serait-il passé ?

Se torturer l'esprit avec ces interrogations était tout à fait inopportun et inutile. Elle le savait, mais ne pouvait s'en empêcher. Et là, ce n'était pas une question de choix.

De la même façon que les Sauve-Qui-Peut autour d'elle, elle se laissa glisser le long du mur et attendit, non sans se dire que le très étroit chemin sur lequel ils étaient tous engagés se séparerait peut-être en deux directions opposées.

Entre celle qui menait à la vie et celle qui conduisait droit vers la mort, il leur faudrait alors ne pas se tromper.

36

Échéance fatale

Depuis combien de temps les Sauve-Qui-Peut attendaient-ils dans leur cage ? Ils n'en avaient aucune idée et peu leur importait : une heure, un jour, c'était toujours trop peu quand on savait ce qui allait se passer dès que l'attente serait terminée. Ils n'éprouvaient rien, ni la faim, ni la soif, ni la fatigue. Juste une peur dévastatrice et corrosive qui se diffusait dans leurs veines comme de l'acide.

Quand le grand écran s'alluma à nouveau, tous dressèrent brutalement la tête, comme surpris en plein sommeil. Ils se levèrent et se pressèrent contre la vitre. Dans la pièce d'en face, la longue silhouette d'Orthon était réapparue, Tugdual à ses côtés, ce qui s'avérait être du plus mauvais augure. Les mains croisées devant lui, le Félon tapotait ses index l'un contre l'autre, avec son éternel sourire narquois et satisfait.

— Aaahhh… soupira-t-il.

Sa voix résonnait par le biais des haut-parleurs placés ici et là – il n'aurait pas fallu que quiconque manque un seul mot du *Master*…

L'écran se couvrit de neige grisâtre. Puis le nez de la fusée apparut, équipé d'une petite caméra : la connexion avec l'espace venait de se faire.

— Nous y voilà, enfin ! s'exclama Orthon. L'étoile mère… Elle est belle, n'est-ce pas ?

Plus loin – et pourtant trop près –, un point lumineux brillait dans l'obscurité. La fusée glissait dans sa direction, comme sur un tapis roulant, sans bruit, sans heurt. Au fur et à mesure qu'elle se rapprochait, curieusement, les contours du point devenaient moins précis. L'étoile mère prenait de plus en plus l'aspect d'un flocon de neige ou d'une petite boule de coton.

Vue du nez de la fusée, elle semblait encore bien loin. Aussi, quand la caméra montra la pointe de l'engin qui la touchait, la stupéfaction fut générale, autant du côté des Félons que des Sauve-Qui-Peut. Personne ne s'attendait à ce que l'étoile mère ressemble à cela. Orthon lui-même n'en revenait pas : l'astre mythique, à l'origine d'Édéfia et de ce que les Du-Dedans étaient, ne s'avérait pas plus gros… qu'un abricot !

— C'est pas croyable… murmura Oksa, interloquée.

Les techniciens, les mercenaires, les prisonniers, leur geôlier… tous avaient les yeux rivés sur les images incroyables qui s'affichaient à l'écran : la pointe de la fusée collée à l'« abricot » nébuleux. Le destin d'un monde et la vie de milliers de personnes aux pouvoirs extraordinaires dépendaient de ce minuscule amas gazeux de quelques centimètres de diamètre ! Et qu'on soit Du-Dehors ou Du-Dedans, une telle constatation avait de quoi déconcerter.

Un bip strident ramena tout le monde sur terre.

— Opération parfaitement réussie ! se félicita Orthon. La jonction est faite, les deux parties sont à nouveau unies, réjouissons-nous !

Chacun de ses mots faisait l'effet d'une rafale de mitraillette dans le cœur des Sauve-Qui-Peut. Oksa fut agitée par une série de spasmes violents qu'elle ne parvenait pas à contenir. Ses parents et les Sauve-Qui-Peut lui jetaient des regards fiévreux, noyés de peur, de douleur et surtout d'impuissance.

— Évidemment, je n'ai pas envoyé cette merveilleuse fusée pour faire du tourisme spatial, vous le savez bien ! poursuivit Orthon.

La jubilation rendait son élocution saccadée, presque essoufflée. La pensée totalement incongrue du Félon, étouffé par sa propre suffisance, effleura Oksa. Elle secoua la tête pour la chasser et se demanda à quoi on pouvait bien penser quand on savait qu'on allait mourir dans quelques minutes. « Arrête de te poser des questions, Oksa ! » parvint-elle à se dire, irritée par elle-même.

En face, Orthon brandit un petit boîtier noir, muni d'un bouton argenté, qui avait tout l'air d'une commande. L'écran se morcela pour montrer d'un côté la fusée collée à l'étoile mère, et de l'autre les doigts du Félon caressant avec désinvolture l'unique touche de la commande.

— Il va être l'heure ! annonça-t-il d'un air grandiloquent en secouant l'objet.

Tout le monde se raidit du côté des Sauve-Qui-Peut. Trempée d'une sueur âcre, Oksa sentit ses jambes et son cœur lâcher. Marie, mal en point, ne pouvait guère la soutenir. Alors, dans un grand cri de rage, Gus et Pavel tentèrent encore une fois de percer le mur de verre ; Abakoum et Zoé s'acharnèrent, eux aussi, de toutes leurs forces.

Le rire sardonique d'Orthon les arrêta.

— Allons, allons… fit-il.

Il tendit le bras, commande en main. À ses côtés, Tugdual restait impassible. Pourtant, Oksa était persuadée d'avoir perçu une crispation, un froncement de sourcils qui pouvaient laisser entendre qu'il allait faire quelque chose… Agir… Incarner le minuscule sentier qui permettrait de dévier du chemin sur lequel elle était lancée avec les siens. Cette fois-ci, elle ferait le bon choix, c'était juré !

Mais il ne bougea pas. Le chemin restait désespérément droit et bordé de barrières infranchissables. Oksa se dit que c'était une affreuse image que le jeune homme lui laissait comme dernier souvenir.

— Ma Gracieuse…

Le Foldingot avait la transparence d'une méduse, personne ne l'avait jamais vu dans cet état. Mais personne n'avait jamais été confronté à de telles circonstances, non plus…

« Va-t-il mourir en même temps que moi ? » se demanda Oksa, furieuse de pouvoir se poser encore ce genre de questions.

— Bien, disons-nous adieu, ma Chère-et-Tendre-Petite Gracieuse ! claironna Orthon.

— Ma Gracieuse… répéta le Foldingot.

Oksa regarda son père, sa mère, Gus, les Sauve-Qui-Peut, et glissa sa main dans celle de son fidèle intendant.

Puis elle ferma les yeux.

37

La puissance du dernier espoir

Le cri prit tout le monde par surprise. Suraigu, il s'enfonça dans les tympans et obligea chacun à interrompre ce qu'il était en train de faire pour plaquer les mains sur ses oreilles.

Seul le Foldingot gardait les bras le long du corps.

Pour la simple raison que c'était lui, petit être que la panique transformait en arme sonore, à l'origine de ce cri atroce.

L'onde de choc n'épargnait personne. Particulièrement sensibles à cause des morsures de Chiroptères qu'ils avaient subies, Oksa et Gus étaient au bord du malaise. Oksa sentit son nez couler et s'essuya du revers de la main : elle saignait. Dans le camp d'en face, certains saignaient aussi, du nez ou des oreilles, d'autres s'étaient évanouis ou se recroquevillaient sur le sol, le col de leur pull remonté jusqu'aux oreilles.

Les Sauve-Qui-Peut s'apprêtaient à demander au Foldingot d'arrêter le supplice quand ils remarquèrent que le verre qui les maintenait prisonniers se fissurait à toute vitesse. D'ailleurs, ils eurent à peine le temps de comprendre ce qui se passait que les ondes sonores finissaient déjà d'accomplir leur œuvre : tout ce que la Michigan Central Station comptait de verre s'effondra, réduit en une poussière sablonneuse qui voltigea de tous côtés. Les vitres de chaque pièce autour de la rampe de lancement, la cage des Sauve-Qui-Peut, les écrans d'ordinateurs, les lambeaux de fenêtres des dix-huit étages de la bâtisse en ruine… jusqu'aux cadrans de montres et verres de lunettes de celles et ceux qui en portaient… Il n'y avait plus rien !

Le Foldingot venait d'offrir aux Sauve-Qui-Peut la seule – et dernière ! – possibilité de survivre à ce cauchemar. Ils réagirent promptement, Oksa bondit jusqu'au rebord de la fenêtre et, dans un Voltical irréprochable de rapidité et de précision, elle se projeta jusqu'à la salle de commande où se trouvaient Orthon et ses sbires. Pavel, Mortimer et Zoé la suivirent aussitôt, pendant qu'Abakoum attrapait le Foldingot et entraînait les Du-Dehors de salle en salle, le long de la galerie, pour rejoindre leurs amis.

Contrairement aux Sauve-Qui-Peut, le Félon avait fait un choix qui se révéla très vite être le mauvais : l'usage d'une Tornaphyllon pour évacuer les nuages poussiéreux créés par la désintégration du verre. Le résultat avait été immédiat et désastreux, une véritable tempête de sable s'était levée dans la salle, fouettant les visages, irritant les yeux, étouffant les gorges.

— Oksa ! La commande ! cria Pavel.

Orthon l'avait perdue quand la vitre et les écrans s'étaient transformés en un souffle de milliards de grains de sable. Rageur, il essayait de la retrouver, agenouillé sur le sol, à tâtons. Mais tout Félon surpuissant soit-il, le sable brouillait sa vue et sa perception, il peinait comme n'importe quel être humain et digérait très mal cette « faiblesse ».

— Retrouvez le détonateur ! rugit-il à l'intention de ses comparses. Vite !

Oksa ne savait pas encore qu'elle disposait d'un net avantage sur lui. Ayant approché la mort de très près, la capacité de certaines de ses fonctions instinctives et sensitives avait été décuplée, comme si son corps et son esprit s'étaient mobilisés pour donner le maximum d'eux-mêmes à la perspective de la fin. Le sable lui brûlait les yeux, bien sûr, en cela elle n'était pas différente des autres. Mais l'urgence et sa farouche volonté de survivre permettaient à tout son être de trouver les moyens de se dépasser : de grosses larmes, abondantes et salvatrices, coulaient sans s'arrêter, emportant avec elles les grains de sable qui blessaient ses yeux. Jamais elle n'avait autant pleuré ! Et jamais elle n'aurait cru que des larmes puissent être porteuses de tant d'espérance…

Alors que tout le monde cherchait le détonateur en se protégeant du déluge provoqué par Orthon, elle le repéra, à quelques dizaines de centimètres de son ennemi juré. Un Magnétus lui permit d'attirer le petit boîtier jusqu'à elle, la magie opérait à merveille, elle avait ce redoutable outil de mort en main ! Profitant de la confusion, elle le posa par terre et s'apprêtait à l'écraser d'un grand coup de talon quand un doute surgit comme un diable de sa boîte. Et si elle déclenchait la bombe ?

— Argh… grommela-t-elle. Non !

Dans cette situation extrême, chaque dixième de seconde pouvait être décisif. Il n'en avait pas fallu beaucoup plus à Orthon pour s'apercevoir qu'Oksa avait trouvé ce qu'il cherchait.

Il se jeta sur elle en poussant un hurlement. Elle réussit à esquiver, mais un réflexe défensif lui fit jeter le détonateur par-dessus la rambarde. Dans une course verticale frénétique, tous ceux capables de volticaler plongèrent immédiatement dans la fosse creusée pour loger la fusée : Oksa, Pavel, Mortimer, Zoé, Orthon. Et Tugdual.

L'obscurité n'était rompue que par la faible lumière provenant des pièces saturées de poussière, vingt mètres plus haut. Dans cette espèce de puits encore chargé des gaz de la fusée, Oksa et Orthon furent les premiers à apercevoir la commande. Dans un face-à-face que chacun espérait être l'ultime, ils se ruèrent sur le boîtier et tout sembla se dérouler au ralenti.

Jamais les forces n'avaient paru aussi équilibrées. D'un côté, Orthon et la longue expérience du mal sous toutes ses formes. De l'autre, Oksa et la puissance du dernier espoir.

Le choc fut terrible. L'épaule d'Oksa émit un craquement sourd en rencontrant celle d'Orthon. La douleur soudaine l'empêcha de s'emparer du boîtier. Le Félon en profita, il saisit l'objet et se releva avec un cri triomphant, un bras serré autour du cou d'Oksa.

Il y eut un instant de flottement pendant lequel tout le monde s'observa en retenant son souffle, les trois Sauve-Qui-Peut face à Orthon et son fils.

— Ah non… murmura Zoé. Ça ne va pas se finir comme ça…

— Bien sûr que si, ma douce nièce ! fit le Félon.

Il resserra son étreinte et Oksa se débattit, encore plus sous l'effet de la colère que de la douleur. Tugdual avança d'un pas, les poings serrés, le haut du corps raide. En dépit de la faible luminosité, Oksa croisa son regard et réussit à fixer les prunelles polaires. Elle insista en y mettant toute la force de persuasion dont elle était capable et se surprit à penser qu'il hésitait vraiment à rester aux côtés de son père. Il semblait au bord, sur le fil, et plus Oksa s'accrochait à son regard, plus il donnait l'impression de pouvoir basculer. Mais Orthon exerça une nouvelle pression sur son cou, elle dut détourner la tête vers lui sous l'effet du violent élancement et rompre le contact sans savoir ce qu'il y avait au bout de l'hameçon qu'elle venait de jeter.

— Vous avez ce que vous vouliez, rugit Pavel. Alors, laissez-la ! Laissez ma fille !

Orthon brandit la commande, de la même façon qu'il aurait brandi un trophée. Un geste si exaspérant qu'Oksa ne put s'empêcher de cracher au visage du Félon. Interloqué, il se dégagea lentement pour la regarder, tout en maintenant les doigts serrés autour de son cou. Puis, contre toute attente, il la fit pivoter pour l'avoir face à lui, la main fermement enfoncée dans son épaule meurtrie. Elle gémit. Mais quand il la lâcha pour lui donner une gifle magistrale, elle en eut le souffle coupé.

— Ah… exulta Orthon en secouant son poignet. Il y avait si longtemps que je rêvais de faire ça !

Submergé par la jubilation, il n'eut pas le temps de parer la clé de bras qu'Oksa lui assena. Le boîtier vola en l'air, la jeune fille bondit et la rattrapa au vol, avant de rejoindre son père et ses deux amis.

— Haann ! rugit-elle.

Elle jeta le boîtier par terre et lui donna le coup de talon qu'elle avait tant hésité à donner, quelques minutes plus tôt. Mais l'objet restait intact, désespérément.

Orthon plissa les yeux. Mille rouages semblaient s'être mis en branle dans son cerveau.

— La commande est indestructible... annonça-t-il d'un air bravache. Et, au risque de vous décevoir, elle est déjà amorcée !

— Vous bluffez ! rétorqua Oksa.

Orthon lui adressa un sourire mauvais, de ceux qui ébranlent les certitudes, d'autant plus quand elles étaient aussi fragiles que celles des Sauve-Qui-Peut à cet instant.

— Vous croyez ? lâcha-t-il.

Tentait-il le tout pour le tout ? Et s'il disait la vérité ?

La réponse tomba vite : la voix synthétique résonna depuis le rez-de-chaussée et commença à égrener un nouveau compte à rebours, encore plus sinistre que le précédent.

— Oksa !

La Jeune Gracieuse leva la tête en reconnaissant la voix d'Abakoum. L'Homme-Fé était accroché à la paroi, à cinq ou six mètres du sol, telle une grosse araignée. En l'apercevant au-dessus de lui, Orthon blêmit. Abakoum était certainement le Sauve-Qui-Peut qu'il craignait le plus et le regard qu'il lui jeta, inquiet, entraîna un raisonnement fulgurant dans l'esprit de la jeune fille. Les discussions passées, les remises en question, les stratégies évoquées... les expériences... Tout s'imbriquait.

— Abakoum ! appela-t-elle.

Nul besoin de mot : un éclair de complicité passa entre eux. Abakoum acquiesça d'un mouvement de tête. Tous deux sortirent leur Crache-Granoks, Orthon fit de même, sa tension dissimulée tant bien que mal sous un masque de fierté.

Agrippé au mur, Abakoum fut le premier à lancer l'offensive : le Crucimaphila qu'Oksa venait de l'autoriser à utiliser atteignit de plein fouet le boîtier de commande. Un tourbillon, plus ample que ceux que tous avaient connus, se mit en place au-dessus de l'objet, virevoltant, tempêtant, aveuglant les témoins de son souffle funeste. Puis il se stabilisa et prit bientôt la forme d'un trou noir qui grossit, grossit, grossit…

Oksa fut projetée contre le mur et se retrouva allongée sur le ventre, contre le béton poussiéreux. Elle sentit que quelqu'un l'écrasait de tout son poids. Elle se débattit, se figurant que c'était Orthon.

— C'est moi, Oksa ! cria son père. Ne bouge pas !

À quelques mètres, le trou noir tournait sur lui-même tout en se rapprochant de la commande jusqu'à la frôler.

Elle se désintégra, avant d'être aspirée dans le néant.

Aussitôt, la voix synthétique s'interrompit, le compte à rebours s'était arrêté.

Oksa en resta bouche bée.

— On a réussi ! balbutia-t-elle. Papa ! On a réussi !

Son père roula sur le côté et s'agenouilla, toujours sur la défensive. Oksa se redressa à son tour. Elle balaya les lieux d'un rapide coup d'œil et regarda son père, bouche bée.

Il n'y avait plus qu'eux deux.

Orthon avait disparu.

Et avec lui, Tugdual, Abakoum, Zoé et Mortimer.

38

Bilan des troupes

— Papa ?

Pavel était aussi éberlué qu'Oksa.

— Où sont-ils ? fit la jeune fille en scrutant la pénombre. Zoé ? Mortimer ? Abakoum ? Est-ce que vous êtes là ?

Le silence ne pouvait être plus épais.

— Qu'est-ce qui a bien pu se passer ? chuchota Oksa, le souffle court.

— Je n'ai rien vu… bredouilla son père. Le trou noir était si énorme… Je n'ai pensé qu'à toi…

Oksa fit jaillir une Trasibule de sa Crache-Granoks, alors que des bruits résonnaient derrière les murs, sans qu'on puisse dire exactement d'où ils provenaient. Pavel l'attira au centre de la salle et, dos à dos, ils se mirent tous deux en position de défense, prêts à bondir si un danger surgissait.

— Maman ? Gus ? Vous êtes où ? cria la jeune fille en direction du sommet de la fosse.

Là-haut, tout paraissait désert.

Soudain, l'unique porte d'accès de la salle s'ouvrit à la volée et les cinq Du-Dehors firent irruption, échevelés, couverts de poussière, l'air épuisé mais soulagé de voir des visages aimés. Marie se précipita la première et prit son mari et sa fille dans ses bras.

— Dieu merci, vous n'avez rien ! fit-elle avec un long soupir.

Oksa poussa un cri de douleur quand elle la serra contre elle.

— Tu es blessée ?

— C'est rien… Je dois juste avoir l'épaule démise.

— Et… ça ? fit Marie en montrant les marques sombres autour du cou de la jeune fille.

Oksa se frotta la peau du bout des doigts.

— Oh, ça… Disons que ça fait également partie des conséquences d'avoir voulu côtoyer Orthon de trop près…

Marie marmonna quelques injures bien senties. Gus se rapprocha, le Foldingot solidement arrimé à son cou. Il le déposa sur le sol avec une grande délicatesse, se passa la main sur le visage, puis tira ses cheveux en arrière en fixant intensément Oksa – sa façon à lui de montrer son bonheur de la retrouver presque intacte.

— Viens, je vais te soulager, dit-il.

Il retira sa parka, puis son sweat-shirt qu'il roula pour former une sorte de tube de tissu. Il en noua les deux extrémités avant de passer l'écharpe de fortune autour du cou d'Oksa. Avec mille précautions, il plaça le bras blessé de la jeune fille en équerre sur le tissu et se recula pour contempler l'ensemble d'un œil critique.

— C'est parfait, fit Oksa à mi-voix. Merci.

Elle se pencha pour se mettre à la hauteur de son Foldingot et lui pressa l'épaule.

— Tu sais que tu nous as sauvé la vie ? murmura-t-elle, les yeux plongés dans ceux de la créature. La nôtre et celle de tous ceux vivant sur les Deux Mondes.

Le teint du Foldingot était encore assez translucide, mais, sous l'effet du compliment de la jeune fille, il rosit. Ce qui lui donna un air encore plus singulier que d'habitude.

— Ma Gracieuse rencontre la démonstration de l'oubli : son courage et l'assistance de l'Homme-Fé ont produit l'élimination du boîtier commandeur de bombe. La domesticité de ma Gracieuse a exclusivement fait la traduction concrète de sa colossale terreur…

Oksa battit très fort des paupières et le tint contre elle un instant.

— D'accord… dit-elle dans un souffle. Il n'empêche que sans toi, je ne donnais pas cher de notre peau… ajouta-t-elle.

Barbara apparut soudain près d'eux, dans le faisceau de lumière de la Trasibule.

— Où sont Mortimer et Zoé ? demanda-t-elle, blanche comme un linge. Et Abakoum ?

Oksa et Pavel échangèrent un coup d'œil tourmenté.

— On ne les a plus vus après que le Crucimaphila s'est mis en place pour détruire le boîtier de commande… annonça Oksa. Ils ont disparu en même temps que Tugdual et Orthon…

— Tu as… Tu as utilisé ton Crucimaphila ? balbutia Gus. Pour la commande ?

Il semblait aussi catastrophé que les quatre autres Du-Dehors.

— Non ! se défendit Oksa.

Elle hésita un instant. Personne n'était supposé connaître le *petit* secret entre elle et l'Homme-Fé à propos de la Granok suprême.

— En dehors des Gracieuses, Abakoum est le seul capable d'utiliser un Crucimaphila, révéla-t-elle. Il fallait juste que je lui donne mon accord et c'est ce que j'ai fait ! Sinon, jamais nous n'aurions pu empêcher la bombe d'exploser sur l'étoile mère.

— Alors, tu as bien fait, ma vieille… conclut Gus.

Tout le monde acquiesça. L'action de la Granok marquait le sol d'infimes traces, quelques cendres noires au milieu des autres, d'un gris sale.

— Vous croyez… commença Barbara.

Elle ne put continuer. Mais la même pensée, épouvantable, convergeait vers tous les esprits.

— Non ! cria à nouveau Oksa.

Elle se rendit compte de la violence de son ton en voyant les regards douloureux des siens braqués sur elle. Soudain, l'air lui manqua, elle n'arrivait plus à respirer.

— Je veux dire… haleta-t-elle. Je veux dire, non, ils n'ont pas été aspirés par le trou noir ! C'est… C'est impossible !

Barbara vacilla, Pavel vint la soutenir. De son côté, Niall ne cessait de se passer la main sur le visage, en appuyant fortement sur les tempes comme s'il voulait extirper quelque chose de son cerveau. Il soufflait, vite et fort, alors que ses paupières papillonnaient à toute vitesse.

— Niall ? l'interpella Oksa.

Il la regarda péniblement et Oksa ne sut plus quoi dire. Soudain, elle fonça vers les Boximinus que les Du-Dehors avaient prises avec eux. Elle en ouvrit une et sortit une Devinaille qui, aussitôt, retrouva sa taille normale.

— Devinaille, dis-nous si Abakoum, Zoé et Mortimer sont…

— En vie ? brailla la petite poule.

— Oui…

La Devinaille dressa le bec, huma l'air en tournant sa tête à cent quatre-vingts degrés.

— Hum, l'atmosphère est sèche, mais glaciale. Je dirais même ab-so-lu-ment inhospitalière ! geignit-elle avec ostentation. Quand vous déciderez-vous à nous procurer des conditions de vie acceptables ? Il existe des endroits charmants, vous savez, et…

— Pour le moment, on s'en fiche royalement ! l'interrompit Oksa avec un agacement qu'elle ne cherchait pas à cacher. Contente-toi de nous dire si nos amis sont vivants !

— Ppfff, pas la peine d'être brutale ! Bien sûr qu'ils sont vivants ! Comme tous les Cœurs Gracieux à la ronde…

— Et Abakoum ?

— Oh, lui aussi. D'ailleurs, tant mieux, il est bien plus attentif à notre survie que vous, et toujours aux petits soins pour que nous ne mourions pas de froid… Par exemple, s'il était là…

Oksa ne la laissa pas terminer : elle la replaça dans la Boximinus, près de ses congénères.

— C'est une excellente nouvelle, murmura-t-elle avec un regard spécial pour Niall et Barbara.

Elle détourna la tête. Le soulagement et l'inquiétude se télescopaient, et l'un ne l'emportait pas sur l'autre. Bien sûr, savoir que les Cœurs Gracieux étaient saufs lui enlevait un immense poids. Mais elle se faisait tant de souci pour Abakoum… Elle referma avec soin la Boximinus et scruta le haut de la fosse.

— Il y a encore quelqu'un là-haut ?

— Dès que la poussière est retombée, les sbires d'Orthon ont tous disparu des salles du rez-de-chaussée, expliqua Gus. Il y a des escaliers derrière ces murs, c'est par là qu'on a pu descendre pour vous retrouver. Une fois en bas, on avait le choix entre deux couloirs. On a pris le premier, mais il menait bien trop loin par rapport à la position où vous sembliez être. Alors on est revenus en arrière, on a pris le deuxième et on vous a trouvés. Il n'y a pas d'autre possibilité de sortir d'ici, à moins de traverser les murs.

— Et Abakoum ne le peut pas… précisa sombrement Pavel.

Oksa opina de la tête. D'un regard, les sept Sauve-Qui-Peut se mirent d'accord : il était temps de retrouver les leurs et d'en finir, une bonne fois pour toutes.

39

Le bon chemin

À la lueur de la Trasibule, le couloir dont Gus avait parlé s'avérait effectivement très long. Le lieu dégageait une impression vraiment lugubre, sans doute due à l'absence d'issue et au plafond étrangement haut. À tel point que, malgré la douceur de la température qui y régnait, certains des Sauve-Qui-Peut frissonnaient.

— On est en train de descendre, non ? fit Marie.

— Le sol accuse une pente de deux pour cent ! confirma le Culbu-gueulard.

L'informateur et son petit voletaient en éclaireurs, plus zélés que jamais.

— Souhaitez-vous connaître la composition des matériaux qui nous environnent ? proposa le grand. La nature du sous-sol et de l'air ?

— Euh, non, pas maintenant, merci... répondit Oksa avec autant de diplomatie que possible.

La lumière émise par les tentacules de la pieuvre éclairante se reflétait sur les ailes des Culbu et projetait des taches d'un joli vert sur le béton des murs. En d'autres circonstances, les Sauve-Qui-Peut se seraient émerveillés devant un tel spectacle. Mais à cet instant, chacun avançait, préoccupé et concentré, en espérant ne pas avoir fait le mauvais choix.

Et s'ils étaient en train de perdre un temps précieux à errer dans ce couloir interminable ? Orthon était peut-être déjà loin… Et avec lui, Zoé, Mortimer, Abakoum…

Soudain, Oksa s'arrêta.

— Hé ! s'exclama-t-elle. Regardez !

Elle s'agenouilla et ramassa quelque chose sur le sol.

— Qu'est-ce que c'est ? demanda Pavel.

Oksa regarda avec attention ce qu'elle tenait entre les doigts.

— Un des piercings de Tugdual… répondit-elle dans un souffle.

— Quoi ? Tu es sûre ?

Les Sauve-Qui-Peut se rassemblèrent autour d'elle et observèrent la minuscule tige de métal sur laquelle était fiché un petit diamant.

— J'ai failli ne pas le voir, mais c'est bien ça…

Tous se montrèrent très surpris.

— À quoi tu penses, Oksa ? intervint Gus.

— Je pense que Tugdual a retiré ce piercing pour nous indiquer qu'on est sur le bon chemin.

— Comme le Petit Poucet et ses cailloux ?

— Exactement !

Tout le monde ne paraissait pas aussi convaincu que la Jeune Gracieuse.

— C'est un peu tiré par les cheveux, non ? rétorqua Gus.

Oksa le regarda d'un air sévèrement réprobateur.

— Et la probabilité de trouver un diamant dans les sous-sols d'une gare désaffectée depuis plusieurs dizaines d'années, tu trouves aussi que c'est tiré par les cheveux ?

Elle reprit sa marche, penchée en avant pour examiner le sol poussiéreux. À l'affût…

— Tenez ! s'exclama-t-elle à nouveau, une dizaine de mètres plus loin. Encore un !

Elle brandit fièrement un autre piercing, presque identique au précédent, si ce n'étaient ses reflets rouges.

— Ça, c'est un des rubis en forme de poire que Tugdual portait à l'arcade sourcilière ! Oh, et là, regardez, à nouveau un diamant !

— Cette fois, à contrecœur ou non, tout le monde dut convenir qu'il ne s'agissait pas d'une coïncidence.

— Il a voulu nous indiquer la bonne direction… souffla Marie. C'est incroyable…

— Sauf qu'il y avait une chance sur un million pour qu'on aperçoive des trucs aussi microscopiques, lui opposa Gus d'un ton cassant.

Oksa se mit face à lui et le fixa droit dans les yeux, presque tristement.

— Parce que tu crois vraiment qu'avec Orthon à côté de lui, il avait une multitude de possibilités ?

Gus soutint son regard, mais ne dit rien.

— Il a fait ce qu'il a pu avec ce qu'il avait, poursuivit la jeune fille.

Les mots sifflaient entre ses dents.

— Et ça a marché, c'est l'essentiel ! conclut Pavel.

— Maintenant que nous savons que nous sommes sur le bon chemin, allons-y et ne perdons surtout pas de temps ! s'exclama Barbara.

— Mes Culbu, vous voulez bien essayer de trouver des infos qui pourraient nous être utiles ? fit Oksa.

— À vos ordres, notre Gracieuse !

Les deux créatures s'envolèrent à tire-d'aile.

Pendant ce temps, tout le monde se remit en marche. Gus ne quittait pas Oksa d'une semelle, et la jeune fille ne cachait pas sa rancœur.

— Tu fais la tête ? lui demanda Gus au bout d'un moment.

— Non, Gus, je ne fais pas la tête. Je suis juste un peu déçue, c'est tout.

— Déçue ? Déçue de qui ? De moi ou…

— Oui, de toi ! l'interrompit-elle. Tugdual n'est pas mauvais…

— Oui, c'est sûr ! marmonna Gus.

Oksa n'était pas dupe de son ironie en demi-teinte.

— Son esprit est sous contrôle et je te souhaite de ne jamais vivre une chose pareille de toute ta vie.

Elle reprit son souffle, tout en essayant de rester maîtresse d'elle-même.

— Et puis, je croyais qu'on en avait définitivement terminé avec ces histoires puériles de rivalités. Constater que tu en es encore là, c'est ça qui me déçoit le plus.

Ils cheminèrent en silence pendant quelques secondes. Puis, contre toute attente, Gus lâcha :

— Excuse-moi. J'ai été un peu injuste.

Oksa lui jeta un coup d'œil en biais.

— *Très* injuste ! corrigea-t-elle.

— OK, très injuste… admit le jeune homme.

Il se rapprocha sensiblement d'elle.

— On fait la paix, alors ? chuchota-t-il en se penchant.

— On fait la paix.

— Super…

— Ah, voilà les Culbu ! annonça Pavel.

Essoufflé, le petit Culbu se posa sur l'épaule d'Oksa, tandis que le grand se plaçait devant elle, tout en volant en marche arrière.

— Dans soixante-treize mètres, nous arriverons à une intersection. Le couloir de gauche mène à quatre nouvelles galeries qui débouchent chacune sur une sortie à l'extérieur, une par point cardinal.

— Tu veux dire qu'on peut s'échapper de la gare à partir d'ici ? s'inquiéta Oksa.

Le Culbu secoua vigoureusement la tête.

— Et le couloir de droite ? poursuivit Pavel.

— Il conduit dans un corridor plus étroit le long duquel sont réparties vingt salles aveugles, allant de trente à deux cents mètres carrés. Ce corridor est une impasse, il n'y aucune issue possible.

— Il faut revenir sur ses pas pour pouvoir sortir, c'est bien cela ? demanda Gus.

— Oui.

— Et qu'est-ce qu'il y a dans ces salles ? renchérit Oksa.

— La moitié sont des lieux de vie et de repos, informa le Culbu. Cinq autres servent à stocker du matériel. Trois sont aménagées pour le Félon Orthon et ses deux fils. Les deux dernières sont des laboratoires scientifiques, équipés d'une chambre forte où sont entreposés les virus issus des Diaphans.

— Je suis sûre qu'ils sont là-bas ! s'écria Oksa.

Sa voix trahissait une certaine panique.

— Tu arriverais à savoir combien d'hommes et de femmes se trouvent dans ces salles ?

Le Culbu se retourna et disparut dans le couloir obscur. Il revint à tire-d'aile quelques instants plus tard.

— La densité humaine a considérablement diminué, annonça-t-il. Le Félon Orthon et son fils se trouvent dans la dernière salle à gauche, ainsi que vos amis, Zoé et Mortimer. J'ai également décelé auprès d'eux la présence d'un homme et d'une femme.

— Il y a donc quatre personnes, en plus d'Orthon et de Tugdual ? insista Pavel.

Le Culbu secoua négativement la tête.

— Non, deux hommes en armes gardent la porte de la salle, quatre autres sont postés à chaque sortie et un se trouve à l'extérieur, dans un hélicoptère prêt à décoller.

— C'est tout ? s'étonna Pavel. C'est tout ce qui reste de la glorieuse armée d'Orthon ?

— Les rats ont quitté le navire… ironisa Marie.

— Et Abakoum ? s'enquit Gus.

— Je n'ai pas senti sa présence… avoua le Culbu, visiblement peiné.

— Oh, mon Dieu, pourvu qu'il ne lui soit rien arrivé… murmura Pavel. D'autres choses à nous dire, Culbu, avant qu'on ne se lance à l'assaut ?

— Des créatures sont présentes dans la salle.

— Lesquelles ? Des Vigilantes ? Des Chiroptères ?

Les ailes du Culbu battirent soudain de façon tout à fait anarchique. On aurait dit qu'il titubait en l'air.

— Huit Vigilantes gravitent autour du Félon Orthon et les Chiroptères sont tous en phase d'imprégnation du virus dans les salles blindées des sous-sols que vous aviez visités.

Les Sauve-Qui-Peut frémirent à cette pensée.

— Mais les créatures que tu évoques ne sont ni des Vigilantes ni des Chiroptères, n'est-ce pas ? fit Oksa.

Le Culbu faillit se laisser tomber comme un poids mort.

— Il s'agit de créatures que… je suis incapable… d'identifier… lâcha-t-il.

40

De la théorie à la pratique

Oksa glissa sa main dans celle de Gus. Sans qu'elle s'en rende compte, Marie et Pavel venaient de faire de même, tout comme Niall, Barbara et Kukka. À ce stade, nul besoin d'échanger des mots ou des regards : les pensées étaient toutes semblables, pleines de l'appréhension et de l'espoir d'approcher du dénouement.

Vaincraient-ils Orthon ?

Ou bien s'apprêtaient-ils tous à faire face au crépuscule de leurs Deux Mondes ? De leur vie ?

Personne ne se l'avouait ouvertement, mais l'épuisement émoussait la résistance des Sauve-Qui-Peut et Oksa se surprit à y voir une conséquence favorable. S'obstiner à combattre la violence qu'ils avaient pourtant tous en eux, choisir des méthodes à l'opposé de celles de leur ennemi, à l'opposé de leur éthique… Zoé avait raison : ils avaient combattu avec des montagnes de bons sentiments qui les honoraient, mais qui n'avaient fait que les freiner. Peut-être leur instinct prédominerait-il enfin sur les derniers scrupules qu'ils pourraient avoir ? Peut-être la fatigue extrême dont ils souffraient tous anéantirait-elle les ultimes doutes au moment de la confrontation ? Si seulement c'était aussi facile… Entre ce qu'on se sentait prêt à faire et ce dont on était réellement capable, il y avait parfois un gouffre. Oksa le savait bien et luttait âprement pour qu'il soit le moins profond possible. Elle répéta en silence les paroles prononcées par sa mère, quelques jours plus tôt, comme une litanie. Ou un cri de guerre…

« *Il est temps qu'on en finisse !* »

Elle serra fortement la main de Gus.

— Ça va ? chuchota Gus.

— Ça ira vraiment bien quand on les aura tous retrouvés sains et saufs, quand on aura tué Orthon et quand on sera enfin à Édéfia, heureux et tranquilles…

Elle soupira longuement.

— Pour le moment, je dirais que ça va moyen, mais que je suis sûre qu'on va mettre la pâtée de sa vie à ce pourri ! ajouta-t-elle.

Gus esquissa un microscopique sourire.

— Je n'en doute pas un seul instant…

L'intersection annoncée par le Culbu-gueulard ne tarda pas à apparaître. Il faisait si noir que l'obscurité semblait presque s'être matérialisée, offrir de l'épaisseur, de la texture. À tel point que la lumière émise par les deux Trasibules était en grande partie absorbée, comme engloutie par le béton des murs et du plafond.

Sans un mot, les Sauve-Qui-Peut prirent le couloir de droite, avec l'étrange impression de retourner en arrière, vers le centre de la gare.

— Un labyrinthe concentrique… fit remarquer Marie. Idéal pour perdre ses repères !

Ils avancèrent avec précaution.

— Je vous conseille de réintégrer vos Trasibules, annonça soudain le Culbu.

Oksa et Pavel obéirent aussitôt. Le long d'une portion du couloir en forme de virgule, une faible lumière se réfléchissait sur le mur.

— Les deux gardiens se trouvent à trente-quatre mètres, au bout du corridor, indiqua le Culbu d'une voix étouffée.

— Vous restez là, souffla Pavel aux Du-Dehors.

— Pavel… dit Marie en retenant son mari par le bras.

— On ne peut pas faire autrement, chérie… lui dit-il dans un murmure tendu. C'est trop risqué.

Marie le lâcha.

— Je sais… Je voulais juste te dire…

Elle ferma les yeux, les paupières fortement plissées. Quand elle les rouvrit, très vite, elle fixa son mari d'un air déterminé.

— Faites attention, tous les deux.

Pavel lui fit un baiser furtif sur les lèvres.

— Et… veille sur elle… ajouta Marie en indiquant Oksa d'un mouvement de la tête.

— Je te promets de la ramener en parfait état ! fit Pavel avec un infime sourire forcé.

— On se dépêche, conclut Oksa. À tout de suite.

Sa voix était plus étranglée qu'elle ne le pensait. « Oksa, ne craque pas ! Pas maintenant ! Blinde-toi… » pensa-t-elle de toutes ses forces. Elle évita de croiser les regards de ceux qu'elle aimait et tourna le dos.

— Prête ? lui demanda son père.

— Super prête !

Elle inspira à fond, comme pour faire entrer ces mots dans son esprit. « C'est sûrement la dernière occasion d'en finir ! Donc, tu évites de penser et tu agis ! Tu a-gis ! » martela-t-elle en pensée.

Elle chercha le regard de son père.

— Je n'ai jamais été aussi prête de toute ma vie ! lui dit-elle dans un souffle.

— Alors, allons-y !

Gus, Marie, les Du-Dehors suivirent des yeux Pavel et Oksa qui volticalaient au ras du plafond, lentement, prudemment, jusqu'à ce qu'ils se lancent à toute vitesse et disparaissent dans la boucle formée par le corridor.

Les dés étaient jetés.

Markus Olsen et Amos Glucksman savaient qu'il existait une sérieuse probabilité pour que les derniers Du-Dedans lancent une attaque dans le but de libérer les leurs. Ces gens avaient prouvé qu'ils n'avaient peur de rien, qu'ils étaient prêts à tout et force était de reconnaître qu'ils ne manquaient ni de courage ni d'audace. Mais c'était loin d'être suffisant…

Le compte était vite fait : le Master avait capturé deux des ados. Il se trouvait là, derrière cette porte, avec eux et son fils. Il restait donc la jeune fille, celle que le Master appelait la Chère-et-Tendre-Petite-Gracieuse et contre laquelle il semblait avoir plus de ressentiment qu'envers quiconque – surtout depuis l'échec de la mission spatiale. Avec elle, son père et le vieil homme, plus une poignée d'êtres humains, des femmes et des gamins, qu'une rafale de fusil automatique arrêterait bien vite, si besoin.

Leur longue expérience de mercenaires et la confiance accordée par cet homme exceptionnel qu'était Orthon McGraw rendaient Markus et Amos très sûrs d'eux. Tout au long de leur sombre carrière, cette assurance excessive avait toujours été un atout pour eux. Mais dans les secondes qui allaient suivre, elle s'avérerait être celui de Pavel et d'Oksa…

Les deux Sauve-Qui-Peut surgirent sans un bruit, au ras du plafond, fonçant à une vitesse inimaginable. En un éclair, les mercenaires furent la cible d'une double attaque. Comprirent-ils ce qui leur arrivait ? Si c'était le cas, ils avaient un infime temps de retard sur leurs étonnants assaillants. Quelques dixièmes de seconde qui furent décisifs.

À peine débarrassés de leurs armes grâce au Magnétus le plus puissant qu'Oksa ait jamais accompli, ils s'effondrèrent le long du mur, touchés de plein fouet par une Stuffarax. Les yeux exorbités, ils portèrent la main à leur gorge et la griffèrent dans de grands gestes affolés. Mais les minuscules insectes, stimulés par la chaleur humide de leurs hôtes, se déployaient et grossissaient sans leur laisser la moindre chance. À chaque inspiration des deux hommes, ils progressaient dans leur organisme, jusqu'à atteindre les poumons qu'ils remplirent avec délectation.

La vue de Markus et d'Amos se brouilla, leur visage se congestionna alors que leur corps se contractait dans d'ultimes convulsions. Terrassés et impuissants, ils virent passer devant eux l'homme et la jeune fille, puis lâchèrent leur dernier soupir.

41

Il est temps d'en finir…

L'action combinée du Magnétus et de la Stuffarax avait été un choix judicieux : désarmés et réduits au silence, les deux gardiens étaient morts sans avoir pu prévenir leur maître de l'intrusion du duo de Sauve-Qui-Peut.

La soudaine disparition de ses Vigilantes aurait pu avertir Orthon que quelque chose d'anormal était en train de se produire. Mais, trop affairé à accomplir sa sinistre expérience, il ne s'était rendu compte de rien. Aussi, quand Pavel fit irruption dans la salle en défonçant la porte d'un grand coup de pied, le Félon ne put cacher une certaine surprise.

Il commit aussitôt ce qui s'avérerait être sa seule erreur. Une erreur monumentale et fatale sur laquelle les Sauve-Qui-Peut avaient misé : tout en faisant jaillir de la paume de chacune de ses mains un épais éclair en direction de Pavel, il chercha des yeux Oksa. Elle était forcément venue avec son père ! Où était-elle ?

Où était cette sale gamine ?

Cette absence sema la confusion dans son esprit. Une confusion infime et brève, tout juste un cahot, mais suffisante pour rendre imprécise la trajectoire de ses éclairs. Pavel esquiva, non sans assener à son ennemi un Knock-Bong, doublé de l'envoi d'une Arborescens.

Immobilisé et hors de lui, Orthon put alors constater qu'Oksa se trouvait déjà dans la salle, dans l'angle à l'extrémité opposée de la porte donnant sur le couloir.

— Ne me dites pas que vous aviez oublié ! s'exclama-t-elle. C'est tout de même grâce à vous que je suis une Murmou !

Crache-Granoks à la main, elle tenait en joue Leokadia Bor, la généticienne mégalomane, et Pompiliu Negus, l'inquiétant virologue. Les deux scientifiques avaient lâché les grosses seringues qu'ils tenaient et les avaient écrasées d'un coup de talon. Puis ils avaient levé les bras en l'air, comme si on les braquait.

Horrifiée, Oksa jeta un coup d'œil aux seringues détruites. Son visage se durcit. Elle dévisagea un instant les deux chercheurs et la haine que son regard exprimait leur fit entrevoir une fin imminente.

— Orthon ! cria-t-elle soudain.

Sa voix semblait venir du plus profond d'elle-même et vibrait d'une colère si puissante, si potentiellement dévastatrice, que le Félon ne put s'empêcher de frémir. Il s'agita, se contorsionna, força sur ses liens.

— Vous n'y arriverez pas, l'informa Pavel d'un ton froid.

Refusant ce que Pavel venait de lui dire, Orthon essaya encore de se libérer. Sa force était exceptionnelle, mais à aucun moment il ne parvenait à rompre complètement l'entrave des lianes jaunes. De toute façon, Pavel veillait à ce qu'il en soit absolument empêché en lui envoyant Arborescens sur Arborescens.

— Abakoum a ajouté des fibres de Kevlar dans la composition de ces Arborescens, poursuivit le père d'Oksa. C'est ingénieux, n'est-ce pas ? Et sachez que j'en ai quelques centaines en stock… ajouta-t-il en tapotant sa Crache-Granoks.

Le visage d'Orthon se fit le miroir de ce qu'il éprouvait : la sensation glaçante qu'un piège se refermait sur lui. Face à lui, regard et posture inflexibles, son neveu Pavel Pollock, celui qu'il avait si longtemps méprisé pour son sentimentalisme et son tempérament froussard. Comme il avait changé… En d'autres circonstances, il aurait fait une formidable recrue pour son armée. Un merveilleux fils de substitution… En d'autres circonstances…

— Vous voulez voir comment Gregor est mort ? intervint la Jeune Gracieuse en le tirant de sa réflexion. Vous savez, Gregor, votre fils aîné, si fort et si fidèle…

Malgré la douceur de ses traits, ses cheveux soyeux, sa silhouette fine, sa jeunesse, elle paraissait encore plus redoutable que son père. Néanmoins, même si ses chances s'amenuisaient sévèrement, Orthon mettait un point d'honneur à faire bonne figure et à garder la main, ne serait-ce qu'en apparence. Il s'apprêtait à assener une réplique cinglante, mais, comble de l'humiliation, Oksa le réduisit au silence par une Muselette. L'insecte écœurant enfonça ses griffes dans les lèvres du Félon. Il se débattit à nouveau, les yeux écarquillés de rage. Ses mains continuaient d'expédier des éclairs électriques qui rebondissaient inutilement sur le béton.

Ces gesticulations n'avaient aucun effet sur Oksa. D'un geste sûr, elle souffla dans sa Crache-Granoks. Les deux scientifiques se pétrifièrent instantanément avant d'être transformés en statues de verre.

— Je lui ai d'abord envoyé un Colocynthis, annonça Oksa. Puis un bon Knock-Bong, comme ça !

Elle joignit le geste à la parole. Les corps vitrifiés de Leokadia Bor et de Pompiliu Negus furent projetés en l'air et se fracassèrent contre le mur en mille éclats de verre multicolores.

— Et voilà comment votre fils est mort ! fit Oksa d'une voix atone.

Elle s'avança, mais le bruit du verre répandu sur le sol l'arrêta aussitôt. Elle rejeta loin dans son esprit l'image de corps humains réduits à l'état de débris craquant sous ses pieds et réussit à rester maîtresse d'elle-même.

Orthon ne devinait rien de son trouble. Dans l'expression de la jeune fille, il ne décelait aucun triomphalisme. Seulement cette lueur orageuse qui brillait au fond de ses yeux ardoise. Mais rivés dans ceux d'Orthon, noyés d'encre noire, ils reflétaient bien davantage que la menace illustrée par ses pouvoirs. D'ailleurs, le Félon ne s'y trompa pas : avant qu'elle ne voie Zoé, Mortimer et Tugdual, il avait peut-être encore une chance qu'elle hésite.

Mais à l'instant même où elle les avait aperçus, inconscients sur des tables médicales, à la merci de Leokadia Bor et de Pompiliu Negus, elle avait pris la décision, ferme et définitive, de le tuer.

Et rien ne la ferait plus revenir en arrière.

42

Déstabilisations

— Qu'est-ce que vous leur avez fait ? demanda Oksa en réprimant intérieurement les tremblements que la scène lui inspirait.

Elle évitait de regarder ses trois amis, c'était bien trop perturbant de les voir ainsi, inanimées, sanglés à ces épouvantables tables verticales, les bras en croix et la tête bloquée dans des coques de cuir.

Elle démusela Orthon. Ce dernier cracha, avec un dégoût provocant.

— Mes fils, ma nièce… commença-t-il. Ils sont ma descendance directe…

— Non ! lui opposa Oksa dans un cri révolté. Ils n'ont rien de commun avec vous, à part quelques molécules d'ADN dont ils se passeraient volontiers, vous pouvez me croire !

— N'est-ce pas une base essentielle ? répliqua le Félon, arrogant comme jamais. Un fondement indéfectible ?

— Nous avons déjà eu cette discussion et, apparemment, vous persistez à croire que les liens du sang prévalent sur les liens du cœur. Pourtant, vous avez déjà eu la preuve que vous aviez tort, non ?

— C'est toi qui as tort. Le sang est plus important que tout. Mais sans doute es-tu encore trop jeune pour accepter cette évidence.

— Ne nous faites pas croire que vous pensez *vraiment* que Zoé et Mortimer ont eu un irrépressible besoin de se rapprocher de vous parce que vous êtes leur père et oncle ! Vous les avez capturés, c'est juste un tout petit peu différent, non ?

Oksa reprit son souffle. Elle voulut essuyer les gouttes de sueur qui brûlaient ses yeux, mais renonça – Orthon aurait été trop heureux de voir ses mains trembler.

— Quant à Tugdual, arrêtez de vous faire des films ! S'il est là, sur cette table, comme Zoé et Mortimer, c'est bien parce que vous savez qu'il n'a *jamais* voulu être à vos côtés. Vous l'avez privé de son libre arbitre en faisant de lui votre marionnette, ainsi que vous l'avez fait de Fergus Ant et de tas d'autres. Mais bien qu'il soit votre fils et que votre sang coule dans ses veines, il vous a échappé…

Pavel lança à Orthon une nouvelle Arborescens qui comprima le torse du Félon au point qu'il laissa échapper un gémissement. Les veines de son cou gonflèrent, pleines de sang fielleux.

— Si vous ne nous aviez pas fait autant de mal, à nous et aux êtres humains des Deux Mondes, je vous trouverais pathétique, vous savez… continua Oksa. Être obligé d'utiliser de tels artifices, la manipulation ou la menace pour obtenir l'estime des autres, c'est presque triste et il n'y a vraiment pas de quoi en tirer gloire.

— Ceux qui m'admirent sont beaucoup plus nombreux que tu ne le penses ! rétorqua Orthon.

— Oh, vous voulez parler de tous les psychopathes, mégalomanes et eugénistes sans foi ni loi qui gravitent autour de vous ? Bien sûr qu'ils vous admirent ! Vous êtes pareils, sauf que vous, vous avez des pouvoirs, ce qui vous met un cran au-dessus d'eux et légitime votre statut de grand chef suprême…

Le regard d'Orthon obliqua vers la porte, laissée béante après l'entrée fracassante de Pavel. Oksa ne se laissa pas troubler. Peut-être s'agissait-il d'une ruse pour détourner son attention. Mais il y avait bel et bien quelqu'un, elle le sentait…

Du coin de l'œil, elle vit son père se retourner brièvement avant d'accorder à nouveau à Orthon toute sa vigilance.

— Vous n'avez pas pu vous en empêcher… marmonna-t-il.

Ses yeux brillaient et sa lèvre supérieure s'était légèrement retroussée, comme chaque fois qu'il éprouvait une grande émotion.

— Tu croyais qu'on allait rester dans notre coin, à attendre votre retour ? résonna la voix de Marie.

Oksa frissonna de joie. Les Du-Dehors – non, les Sauve-Qui-Peut… – étaient tous là !

— Pour rien au monde on n'aurait voulu rater la chute de ce pourri ! renchérit Gus.

Orthon jeta un regard foudroyant au jeune homme. S'il avait eu des éclairs ou n'importe quoi de mortel dans les yeux, Gus serait mort sur le coup.

— Restez à l'écart ! ordonna Pavel.

Oksa ne put s'empêcher de faire un pas en direction d'Orthon.

— Oksa ! s'écria Pavel.

Le jeune fille sentit qu'il s'était retenu d'ajouter que l'avertissement valait pour elle aussi et elle lui fut reconnaissante – Orthon n'aurait pas manqué d'ironiser. Son père avait raison : ils étaient convenus de ne jamais plus donner l'occasion à leur ennemi d'avoir un contact direct – qui pouvait savoir de quoi Orthon était encore capable ? Elle devait respecter son engagement, même si elle brûlait d'envie de rendre au Félon la gifle qu'il lui avait donnée un peu plus tôt. Sa revanche n'allait pas tarder et elle serait bien plus radicale.

Elle se posta à trois mètres de lui. Elle n'en avait pas tout à fait terminé.

— Où est Abakoum ? lui demanda-t-elle.

— Tu veux parler du valet des Pollock ?

Cette fois, Oksa ne se retint pas : un Knock-Bong bien envoyé projeta la tête d'Orthon contre le mur, au risque de la lui arracher ! Le crâne du Félon heurta la cloison bétonnée dans un bruit mat, sans résonance. Pourtant, il ne laissa pas démonter.

— Aurait-il détalé ? Comme un lapin ? fit-il d'un air narquois.

— Très drôle… commenta placidement Oksa. Mais vous savez bien que ce n'est pas son genre. D'ailleurs, je suis sûre qu'il est passé par là…

— Et qu'est-ce qui te fait dire cela ?

— Les Vigilantes, répondit-elle en poussant du bout du pied les dépouilles des guêpes-sentinelles. Elles étaient déjà dans cet état quand nous sommes arrivés.

Était-ce sa négligence ou la perspective de la présence d'Abakoum qui mettait Orthon si mal à l'aise ? Il semblait véritablement contrarié. Oksa en profita.

— Pour la dernière fois, qu'est-ce que vous leur avez fait ? fit-elle en montrant Zoé, Mortimer et Tugdual.

— Une simple expérience, répondit le Félon, son arrogance retrouvée. Mais ne sois pas impatiente, Gracieuse : toi et les tiens, vous en découvrirez très vite les effets.

Oksa lutta contre un vertige subit. Le bras de fer ressemblait de plus en plus à une partie de poker-menteur, le genre de jeu qu'elle n'affectionnait guère. Elle se demandait intérieurement pourquoi elle prenait la peine de parler avec Orthon. Cette « discussion » ne menait à rien, elle n'apportait aucune satisfaction, aucune réponse à ses questions. Elle ne faisait que repousser ce qu'elle devait faire.

— À condition, bien sûr, que vous réussissiez à sortir vivants de ce bâtiment… poursuivit Orthon. Car n'oubliez pas que je suis supposé être le futur président des États-Unis et qu'à ce titre, je suis ultra-protégé. Si vous me tuez, vous aurez la CIA et la plus puissante armée du monde aux trousses. Vous ne l'avez certainement pas remarqué en arrivant, mais des troupes d'élite sont embusquées partout autour de la gare, sur terre et dans les airs. La moindre issue est gardée, vous êtes dans une véritable souricière et, si je ne suis pas à vos côtés quand vous sortirez, je ne donne pas cher de votre peau… Admettons que, par miracle, vous en réchappiez, vous resteriez des clandestins jusqu'à la fin de vos jours, à trembler qu'on vous trouve…

— Ça n'arrivera pas, puisque, quand nous en aurons fini avec vous, nous retournerons aussitôt à Édéfia ! le coupa Oksa.

La grimace haineuse d'Orthon se mua en un sourire dédaigneux.

— Pauvre enfant, quelle naïveté… soupira-t-il. Édéfia a échappé à la destruction venant du ciel, mais elle ne survivra pas à l'anéantissement qui est en train de prendre racine en son cœur…

Oksa résista à l'envie de chercher du réconfort auprès des siens, un regard, un signe de tête, un encouragement. Cependant, Orthon le sentit et s'en rengorgea.

Ainsi qu'il l'avait toujours fait, il misait ses derniers pions sur ce genre de faiblesse. La moindre faille, la plus infime hésitation, et il s'engouffrait, forait sans relâche et rendait poreuse la détermination de ses ennemis. Oksa le savait, ô combien.

Tout comme elle savait qu'il ne répondrait pas à la question qu'elle lui avait posée.

— Vous n'en avez pas marre de bluffer ?

— Tu ne me crois pas, Gracieuse ?

Orthon avait résolument retrouvé son aplomb légendaire.

— Dans ce cas, comment se fait-il qu'un homme aussi « ultra-protégé » se retrouve là, entravé, seul face à une bande d'amateurs comme nous ? rétorqua Oksa. Il n'y a personne dehors, pas plus d'agents de la CIA que de militaires de l'US Army. Il n'y a plus que vous et nous, vous le savez très bien. Même vos fidèles hommes de main ont décampé. Alors, arrêtez votre baratin…

Orthon lui adressa un sourire mauvais et l'esprit d'Oksa balança devant cette réaction. Info ou intox ? Ce n'était pas nouveau de la part d'Orthon.

— Qu'est-ce que vous allez inventer maintenant ? poursuivit-elle en se redressant. Je suis sûre que vous n'allez pas tarder à nous dire que vous avez inoculé une substance très dangereuse à vos fils et à Zoé, et que vous seul détenez l'antidote ou je ne sais quoi qui les tirera d'affaire…

— Tu veux parier ? répliqua aussitôt Orthon.

— Non, je ne veux pas parier ! répondit Oksa.

Son calme apparent déstabilisa le Félon. Il plissa les yeux, serra les poings.

— Je ne veux pas parier, je ne veux plus que vous parliez, je ne veux plus vous entendre…

De petits spasmes nerveux firent palpiter les paupières d'Orthon. Son crâne lisse se couvrit de sueur. Il aurait voulu éviter qu'Oksa regarde à nouveau les seringues brisées sur le sol et les corps inertes de Zoé, de Mortimer et de Tugdual. Mais c'est ce qu'elle fit.

— Je ne veux plus que vous existiez, Orthon McGraw.

Le seul fait de le dire rendait l'acte aussi possible que proche. Enfin…

— Il est temps que ça s'arrête, annonça la jeune fille.

Elle porta sa Crache-Granoks à sa bouche et psalmodia la formule fatale.

Le Crucimaphila fusa dans un crépitement d'étincelles sombres.

43

La poussière retourne à la poussière

Pour ses derniers instants à vivre, Orthon aurait eu à cœur d'afficher un air fier et digne. Il y parvint, l'espace du court laps de temps entre l'énonciation de la formule par Oksa et l'impact du Crucimaphila sur son corps. La Jeune Gracieuse put même le percevoir. Elle y vit une forme de défi. Encore et toujours… Orthon fanfaronnerait jusqu'au bout…

— Ne vous méprenez pas, l'avertit-elle. Cette fois-ci, vous ne vous en sortirez pas.

Les yeux d'Orthon s'étrécirent, ne laissant passer que l'éclat luisant de ses prunelles d'encre.

— Contrairement à vous, nous avons su apprendre de nos erreurs, poursuivit-elle.

La réplique qu'il s'apprêtait à lancer s'évanouit dans sa bouche. Le Crucimaphila venait de rompre les lianes et les solides liens, jaunes et visqueux, se désagrégeaient sous l'effet de la Granok suprême. Orthon leva les yeux au plafond et constata qu'aucun phénomène ne se manifestait. La Granok n'avait aucun effet sur lui, aucun ! Cette maudite Gracieuse était en train de superbement échouer !

Vite, il fallait profiter de ce retournement de situation. Plus que quelques secondes et les Arborescens auraient complètement fondu. Alors, il rassemblerait ses dernières forces et bondirait en prenant tout le monde de court. Il sauterait au cou de cette effrontée de Jeune Gracieuse et il la tuerait avant que son père ait le temps de réagir.

Il ne restait que quelques lambeaux de lianes, rien qu'un homme tel que lui ne puisse arrêter. Son cerveau fonctionnait à plein régime, la victoire était là, à portée de main, éclatante.

Il était prêt.

Son hurlement de douleur aurait pu transpercer les tympans des Sauve-Qui-Peut s'il n'était pas resté bloqué à l'intérieur de son corps, quelque part au niveau de sa gorge. Que se passait-il ? Le plus infime mouvement générait une souffrance inimaginable. Il se contraignit à l'immobilité totale, mais comment empêcher son cœur de battre, son sang de pulser dans ses veines ? Même le battement de ses cils entraînait une pure torture.

Il réussit à ouvrir la bouche. Quand il voulut parler, il eut l'impression que sa langue… se disloquait !

— Ma fille a négligé un détail… l'informa Pavel. La composition du Crucimaphila qu'elle vient de vous lancer a été un tout petit peu modifiée par Abakoum, vous savez, le valet des Pollock… Les spirales tourbillonnantes, les trous noirs aspirants, c'est fini tout ça. Le Crucimaphila « spécial Orthon » agit de l'intérieur. D'abord, sur vos muscles, vos os, puis sur vos artères et vos organes vitaux. Enfin, ce sera votre pitoyable carcasse…

En s'agrandissant, les yeux d'Orthon se désagrégèrent en partie. Des cendres grisâtres tombèrent en pluie fine.

— Alors, à moins que vous ne réussissiez à rester parfaitement figé, vous allez peu à peu être réduit en poussière... ajouta Pavel.

— Et je vous garantis que nous ferons en sorte que vous ne puissiez revenir dans aucun des Deux Mondes, intervint Oksa en réprimant les tremblements qui l'agitaient des pieds à la tête.

Elle approcha son visage à quelques centimètres de celui du Félon. Un de ses yeux, *partiellement vivant*, la fixa avec une expression que la jeune fille n'aurait jamais cru voir un jour chez le Félon : une immense et insondable terreur.

— Allez au diable, lui murmura-t-elle.

L'œil d'Orthon, comme une grande partie de son visage, s'effrita en formant des petits amas de poussière.

Le phénomène exerçait sur les Sauve-Qui-Peut une sorte de fascination horrifiée. Oksa en oubliait presque de respirer. Bouche entrouverte, narines palpitantes, elle s'approcha et, du bout de sa bottine, elle effleura la jambe du Félon. Elle poussa un petit cri quand le reste du corps d'Orthon se répandit en de légères volutes qui se maintinrent en l'air avant de retomber lentement sur le sol, de la même façon qu'une bûche perd toute sa densité après combustion : dès que le tison la touche, elle devient cendre.

Orthon n'était plus qu'une masse sans consistance. Un tas de poussière, douce et terne.

— Tu as réussi...

44

La libération

Oksa se retourna. Gus était là, près d'elle, ainsi que les Sauve-Qui-Peut, stupéfaits que tout soit terminé. Ça paraissait si simple, une fois que c'était arrivé. Si simple…

Oksa vacilla, ses jambes ne la portaient plus, elle avait mal partout, aux muscles, au cœur, à la tête, et en même temps, un grand vide se formait en elle, absorbant ses dernières forces. Il ne manquerait plus qu'elle s'évanouisse… Gus prit son bras et la soutint fermement.

— Viens t'asseoir !

Il l'entraîna contre le mur.

— Non, ça va aller… fit-elle.

Elle n'arrivait pas à quitter des yeux le corps d'Orthon, ou plutôt ce qu'il en restait : un insignifiant tas de poussière.

— Tu… On ne risque plus rien ! la rassura Gus. T'as vraiment assuré, ma vieille.

Elle voulut lui montrer son soulagement et sa gratitude, mais elle ne réussit qu'à lui jeter un misérable coup d'œil. Elle avait l'air – et se sentait – complètement perdue. Un peu plus loin, les autres Sauve-Qui-Peut s'étaient précipités près des tables médicales auxquelles étaient entravés Zoé, Mortimer et Tugdual. Les regards de Pavel et de Marie alternaient entre leur fille et les trois ados inconscients.

— Papa ? Maman ? interpella Oksa dans un murmure.

Sa voix eut du mal à franchir la barrière de ses lèvres. Il fallait qu'elle se reprenne, absolument. Elle amorça un pas vers ses parents en réprimant un gémissement. Son dos, son cou, ses épaules la faisaient autant souffrir que si elle avait roulé dans des escaliers. À moins que ce ne soit le spectacle de ses trois amis qui fasse crouler sur elle une avalanche d'angoisses aussi douloureuses que des coups.

— Ils sont vivants…

— Abakoum !

Tout le monde s'était écrié en même temps. L'Homme-Fé se tenait là, dans l'encadrement de la porte. Les bras le long du corps, voûté et visiblement très affecté, il adressa aux Sauve-Qui-Peut un sourire un peu forcé, fiévreux.

Oksa, elle, ne contenait plus son soulagement : elle se jeta au cou du vieil homme.

— Si tu savais comme j'ai eu peur… lui dit-elle, le visage enfoui dans le creux de son épaule.

Un sanglot éclata au fond de sa gorge, comme une bulle libératrice. Abakoum lui caressa les cheveux, les yeux fixés sur la dépouille d'Orthon, petit monticule sale et informe.

— J'y suis arrivée…

— J'ai tout vu, ma chère petite. Tu as été très courageuse, tu es véritablement une grande Gracieuse…

Oksa se dégagea en douceur et le dévisagea, étonnée.

— Tu étais là ?

— Je suis ton Veilleur.

— Les Vigilantes, c'était toi ?

— Considérons cela comme une modique contribution de ma part…

Elle lui adressa un regard plein d'affection. Puis, d'un mouvement de tête, elle montra le tas de poussière.

— Il faut qu'on s'occupe de… lui, non ? On ne sait jamais…

— Nous avons tout le temps, la rassura Abakoum.

— Et si ça fait comme la dernière fois ? Si Orthon se reconstitue et devient encore pire ?

— Non, Oksa. C'est vraiment fini.

Il regarda la jeune fille droit dans les yeux.

— Je t'assure, lui dit-il.

Oksa opina de la tête.

— Pour le moment, il y a une autre priorité, murmura Abakoum d'une voix éraillée.

Tous deux se tournèrent vers Zoé, Mortimer et Tugdual. C'était si choquant de les voir ainsi, les bras en croix, affreusement pâles. Bien qu'ils soient inconscients, leur expression n'évoquait rien de paisible. On les aurait dits figés en plein cauchemar, comme si la dernière chose qu'ils aient vue était une pure horreur.

Malgré l'assurance d'Abakoum, tout le monde se demandait s'ils respiraient. Tout ce qui constituait la vie organique semblait avoir sombré dans une inertie que les Sauve-Qui-Peut avaient beaucoup de mal à supporter. Ils faisaient leur possible pour ne pas y penser, mais, si la mort d'Orthon avait entraîné celle des trois jeunes gens, ce serait très cher payé. Beaucoup trop. Et aucun d'eux ne l'assumerait. Jamais.

— Ils sont vivants, répéta Abakoum.

Il souleva délicatement une des paupières de Zoé. Ce qu'il entrevit entre son pouce et son index lui fit faire un pas en arrière et frappa de surprise Oksa, Gus et Pavel, les témoins les plus proches.

— Qu'est-ce que c'est ? bredouilla Oksa. Qu'est-ce que ça veut dire ?

Au lieu de répondre, Abakoum se frotta le visage et s'approcha à nouveau. Il recommença ce qu'il venait de faire et, cette fois, la pupille de Zoé ressemblait à ce que tous connaissaient : un doux mélange de noisette et de miel, pailleté de vert tendre, et non plus cette obscure encre noire et liquide qui noyait son œil quelques secondes plus tôt.

Abakoum referma la paupière de la jeune fille et se saisit de son poignet. La chaleur de ce contact tira Zoé de son inconscience. Elle ouvrit les yeux d'un coup, tourna la tête par à-coups à droite, à gauche, à la fois affolée de se sentir prisonnière et rassérénée de voir des visages bienveillants autour d'elle.

— Dieu merci, tu es en vie ! s'écria Marie.

Abakoum et Pavel s'empressèrent de défaire les sangles qui la maintenaient à la sinistre table métallique. Pendant qu'Oksa et les Sauve-Qui-Peut la prenaient dans leurs bras, trop heureux, les deux hommes avisèrent les ouvertures circulaires pratiquées dans la table verticale, en divers points où se trouvait le dos de la jeune fille. D'ailleurs, ses vêtements avaient été soigneusement découpés en plein milieu et laissaient apparaître une partie de sa colonne vertébrale saillante.

— Zoé…

Oksa n'arrivait pas à murmurer autre chose que le prénom de son amie. Mais son regard, éloquent, compensait. Un peu hagarde, Zoé ne s'y trompa pas.

— Ça va… dit-elle simplement. Je suis vraiment heureuse de vous voir.

Elle regarda tous les Sauve-Qui-Peut, un à un.

— Et Mortimer ? s'enquit-elle.

— Je vais bien ! retentit la voix du jeune homme.

À son tour, il émergeait. Dès que Pavel et Abakoum lui eurent ôté ses liens, sa mère le prit dans ses bras et l'observa longuement en lui caressant le visage et les cheveux. Puis elle le pressa contre elle en ravalant un profond sanglot.

— Si j'avais dû te perdre, je n'aurais pas survécu…

— Tout va bien, Maman. Tout va bien.

— Content de te revoir, mon vieux ! lança Gus.

Oksa lui jeta un petit regard surpris. Les deux garçons n'avaient jamais entretenu des relations très amicales… Gus rendit son regard à Oksa par une mimique pleine d'évidence : la méfiance avait disparu depuis un bon moment, Mortimer avait largement prouvé qu'il faisait partie de leur communauté.

Ce dernier se tourna vers la troisième table.

— Et Tugdual ?

Abakoum et Pavel l'encadraient, attentifs et inquiets. Une terrible pensée effleura Oksa. Son cœur se serra, Tugdual avait l'air tellement… mort…

— Pourquoi il ne revient pas ? murmura-t-elle.

Abakoum plaqua l'oreille sur le torse du jeune homme.

— Son cœur bat, annonça-t-il.

— Qu'est-ce qu'Orthon vous a fait ? demanda Oksa à Zoé et Mortimer.

Elle était si nerveuse que sa voix tremblait.

— On a juste vu les deux scientifiques qui mélangeaient des produits, répondit Zoé.

— Ils nous ont endormis, précisa Mortimer. On ne s'est rendu compte de rien.

— Mais on va bien ! s'exclama Zoé. On n'a rien !

Oksa se tourna vers Abakoum.

— Tu étais là ?

Elle avait l'impression de suffoquer.

— Tu as vu quelque chose ? poursuivit-elle, pratiquement en apnée.

Plusieurs secondes s'écoulèrent avant que l'Homme-Fé ne réponde.

— Personne n'a eu le temps de leur faire quoi que ce soit, dit-il enfin. Ni ces espèces de savants fous ni Orthon.

Clôturant la discussion, il se tourna vers Tugdual qui manifestait les premiers signes de réveil.

Soudain, tout s'accéléra. Le jeune homme se raidit avec une violence qui lui fit écarquiller les yeux et serrer les poings. Il inspira comme s'il avait failli se noyer, comme s'il revenait à la vie. Alors qu'il expirait tout l'air qui venait d'emplir ses poumons, son corps s'arqua, pris de convulsions. Le bleu de ses iris, toujours aussi polaire, devint laiteux. Malgré ses poignets entravés, il frappa les poings de toutes ses forces contre le métal de la table. Le fracas et son agitation firent frémir tout le monde.

Puis le calme s'empara de lui, aussi soudainement que la crise qui venait de le secouer.

Il eut du mal à rester sur ses jambes quand Abakoum et Pavel le détachèrent, et cette faiblesse lui arracha une plainte. Comme Zoé et Mortimer, ses vêtements étaient découpés, un cercle d'une dizaine de centimètres de diamètre en plein milieu du dos.

Abakoum fut le premier à s'approcher pour le serrer dans ses bras. Tugdual le dévisagea comme s'il ne l'avait pas vu depuis une éternité.

— Comment te sens-tu, mon garçon ?

— Ressuscité… répondit-il.

Une larme perla au coin de son œil. Il battit des paupières, sans réussir à la résorber. Au contraire, elle s'échappa et glissa le long de la joue, bientôt suivie d'autres, impossibles à endiguer.

Le jeune homme détourna la tête, embarrassé.

— Ça faisait longtemps… fit-il dans un souffle.

— N'aie pas honte, lui murmura Abakoum.

Tugdual se redressa tant bien que mal en prenant appui contre la table et respira, de plus en plus profondément, de plus en plus normalement. Au fur et à mesure, son visage se détendait, son expression de marbre semblait fondre, redevenant celle que tous avaient connue lorsqu'il était parmi eux.

Celle d'un jeune homme tourmenté mais sensible, secret et pourtant attentionné.

Et surtout, humain.

— Où est Orthon ?

Contre toute attente, ce fut Zoé qui posa l'inévitable question.

— Il est là, répondit Oksa.

De l'index, elle leur montra l'amoncellement de poussière.

— Oh…

Que ressentait Zoé à cet instant précis ? Ce petit « oh », lancé avec une légèreté décalée, comme si Oksa venait de lui montrer un nouveau tour, ne laissait rien transparaître.

— Tu as réussi, Oksa ! fit-elle.

— C'est exactement ce que je lui ai dit ! renchérit Gus.

Les yeux de Zoé débordaient d'admiration et de reconnaissance. Oksa en éprouvait un sentiment étrange. Mais quand Mortimer s'approcha du monticule, elle s'inquiéta. Le jeune homme venait de perdre son père. Un père autoritaire et psychopathe, un mégalomane dangereux, un tueur… mais un père avant tout.

Il s'accroupit, observa l'amas sans le toucher et inspira à fond.

— C'est incroyable ! finit-il par lâcher.

Ce n'était pas la première fois qu'il voyait son père réduit en cendres. Il avait déjà vécu la même expérience, dans la cave de la maison londonienne où il habitait. Les McGraw étaient alors une famille et Mortimer un fils aimant qui venait d'assister à la pulvérisation de son père idolâtré[1]. Les yeux brûlés par les larmes, le cœur prêt à exploser, il avait alors ramassé chaque particule et son père avait pu renaître.

Les souvenirs affluaient. Un véritable déluge impossible à endiguer… Il se souvenait de tout, de chaque instant, chaque émotion. Son désespoir, sa révolte, sa soif de vengeance… Le bonheur sans nom de revoir son père, phénix surpuissant.

Puis tout avait dérapé. Mortimer s'était aperçu qu'il n'était pas comme son père et qu'il ne le serait jamais. Parallèlement, Orthon s'en rendait compte, lui aussi, et ne manquait aucune occasion de le lui faire remarquer. L'exigence de perfection et l'extrême sévérité firent place aux vexations, au mépris. Un fossé se creusa entre eux. Lui succéda un abîme, chargé de déception

1. Souvenez-vous des chapitres 77 et 78 du tome 1, *L'Inespérée*.

pour Orthon et d'un ressentiment insupportable pour Mortimer.

L'assassinat d'Ocious fut un choc pour Mortimer. En dépit de son sens aigu de la famille et de l'importance qu'il accordait aux liens du sang, Orthon avait tué son propre père. Si Gregor ne semblait pas en être affecté, Mortimer, lui, eut du mal à s'en remettre. Et, surtout, personne avec qui en parler.

L'arrivée de Tugdual dans le « cercle familial » déclencha le départ définitif de Mortimer. Envers et contre leur père, les deux demi-frères tentèrent d'aider de leur mieux les Sauve-Qui-Peut, notamment en leur procurant la Tochaline[1], les précieuses herbes qui allaient permettre à Marie d'être sauvée. Tugdual était resté dans les griffes d'Orthon, mais Mortimer avait réussi à s'en extraire. De toute façon, ça n'avait pas été difficile : Orthon ne jurait plus que par ce nouveau fils, beaucoup plus puissant et prometteur que Mortimer ne le serait jamais.

— Tu vois, Père, je ne m'en sors pas si mal, comparé à toi… murmura-t-il au petit tas de poussière.

Tugdual lui mit la main sur l'épaule. Chacun à sa façon, ils avaient beaucoup enduré. L'emprise d'Orthon laisserait des cicatrices, mais elle avait également fait d'eux des garçons plus forts, différents à tous points de vue. Ils le sentaient dans leur chair, dans leur sang comme dans leur esprit, plus que jamais.

Aujourd'hui était le jour de leur libération. Le premier de leur nouvelle vie.

---

1. Si vous voulez vous rafraîchir la mémoire, relisez les chapitres 45 à 53 du tome 4, *Les Liens maudits*.

45

Comme un soufflé…

— Il est temps qu'on rentre chez nous maintenant, vous ne croyez pas ?

Dans le silence déconcertant qui régnait, Oksa avait hésité à lancer cette proposition. Mais cette salle souterraine, aveugle et froide, finissait par oppresser la Jeune Gracieuse. Trois personnes étaient mortes ici. Même s'il s'agissait de véritables monstres dont il ne restait que des débris de verre et de poussière, ce rappel créait un sentiment de malaise bien réel.

— Tout à fait d'accord !

Gus exprimait l'opinion de tous les Sauve-Qui-Peut.

— Accordez-moi un instant, s'il vous plaît, demanda Abakoum.

Il sortit la baguette héritée de sa mère, la Fée Sans-Âge-Qui-Mourut-D'Amour. Il s'agenouilla et passa l'extrémité de la baguette sur la dépouille d'Orthon, ce simple petit tas de cendres. Au fur et à mesure qu'il rassemblait les cendres, la boule grossit jusqu'à constituer une sphère étonnamment compacte, de la taille d'un pamplemousse. Il s'allongea sur le sol, récupéra les derniers grains de poussière, et se releva.

Il posa la boule sur le plan de travail carrelé qui longeait le mur et tout le monde se demanda ce qu'il allait en faire. Quand il la partagea en trois quartiers du bout de sa baguette, Oksa se risqua à lui poser la question.

— Vous allez penser que je fais preuve de précautions excessives, fit l'Homme-Fé. Mais si trois d'entre nous gardent une part d'Orthon, nous nous préserverons de tout risque.

Il adressa à Mortimer et à Tugdual un regard plus insistant, plus compatissant, qu'à quiconque. Les Sauve-Qui-Peut, comme les deux garçons, y virent une sorte de demande de pardon implicite.

Mortimer et Tugdual furent les premiers à approuver cette initiative. Alors, Abakoum leur tendit un quartier au bout de sa baguette.

— Je pense que cela vous revient, dit-il en les fixant.

Mortimer souffla, le haut du corps contracté comme s'il s'apprêtait à mener un combat de boxe. Il jeta un coup d'œil hésitant à sa mère, puis à Tugdual. Ce dernier fit un infime mouvement de tête.

— OK… dit-il froidement. Je le garde juste le temps qu'on trouve l'endroit idéal pour s'en débarrasser.

Du bout des lèvres, Barbara articula un remerciement à l'intention d'Abakoum. Mortimer sortit le Coffreton que l'Homme-Fé lui avait offert quelques mois plus tôt, lors de son ralliement.

— Tu crois que ça convient ?

Abakoum lui sourit.

— C'est parfait.

Il déposa délicatement l'étrange quartier de cendres dans la boîte, Mortimer referma le couvercle d'un coup sec et la fourra dans sa poche.

— Oksa, si tu entableautais une des deux parts restantes quand on sera à Édéfia ?

La suggestion de Tugdual était surprenante, mais moins encore que l'évocation de leur présence à Édéfia. La jeune fille en resta interdite.

— Alors, qu'est-ce que tu en dis, P'tite Gracieuse ?

Le sobriquet, accompagné du regard polaire et du mince sourire si familiers, la remplit de réconfort.

— C'est une excellente idée ! s'exclama-t-elle. Ce sera ma première mission de Gracieuse.

Elle vida le contenu de son Coffreton dans celui de son père et reçut à son tour un quartier de poussière compacte. De toutes les expériences qu'elle avait vécues, celle-ci faisait partie des plus étranges, assurément, et elle s'avouait incapable de savoir qu'en penser.

— Garde la dernière part, Abakoum… balbutia-t-elle sans parvenir à fixer le regard sur quiconque.

Tout le monde acquiesça et Abakoum obéit en silence.

— Bon… On n'a plus rien à faire ici… fit Pavel.

— Non, renchérit Oksa. Mission accomplie, on rentre à la maison.

Contrairement à ce qu'Orthon avait laissé entendre, les Sauve-Qui-Peut ne rencontrèrent pas la moindre difficulté pour sortir de la Michigan Central Station. La bâtisse était telle qu'elle le laissait paraître : une gigantesque coquille vide.

Ils prirent le temps de sceller magiquement les lourdes portes blindées derrière eux. Ce qui s'était passé ici resterait enfoui à tout jamais dans les fondations.

Il n'y avait pas plus de troupes surarmées à l'extérieur qu'entre les murs du bâtiment. Les sbires d'Orthon s'étaient éparpillés dans la nature dès que le vent avait tourné. Il leur faudrait trouver un autre employeur, un nouveau *Master* à qui proposer leurs services…

— Avec tous les mégalos qu'il y a sur Terre, ça ne devrait pas être trop difficile ! ironisa Gus.

L'hélicoptère dans lequel ils étaient arrivés à Detroit, seulement quelques heures auparavant, avait disparu. Par contre, plusieurs voitures avaient été abandonnées, dont deux énormes 4 × 4 qui se trouvaient là, rutilants dans les hautes herbes du terrain vague. Le soulagement fut unanime : personne n'avait vraiment envie de rentrer à Washington à dos de Dragon d'encre ou en volticalant…

— Ça vous ennuie si je prends le volant ? demanda Pavel. J'ai toujours rêvé de conduire un engin pareil !

Oksa ne comprit pas d'où venait l'irrépressible envie de rire qui la saisit. Elle tenta de la contenir en détournant la tête et en fixant son attention sur les quelques nuages nacrés qui défilaient dans le ciel. Mais l'hilarité déborda comme le lait d'une casserole et l'emporta dans un formidable fou rire. Marie fut bientôt contaminée, puis, un à un, les Sauve-Qui-Peut.

— Le 4 × 4, fantasme absolu de Pavel Pollock, l'homme-Dragon, le super-héros… haleta-t-elle.

Pavel haussa les épaules d'un air aussi fataliste qu'amusé.

— C'est l'occasion ou jamais ! se défendit-il en riant. Ce n'est pas à Édéfia que je vais pouvoir m'éclater avec un tel bolide !

— C'est sûr ! lui accorda Oksa en s'essuyant les yeux. Quelqu'un d'autre veut réaliser son rêve le plus fou ? Nous aurons besoin des deux voitures…

— À moins qu'on ne se tasse tous dans les Boximinus ! fit Niall, pince-sans-rire.

Cette suggestion ne fit qu'attiser le fou rire général. Tout le monde hoquetait, la pression retombait comme un soufflé. C'était complètement nerveux… et si bon de lâcher du lest ! Depuis combien de temps n'avaient-ils pas autant ri ? Le lieu et le moment étaient singuliers, mais quelle importance après tout ce qu'ils venaient de vivre ?

— Je suis volontaire pour jouer le rôle du second chauffeur ! annonça Abakoum. Mais je tiens à choisir mes passagers, si vous le permettez…

— Accordé ! s'exclamèrent en chœur Oksa et Pavel.

— Zoé, Mortimer, Tugdual, Barbara ! En voiture, s'il vous plaît ! clama l'Homme-Fé.

Niall parut un peu contrarié d'être séparé de Zoé, mais n'osa pas s'interposer. Il la retrouverait vite, Washington n'était pas si loin… Les deux groupes se répartirent dans les grosses voitures. L'absence de clé de contact ne fut pas un problème : quand on vient d'empêcher une étoile d'exploser et un fou de causer la mort de quelques milliards de personnes, on ne s'arrête pas à ce genre de considération.

Bien calée dans son fauteuil, Oksa se détendit. Les pensées, les sensations… Tout était si à vif, si contrasté. Elle ne put s'empêcher de se retourner. La gare se détachait dans la lumière du jour naissant. Il allait faire beau aujourd'hui.

Elle ne reviendrait plus jamais ici. Et la liste des choses qu'elle accomplissait pour la dernière fois à Du-Dehors ne faisait que commencer.

Gus glissa tendrement la main dans la sienne. Elle se pelotonna contre lui, triste et heureuse à la fois, elle ne savait plus vraiment. Une seule chose était sûre : elle était épuisée. Alors, dans le silence ouaté de l'habitacle, elle s'abandonna, le corps délivré de toute résistance.

46

Tout s'emballe

À l'intérieur des Boximinus, les créatures et les plantes se réjouissaient à leur façon de la libération, étape indispensable pour le retour à Édéfia tant souhaité. Cris de joie, vivats, jeter de confettis… La fête battait son plein ! Quelques-uns des occupants des boîtes magiques faisaient cependant exception, soit parce que les raisons leur échappaient, soit parce que le tapage représentait une source d'angoisse insurmontable… C'était le cas des Goranovs et des Insuffisants qui contemplaient les scènes de liesse avec méfiance, ou distance, selon leur tempérament.

Le Foldingot d'Oksa semblait, lui aussi, à l'écart de cette liesse. Dès qu'Abakoum le sortit de la Boximinus, il s'inclina devant lui, puis le regarda pendant plusieurs secondes, le teint anormalement livide, les jambes flageolantes.

— Qu'est-ce qu'il a ? chuchota Gus à l'intention d'Oksa.

Tous les deux observaient la scène depuis le comptoir de la cuisine donnant sur la grande pièce commune.

— Je ne sais pas, répondit Oksa. Le contrecoup de ce que nous venons de traverser, je suppose.

Gus opina de la tête.

— C'est vrai qu'il y a de quoi…

Ignorant les créatures et les plantes qui retrouvaient peu à peu leur taille ordinaire, le Foldingot se posta devant chacun des Sauve-Qui-Peut et les observa de la même manière pendant quelques instants. Un calme morne régnait dans l'appartement. Au contraire des petits êtres à poils, à plumes ou à feuilles, chacun récupérait en silence, replié sur ses propres pensées. Les mots étaient superflus et le sommeil impossible à trouver. Alors, les ados se reposaient, avachis sur les canapés, un œil distrait sur la télé en sourdine, pendant que Pavel cuisinait, et que Marie et Barbara rassemblaient les photos qu'elles souhaitaient emporter à Édéfia. De temps à autre, elles échangeaient quelques paroles, du bout des lèvres, comme pour économiser leur énergie.

Quand le petit intendant arriva auprès d'Oksa, la jeune fille ne put s'empêcher de le questionner :

— Ça va, mon Foldingot ?

Ses yeux s'écarquillèrent et ses grosses joues tremblotèrent.

— La domesticité de ma Gracieuse connaît une santé en pleine prospérité, mais son esprit fait la collision avec des tourments farcis de gravité.

Oksa reposa son verre de soda et descendit de son tabouret haut pour s'agenouiller devant lui.

— C'est normal, avec tout ce qu'on vient de subir.

— Ma Gracieuse possède la vérité en bouche et la domesticité de ma Gracieuse, la vérité en tête…

— Il faut que tu te reposes, intervint Abakoum.

— Et dès que ce sera le moment, nous partirons tous à Édéfia où nous pourrons vivre libres et heureux ! renchérit Oksa.

Un Gétorix mima le son triomphant d'une trompette pour illustrer ces propos.

— Le moment rencontre la proximité, ma Gracieuse.

— Quoi ?!?

Le cri d'Oksa claqua comme un coup de fouet.

— Tu veux dire que le Repère est apparu ?

Les Sauve-Qui-Peut lâchèrent ce qu'ils étaient en train de faire, l'attention soudain en éveil.

— La réponse est comblée de positivité : le Repère a produit la réapparition.

— Nom de Dieu… jura Pavel.

— Il… Il est où ? bredouilla Oksa.

— Ma Gracieuse aura la capacité de faire le déclenchement de l'ouverture du Portail devant le pied d'un arbre, répondit le Foldingot troublé.

— Un arbre ? Mais quel arbre ?

— Un arbre qui a connu le rendez-vous avec la survivance.

De plus en plus translucide, il tituba, le corps comme attiré vers le sol par le poids de son énorme tête.

— Le résineux rescapé… eut-il le temps de dire avant de s'évanouir.

Abakoum le rattrapa de justesse avant qu'il ne s'effondre. L'atmosphère n'avait plus rien de morne. Les Sauve-Qui-Peut s'entre-regardaient avec fièvre. C'était si étrange de penser au voyage qui les attendait, un retour pour certains, une aventure pleine de découvertes pour d'autres. Quitter définitivement Du-Dedans, ce monde qui était le leur, pour en rejoindre un autre, tout aussi cher à leur cœur…

L'agitation des créatures et des plantes redoubla, entre euphorie et effroi, hystérie et anxiété.

— C'est bientôt fini ? s'écria Marie, les mains sur les hanches. On se croirait dans une vraie foire !

— Ou une ménagerie en délire… se moqua gentiment Abakoum.

— Le Foldingot est mort ! brailla un des Gétorix en tournant autour du canapé où Abakoum avait allongé le petit intendant.

— Il est en route pour le paradis des Foldingogots ! s'égosilla un de ses congénères survolté. Adios amigo !

— Mais ça ne va pas la tête ? s'insurgea Oksa. On ne doit pas dire des choses pareilles, ça porte malheur !

Son expression était plus sévère qu'elle ne le pensait : tous les petits compagnons des Sauve-Qui-Peut se turent aussitôt.

— Bravo, ma vieille… murmura Gus. Quelle autorité !

— Oh, ça va, toi ! rétorqua-t-elle avec un sourire au coin des lèvres.

Le Foldingot gisait toujours sur le canapé.

— Je crois que j'ai une petite idée de ce qu'il voulait dire, annonça Niall.

— C'est vrai ? fit Oksa. Excellent ! Dis-nous !

Le garçon fonça vers son ordinateur et pianota à toute vitesse sur le clavier.

— Cette histoire de « résineux rescapé » me fait penser à ce pin qui a échappé à la destruction lors des cataclysmes… Mais je ne sais plus où…

Les pages défilaient sur l'écran.

— Ah, voilà ! J'ai trouvé ! C'est bien ce que je pensais : après le passage d'une monstrueuse tempête qui a tout détruit sur son passage, un seul arbre est resté debout, intact, un vrai miracle ! Depuis, il est considéré comme un symbole d'espoir, la population s'en est beaucoup inspirée lors de la reconstruction.

Les Sauve-Qui-Peut regardèrent les images de l'arbre, beau et fier, si fragile et pourtant si fort au milieu des vestiges du chaos.

— Et il se trouve où, cet arbre ? demanda Oksa à mi-voix.

— Au Japon, répondit Niall.

— Sur le rebord oriental de l'île de Honshu, ânonna le Foldingot, ses esprits retrouvés.

— Waouh…

Oksa ne parvint pas à dire autre chose. Mais en voyant ses parents et les Sauve-Qui-Peut sourire, elle se dit que ce n'était pas si grave…

— Eh bien, on dirait que l'heure du grand départ a enfin sonné, fit Marie.

— Très bien ! s'exclama Pavel en tapant un grand coup dans ses mains.

— Quand partons-nous ? demanda Barbara.

— Le plus tôt possible, non ? suggéra Oksa. Avec le branle-bas de combat qu'il va y avoir dès qu'on s'apercevra qu'Orthon a disparu, il vaut sans doute mieux qu'on ne soit plus là.

— Tu as raison, approuva Abakoum.

Il caressa sa courte barbe d'un air pensif.

— Je m'occupe des formalités, annonça-t-il. Pas question que nous nous séparions ! Il nous faut donc des visas, plus onze billets d'avion pour le Japon et…

Il réfléchit quelques secondes.

— Tout le monde a un passeport ?

Les Sauve-Qui-Peut opinèrent de la tête à l'unanimité.

— Tugdual, mon garçon, nous allons devoir te trouver une nouvelle identité, poursuivit Abakoum.

Loin d'en paraître blessé, Tugdual approuva.

— À moins de volticaler jusqu'au Japon, je n'ai aucune chance de passer les postes de contrôle, dit-il.

Tugdual Knut est toujours recherché par les autorités du monde entier, toutes les alertes se mettraient en route dès mon apparition dans le système.

Son regard se fit lointain et sombre pendant un court instant.

— Tu me choisis un beau nom, d'accord ? lâcha-t-il à l'intention d'Abakoum.

— Tu peux me faire confiance, répondit l'Homme-Fé avec un mince sourire.

Il se tourna vers Mortimer et Barbara. Mais il n'eut pas besoin de dire quoi que ce soit : tous deux avaient compris.

— J'avoue que je ne serais pas mécontente de ne plus m'appeler McGraw, dit Barbara.

— Moi non plus ! s'exclama Mortimer. C'est un peu trop… voyant… Et ça ne va pas s'arranger.

Il désigna les images qui défilaient sur la télé, restée en sourdine. Des reportages sur Orthon passaient en boucle et le fait qu'on ne sache pas où il était depuis seulement quelques heures commençait à semer une certaine agitation.

— Effectivement… admit Abakoum. Il va falloir faire vite.

— Et moi ? intervint Kukka. Je vais rester avec ce nom collé aux basques ? Autant se promener avec un panneau écrit en grandes lettres « Je suis une Knut, vous savez, Knut, comme le plus grand meurtrier de ces dernières années » !

— Quel tact… marmonna Oksa.

Kukka fit voltiger en arrière une mèche de sa splendide chevelure. Oksa se surprit à la trouver toujours aussi belle. Et toujours aussi agaçante. Il restait à espérer qu'une fois à Édéfia, ses parents et grands-parents retrouvés, elle se calme.

— Tu as vraiment fait beaucoup de mal ! s'écria la Princesse des Glaces en pointant le doigt sur Tugdual. Tu t'en rends compte au moins ?

Abakoum voulut intercéder, mais Tugdual posa la main sur le bras du vieil homme pour l'en dissuader.

— Oui, Kukka, je m'en rends compte, répondit-il.

Son ton était amer, de cette amertume triste et pesante, exempte de toute animosité.

— Tugdual est une victime, Kukka… murmura Abakoum. Ne l'oublie pas.

La jeune fille siffla entre ses dents et haussa les épaules d'un air dédaigneux. Quelqu'un parviendrait-il à la convaincre un jour ? Pour le moment, c'était loin d'être acquis.

— Je t'ajoute donc à ma liste, Kukka, annonça Abakoum. Donnez-moi quelques heures et je vous rapporte tout le nécessaire…

— Abakoum ? fit Oksa.

— Oui, ma chère enfant ?

Il s'amusait déjà de la question qu'elle allait immanquablement lui poser. Elle le sentit et se rétracta en agitant la main.

— Tu veux savoir par quel moyen je vais pouvoir trouver de nouveaux passeports aussi rapidement, n'est-ce pas ?

Elle fit non de la tête, puis oui.

— Disons que l'attrait des hommes pour certaines petites pierres brillantes va m'apporter une aide considérable…

— Bien sûr… concéda-t-elle.

Oksa se laissa tomber dans un fauteuil, en ébullition. Son corps fourmillait de la tête aux pieds. Tout s'accélérait, il lui semblait que le présent s'emballait pour atteindre le futur, le plus vite possible. Mais, tout comme Abakoum et ses « formalités », elle avait quelque chose de très important à faire avant de se mettre en route.

Gus la rejoignit et la fixa longuement, avec une insistance à laquelle elle avait du mal à faire face. Elle savait à quoi il pensait. Ou plutôt, à qui… À cet instant présent, le départ pour Édéfia n'était pas ce qui les préoccupait le plus – tous deux le souhaitaient tant et depuis si longtemps que son approche ne pouvait que les réjouir. Non, cette nouvelle phase de leur vie n'avait rien d'angoissant, bien au contraire. Par contre, ils ne pouvaient plus cacher le pénible secret qu'ils partageaient depuis quelques semaines.

Oksa finit par regarder son ami d'un air alarmé.

— Et si on ne disait rien ? murmura-t-elle.

— Oksa ! On ne peut pas faire ça !

Ses yeux marine traduisaient une peine aussi grande que celle qu'éprouvait Oksa.

— Il faut leur dire avant d'entrer à Édéfia, fit-il.

— Qu'est-ce que ça changerait ?

— Ça ne changerait rien ! Mais ça ne serait vraiment pas… bien…

Oksa appuya la tête contre le dossier du fauteuil.

— Ton argumentation est un peu nulle… commenta-t-elle.

— Peut-être, mais tu sais que tu ne peux pas ne pas leur dire.

— Qu'est-ce que tu ne peux pas ne pas nous dire ?

Oksa et Gus sursautèrent en entendant la voix de Pavel résonner juste derrière eux.

— On complote ? insista-t-il.

Oksa jeta un regard désespéré à Gus et fondit en larmes.

47

Les dernières vérités

L'expression joviale de Pavel disparut aussitôt. Il adressa à Gus un regard aussi inquiet qu'interrogatif.

— Excuse-moi, ma grande…

Marie lui donna un petit coup de coude dans les côtes.

— Qu'est-ce que tu as encore fait ? lui chuchota-t-elle en lui faisant les gros yeux.

Il ouvrit les mains devant lui, les yeux écarquillés d'incompréhension.

— J'ai quelque chose à vous dire, déclara Oksa.

Elle ne pleurait plus. Il était trop tard, plus moyen de faire machine arrière. Elle se redressa. Assise au bord du fauteuil, les mains posées à plat sur les cuisses, elle inspira à fond. Elle chercha ses mots. En existait-il de meilleurs que d'autres pour annoncer une telle nouvelle ? Elle était incapable de réfléchir.

— Réminiscens est morte.

Elle frémit devant la brutalité de son annonce. Autour d'elle se propagea une véritable onde de choc, étourdissant particulièrement Zoé et Abakoum de douleur. Oksa se leva d'un bond pour prendre son amie dans ses bras. La jeune fille gémit, elle parut soudain si frêle, si fragile que tous se sentirent étranglés de chagrin.

— J'ai senti… murmura-t-elle. J'ai senti qu'elle n'était plus là, mais je ne voulais pas y penser.

Quant à l'Homme-Fé, il devenait un peu plus gris chaque seconde qui s'écoulait, au fur et à mesure que la révélation pénétrait et déchiquetait son cœur. Une larme glissa sur sa joue ridée. Une seule larme, ronde, lourde, qui se perdit dans sa barbe.

Le Foldingot et ses compagnons compatissaient en silence, la tête basse ou les feuilles pendantes, en berne. Les Sauve-Qui-Peut s'embrassèrent et se serrèrent avec émotion, sans un mot. Quand Oksa s'approcha de lui, Abakoum la dévisagea avec une immense tristesse.

— Comment ? demanda-t-il dans un souffle. Comment est-ce arrivé ?

Oksa hésita et prit son temps pour répondre de la façon la moins pénible possible, à défaut de la plus juste.

— Elle est partie tout doucement. Sa dernière pensée a été pour toi.

Abakoum ferma les yeux. Quand il les rouvrit, il semblait avoir vieilli de dix ans.

— Zoé va avoir besoin de beaucoup d'affection, dit-il.

Quand Oksa se retourna, elle vit la jeune fille se diriger vers le monte-charge.

— Zoé !

Pavel retint sa fille par le bras.

— Excuse-moi, Oksa… fit Zoé. Excusez-moi tous… Il faut que j'aille prendre l'air…

La grille du monte-charge émit un grincement saisissant dans le silence qui pesait dans la grande pièce. Niall ne tarda pas à presser à son tour sur le bouton d'appel et s'engouffra dans la cabine métallique.

Personne ne tenait vraiment à voir les images qu'Oksa avait montrées à Gus grâce à son Caméroeil et la Jeune Gracieuse en fut soulagée. L'ambiance était vite devenue très spéciale, à la fois engourdie et effervescente. Le départ approchait, il fallait se préparer, mais toutes et tous restaient paralysés. Soudain, la voix d'Abakoum s'éleva, d'abord sourde, puis de plus en plus vibrante à mesure que Pavel et le Foldingot lui faisaient écho.

Gorges Hautes, Mainfermes, toutes les tribus,
Sylvabuls, Fées Sans-Âge et tous les animaux
Gétorix, Devinailles et les Vélosos,
Unissons nos voix et chantons tous azimuts !
Lors du Grand Chaos,
nous avons tous mis les voiles,
Avons quitté Malorane et notre pays.
À bas Ocious, Orthon, les Sauve-Qui-Peut ont fui !
Depuis nous attendons qu'apparaisse l'étoile !
Édéfia nous reviendra car Oksa le veut.
Du fond du cœur,
c'est le Chant des Sauve-Qui-Peut !

Timidement, Oksa se joignit à eux et chanta l'hymne qu'elle avait entendu pour la première fois lorsque les Sauve-Qui-Peut avaient retrouvé Réminiscens et Gus, prisonniers du Tableau[1].

Nous voulons retrouver notre terre cachée
Car depuis que nous avons quitté Édéfia

1. Vous pouvez retrouver ce passage dans le tome 2 d'Oksa, *La Forêt des égarés.*

Guidés par notre Gracieuse Dragomira
Et aidés par la jeune Oksa, l'Inespérée,
Chacun, nous attendons, le cœur plein d'espérance,
Un signe, un rayon vert, pour trouver le chemin.
C'est alors, comme des frères, main dans la main,
Que nous célébrerons la fin de notre errance.
Édéfia nous reviendra car Oksa le veut.
Du fond du cœur,
c'est le Chant des Sauve-Qui-Peut !

Abakoum s'arrêta, les yeux humides.

— Réminiscens aurait détesté que nous nous laissions abattre, dit-il tristement. Elle a toujours été combative et forte, malgré toutes les épreuves qu'elle a dû affronter.

Sa voix faiblit jusqu'à s'éteindre dans un murmure tremblant.

— Nous devons lui faire honneur, reprit-il après un court instant, même si notre peine est immense.

— La vie doit faire la connaissance de la poursuite, renchérit le Foldingot, ému. La Bien-Aimée de l'Homme-Fé et de tous en concevrait l'approbation.

Les Sauve-Qui-Peut s'embrassèrent les uns les autres, le cœur lourd.

— Maintenant, il est temps de se préparer, mes amis… conclut Abakoum en s'essuyant les yeux. Nous avons un long voyage à faire.

Abakoum était sorti peu après Zoé et Niall – il avait quelques *emplettes* à faire. Mais comme souvent, il avait surpris tout le monde par sa façon de prendre les choses, les bonnes comme les mauvaises : sur le mode « grand sage » qui transforme en force pure ce que le destin lui impose.

— J'espère qu'ils seront tous là pour le dîner… marmonna Pavel depuis la cuisine où il s'activait. Je prépare le meilleur festin qu'on n'ait jamais connu sur Terre et ailleurs…

Le sous-entendu du « dernier repas à Du-Dehors » était clair et soulevait une certaine émotion, sans aucune véritable tristesse, néanmoins. Ils allaient tous quitter un monde qu'ils aimaient, mais chacun d'eux s'apprêtait à retrouver des êtres qui lui manquaient tant…

Et l'essentiel émergeait avec une évidence criante : peu importait le monde dans lequel on vivait. Être aux côtés de ceux qu'on aime, voilà ce qui comptait vraiment dans la vie !

— Ils vont être sacrément choqués… fit Gus en fermant son sac à dos, plein à craquer.

— Qui ça ? lui demanda Oksa.

— Mes parents.

— C'est sûr qu'ils risquent d'être un peu surpris !

Elle lui sourit.

— Ça va être un très beau moment, dit-elle.

— Tu crois qu'ils vont me reconnaître ?

— Évidemment !

Elle arrêta de remplir son sac – comme chaque fois qu'il fallait partir, elle étalait tout ce qu'elle voulait emporter et constatait que c'était impossible. Elle se planta devant Gus et, les bras autour de son cou, elle l'embrassa.

— C'est une drôle de situation, quand même… lança Gus en lui caressant les cheveux. Je n'aurais jamais cru que les choses tourneraient de cette façon…

— De quoi tu veux parler ?

— Oh, de deux trois bricoles… Tes origines, mes parents, les Sauve-Qui-Peut, Orthon… les Deux Mondes… moi à Édéfia !

— Tu vas adorer !

— J'en suis sûr.

Les yeux d'Oksa étincelaient. Elle se blottit contre le jeune homme.

— Tu voudras toujours de moi ? lui demanda-t-il.

— Et toi ? rétorqua-t-elle en lui tirant une mèche de cheveux.

Elle l'embrassa à nouveau, plus ardente que jamais.

Des éclats de voix leur parvinrent de l'appartement : Marie et Pavel semblaient avoir fort à faire avec les créatures surexcitées.

— J'espère qu'on pourra avoir un peu plus d'intimité… soupira Gus. La vie en communauté, on a donné !

— Je te promets un super appartement tout en haut de la Colonne de Verre, avec vue panoramique sur Du-Mille-Yeux !

— Et on partira en week-end dans notre maison en bois à Vert-Manteau…

— Marché conclu ! s'exclama Oksa.

Elle n'arrivait plus à quitter les bras de Gus.

— On va être bien, lui dit-elle.

On frappa à la porte de la chambre. Gus joignit les mains et implora le ciel.

— In-ti-mi-té… murmura-t-il.

— Oui ? fit Oksa.

La porte s'entrouvrit et laissa apparaître le visage de Tugdual.

— Pavel m'a envoyé comme émissaire, annonça-t-il. Si j'ai bien compris, vous êtes convoqués au dîner…

— Tant mieux ! fit Oksa. J'avoue que j'ai un peu faim.

Gus quitta la chambre le premier et Oksa éprouva une singulière sensation de se retrouver ainsi, en tête à tête avec Tugdual. Depuis le retour de Detroit, ils n'avaient pas réussi à échanger davantage que quelques banalités. Vie en communauté oblige, comme aurait dit Gus… Mais Oksa savait bien qu'elle n'avait pas fait beaucoup d'efforts dans ce sens. Avait-elle vraiment envie de revenir sur ces longs mois pendant lesquels, dans tous les sens du terme, Tugdual avait été *absent ?*

— Ça va ? lui demanda-t-elle.

— Oui. Je me sens libre, je vois clair, et ce que je fais correspond à ce que je pense ou à ce que je veux. C'est une sensation incroyable, tu sais.

Oksa cacha son étonnement : elle n'avait pas entendu Tugdual prononcer autant de mots depuis… une éternité !

— Et toi ? renchérit-il.

— J'ai hâte de passer à autre chose.

— Je comprends.

Oksa s'avança vers la porte.

— P'tite Gracieuse ?

Elle se retourna et le regarda. Il était redevenu celui qu'elle connaissait et qu'elle avait aimé, la flamme au fond de l'œil, brûlante et glacée à la fois, la peau lisse et blanche comme du lait, cette silhouette longue, cette démarche de guépard. Et pourtant, tout avait changé.

Elle avait changé.

— Merci pour ce que tu as fait pour moi, fit Tugdual à mi-voix. Merci d'avoir su aller au-delà des apparences.

Oksa plissa les yeux. Autrefois, ses joues se seraient empourprées. Elle aurait manqué d'air, son cœur se serait emballé.

— Il n'y a pas de quoi… dit-elle avec douceur.

— À charge de revanche.

— J'espère bien que non ! se récria Oksa. Enfin… Tu m'as comprise, j'espère qu'on ne sera plus jamais obligés de se transformer en combattants de l'impossible !

Ils se sourirent. Ainsi qu'il l'avait si souvent fait, Tugdual commença à chantonner.

That time has passed
Some things that never really last
We've come undone
To me you'll always be the one[1].

— Allez, viens ! Il est temps de rejoindre le clan ! conclut-elle en détournant la tête.

— Avec plaisir…

---

1. « *Ce temps est révolu*
Certaines choses ne durent jamais vraiment
Nos liens se sont défaits
Mais pour moi, tu seras toujours la seule. »
Extrait de *A little lie* de Dave Gahan (LP *Hourglass*).

48

Adieux

Malgré la peine causée par l'annonce de la disparition de Réminiscens, chacun essayait de se montrer positif et y parvenait plutôt bien. Les Sauve-Qui-Peut avaient toujours été ainsi : ils ne s'aveuglaient pas de vaines illusions, mais ils s'adaptaient, envers et contre tout. C'est d'ailleurs ce qui leur avait permis de tenir bon, jusqu'à cette veille de départ vers un nouveau monde, une nouvelle vie.

Alors que les effluves appétissants du dîner envahissaient de plus en plus l'appartement, quatre d'entre eux manquaient encore à l'appel.

— Je vais chercher Zoé et Niall, annonça Tugdual.

Un quart d'heure plus tard, les poulies du monte-charge se mirent en branle.

— Ah ! Les voilà ! s'enthousiasma Pavel, sanglé dans un étonnant tablier rose bonbon.

Abakoum, Tugdual et Zoé firent irruption. Leur mine était grave et leur regard fiévreux.

— Oh, mon Dieu… murmura Marie.

Pavel, lui, ne voyait rien.

— Bienvenue Homme-Fé, Wonder Miss, Vaillant Jeune Homme ! C'est ce merveilleux parfum de cuisine qui vous a ramenés jusqu'à nous, avouez-le !

s'exclama-t-il en faisant très acrobatiquement sauter des champignons dans une poêle.

— Pavel ! fit Marie en tirant sur sa manche d'un air réprobateur.

— OK, j'ai compris… chuchota-t-il. Je voulais juste détendre l'atmosphère. Je me tais.

Tout en retirant leur manteau, les trois nouveaux venus échangèrent un coup d'œil dont la nature échappa totalement à leurs amis. Puis ils inspirèrent à fond et les rejoignirent à table.

Zoé s'assit à côté d'Oksa.

— Où est passé Niall ? ne put s'empêcher de demander la Jeune Gracieuse.

En face d'elle, sa mère lui fit les gros yeux. Décidément, les Pollock père & fille étaient les champions de la diplomatie, ce soir !

— Niall est parti, répondit Zoé d'une voix atone.

Oksa n'osa pas réagir ouvertement. Mais Gus ne s'en priva pas.

— Il est parti ? répéta-t-il, incrédule. Qu'est-ce que tu veux dire ?

Zoé tira sur ses manches et s'enroula dans la grosse écharpe de laine qu'elle avait gardée sur elle.

— Nous avons eu une discussion, il a compris depuis longtemps que je ne serai jamais amoureuse de lui et c'est trop difficile pour lui de le supporter.

— Oh, Zoé, je suis désolée ! s'écria Oksa.

Elle ne savait pas quelle attitude adopter.

— C'est… vraiment dommage… finit-elle par dire.

Son amie lui jeta un regard reconnaissant.

— Merci, Oksa, mais je crois que c'est mieux comme ça. Il n'aurait pas pu être vraiment heureux à mes côtés.

Les Sauve-Qui-Peut se montraient réellement attristés par cette nouvelle.

— Et puis, la mort de ses parents aurait fini par peser très lourd entre nous, poursuivit Zoé.

— J'aurais aimé lui dire au revoir… et merci… fit Pavel. Il a été d'un soutien précieux !

— Il sait combien vous l'avez apprécié, fit Zoé en se tassant sur sa chaise. Je t'assure, Pavel.

— Où va-t-il aller ? demanda Marie.

— Chez ses grands-parents. Ils habitent à Seattle, il sera bien là-bas. Il va repartir à zéro.

Personne ne savait comment apporter de réconfort à la jeune fille, dont le regard restait à la fois fermé et perdu. Soudain, elle se redressa et inspira à fond, avant d'assener :

— Et maintenant, je voudrais qu'on n'en parle plus, s'il vous plaît.

Les Sauve-Qui-Peut commencèrent à déguster leur repas dans un silence embarrassé. Contre toute attente, Marie fut la première à le briser.

— Nous aussi, nous allons repartir à zéro, dit-elle de sa belle voix douce.

À ces mots, Abakoum sortit de la poche intérieure de sa veste une liasse de papiers.

— Et voilà de quoi nous permettre de franchir la première étape ! lança-t-il.

— La dernière, tu veux dire ! fit Oksa.

— Oui, tu n'as pas tort, ma Gracieuse… Voici les billets d'avion pour le Japon, nous décollons demain midi.

Un petit frémissement agita l'assemblée. Tout devenait terriblement concret ! Abakoum plongea à nouveau la main dans sa poche et brandit des passeports. Il en ouvrit trois et annonça d'une voix vibrante :

— Mortimer McGraw et Tugdual Knut, j'ai le plaisir de vous rebaptiser Mortimer et Tugdual Cobb, fils de Barbara Cobb ici présente. Par précaution, je vous ai créé deux sœurs, Zoé et Kukka Cobb, et, si vous le permettez, je deviendrai momentanément votre grand-père. Ce sera beaucoup plus facile ainsi.

— La famille Cobb et la famille Pollock ! s'exclama Oksa.

— Elles-mêmes ! confirma Abakoum.

— Et Gus Bellanger, le mouton noir… fit mine de ronchonner Gus.

— J'étais sûr que tu allais dire cela, mon garçon, alors j'ai préféré prendre les devants.

— Ha ha… se moqua gentiment Oksa.

Abakoum montra un dernier passeport.

— Gustave Pollock, est-ce que cela te convient ? s'enquit-il en lui faisant un clin d'œil.

Gus était aux anges.

— C'est pas terrible comme nom de famille, mais je m'en contenterai ! répondit-il, faussement dédaigneux.

— Eh bien, maintenant que nous voilà tous en règle face aux autorités, je propose que nous nous jetions sur ce festin ! conclut Pavel.

Tous obtempèrent avec un plaisir non feint.

Au cours du dîner, Oksa ne cessa de jeter des coups d'œil à Zoé. Ces dernières heures avaient été cruelles pour son amie et elle ne savait pas comment adoucir sa peine. Elle s'apprêtait à simplement lui demander comment elle se sentait, quand Gus posa la main sur son bras. D'un imperceptible mouvement de tête, il lui fit comprendre qu'il valait mieux la laisser tranquille. « Réfléchir avant d'agir… » pensa Oksa en se disant que son ami avait ô combien raison.

Alors, elle se contenta de glisser sa main dans celle de son amie. Elle était glacée, ce qui fit tressaillir Oksa.

— Ne t'inquiète pas, murmura Zoé. Ça va aller.

À l'instar du père d'Oksa, les yeux de tous les Sauve-Qui-Peut brillaient. On ne parla pas beaucoup au cours de ce « vrai dernier repas à Du-Dehors », les cœurs étaient trop pleins : de soulagement et de tristesse, du bonheur d'être ensemble et du chagrin d'avoir perdu certains d'entre eux, des regrets de ce qui resterait inaccompli à Du-Dehors et de l'impatience de ce qui les attendait à Édéfia.

Et c'est sur cette dernière pensée qu'Oksa s'endormit, pleine d'espoirs.

Abakoum les avait prévenus : personne n'avait de nouvelles d'Orthon depuis plus de vingt-quatre heures et sa disparition commençait à générer un véritable branle-bas de combat. Fergus Ant était sur le point d'ordonner une alerte de niveau rouge sur tout le continent américain. Plus préoccupant encore, les Culbu-gueulards avaient confirmé que les deux hommes aperçus par Marie dans l'immeuble inoccupé face au leur n'étaient pas là par hasard : les Sauve-Qui-Peut étaient surveillés !

— Nous aurons dû fuir jusqu'au bout... avait commenté Pavel d'un air amer.

La perspective d'avoir été démasqués occultait l'émotion du départ. Ils s'étaient tant exposés que cela n'aurait pas été étonnant. Avec un désagréable sentiment d'urgence, ils avaient quitté l'appartement en petits groupes disparates, à grand renfort de magie pour certains, pour ne pas être suivis. Sur la quarantaine de kilomètres parcourus pour se rendre à l'aéroport, leurs taxis avaient croisé et suivi des dizaines de camions militaires et de voitures toutes sirènes hurlantes, alors que des hélicoptères filaient dans le ciel comme de grosses mouches vrombissantes.

— Il est vraiment temps qu'on s'éclipse… fit remarquer Oksa en poussant un chariot à bagages en direction du guichet d'enregistrement du vol Washington-Tokyo.

Les dix candidats à l'exil ne se sentaient pas vraiment à l'aise dans cette ambiance où tout le monde pouvait être suspect aux yeux des autorités.

— Personne ne nous connaît… chuchota Oksa en évitant de croiser le regard de quelqu'un. Personne ne peut savoir qui on est et ce qu'on a fait, personne !

C'était difficile de se rassurer et aucun de ses compagnons ne parvenait à l'aider. Tous avaient cette terrible impression que leur responsabilité dans la disparition d'Orthon se voyait comme le nez au milieu de la figure. Plus que n'importe lequel d'entre eux, Zoé avait une mine épouvantable, à tel point qu'une hôtesse s'inquiéta.

— Ma petite-fille a la phobie des avions, lui expliqua Abakoum.

Depuis l'arrivée à l'aéroport, il ne quittait pas Zoé d'une semelle.

— Tout va bien se passer ! assura l'hôtesse en adressant à Zoé un joli sourire. Le personnel de bord peut te donner un léger calmant, si tu le souhaites.

Ils progressèrent tous ainsi, étape par étape, la boule au ventre, et passèrent sans encombre les contrôles d'identité – heureusement, la surveillance dont ils semblaient avoir été l'objet n'en était qu'à son début et n'avait pas encore atteint le niveau national.

Vint le contrôle des bagages, avec les dernières sueurs froides au moment de la vérification des Boximinus.

— Merci, les Invisibuls… lança Oksa, une fois les boîtes inspectées.

— Bientôt, nous n'aurons plus besoin de nous cacher, renchérit Pavel.

— Eh bien, tant mieux ! Ça commence à devenir un peu pénible.

— Un peu, oui…

La tension nerveuse causée par cette atmosphère de suspicion les empêchait d'éprouver autre chose que de l'angoisse. Mais, une fois assis sur leur siège, le danger commença à s'éloigner.

Lorsque enfin l'avion décolla, ils purent respirer et se laisser porter par l'étrange sensation qu'on peut avoir quand on bascule vers quelque chose de définitif.

Édéfia se rapprochait. Le portail allait s'ouvrir et se refermer pour toujours.

Ils ne reviendraient pas.

49

C'est mieux ainsi…

Les Pollock et les Cobb cheminèrent jusqu'à la côte orientale de la plus grande île japonaise dans des voitures de location, la magie étant exclue. La tension et l'impatience s'entremêlaient chez les uns, s'entrechoquaient chez d'autres. Prévenu, le clan Fortensky devait les rejoindre au pied de l'arbre et, pour tous, il était temps de passer de l'autre côté.

Comme au retour de Detroit, le groupe se divisa en deux. Avant de monter dans la voiture conduite par son père, Oksa s'approcha de Zoé. Elle avait été malade tout au long du vol, et Oksa savait qu'aucune phobie n'en était la cause.

— Est-ce que je peux faire quelque chose pour toi ?

— Non, merci, Oksa. Ça va aller. Je suis juste épuisée.

Oksa ne l'avait pas vue dans cet état depuis longtemps. Plus précisément depuis le jour où la jeune fille avait débarqué chez les Pollock, hagarde, dévastée par des jours de solitude et de détresse. Les trois McGraw avaient quitté leur maison en la laissant seule, comme s'ils l'avaient oubliée. Se souvenant des conseils de

Réminiscens, elle avait fini par trouver refuge chez les Pollock où Dragomira l'avait accueillie[1].

Aujourd'hui, il restait Mortimer et Barbara… Orthon et Réminiscens étaient morts à quelques jours d'intervalle, tels des jumeaux inséparables que pourtant tout opposait… Dragomira et Niall n'étaient plus là… Oksa aurait aimé consoler sa petite-cousine et amie. Mais Zoé paraissait comme entourée d'une barrière infranchissable, dressée entre elle et les autres. Les mots, les gestes, les regards glissaient sur elle et elle semblait en éprouver un véritable effroi.

— Ça va aller, je t'assure, répéta-t-elle à Oksa.

Ses grands yeux de miel écarquillés contredisaient cette affirmation. Mais Oksa n'arrivait pas à faire mieux, à faire plus que ces quelques attentions.

À mi-chemin de cette dernière partie du voyage, Abakoum dut s'arrêter en pleine campagne. Pavel fit marche arrière, juste à temps pour voir Zoé bondir hors de la voiture comme une trombe et s'asseoir dans l'herbe, le visage enfoui entre les genoux, le corps recroquevillé, agité de spasmes. Tugdual, Mortimer, Barbara et Abakoum sortirent à leur tour, la mine défaite.

— Qu'est-ce qui se passe ? s'inquiéta Oksa.

— Elle est malade ? renchérit Gus.

— J'ai encore de ce mélange d'Or-Fée et de Brugmansia contre le mal des transports… fit Pavel.

Ils s'avancèrent tous les trois vers Zoé.

— Non ! s'écria Abakoum.

Surpris par la violence de son ton, ils s'arrêtèrent aussitôt.

---

1. Vous pouvez retrouver tous les détails dans le tome 2, *La Forêt des égarés.*

— Elle ne souffre pas du mal des transports, reprit-il avec davantage de douceur. Il faut seulement la laisser tranquille un moment…

Au bout d'une dizaine de minutes, Zoé se releva et rejoignit le petit groupe, le visage fermé.

— On arrive bientôt… lui murmura Oksa.

Sans la regarder, la jeune fille opina de la tête. Tout le monde remonta en voiture. Oksa avait maintes fois imaginé ce voyage, mais jamais elle n'aurait pensé qu'il puisse s'avérer aussi pénible et interminable. Il était temps d'en voir l'issue.

La nuit tombait quand les deux véhicules parvinrent près du fameux pin survivant. Les Fortensky étaient déjà là, heureux de ne plus être seuls. Tout le monde se congratula au pied de l'arbre. Il n'était pas très fourni, ses branches pendaient le long du tronc, mais on ne voyait que lui, dressé au milieu d'un espace dépouillé de végétation et d'habitations. Quelques mois plus tôt n'existait ici qu'un monstrueux enchevêtrement de débris, la marque du malheur apporté par la puissance impitoyable de la nature en colère.

Les Sauve-Qui-Peut descendirent de voiture, les jambes flageolantes, les mains moites. Les cœurs cognaient de plus en plus fort, à l'unisson.

— Waouh… fit Oksa, la tête renversée en arrière pour regarder l'arbre.

— J'étais sûr que tu allais dire un truc très profond de ce genre… commenta Gus, amusé.

Elle lui rendit son sourire. Elle exultait. Ils avaient réussi ! Ils avaient affronté mille périls, échappé tant de fois à la mort et, aujourd'hui, ils étaient là, un peu meurtris, un peu cabossés, mais réunis ! Et tous ensemble, ils allaient passer le Portail et rejoindre Édéfia.

— Tu n'as pas oublié la formule ? poursuivit Gus.

— Tu es fou ? Jamais je n'aurais pu l'oublier ! se récria Oksa. Elle est gravée là ! ajouta-t-elle en tapotant sa tête.

— J'espère qu'on pourra passer, cette fois, poursuivit le garçon, soudain inquiet.

Oksa plongea ses yeux dans ceux du garçon.

— Gus, écoute-moi bien : j'ai une confiance absolue dans ces Capaciteurs d'Intégration qu'Abakoum a conçus. Toi, ma mère, Barbara, Kukka, Andrew… Vous allez tous pouvoir entrer à Édéfia.

Elle regarda un à un ses compagnons. Comme elle les aimait…

— Bientôt, on ne sera plus des Sauve-Qui-Peut, dit-elle d'une voix étranglée. On sera des Du-Dedans, libres et heureux.

Elle se tourna vers le pin, s'agenouilla et ferma les yeux. Quand elle formula les mots magiques dans son esprit, une brume opalescente s'échappa de ses lèvres pour aller effleurer l'écorce de l'arbre. Peu à peu, les contours d'une porte se dessinèrent, plus précis chaque seconde qui s'écoulait.

— Ça marche… murmura Marie en serrant très fort la main de son mari.

La porte était petite, sans doute Pavel et les garçons devraient-ils se baisser un peu pour passer. Elle commençait à s'entrouvrir en laissant filtrer une lumière étrange, d'une nuance indéfinissable, comme si toutes les couleurs existantes avaient été mélangées pour n'en former qu'une.

— Je crois que c'est le moment, annonça Oksa dans un souffle.

D'un geste du bras, elle invita les Sauve-Qui-Peut à franchir le Portail, désormais grand ouvert.

— Je passerai la dernière, indiqua-t-elle.

Les cœurs se serraient, les respirations se faisaient plus haletantes, elle le sentait bien. Les quelques pas qu'ils s'apprêtaient tous à faire étaient certainement les plus bouleversants de toute leur existence.

— Oksa !

Abakoum s'était avancé vers elle. Son visage n'était éclairé que par la lumière émanant de l'autre côté du Portail. Quand il posa à ses pieds les deux Boximinus et lui tendit sa Crache-Granoks, Oksa comprit que quelque chose n'allait pas.

— Nous n'allons pas venir avec toi… murmura l'Homme-Fé.

Oksa crut que le sol s'ouvrait sous elle.

— Qu'est-ce que tu dis ?!?

— Nous n'allons pas venir avec toi, répéta-t-il.

— De quoi… de qui veux-tu parler ?

En proie à un étourdissement, elle s'accrocha au bras de Gus.

— Tugdual, Zoé, Mortimer, Barbara et moi, nous avons longuement réfléchi, nous allons rester ici, à Du-Dehors… répondit Abakoum, le regard empreint d'émotion.

— Mais voyons, vous ne pouvez pas faire ça ! intervint Pavel.

Abakoum se tourna lentement vers son ami et posa sa Crache-Granoks sur les Boximinus, aussitôt imité par les trois ados.

— C'est mieux ainsi.

— Non ! cria Oksa.

— Je ne peux pas rentrer à Édéfia, Oksa… fit Tugdual. Ce serait trop difficile pour moi. Ici, je vais pouvoir recommencer à zéro, le passé pèsera moins lourd.

— Mais… ton petit frère, Till ? Tes grands-parents ? Ils t'attendent !

— Je n'assume pas ce que j'ai fait, Oksa, et je ne l'assumerai jamais tout à fait. Je ne veux pas leur faire subir mes regrets, ma culpabilité, je suis incapable d'affronter leur jugement… Je veux juste devenir… normal.

— Tu sais très bien qu'ils ne te jugeraient jamais ! s'insurgea Oksa.

— Eux, peut-être pas, mais c'est trop dur pour moi.

— Respecte ce choix, ma Gracieuse, implora Abakoum.

Oksa baissa la tête et tenta d'assimiler la terrible annonce.

— Mortimer ? Pourquoi ? parvint-elle à ânonner en se tournant vers le garçon.

— Ma place n'est pas à Édéfia, répondit-il. Là-bas, je suis et je resterai le fils d'Orthon et le petit-fils d'Ocious, jusqu'à la fin de mes jours, et je ne pourrai pas le supporter. Même si j'étais accepté, il y aurait toujours une suspicion, quelque chose qui rappellerait…

— Et moi, je reste avec mon fils, renchérit Barbara. Édéfia ne représente rien pour moi, c'est ma famille qui est le plus important…

— Zoé ? poursuivit Oksa.

— Barbara a tout dit.

— Je… je ne comprends pas…

— Je t'aime, Oksa. Tu es bien davantage que ma petite-cousine, tu le sais. Mais tu sais aussi combien Mortimer compte pour moi. Nous partageons quelque chose de très fort, lui et moi. Il est comme… mon frère…

Elle s'interrompit, très affectée par ses propres paroles.

— Je n'ai plus personne à Édéfia, mais, en restant ici, j'ai une famille.

— Mais avec nous aussi, tu as une famille ! lui opposa Oksa. Nous sommes *tous* liés !

— C'est notre choix, Oksa.

— Comprends-nous… fit Tugdual. S'il te plaît, P'tite Gracieuse.

Un silence terrible s'abattit sur le petit groupe. Devant les regards déterminés de ses amis, Oksa comprit que la bataille était plus que vaine : elle était perdue.

— Et toi, Abakoum ?

— Tu es devenue une véritable Gracieuse, ma chère enfant. Tu n'as plus besoin de ton Veilleur.

— Si, j'ai besoin de toi !

— Oksa… l'arrêta son père.

L'impression soudaine d'être une gamine capricieuse l'ébranla.

— Je serai bien plus utile ici, conclut Abakoum.

Il prit le visage de la jeune fille entre ses mains et le contempla comme pour en graver chaque trait dans sa mémoire.

— Toi, tu dois partir, accomplir ton destin, veiller sur ton Monde afin que celui qui restera le nôtre ne sombre pas… Nous comptons tous sur toi.

Oksa le pressa contre elle. Son regard glissa vers les Crache-Granoks, posées sur les Boximinus, comme les signes d'une reddition qu'elle-même ne parvenait pas à admettre. Elle gémit, se dégagea de l'étreinte d'Abakoum, puis se précipita vers ses amis pour les prendre chacun leur tour dans ses bras, des larmes pleins les yeux.

— C'est dur… murmura-t-elle.

— Oui, mais c'est mieux ainsi… lui chuchota Zoé à l'oreille. Et puis, n'oublie pas que tu es une

Gracieuse, tu as la chance inouïe de pouvoir rêvoler, tu sauras toujours nous trouver… ajouta-t-elle en caressant la joue de son amie.

Gus s'avança vers Tugdual et, contre toute attente, il lui tendit la main. Tugdual fit de même.

— Je te souhaite bonne chance, lui dit Gus. Vraiment…

Tugdual serra les lèvres, à l'évidence très touché, et inclina la tête d'un air entendu.

Autour d'eux, la lumière se mit à décroître. La voix de Marie résonna, pressante.

— Le Portail commence à se refermer !

Les derniers gestes, les derniers regards, fervents et véritables, seraient inoubliables. Chacun les enferma dans son cœur, à double tour.

Marie et Pavel empoignèrent Kukka et s'élancèrent à travers l'ouverture baignée de lumière. Les Fortensky leur emboîtèrent le pas et disparurent à leur tour.

Le Portail n'était plus qu'à demi ouvert. Alors, Gus saisit les Boximinus et les Crache-Granoks avant de prendre fermement la main d'Oksa.

La Jeune Gracieuse tourna la tête et jeta un ultime regard à ceux qui avaient choisi de rester des Du-Dehors. Tous les cinq la saluaient, la main levée pour un ultime adieu.

Son cœur se fendit en deux, alors que la lumière l'aspirait de l'autre côté.

Derrière elle, l'obscurité dévorait le passage. Un grondement se propagea, sourd et implacable.

Le Portail venait de se fermer. Pour l'éternité.

50

La nouvelle vie

Accoudée à la rambarde de son balcon, Oksa contemplait le jour qui se levait. Les Ptitchkines effectuaient des acrobaties aériennes au-dessus d'elle en pépiant gaiement et les Gétorix, comme à leur habitude, taquinaient tous les êtres vivants se trouvant dans leur sillage.

La Jeune Gracieuse sentit une présence derrière elle et sourit. Des bras l'enveloppèrent, un corps se plaqua contre le sien, tendrement.

— Ça va ? murmura-t-elle. Bien dormi ?

Gus enfouit le visage dans les cheveux de la jeune fille. Ils sentaient la fleur d'oranger. Oksa posa les mains sur les siennes et leurs doigts s'entremêlèrent.

— C'était la nuit la plus étrange que j'aie jamais passée, avoua-t-il.

Il déposa une infinité de légers baisers dans le cou et sur les épaules découvertes d'Oksa.

— Comment trouves-tu ton nouveau monde ? lui demanda-t-elle.

— Tu n'avais pas exagéré, c'est magnifique. Je dirais même, carrément sublime…

Du haut du cinquante-cinquième étage de la Colonne de Verre où se trouvaient les appartements d'Oksa, la vue était renversante. La reconstruction de Du-Mille-Yeux avait considérablement avancé pendant l'absence d'Oksa, il ne restait presque aucune trace du chaos qui avait opposé la population à la clique d'Ocious et d'Orthon. Des centaines de maisons flambant neuves jalonnaient les rues établies en arc de cercle : des cubes ou des yourtes cloisonnés de verre, des dômes, des toits-terrasses… Toute l'architecture typique d'Édéfia était représentée. Mais à la grande différence de ce qu'Oksa avait entrevu lors de son premier séjour, on se croyait aujourd'hui dans un immense jardin au cœur duquel la cité se serait installée. D'une vitalité hors normes, la végétation avait investi le moindre espace non occupé par l'œuvre des hommes. L'effet était spectaculaire.

— Tout le monde a fait un sacré bon boulot, fit Oksa.

Au-delà de Du-Mille-Yeux, les déserts avaient disparu, remplacés peu à peu par des prairies et des potagers géants. Plus loin, à condition d'utiliser une double-Reticulata, on pouvait apercevoir la lisière de Vert-Manteau et ses arbres colossaux. En revanche, nul besoin de Granoks pour admirer la chaîne des montagnes À-Pic dont les falaises de pierres précieuses miroitaient si fort sous les rayons du soleil levant qu'il fallait plisser les yeux pour pouvoir les admirer.

— Ça ressemble à l'idée que je me fais du paradis… dit Gus en se serrant contre Oksa.

— Mais tu sais que tout n'est pas toujours rose, j'espère !

— Je sais…

— On est dans un monde privilégié, mais fragile. Tout le monde tient à le préserver et agit dans ce sens, or…

— … les Du-Dedans sont aussi des êtres humains, faillibles et soumis à la tentation, la coupa Gus.

Oksa lui avait dit exactement la même chose au moins à dix reprises la nuit précédente.

— Malgré les apparences, la perfection n'existe pas… renchérit-elle.

— Quelle Gracieuse lucide et raisonnable tu es ! souffla Gus à son oreille.

— C'est ça, moque-toi !

— Je ne pourrais pas être plus sérieux, rétorqua Gus. Je t'assure.

Blottis l'un contre l'autre, ils profitaient de ce moment de pure harmonie, si opposé à ceux qu'ils avaient vécus les semaines précédentes – voire les mois, ou même les années !

— Tu ne regrettes pas ? demanda Oksa.

— Je ne regrette rien du tout. Jamais je n'aurais espéré que les choses se termineraient aussi bien. On a vécu des trucs de dingue, c'était limite, quand même…

Ses yeux marine s'assombrirent légèrement.

— Tu as douté ? demanda Oksa.

— Parfois, oui. Pas toi ?

— Je ne sais pas si j'ai douté, mais j'ai eu très très peur, plus d'une fois… reconnut-elle.

— Tu as assuré, tu sais.

— Toi aussi.

— J'ai fait des erreurs.

— On en a tous fait.

— Et malgré cela, j'ai retrouvé mes parents, je suis là avec toi, en sécurité dans un monde… un peu bizarre, d'accord… mais ceux que j'aime sont vivants, c'est tout ce qui compte.

Oksa laissa échapper un soupir singulier, mélange de sanglot et de bonheur.

— Ils vont terriblement me manquer… lâcha-t-elle, la voix étranglée.

La dernière image des cinq Sauve-Qui-Peut restés à Du-Dehors ne s'effacerait jamais. Abakoum, Zoé, Tugdual, Mortimer, Barbara… Pourvu que tout aille bien pour eux. Dès qu'elle le pourrait, elle s'en assurerait.

— Je suis sûr qu'on leur manquera aussi, fit Gus. Mais on a tous fait notre choix.

— Tu as raison…

Il faisait complètement jour, maintenant. Le ciel, marbré de nuées violettes et dorées, se remplissait peu à peu de Volticaleurs qui vaquaient à la préparation de la grande fête en l'honneur du retour de leur Gracieuse et de ses proches. Tous ceux qui passaient devant la Colonne saluaient Oksa et, chaque fois, elle réagissait par un sourire – et un petit frémissement intérieur.

— Tu crois qu'ils ont prévu un match de Ballawave ? lui demanda Gus.

— J'en mettrais ma main à couper !

— Depuis le temps que je rêve de voir ça…

On toussa de façon très ostentatoire derrière les deux jeunes gens.

— Ma Gracieuse…

Oksa se retourna et fit face à son Foldingot.

— La parentèle de ma Gracieuse et du Garçon-Précieux-à-son-Cœur fait la réclamation de votre présence, fit-il.

Une Foldingote surgit à ses côtés, longue et menue.

— L'attente familiale rencontre la volonté de procéder à l'ingurgitation multi-générationnelle du premier petit déjeuner sur la terre Du-Dedans-Perdue-et-Retrouvée-Pour-Toujours, annonça-t-elle, rougissante.

— On arrive ! s'exclama Oksa.

— J'hallucine ou cette Foldingote a un langage encore plus alambiqué que ton Foldingot ? chuchota Gus.

Oksa lui donna un coup de coude en riant.

— Complètement ! reconnut-elle. En tout cas, je suis vraiment contente que mon cher petit intendant ait à nouveau une compagne à ses côtés.

— Les Fées Sans-Âge lui ont fait un sacré cadeau… Et je pense que ta mère est plus que ravie d'avoir près d'elle le trio qui était au service de Leomido…

— Elle se serait damnée pour ça ! Elle adore le petit…

Gus lui prit la main.

— Allez, viens !

Ils traversèrent l'appartement et, avant de le quitter, Gus se retourna, le regard faussement sévère.

— Autant te le dire tout de suite pour ne pas faire durer le suspense : cet appartement n'est pas trop mal, alors j'accepte ta proposition d'y vivre avec toi.

— Pas trop mal ? s'écria Oksa en riant. Tu veux rire ?

Elle lui donna une tape sur l'épaule.

— Je suis sûre que tu n'as jamais vu une telle splendeur !

— Non, c'est vrai… admit Gus. Je voudrais juste que tu m'accordes une faveur, ô Jeune et Délicieuse Gracieuse.

— Vas-y.

— J'aimerais pouvoir prendre des bains dans ta superbe baignoire sans une foule de créatures autour de moi et sans plantes qui me hurlent des alertes dès que je fais couler de l'eau chaude…

— Je verrai ce que je peux faire, lui assura Oksa, tout sourires.

— Ma Gracieuse... geignit la Foldingote en trépignant d'un pied sur l'autre. La température des liquides buvables connaît la chute farcie de froideur et le dégoût emplira votre bouche, votre œsophage, vos intestins...

— Ma compagnonne fait l'expression de l'urgence de cheminer jusqu'à la salle déjeunière, crut bon de reformuler le Foldingot.

— Je ne m'en lasserai jamais ! lança Gus, amusé.

Oksa le couvrit d'un regard plein d'amour.

— Eh bien, tant mieux... fit-elle.

Alors même que les Sauve-Qui-Peut arrivaient dans la zone désertée du pin survivant, les Du-Dedans avaient appris que le Portail était sur le point d'être ouvert, pour la dernière fois. Des troupes de Velosos et les plus rapides des Volticaleurs s'étaient empressés de propager la nouvelle aux quatre coins d'Édéfia. Et c'est la population tout entière qui accueillit les Bienfaiteurs – ainsi qu'ils furent aussitôt nommés – lorsqu'ils émergèrent au pied de la Colonne de Verre. Quelques heures s'étaient écoulées depuis, mises à profit pour la préparation d'immenses festivités qui promettaient d'être mémorables.

— Ma fille ! s'exclama Pavel en voyant apparaître Oksa sur la terrasse ensoleillée où le petit déjeuner avait été dressé.

— Mon fils ! fit Pierre Bellanger, sur le même ton.

« Le Viking » et sa femme, Jeanne, avaient été les premières personnes à apparaître lorsque Gus avait jailli du tunnel lumineux joignant les Deux Mondes. Tous les trois s'étaient effondrés dans les bras les uns des autres, riant, pleurant, étouffant de bonheur.

Kukka avait, elle aussi, retrouvé les siens et toute la dureté inscrite dans son regard, cette amertume qui la rendait si tranchante, s'était instantanément évaporée. Ses parents adoptifs étaient là, ils l'attendaient depuis le premier jour où le Portail s'était refermé, laissant les Refoulés désespérés devant le lac de Gaxun Nur. Tout en l'embrassant avec chaleur, Brune et Naftali, le petit Till dans les bras, avaient attendu que Tugdual émerge à son tour. D'un geste de la tête, les yeux embués, Oksa leur avait indiqué qu'il était vain de le chercher. Ils en avaient parlé ensuite, longuement. Il faudrait du temps, mais, à un moment ou à un autre, chacun devrait admettre le choix de ceux qui resteraient des Sauve-Qui-Peut.

Tous avaient mille choses à se dire, mille aventures à se raconter, des larmes couleraient, des rires fuseraient, des baisers, des regards seraient échangés. Mais la priorité du jour était à la fête…

Quand Oksa apparut sur le balcon situé exactement au centre de la Colonne, au vingt-huitième étage, la foule énorme et bruyante poussa un cri de joie. Des milliers de personnes acclamaient leur Gracieuse revenue, leur Inespérée. Une immense force la submergea. Elle tourna la tête et fit signe à ses parents d'approcher.

— Gus ! Viens, toi aussi !

Elle était belle comme jamais dans sa robe bleue. Ses yeux, constellés d'éclats gris, brillaient comme des pierres de lune. Gus prit la main qu'elle lui tendait et la porta à ses lèvres. Oksa frissonna au contact de sa peau qui piquait un peu, mais davantage encore au souvenir qui jaillit de sa mémoire comme une fleur qui éclôt soudain.

— J'ai déjà vécu ça… murmura-t-elle.

Les sensations, les émotions, le plaisir inoubliable de cet instant… En voulant l'endormir à tout jamais, les Malfaisantes l'avaient entraînée vers le plus secret espoir enfoui dans son esprit et dans son cœur. Sa mère, guérie… Son père, à ses côtés… Gus, jeune homme solide et aimant…

Cet espoir lui avait alors paru si vain, si illusoire.

Mais ce n'était pas un rêve.

C'était sa vie…

Quatrième partie

L'autre réalité

Il n'existe pas qu'une seule réalité, mais une multitude. Nous avons chacun la nôtre et un même événement peut être vu, ressenti, vécu d'autant de façons qu'il y a de personnes.

Ces différences, infimes nuances parfois, peuvent ne rien changer. Elles peuvent aussi engendrer des gouffres et séparer ceux qui s'aiment, surtout quand elles reposent sur un insupportable secret.

En réussissant à tuer Orthon, Oksa accomplit à la fois la pire et la plus importante mission de toute sa jeune vie. Mais avait-elle tout vu ? Sa propre réalité ne lui avait-elle pas fermé les yeux sur une autre, plus sombre et plus douloureuse ?

Jours d'avant, Michigan Central Station…

Orthon regarda le trou noir s'approcher inexorablement du détonateur pour le désintégrer, et avec lui toute possibilité de détruire le manteau qui protégeait Édéfia. Il laissa échapper un juron. Les Sauve-Qui-Peut s'avéraient plus forts qu'il ne l'avait jamais envisagé et cette sévère déconvenue le remplissait de rage. Il chercha Abakoum des yeux. Comme il haïssait cet homme, encore plus que les autres… Il l'aperçut, tapi contre le cylindre de béton, et lui lança un éclair chargé d'électricité, sans savoir s'il l'avait atteint : le trou noir semblait absorber toutes les énergies, y compris la lumière.

La commande détruite, le compte à rebours s'arrêta aussitôt. Orthon repéra Pavel Pollock, couvrant le corps de sa fille pour la protéger. Un père exemplaire… Puis il croisa le regard de son fils, Mortimer, défiant, provocateur. Insupportable. En une seconde, il l'attira contre lui avec une telle puissance que le garçon n'eut pas le temps de réagir. Zoé se jeta sur eux, mais Orthon fut plus rapide qu'elle. Elle ne comprit ce qui venait de se passer que lorsqu'elle sentit son corps malmené et cognant contre celui de Mortimer : tous deux étaient bâillonnés et ligotés, Orthon volticalait et les traînait derrière lui en tirant sur l'Arborescens qui les liait. Ils avaient du mal à le suivre, heurtaient les murs, rebondissaient comme des ballots inanimés en étouffant leurs cris – Orthon aurait été trop heureux de les entendre souffrir.

Tugdual clôturait l'étrange cortège et tous les quatre progressèrent ainsi jusqu'à une salle gardée par les deux mercenaires qui avaient conduit les Sauve-Qui-Peut de Washington à Detroit. Orthon poussa brutalement Zoé et Mortimer au centre de la pièce.

— Leokadia ! Pompiliu ! appela-t-il en direction du local attenant où était rangée une quantité inquiétante de matériel médical.

Les scientifiques firent leur apparition et leur visage s'éclaira d'une expression démente.

— Je vous présente mon fils cadet et ma nièce, annonça Orthon.

Cette entrée en matière s'avérait d'une sobriété inhabituelle de la part du Félon, mais le rictus qui tordait ses lèvres fines en disait long sur le mépris qu'il éprouvait. Zoé et Mortimer se débattirent, sans réussir à se libérer. Leokadia Bor et Pompiliu Negus interrogèrent leur Master du regard.

— Je dois modifier mes projets, expliqua-t-il. Nous allons procéder sur ces jeunes traîtres à l'expérience originale que nous avons évoquée. Apportez deux tables d'opération !

Zoé jeta un coup d'œil affolé à Mortimer, puis à Tugdual auquel elle tenta de se raccrocher de toutes ses forces. Le jeune homme frémit et le pincement involontaire de ses lèvres n'échappa pas à Orthon.

— Père… murmura Tugdual.

— Quoi, *mon fils ?* fit Orthon en appuyant sur chaque syllabe.

Les yeux dans les yeux, l'encre face à la glace, ils s'observèrent dans un silence pénible. La minuscule faille que le Félon avait toujours décelée chez son fils, cette part insaisissable, se révélait béante. Faire semblant de l'ignorer n'était plus suffisant.

— Apportez une troisième table ! ordonna-t-il aux scientifiques.

La sentence venait de tomber. Aussi dociles qu'excités, les scientifiques mirent en place de grands plateaux verticaux en métal, ouverts en leur centre, pendant qu'Orthon ne quittait pas Tugdual des yeux, de la même façon qu'il l'aurait tenu en joue avec un pistolet. L'emprise subsistait, mais en surface seulement.

Quand tout fut prêt, les trois ados se retrouvèrent attachés aux tables, terrorisés et incapables de se défendre.

— Puisque c'est ce que tu veux, je m'incline… glissa Orthon à l'oreille de Tugdual en vérifiant ses liens.

Il le regarda droit dans les yeux et ses paupières battirent sensiblement plus vite. En ne cherchant ni à s'opposer ni à se défendre, Tugdual ébranlait son père.

— À toi d'en assumer les conséquences, ajouta le Félon dans un murmure.

Puis il se redressa de toute sa hauteur, toussa légèrement et fit face à ses trois prisonniers.

— Vous auriez pu être mes dignes descendants, vous aviez tout pour connaître un destin à la hauteur de vos origines, leur dit-il.

La déception qui éraillait sa voix semblait étonnamment sincère. Désillusion ? Amertume ? Sans doute y avait-il un peu de tout cela, ainsi que sa conclusion le laissa entendre.

— Pourtant, vous avez choisi une autre voie et il ne me reste qu'à déplorer cet immense gâchis, fit-il. Mais tout choix entraîne des conséquences, vous le comprendrez bientôt…

Il leur lança une Granok et tous trois sombrèrent aussitôt dans l'inconscience.

C'était loin d'être le pire de ce qu'Orthon leur réservait. Abakoum, transformé en ombre, en fut le témoin impuissant depuis la réserve de matériel dans laquelle il avait fait irruption, quelques instants plus tôt.

Leokadia Bor et Pompiliu Negus s'affairaient sur le plan de travail carrelé, derrière les tables où Zoé, Mortimer et Tugdual étaient maintenus, les bras en croix.

— Puisque Édéfia ne peut plus être atteinte par le ciel, elle le sera de l'intérieur… lança Orthon, les mains sur les hanches, debout devant ses fils et sa nièce.

Son torse était gonflé et sa posture un peu trop raide pour être totalement naturelle.

— Je vais faire de vous des bombes à retardement, poursuivit-il comme si les trois jeunes gens l'écoutaient. En vous accueillant parmi eux, ainsi que vous l'avez si ardemment souhaité, le peuple d'Édéfia et vos chers Sauve-Qui-Peut vont faire entrer le loup dans la bergerie. Et finalement, cette idée d'une longue et pénible agonie causée par des êtres chers me plaît encore plus.

Depuis sa cachette, Abakoum serra les poings. Orthon avait le don de toujours passer outre ses échecs pour tourner les choses en sa faveur. L'ombre de l'Homme-Fé trembla et il s'en fallut de peu qu'elle ne s'efface tout à fait.

— Pour eux, l'hécatombe… murmura Orthon. Et pour vous, la punition.

— Nous sommes prêts, Master ! annonça Pompiliu Negus.

Une seringue à la main, le virologue et la généticienne attendaient avec une impatience évidente.

Orthon inspira à fond, effleura les joues de chacun des trois jeunes du bout des doigts, et sourit, le regard sombre.

— Allons-y ! Finissons-en, vite.

*

Abakoum devait-il faire quelque chose pour arrêter son ennemi de toujours ? *Le pouvait-il ?* La question le tourmenterait peut-être jusqu'à la fin de ses jours, mais, dans le vif de l'action, la raison l'emporta sur les imprudences que l'émotion le poussait à commettre. Il avait utilisé son Crucimaphila pour sauver l'étoile mère de la destruction et aucune arme ne venait à bout d'Orthon. Un face-à-face serait un risque absurde.

Sans savoir avec précision ce qu'Orthon inoculait aux trois ados, il ne doutait pas un seul instant qu'ils aient besoin de lui très bientôt. Il serait plus utile vivant que mort. Alors il resta silencieux et immobile, les larmes aux yeux, le cœur presque à l'arrêt, jusqu'à ce que les Sauve-Qui-Peut arrivent et qu'Oksa porte le coup fatal à Orthon.

*

Il eut un aperçu des effets de l'opération et pressentit le pire en soulevant les paupières de Zoé, toujours inconsciente. Un tourbillon affola son cœur et son esprit, des images s'entremêlèrent, cauchemardesques. Le regard avide des Diaphans, les cadavres jonchant les villes du monde entier, les mots d'Orthon, les seringues dans les mains de Leokadia et Pompiliu… « Mon Dieu, faites que ce ne soit pas ça… » se surprit-il à prier.

Puis Zoé ouvrit les yeux. Ils étaient tels que tout le monde les connaissait : d'une douceur un peu automnale, du miel piqueté de vert. À son tour, Mortimer revint à lui.

— Qu'est-ce qu'Orthon vous a fait ? demanda Oksa.

— On a juste vu les deux scientifiques qui mélangeaient des produits, répondit Zoé.

— Ils nous ont endormis, précisa Mortimer. On ne s'est rendu compte de rien.

— Mais on va bien ! s'exclama Zoé. On n'a rien !

Oksa se tourna vers Abakoum.

— Tu étais là ? Tu as vu quelque chose ?

Abakoum détourna la tête. Bien sûr qu'il avait vu quelque chose… Rien ne lui avait échappé. Mais, instinct ou prémonition, il ne savait pas encore pourquoi il ne pouvait pas répondre à cette question. Sauf en mentant, pour la première fois de sa vie.

— Personne n'a eu le temps de leur faire quoi que ce soit, lâcha-t-il en ravalant ses regrets et sa honte. Ni ces espèces de savants fous ni Orthon.

*

Tout en longeant les couloirs souterrains et les immenses salles désertes pour sortir de la Michigan Central Station, Abakoum réfléchissait, les yeux rivés sur les silhouettes de Zoé, Mortimer et Tugdual. La vision de leurs vêtements découpés dans le dos attisait sa rage et le faisait grincer des dents. Les paroles d'Orthon tournaient en boucle dans sa tête. Des bombes à retardement… Le loup dans la bergerie… La punition éternelle…

— Je suis volontaire pour jouer le rôle du second chauffeur ! fit-il quand tout le monde se retrouva devant les deux 4 × 4. Mais je tiens à choisir mes passagers, si vous le permettez…

— Accordé ! s'exclamèrent en chœur Oksa et Pavel.

— Zoé, Mortimer, Tugdual, Barbara ! En voiture, s'il vous plaît ! s'exclama-t-il avec un enthousiasme forcé.

Pendant un bon quart d'heure, aucun des passagers n'eut le courage ni la force d'échanger un seul mot. Mortimer avait placé son Coffreton sur le siège, entre Zoé et lui. La jeune fille posa la main sur la sienne. La tête renversée contre le fauteuil, elle dévisagea son cousin avec une expression étrange. Elle avait l'air si forte et à la fois si vulnérable. Un colosse aux pieds d'argile…

— Abakoum ?

L'Homme-Fé tressaillit. Il avait pu esquiver la question d'Oksa. Mais il ne pourrait échapper à celle de Zoé, il le savait.

— Oui, Zoé ?

Il lui jeta un coup d'œil dans le rétroviseur et tout lui sembla se plier à l'intérieur de son corps.

— Tu as vu ce qu'Orthon nous a fait ? poursuivit Zoé d'une voix calme, presque éteinte.

Sa question ressemblait à une affirmation. Abakoum inspira à fond et, pourtant, il suffoquait. Barbara le regarda, soudain inquiète.

— Tu l'as vu, n'est-ce pas ? répéta Zoé.

Il ralentit, en proie à l'émotion.

— Oui, je l'ai vu, répondit-il.

— Et… tu crois que c'est grave ? insista Zoé.

Il hocha la tête.

— On va mourir ?

Cette fois, la voix de la jeune fille trahissait une réelle angoisse.

— Non, vous n'allez pas mourir, murmura Abakoum. Mais j'ai bien peur que ce soit pire, ajouta-t-il.

Il leur devait la vérité. *Leur* vérité.

Il entendit Tugdual souffler entre ses mains jointes et Barbara pousser un cri étouffé.

— C'est donc ce fumier qui aura eu le dernier mot… gronda Mortimer en donnant un coup de poing dans la portière.

Il avisa le Coffreton et, alors que la voiture passait le long d'une décharge sauvage, il ouvrit la fenêtre et le couvercle de la boîte. Les cendres de son père s'envolèrent dans un petit nuage argenté et se mêlèrent aux ordures.

— J'espère que les rats vont te bouffer jusqu'au dernier grain de poussière ! tonna le jeune homme en guise d'adieu.

*

Abakoum sortit de l'appartement, le pas pesant, et se fondit dans la foule qui se pressait sur l'avenue. Il marcha longuement, sans remarquer la pluie, les bousculades, les klaxons, sans prêter attention à quoi que ce soit. Il était si perdu dans ses pensées, si submergé par sa tristesse, qu'il faillit se faire écraser cent fois en traversant les rues. Il parvint enfin à la banque où il s'était rendu avec Oksa, quelques jours plus tôt. On le conduisit silencieusement dans la salle des coffres. Il attendit d'être seul pour s'asseoir devant la table scellée au sol, au milieu de la pièce, et tenta de considérer les derniers événements.

L'héritage cruel laissé par le Félon à ses fils et à sa nièce, ses conséquences, la mort de Réminiscens, l'évidence qui se mettait en place… Quelle sombre erreur d'avoir cru qu'après la mort d'Orthon, tout irait mieux.

L'avenir n'était pas celui qu'il avait imaginé.

Il soupira et se leva. Il récupéra la boîte en métal pleine de diamants avant de s'accorder encore un instant de réflexion. Puis il enfonça le bras tout au fond du coffre-fort et y déposa son Coffreton. Le reste des cendres d'Orthon ne pouvait être plus à l'abri.

Pendant qu'Abakoum déboursait une petite fortune auprès du meilleur faussaire de Washington pour établir de « nouveaux » passeports, Zoé affrontait une détresse ravageuse. Elle quitta l'appartement et erra dans la rue, hagarde, mais il y avait beaucoup trop de monde. Elle revint sur ses pas, sans pour autant avoir le cœur de rejoindre les Sauve-Qui-Peut.

Seule. Elle voulait être seule.

Sans réfléchir, elle s'engagea dans les escaliers qui descendaient vers les fondations de l'immeuble et pressa machinalement sur l'interrupteur. Une vieille ampoule crasseuse s'alluma, dévoilant des caves fermées par des grilles. Une pièce attira son attention, certainement parce qu'elle était la seule à s'être éclairée en même temps que les escaliers. Elle poussa la porte entrouverte et découvrit ce qui avait été l'ancienne buanderie commune à l'immeuble quand il était encore habité. Il en restait quelques traces, de vieilles machines à laver, des baquets sur les tables, des torchons en lambeaux.

Elle se laissa glisser le long d'un mur décrépi et se prit la tête entre les mains. Elle avait vécu des moments terribles au cours de sa courte existence, mais elle avait l'impression que le pire ne connaissait aucune limite.

Dans son cœur, dans son corps, elle endurait un supplice permanent depuis qu'Orthon l'avait saisie et traînée sans ménagement dans les souterrains de son repaire de Detroit. Un sanglot gonfla dans sa poitrine. Elle se revit prisonnière sur la table médicale et se souvint des regards terrifiés de Tugdual et de Mortimer. Qu'est-ce qui allait se passer *exactement ?* Qu'allaient-ils devenir ?

Le souvenir si proche de la mort de Réminiscens finit de l'ébranler. Où que ses pensées se fixent, elle ne trouvait que souffrance.

Elle gémit. Elle avait peur, elle avait mal, elle avait froid.

La porte métallique grinça et le visage de Niall apparut dans l'embrasure. Il regarda brièvement autour de lui, le délabrement et l'odeur de renfermé lui firent froncer les sourcils. Puis il aperçut Zoé, recroquevillée entre un vieux sèche-linge et l'angle du mur.

— Tu es là… murmura-t-il.

Il se précipita et s'agenouilla devant elle pour la prendre dans ses bras. Puis il plongea la main dans ses cheveux. Il adorait leur couleur chaude, leur douceur. Il adorait tout chez Zoé, ce qu'il voyait, ce qu'il savait, ce qu'il sentait. En dépit des sentiments amoureux qu'elle n'aurait jamais pour lui ni pour quiconque, il l'aimait, c'était plus fort que lui. Plus fort que tout.

— On va s'en sortir. Je te le promets.

Il attira la tête de la jeune fille vers le creux de son épaule tout en lui caressant la joue. Elle se laissa faire, trop perdue pour trouver les gestes de tendresse qu'elle devrait avoir à son égard. Elle ferma les yeux et força sur ses paupières pour s'empêcher de pleurer. Elle ne connaîtrait jamais ça, elle devrait toujours faire semblant d'éprouver *réellement* ce qu'elle montrait, alors qu'il n'en était rien. Ça n'existait pas, pour la simple raison qu'*elle ne pouvait pas aimer*.

Et pourtant, elle le voulait tant. Elle frémit, à la fois stupéfaite et horrifiée. Car à cet instant précis, Niall contre elle, elle pensait plus que jamais à l'amour.

Elle y pensait sans pouvoir en éprouver, elle en voulait sans pouvoir en donner.

Les lèvres de Niall effleuraient son visage, ses doigts s'entrecroisaient aux siens. Soudain, le garçon s'immobilisa.

— Excuse-moi, dit-il. Ce n'est vraiment pas le bon moment, je suis désolé…

— Pourquoi ? demanda-t-elle en rapprochant ses lèvres de celles de Niall. Pourquoi être désolé ?

Il ne s'attendait pas à ce que Zoé l'embrasse avec autant d'empressement – elle n'était pas toujours aussi entreprenante. Et plus il sentait son ardeur, plus il l'enveloppait. Tout s'enroulait autour d'eux, ils s'emportaient mutuellement.

Zoé se dégagea et le fixa droit dans les yeux. Elle y lisait tant de choses, l'acceptation, sans condition, son amour pour elle, sans bornes. Les sentiments du garçon, son désir pour elle semblaient prendre corps tant ils étaient forts et Zoé crut à une hallucination quand une aura se forma autour de lui, si lumineuse qu'elle en devenait phosphorescente. Elle tendit la main, Niall crut qu'elle allait le caresser, mais ce qu'elle voulait, c'est se saisir de ce qu'elle voyait, l'attraper… le *dévorer !* Elle en avait la chair de poule, pendant qu'au fond d'elle, quelque chose grandissait, enflait jusqu'à la faire suffoquer. Est-ce qu'elle… guérissait ? Le détachement Bien-Aimé était-il réversible ?

Mais tout disparut brusquement, comme aspiré, et un immense vide s'installa.

Un vide affamé, tyrannique.

Zoé poussa un cri en comprenant ce qui était en train de se passer.

— Va-t'en ! dit-elle dans un souffle.

Niall la regarda d'un air désemparé, incapable de bouger.

— Va-t'en ! répéta-t-elle, en hurlant cette fois.

Le vide était plus puissant que sa raison, elle allait faire quelque chose de terrible. Il fallait que Niall parte, tout de suite ! Mais il restait là, incrédule.

Elle lui envoya un Knock-Bong pour l'éloigner d'elle. Il fut éjecté à l'autre bout de la pièce, contre la porte en acier restée entrouverte. Elle se referma et l'écho de l'acier cognant contre le chambranle résonna dans un bruit lugubre.

Malgré la violence du coup porté par Zoé, Niall était toujours conscient.

— Zoé… bredouilla-t-il. Pourquoi…

— Je t'en prie, pars… le coupa-t-elle.

Il se releva tant bien que mal en prenant appui contre le mur et tâta la porte. Il jeta un bref coup d'œil pour repérer la poignée : elle avait été arrachée de l'intérieur, sans doute par des vandales. Le garçon était coincé à l'intérieur. Il voulut reculer, mais il ne pouvait aller plus loin.

— Je… Je ne peux pas… s'affola Niall.

Quand elle s'en rendit compte à son tour, Zoé perdit toute contenance. Niall trébucha en se déplaçant le long du mur. Face à lui, Zoé se tenait debout, les bras le long du corps, le regard fiévreux.

— Tu me fais peur… balbutia le garçon.

En dépit de la violence de la situation, son aura était toujours là, irrésistible.

— Niall…

Sa voix était celle qu'il connaissait et qu'il aimait, douce et un peu triste. Elle s'avança jusqu'à être tout près de lui et passa la paume de la main sur son visage.

— Qu'est-ce qui t'arrive ? murmura-t-il.

Elle approcha ses lèvres des siennes et, l'espace d'un instant, il se dit qu'il s'était fait peur tout seul, que tout allait s'arranger. L'amour était ainsi, non ? On se disputait, parfois on avait du mal à se comprendre, et puis on pardonnait, on se réconciliait, on s'aimait à nouveau. Il lui rendit son baiser, sans voir que les yeux de la jeune fille devenaient sombres comme de l'onyx, ni que sa peau laiteuse se marbrait du réseau tortueux de ses veines, noires et palpitantes.

Comprit-il que la vie le quittait ? Tout son être semblait concentré dans ce baiser, il en oubliait où il était, qui il était. Il eut à peine le temps de saisir que la mort était là, entre ses lèvres délicieuses, que son corps retomba entre les bras de Zoé, repue et terrifiée.

*

Quand Tugdual sortit du monte-charge, au rez-de-chaussée de l'immeuble, il fut saisi par un sentiment d'urgence indescriptible. Les escaliers menant au sous-sol étaient éclairés, c'était anormal. Il descendit avec précaution, jusqu'à ce qu'il entende des gémissements, entrecoupés de sanglots.

Il poussa la lourde porte qui s'était refermée de l'intérieur et découvrit ce qu'il n'aurait jamais cru possible. Agenouillée sur le sol, Zoé leva les yeux vers lui alors qu'il entrait dans la pièce. Il se précipita vers elle.

À ses côtés, Niall était étendu, les yeux grands ouverts, inexpressifs.

Sans la quitter des yeux, Tugdual se plaça derrière elle et la prit dans ses bras. Il la berça longuement, comme un enfant malade, sans un mot. Les sanglots finirent par s'estomper et elle retrouva peu à peu une respiration régulière.

— Je l'ai tué… dit-elle d'une voix blanche. C'était plus fort que moi, il fallait que je lui prenne son amour… tout… jusqu'à ce qu'il en meure.

Tugdual se figea.

— Je le sentais s'éteindre et pourtant, je ne pouvais plus m'arrêter ! poursuivit-elle, les yeux écarquillés.

Elle laissa sa tête reposer contre le buste du jeune homme.

— C'est ça, n'est-ce pas ? C'est ce que cette pourriture d'Orthon nous a fait ? On doit se nourrir de l'amour des autres, même s'ils doivent en crever ?

Le tressaillement de Tugdual ne fit que confirmer ce qu'elle avait compris depuis le moment où l'amour de Niall s'était matérialisé pour remplir ensuite ce vide si insupportable en elle.

— Il a fait de nous des monstres…

— Oui… répondit Tugdual. Des assassins, des saletés de Diaphans…

Il en prenait conscience en même temps que Zoé.

— Et pas seulement… ajouta-t-elle.

— Qu'est-ce que tu veux dire ?

Elle se redressa et, d'un mouvement de la main, attira vers elle une tige de métal jetée dans un coin de la pièce.

— Regarde ! Regarde ce qu'on est devenus !

Elle répéta ce qu'elle avait déjà fait plusieurs fois avant que Tugdual n'arrive : elle souleva son tee-shirt et, sans que le jeune homme ait le temps d'intervenir, elle se planta la tige en plein ventre.

— Non, mais t'es malade ! hurla le jeune homme en se précipitant sur elle.

Zoé tomba devant lui, à genoux sur le sol, les yeux écarquillés. La douleur lui coupa le souffle, plus encore quand elle retira la tige d'un geste sec. Du sang commença à couler, mais, contre toute attente, le flux s'arrêta très vite : la blessure qu'elle venait de s'infliger se refermait déjà. Bientôt, elle ne fut plus rien d'autre qu'une espèce d'hallucination morbide.

La jeune fille ne s'arrêta pas à cette terrible démonstration. Elle attrapa un débris de carrelage cassé et se trancha l'intérieur de l'avant-bras. En quelques secondes, la coupure se referma et disparut. La respiration haletante, Tugdual hésita, puis il se saisit de l'éclat de verre et l'enfonça sous son sternum. Bouche bée, il regarda Zoé et chancela sous l'effet de la souffrance. Il grimaça en voyant le sang couler de la profonde coupure, mais plus encore quand elle s'effaça pour disparaître complètement, quelques secondes plus tard.

— On ne peut pas mourir…

— Si, mon enfant… résonna la voix d'Abakoum derrière eux. Vous pouvez mourir, mais pas ainsi.

L'Homme-Fé était de retour de sa « promenade » en solitaire. Debout à l'entrée de la pièce, il contemplait la scène d'un air accablé.

— Pourtant, ce ne sont malheureusement pas les conséquences les plus graves de ce qu'Orthon vous a fait…

Zoé et Tugdual le dévisagèrent. Jamais l'Homme-Fé n'avait lu autant de désespoir dans un regard.

— Personne ne pourra nous aimer, n'est-ce pas ? murmura Tugdual.

— Personne ne *devra* vous aimer, précisa Abakoum. Orthon vous a condamnés à tuer ceux qui vous aiment. C'est votre punition.

— Notre punition ? répéta Tugdual, hébété.

— C'est l'héritage qu'il vous a laissé…

Tout ce qu'avait dit le Félon prenait sens. Jusqu'à la fin de leurs jours, sa descendance allait payer pour avoir voulu briser les indéfectibles liens du sang.

*

La dernière nuit à Du-Dehors ne fut paisible pour aucun des Sauve-Qui-Peut. Mais pour Tugdual, Abakoum et Zoé, elle ressembla à un long cauchemar éveillé. La pensée de Niall, sans vie dans les sous-sols sordides, était insupportable pour la jeune fille. Et la perspective qu'une telle horreur se reproduise la rendait folle.

— Bien sûr que ça va se reproduire… répétait-elle comme une litanie, les bras autour des genoux.

Après l'avoir surprise à vider l'armoire à pharmacie, Tugdual la raccompagna dans sa chambre, bien décidé à ne pas la quitter d'une semelle. Il la surveilla, plein d'appréhension, mais rien ne se passa, les médicaments n'eurent aucun effet sur elle, pas même les somnifères de Barbara.

Elle craquait complètement.

— Je veux mourir… Je ne peux pas vivre comme ça, en sachant ce que j'ai fait à Niall…

— Tu ne peux pas mourir, Zoé, lui dit tristement Tugdual. Ni Mortimer, ni toi, ni moi ne le pouvons.

Le rappel était cruel, mais comment faire autrement ? Il entoura les épaules de la jeune fille d'un bras affectueux.

— C'est quoi, ce bazar ?

Alerté par ces bruits inhabituels, Mortimer était sorti dans le couloir. Tugdual lui fit signe de se taire.

— S'il te plaît, va chercher Barbara et Abakoum, et rejoignez-nous dans la chambre de Zoé, chuchota-t-il.

*

Ils étaient désormais cinq à savoir que les choses ne s'étaient pas passées exactement comme tout le monde l'avait cru. En les frappant de plein fouet, l'autre réalité faisait dévier leur destinée, sans pitié, et il ne leur restait plus qu'à amortir le choc pour ne pas sombrer définitivement.

— Nous ne retournons pas à Édéfia... fit Tugdual en jetant un coup d'œil fiévreux à Abakoum.

Il répéta cette phrase plusieurs fois, comme pour l'ancrer dans son esprit.

— Oui, fit Mortimer d'un air lugubre. Et en ce qui me concerne, ma seule satisfaction, c'est de savoir que notre décision va à l'encontre des plans de cette ordure d'Orthon.

Zoé se redressa et remonta son écharpe sur le bas de son visage. Chacun put l'entendre très distinctement gémir.

— On ne peut pas revenir à Édéfia... ajouta Tugdual.

La jeune fille avait encore plus de mal à s'y résoudre que quiconque.

— On ne peut pas, insista Tugdual. Je t'assure, Zoé.

Tous souffraient de cette terrible conclusion. Depuis des années, le retour sur la Terre-Perdue-et-Retrouvée était leur espoir, leur but, leur futur. Ils s'étaient battus pour la rechercher, ils avaient mis leur vie en péril, toutes leurs forces dans cette quête. Et, au moment où cela devenait possible – *enfin !* –, il leur fallait renoncer. Si près du but...

— On a déjà fait assez de mal aux gens qu'on aime, poursuivit Tugdual. On ne va pas, *en plus*, prendre le risque de faire un carnage à Édéfia !

De la colère transparaissait dans sa voix. Il pensait à ses grands-parents, son petit frère qu'il adorait. Plus jamais il ne les reverrait. Quelle cruauté... Il eut le sentiment que la peine pouvait l'empoisonner aussi sûrement que le venin d'un serpent.

— Tu veux dire que ce carnage, il vaut mieux qu'on le fasse ici ? ânonna Zoé d'une voix atone.

Elle les dévisagea tous longuement, avec une intensité presque incandescente. Personne ne dit rien, la réponse était évidente pour chacun d'eux. Oui, c'était terrible, mais il valait mieux qu'Édéfia et ceux auxquels ils tenaient restent préservés de ce qui allait immanquablement arriver.

— On ne sait pas encore comment *cette chose* fonctionne… fit Mortimer en se frappant le torse du plat de la main. Mais je suis persuadé qu'on s'en sortira mieux à Du-Dehors.

Il articulait exagérément, comme pour se convaincre lui-même.

Le regard de Zoé glissa vers la photo, posée sur la table de nuit. Une photo prise le premier jour de leur installation dans cet appartement, un moment hors du temps, quelques secondes pendant lesquelles tout le monde paraissait si heureux, si insouciant.

— Ça va être un choc terrible pour eux d'apprendre qu'on ne vient pas, dit Tugdual. Oksa va en être malade.

Il trembla en prononçant les derniers mots.

— Nous allons les accompagner jusqu'au bout et nous assurer que tout se passe bien, reprit Abakoum. Mais ils ne doivent rien savoir.

— Pars avec eux, Abakoum ! supplia Zoé. C'est trop injuste de rester pour nous, tu ne dois pas te sacrifier !

Le vieil homme prit le visage de Zoé entre ses mains.

— Je ne me sacrifie pas, ma chère enfant. Je ne suis pas seulement le Veilleur des Gracieuses, mais aussi celui de sa famille et des Cœurs Gracieux.

Il regarda tour à tour la jeune fille, Mortimer et Tugdual.

— Et vous êtes des Cœurs Gracieux, envers et contre tout. Oksa n'a plus besoin de moi, il est de mon devoir de Veilleur et d'homme de rester auprès de vous.

Barbara posa la main sur son épaule et la pressa avec émotion.

— Merci… dit-elle simplement.

— Nous allons nous serrer les coudes et essayer de vivre avec… *ça*, poursuivit Tugdual.

Mortimer siffla entre ses dents.

— On ne peut pas dire qu'on ait le choix…

*

Aucun des Sauve-Qui-Peut n'aurait cru qu'il serait si pénible de traverser le hall de l'aéroport. La cohue, les militaires, le climat de suspicion… Tout était réuni pour alimenter un stress déjà très présent et la peur viscérale d'être démasqué.

Zoé avait tout fait pour passer inaperçue. Mais ses lunettes de soleil, son bonnet et sa grosse écharpe ne pouvaient suffire à empêcher les regards – exclusivement masculins – de se poser sur elle, captivés.

— On dirait des mouches autour d'un pot de miel… marmonna-t-elle. Ou d'un fruit pourri…

À l'insu des autres Sauve-Qui-Peut, Abakoum tentait de faire écran entre la jeune fille et les autres. Pourtant, une fois dans l'avion, l'attraction qu'elle exerçait sur les garçons s'avéra manifeste. Abakoum l'invita à s'asseoir à sa place, contre le hublot, pour limiter le phénomène.

À quelques sièges des leurs, Barbara veillait sur Mortimer et Tugdual comme une lionne sur ses petits. Les révélations de la nuit l'avaient dévastée, même si plus rien ne l'étonnait de la part d'Orthon, y compris au-delà de la mort. Tout comme la présence de Zoé suscitait une vive émotion chez les jeunes voyageurs, Mortimer et Tugdual provoquaient beaucoup d'agitation et le comportement des filles s'en ressentait : certaines passaient et repassaient dans le couloir étroit, perturbant la circulation des hôtesses ; d'autres faisaient preuve d'une maladresse très opportune et se retrouvaient collées contre les garçons… Ils en étaient extrêmement troublés, sentant naître en eux une voracité aussi compulsive qu'abominable. Ils se forcèrent à faire semblant de dormir, l'esprit absorbé par d'inquiétantes questions. Que se passait-il ? Quelque chose était enclenché, ils le sentaient au fond d'eux, ainsi que tout autour de leur personne. Mais comment allaient-ils lutter contre… *cette chose ?*

De temps en temps, Barbara se retournait et croisait le regard d'Abakoum. Elle hochait la tête, gravement : la situation était fragile, mais maîtrisée.

Pour le moment…

À bout de nerfs, Zoé finit le voyage enfermée dans les toilettes, en compagnie de Tugdual. Elle plongea la tête entre ses deux mains.

— Maudit soit Orthon !

Tugdual lui releva le menton et la glace sembla fondre dans ses yeux.

— C'est nous qui sommes maudits, murmura-t-il. Nous sommes les enfants maudits…

Épilogue

Personne n'est réellement ce qu'il a l'air d'être. Pourtant, on veut tous être perçus, estimés, aimés pour ce que l'on est.

Et tout au long de notre vie, on avance avec cette contradiction tapie en nous. On veut être quelqu'un de bien, alors on fait semblant de camoufler nos propres secrets, nos mensonges, nos faiblesses inavouables, nos petites lâchetés du quotidien.

La plupart des gens ne s'en rendent même pas compte. Ils croient être honnêtes, vrais, sincères, avec eux-mêmes comme avec les autres. Sans doute préfèrent-ils rester aveugles. C'est plus facile. Ça fait moins mal.

Mais moi, je sais qu'on a tous quelque chose à cacher.

Tous.

Moi encore plus que quiconque, vous pouvez me croire.

Je m'appelle Tugdual Knut. Enfin… je m'appelais Tugdual Knut.

Aux yeux des autres, je suis un jeune homme un peu sombre, convenablement intelligent, très séduisant, carrément mystérieux.

Est-ce que ça me plaît qu'ils me voient ainsi ? Disons que ça m'arrange… Parce que s'ils savaient à qui ils ont affaire, je ne suis pas sûr qu'ils continueraient de me trouver autant d'attraits. Ils chercheraient plutôt à me tuer et je vous avouerai que le monde ne s'en porterait pas plus mal, bien au contraire.

Tout cela, je le dois à mon père. En mourant, il m'a libéré de lui, mais pas de ce qu'il voulait que je sois. Dommage.

Son héritage est une punition à perpétuité.

Alors, je m'adapte. Il le faut bien.

Aujourd'hui, je suis Tugdual Cobb.

Celui que j'ai été n'existe plus.

Celui que je suis est meilleur.

Vraiment meilleur.

Mais celui que je peux être est pire.

Tellement pire.

Le reste de mon histoire commence maintenant.

Le temps des remerciements fait son jaillissement !

Le duo, Anne et Cendrine, ne connaît l'empêchement d'aucune limite pour procéder à la distribution de remerciements farcis d'émotions à l'égard de toutes celles et tous ceux qui ont attribué la confiance, la croyance, la perspicacité et l'effort, du commencement jusqu'à l'issue de l'aventure livresque.

Grâce à vous tous, Oksa a fait la rencontre avec la croissance et l'épanouissement, la péripétie truffée de larmes et de rires, puis la retrouvaille avec Édéfia.

Veuillez, vous en êtes suppliés, accepter la réception de notre volumineuse et impérissable gratitude.

La compagnie musicale et gustative

La Foldingote Anne a vécu l'accompagnement perpétuel de mélodies et de gourmandises (sans lesquelles l'écriture aurait fait la rencontre avec l'impossibilité, ou la grande sécheresse).

La progression de *La Dernière Étoile* connaît le lien garni d'étroitesse avec d'exotiques chocolats (blanc-fleur de sel-sésame, vinaigre balsamique, citron vert-basilic) et d'amères boissons effervescentes, transparentes ou rougeoyantes.

L'ouïe a également expérimenté une intense activité, cette boucle sonore n'a jamais subi l'interruption :

Pantha du Prince (tout, absolument tout !)
Depeche Mode – *Delta Machine*
Agnes Obel – *Philharmonics*
Tosca – *Tlapa the Odeon Remixes*
Blockhead – *Interludes after Midnight*
Foster the People – *Torches*
Majical Cloudz – *Impersonator*
Daughter – *If You Leave*
Jon Hopkins – *Immunity*
David Bowie – *Scary Monsters*

Une mention spéciale au magnifique livre d'Yves Marchand et Romain Meffre, *Détroit, vestiges du rêve américain*, Steidl, 2010.

Ouvrage composé par
PCA – 44400 Rezé

Cet ouvrage a été imprimé
en Espagne par

Liberdúplex
Sant Llorenç d'Hortons (Barcelone)

Dépôt légal : novembre 2015

MIXTE
Papier issu de
sources responsables
FSC® C003309
FSC
www.fsc.org

Pocket Jeunesse, une marque d'Univers Poche,
est un éditeur qui s'engage pour
la préservation de son environnement
et qui utilise du papier fabriqué à partie
de bois provenant de forêts gérées
de manière responsable.

PKJ• www.pocketjeunesse.fr
POCKET JEUNESSE

12, avenue d'Italie – 75627 PARIS Cedex 13